詩魔

저주받은 시인들의 벗

시마, 저주받은 시인들의 벗

초판인쇄 · 2002년 9월 27일
초판발행 · 2002년 10월 2일

지은이 · 김풍기
펴낸이 · 김종석

펴낸곳 · 도서출판 아침이슬
등록 · 1999년 1월 9일(제10-1699호)
주소 · 서울시 마포구 연남동 509-13, 3층(121-240)
전화 · 02-332-6106 / 팩스 · 02-332-6109
인터넷 홈페이지 · www.21cmorning.co.kr
E-mail · webmaster@21cmorning.co.kr

값 12,500원
ISBN 89-88996-29-1 03810

詩魔
저주받은 시인들의 벗

김풍기 지음

아침이슬

■ 차례

2부 시마, 떠도는 시적 사유의 힘

일러두기

1. 이 책에서 인용된 한문 원문은 대부분 《한국문집총간》(민족문화추진위원회 영인본)을 저본으로 하였다.

2. 필기류(筆記類)에서 인용한 일화는 김현룡 교수의 《한국문헌설화》(건국대 출판부)의 도움을 받았다.

3. 책 이름은 《 》으로, 시(詩)나 일화, 책 속의 작은 단편 제목은 〈 〉으로 표기하였다.

서문 __ 시마詩魔의 흔적들

작가를 생각할 때면 나는 여전히 부스스한 얼굴에 기이한 행동을 하는 사람이 떠오른다. 며칠씩 머리를 감지도 않고, 밤을 새운 듯한 기색이 역력한 얼굴은 창백함으로 빛난다. 가늘고 긴 손가락에는 언제나 독한 싸구려 담배가 끼어 있으며, 간밤에 마신 술 때문인지 몸에는 퀴퀴한 술 냄새가 배어 있다. 사람들과 이야기할 때는 언제나 냉소를 동반한 비꼬는 투의 말이 튀어나오며, 교유에 그리 원만하지 못하다. 돈이 없어 언제나 다른 사람의 신세를 지면서도 전혀 비굴하지 않고 오히려 당당하기까지 하다. 세사世事에 전혀 관심이 없고, 사람들의 욕망을 천박하게 여기면서 매도하곤 한다. 속물이 되지 않기 위해서는 그의 앞에서 세속적 권력이나 돈 이야기는 하지 않는 것이 상책이다. 그러니 어느 누가 그를 좋아하겠는가.

요즘은 이런 모습의 작가들이 그리 흔치 않지만 1970년대 이전만 하더라도 작가뿐만 아니라 작가 지망생 중에 이런 품새로 여기저기 떠돌던 사람들이 상당히 있었음을 기억한다. 한때 문학청년으로 살았던 사람이라면 이런 형상은 여전히 옛사랑의 그림자처럼 아련하다. 그들의 머릿속에 그려지는 작가란, 항상 시대와의 불화를 이기지 못해 겨우 세상을 버티고 살아가는, 그런 사람이기 일쑤다.

만약, 아직도 이런 사람이 있다면 그는 틀림없이 시마詩魔에 걸린 사람이다. 가슴속에서 꿈틀거리는 열정을 이기지 못해 밤새 뒤척거리다가, 그 열정을 절묘한 시구詩句에 담기 위해 밤새워 고민하다가 끝내 절망과 한숨으로 세월을 보내는 사람, 그런 사람이 바로 시마에 걸린 전형적인 사람이다. 시마의 영향력은 너무도 커서, 일단 시마에 걸리기만 하면 정상적인 사회 생활이 어렵다. 일상적인 모습이나 생각을 뒤집는 속성은 시마의 흔한 수법 중의 하나다. 그러니 시마에 걸린 사람이 어떻게 정상적인 사회 생활을 할 수 있겠는가.

사실 시마에 대한 관심은 고려 시대부터 있었다. 이규보李奎報의 글 중 〈구시마문(驅詩魔文 시마를 몰아내는 글)〉에서, 시마의 죄상을 낱낱이 열거한 후 제발 자신에게서 떠나 달라고 요구했다가 오히려 설복 당해서 결국 시마를 받아들인다는 내용은, 그 글이 가지고 있는 장난스러운 말투에도 불구하고 이규보가 얼마나 글쓰기의 열망에 사로잡혀 있었던가를 상징적으로 드러내준다. 이와 비슷한 내용의 글은 조선 중기 문인인 최연崔演의 〈축시마(逐詩魔 시마를 쫓아내다)〉라는 글에서도 보이거니와, 그가 시마의 죄상을 열거하는 것은 시마를 쫓아내기 위한 것이라기보다는 시마의 성격 혹은 본질을 탐구하는 하나의 문학적 장치라고 해야 할 것이다. 시를 쓰게 하는 힘은 어디서 비롯하는가, 그 힘은 어떤 방식으로 작가에게 작용하며, 그 영향은 어떻게 나타나는가 하는 내용을 다룸으로써 이들은 문학 내지는 글쓰기에 대한 진지한 관심을 드러낸다.

이와는 조금 다르지만 조선 후기 문인 문무자文無子 이옥李鈺의 글에서는 〈제문신문祭文神文〉이 흥미롭다. 이 글은 글을 주관하는 신에게 자신을 도와달라고 제향祭享을 올리는 형식으로 씌어진 글이다. 이 역시 글쓰기가 어떤 알 수 없는 힘에 의해 주도되는 것이며, 그 힘은 인간의 이성적 힘으로는 파악하기 어렵다는 점을 전제로 창작된 것이므로, 시마가 말하려는 것과 기본적인 맥락을 함께한다.

중국에서도 역시 시마에 대한 관심이 꾸준히 나타난다. 우리나라에서 주로 읽혔던 글은 당나라 때의 문장가 한유韓愈의 〈송궁문送窮文〉이나 유종원柳宗元의 〈걸교문乞巧文〉 등인데, 이들은 여기서 자신의 가난함이 글쓰기와도 관련이 있다고 하거나 글을 잘 쓰게 해달라고 빌고 있다. 특히 이규보는 〈구시마문〉에서 한유의 〈송궁문〉을 본떠서 짓노라고 표기까지 해놓을 정도니, 그들 글의 인기를 짐작할 만하다.

어떻든, 고려 후기 이규보의 글 이래 시마는 많은 사람들의 글 속에 사용되었다. 이규보나 최연 등을 비롯하여 유몽인柳夢寅의 〈송홍목사윤경수광서送洪牧李潤卿晬光序〉 같은, 비교적 긴 글로 시마를 다룬 사람도 있지만, 대부분의 경우는 자신의 시문 속에 스치듯 이용하였다. 사장파詞章派의 글에서는 물론이거니와 이황李滉이나 이이李珥와 같은 도학자들의 글에도 등장하고, 보우와 같은 승려의 글에서도 발견된다. 현대에 이르러서는 가람 이병기李秉岐의 시조에도 등장하며 최승호의 시 작품에서도 보인다. 그렇게 본다면 논리적으로 정리되거나 개념에 대한 명확한 정의를 시도한 사람이 흔치 않을 뿐이지, 시마는 문인(또는 글에 조금이라도 관심을 가진 사람)이라면 꾸준히 관심을 가지고 사용했던 단어임에는 틀림이 없다.

시마는 기본적으로 글을 쓰지 않으면 안 되게 만드는 알 수 없는 내부의 힘을 상징적으로 나타내는 단어이다. 그러므로 이것은 논리적이고 이성적인 측면보다는 비논리적이고 감성적인 층위에 연결된다. 논리적으로 해명되기 어려운 개념이어서 언제나 신비스러운 표현과 만나며, 이 때문에 사람들은 그 정체의 모호성을 상당 부분 인정하면서도 한편으로는 궁금해하기도 한다. 말하자면 시마는 이론

속으로 포획되기를 거부하면서 끊임없이 부동浮動하는 성질을 가진 존재다. 시대를 지배하는 거대 담론들의 틈새를 비집고 떠다니면서 때로는 담론들 사이를 미끄러지기도 하고 때로는 그들의 균열을 조장하기도 한다. 굳어버린 머리를 일깨우는 힘이기도 하며 고여 있던 생각을 터주어 거대한 흐름을 만들어내는 계기로 작동하기도 한다.

이 같은 특징 때문에 시마는 중세 사회에서 하나의 금기였다. 정돈된 사유와 규격화된 정답을 요구하는 사회에서 시마의 존재는 질서를 어지럽히는 하나의 혼돈이었다. 정상 사유를 뒤흔들면서 여기저기 마구 구멍을 만들어나가는 존재, 그것이 바로 시마의 중요한 역할이다. 그러니 중세의 짜여진 틀은 부유하는 존재를 쉽게 인정할 수 없었고, 그것은 다른 한편 자신들의 안정된 사회 구조나 권력을 위협하는 것으로 여겨지기도 했다. 자연히 그 존재는 '마魔'로 인식되어 배제되기 시작하였다.

그렇지만 그것은 사람들의 뇌리 속에서 잊혀지는 것이 아니라, 담론의 표면에서 서서히 사라지면서 사람들의 내면 속으로 침잠하기 시작했다. 생각해 보면, 시대를 불문하고 신분에 관계 없이 많은 사람들의 글 속에 그 모습을 드러낸다는 것은 표면적으로만 드러나지 않을 뿐 누구나 마음속에는 시마가 들어 있다는 반증이기도 하다. 내면화된 시마는 언제나 빠져나갈 틈만 생기면 어김없이 표면으로 그 모습을 드러냈으며, 사람들은 드러난 모습의 강렬도에 따라 이름을 붙이면서 흥미로워하거나 혹은 배제하면서 탄압했다. 시마라는 단어가 하나의 이론적 구성에 이르지 못하고 단편적인 글에서 여기저기 게릴라처럼 나타날 수밖에 없었던 것은, 그것이 가지고 있는 자유로운 정신 탓이기도 하지만, 또 다른 측면으로 보자면 내면화된 시마를 끄집어낼 만한 환경이 조성되어 있지 않았다고 해도 과언이 아니다.

친구를 보면 그 사람을 알 수 있다는 경구는 참으로 일리 있는 말이다. 그렇다면 시마의 친구는 누구인가. 주마酒魔, 색마色魔, 수마睡魔 등이 아마도 가장 대표적인 친구들일 터이다. 어느 것 하나 사회의 권력을 가진 사람들이 예쁘게 봐줄 만한 녀석이 없다. 이들은 사회 구조의 그물에 포획되지도 않거니와, 오히려 그러한 것들을 정면으로 혹은 삐딱하게 거부하거나 비껴가면서 새로운 계열의 선을 그리는 존재들이다. 사실 요즘 문인들도 그들과 친구하기를 꺼려하는 것이 추세일진대, 사회적 규율과 도덕적 견결성을 입에 달고 살던 사람들이야 말해 무엇하겠는가. 시마를 비롯한 그 일당이 중세 사회를 견디기 어려웠을 것이라는 점은 정말이지 불을 보듯 뻔한 사실이다. 이들은 도덕적으로나 경제적으로나 용납되기 어려운 것들이었다. 어떤 측면에서도 좋게 봐줄 만한 구석이 전혀 없었다.

그렇다고 해서 이들이 모든 사람들에 의해 배제되거나 구축驅逐되었느냐 하면 딱히 그런 것도 아니다. 권력을 이미 획득한 기득권자들은 여러 가지 편의적인 이유를 들면서 이들을 항상 자신의 주변에 머무르게 했다. 표리부동表裏不同한 태도를 보이면서 주색酒色을 즐기는 사람들이 바로 사회의 도덕과 질서와 법을 입에 달고 살았다. 특히 중세 사회에서 주색酒色은 풍류 남아의 상징처럼 인식되고 포장됨으로써, 시마와 그 일당을 극력 비난하던 사람들이 오히려 은밀한 곳에서는 더욱 친근한 웃음을 날리곤 했던 것이다.

옛부터 전해 내려오는 설화나 글 중에서 이들과 관련된 이야기가 많은 것을 보면 이들은 사람들의 가장 가까운 벗이면서도 사람들의 삶을 뒤죽박죽으로 만드는 원인제공자였다. 술이나 이성 문제, 혹은 잠 때문에 인생의 중요한 계기를 놓친 사람이 얼마나 많은가. 이들의 이야기는 인구에 회자되면서 사람들의 관심을 집중시키기도 했다.

그렇지만 누구 하나 이들을 공개적으로 옹호하면서 자신의 목소리를 당당하게 낸 사람은 없다. 주색에 탐닉하지 않겠노라는 맹세를 하면서 글을 쓴 사람은 많지만 이들을 자신의 벗으로 격상시키면서 애정을 표시한 사람은 정말 드물었다. 생각해 보면 이들만큼 애증愛憎이 교차하는 시선과 관심을 한몸에 받은 이들도 없다.

주색이나 잠과는 달리 시詩는 중세 사회의 지식인이라면 누구나 한마디씩은 해야만 하는 필수교양이었다. 특히 한시를 짓는가 못 짓는가 하는 문제는 관직 진출의 관건이기도 했지만, 작게는 동네에서 대우를 받는가 못 받는가 하는 것과도 직결되는 중요한 매개 고리였다. 심지어 집을 떠나 유랑을 할 때조차 한시를 짓는 능력은 낯선 동네에서 숙식을 해결하는 데 중요한 힘이 되었다. 그만큼 한시는 중세 사회 지식인의 일상에서 큰 비중을 차지하는 고급 놀이였던 셈이다.

이러한 분위기는 자연히 한시와 관련된 이야기의 생성 및 유포에 영향을 끼쳤다. 사람들은 이야기 속에서 한시 구절을 읊고 즐기면서 흥을 고조시켰다. 어찌 보면 김삿갓과 같은 인물의 일화 속에 한시에 대한 다양한 욕망의 층위를 반영시켰는지도 모를 일이다.

1부 시귀詩鬼의 세계

시와 귀신의 만남
저승과 이승의 경계에서 이루어지는 시
예언자 시귀: 시참 이야기
꿈 속의 시귀, 현실을 위협하다!

1장 __ 시와 귀신의 만남

일상적인 비일상非日常 — 시와 귀신

시와 귀신의 공통점을 찾는다면 무엇이 있을까. 사실 이런 식의 질문은 정답도 없거니와 다분히 넌센스 퀴즈 같은 느낌을 주기 때문에 진지한 주제를 이끌어내기에는 적합한 질문 형식이 아니다. 그러나 근대 이전의 자료를 읽다 보면 시와 귀신이 만나서 아름다운 작품을 만들어내는 경우가 상당히 많다. 귀신이 아름다운 작품을 찾아 헤매는 이야기도 있고, 이승의 사람이 저승에 갔다가 좋은 시 구절을 듣고는 감탄하는 이야기도 있으며, 이승에서 인정받지 못한 시인이 귀신의 인정을 받아 저승에 초대를 받은 설화도 있다. 그런가 하면 귀신에 홀려서 자신도 모르는 사이에 뛰어난 시 작품을 창작해 내는 경우도 있으며, 귀신 덕분에 잊혀질 뻔한 시인과 시 작품이 후세에 전하게 된 사연도 있다. 이처럼 귀신이 시와 만나서 흥미로우면서도 재기 넘치는 문학적 계기를 만든다.

그렇다면 다시 질문을 던져보자. "시와 귀신의 공통점은 무엇인가?" 아마도 알 수 없는 녀석들이라는 점에서 이들 둘은 매우 닮은꼴이다. 이성적 분석력에 의해서는 절대로 그 실체를 밝혀낼 수 없는 것이 바로 시와 귀신이 아닌가. 이성적 분석이라는 말이 나왔으니, 그와 관련된 예전의 기억을 그냥 건너뛸 수는 없다.

20세기의 중고등학교에서 시를 배우는 중요한 방식 중의 하나가 바로 이성적 분석에 의한 작품 해석이었다. 21세기의 학교에서 이루어지는 교육은 뭔가 좀 달라졌으리라 추정되기는 하지만, 당시의 중고등학교 시절 국어 혹은 문학 시간에 시를 배운 것을 생각할 때면 항상 시 구절을 갈기갈기 쪼개서 그 의미를 밝혀내려는 국어 선생님의 의지에 찬 표정이 떠오른다. 이 단어의 상징적 의미는 무엇이고 저 단어의 음운현상은 무엇이며, 이 구절의 수사법은 은유이고 저 구절의 수사법은 연쇄법이라는 식의 시 교육 현장을 연상해 보라. 이런 식으로 시를 배워온 우리에게 시를 읽는다는 것은 참으로 힘든 숙제와 같은 것이었다. 작품을 감상하라고 격려하고 도와주려는 것이 아니라, 시의 실체를 혹은 시의 의미를 남김없이 파헤쳐야만 한다는 각고의 노력을 은근히 부추기는 것이다. 그러니 감히 무슨 수로 시를 해석해 낼 수 있단 말인가. 더 심하게 말하자면 선생님이 시의 주제를 말씀해 주시기 전까지는 그 시의 주제를 짐작하거나 언표하는 것이야말로 시에 대한 불경이라고 생각할 지경에 이르렀던 것이다.

요즘의 교육 현장에서야 이런 식으로 교육 활동이 이루어지지는 않으리라 생각되지만, 여전히 시 작품을 감상하고 나아가 훌륭한 독자를 육성해 내는 지점에 초점을 맞추어 본다면 그 성과는 미지수일 수밖에 없다. 그것은 교사나 학생만의 잘못이라고 몰아붙이기에는 망설여지는 점이 있다. 어차피 학교 제도 속에서 행해지는 교육 활동에는 평가 활동이 따라붙게 마련이고, 시의 의미를 비롯한 이러저러한 점들을 묻고 대답하는 것은 평가 항목에 필수적이다. 그렇다면 시의 의미를 다양한 방식으로 이야기하는 것이 아니라 이들 사이에는 정답을 중심으로 일종의 위계 질서가 만들진다. 그 위계 질서에 따라 이 땅의 학생-예비독자는 되도록 정확한 의미에 다가가기 위해 머리를 싸매고 노력할 것이기 때문이다. 그러니 수업 시간에 시에 대한 교사의 이러저러한 해석은 자연히 모든 것의 기준을 형성하는 절대적 위치로 확정되기 십상이다. 나만의 해석을 내놓는다면 참으로 기발한 해석이라고 수업 시간에 한두 마디 칭찬은 들을지언정 성적 향상에는 절대로 도움이 되지 않는다. 사정이 이러한데 어느 누가 수업 시간에 형성된 시의 의미에 관한 위계 질서를 거부할 것인가. 이러한 행위가 몇 년을 반복해서 이루어지다 보면 자신도 모르게 그러한 방식에 익숙해지고, 정말 뛰어난-특별한 독자가 아니라면 시를 읽는 것이 얼마나 어렵고 복잡한 일인가를 미리 전제하지 않을 수가 없다.

하여간 시를 읽어나가면서 그렇게까지 해부하고 낱낱이 파헤쳐보지만 시의 의미에 가까이 가기는커녕 점점 더 알 수 없는 혼란 속으로 빠져든다. 우리의 이성적 능력이 무한한 가능성을 내포한 것처럼 보이지만 막상 어떤 주제에 대해 생각하면 할수록 그 능력의 한계는 쉽게 느껴진다. 우리의 경험을 뛰어넘는 무엇인가를 만나게 되면 그 이면의 알 수 없는 어떤 힘을 연상하게 된다. 그것이 도道든 신神이든 간에 그 힘은 우리의 삶에서 해명되지 않는 부분을 담당하고 있는 존재이다. 도무지 알 수 없는 세계상을 범인凡人들의 범용한 시선으로 어찌 볼 수 있겠느냐며 쉽게 문제를 해결해 보려 하지만, 여전히 찜찜함이 남는다. 도대체 우리를 시적 감동 혹은 시적 감흥의 계기로 인도하는 힘은 무엇인가.

귀신, 근원적 공포심의 현현

인간 삶의 본질을 다루고 그 본질의 모습을 밝히는 것이 시의 중요한 임무 중 하나라 하더라도, 시가 취하는 소재는 우리의 일상사 속에서 자주 마주치는 것들이다. 어차피 우리의 일상을 구성하는 구체적인 사물이 시의 취급품이라면, 도道니 신神이니 하는 거창한 개념까지 들먹이면서 논의거리로 삼지 않더라도 충분히 재미있는 일상사로 만들 수 있을 것이다. 예전 사람들이 시를 귀신의 문제와 연결시킨 이면에도 그러한 의식이 자리하고 있지 않았을까.

사람들의 마음속에 근원적인 공포 같은 것이 있다면, 그것이 현실적으로 발현되는 것은 어떤 모습일까. 우리는 그러한 공포를 귀신에게서 발견할 수 있다.

어릴 때 뒷간을 공포의 장소로 만들던 뒷간 귀신, 흔들리는 호롱불에 일렁이던 그림자 귀신, 머리 풀어 헤친 처녀 귀신 같은 실체 분명한 귀신에서부터, 마을 어귀에 있는 상엿집(곳집)이나 외딴 곳의 소沼, 대나무 서걱거리던 뒤꼍 같은 오싹한 느낌을 주는 장소에 이르기까지, 우리는 어려서부터 수많은 귀신 이야기를 듣고 두려움과 흥분에 진저리를 치곤 했다.

이처럼 귀신에 대한 호기심은 시의 뒤편과 만나서 다양한 이야기를 파생시켰다. 누구나 시의 창작과 감상 과정에서 이성적이고 합리적인 설명이 되지 않는 부분을 느꼈을 터, 그렇다면 그 부분을 지배하는 신이神異한 힘이 있을 것이라고 추정하는 것은 당연한 일이다. 바로 이 지점이 시가 귀신과 만나는 교차점이다.

이러한 논의와 겹치는 부분이 있지만, 또 하나의 공통점을 들자면 행위 주체의 의지로는 통어가 불가능한 힘을 가지고 있다는 점이다.

시를 쓰는 것이든 귀신의 문제든, 여기에는 개인의 의지로 좌지우지할 수 없는 부분이 존재한다. 어린 시절 많은 사람들이 문학 소년/소녀였던 경험을 가지고 있을 것이다. 눈앞에 펼쳐진 세계가 너무도 시적이고 사람들의 이야기 하나하나에 문학적인 부분이 있다는 점을 발견한다 해도, 그것을 글로 표현하는 순간 얼마나 유치한 것이 되고 마는가. 글을 쓰기 전에는 천하의 아름다움이 가슴속에 형상화되는 듯해도, 막상 글로 옮기자면 자신의 표현력을 한탄하는 것은 뛰어난 문인이라 하더라도 마찬가지일 것이다. 이처럼 글을 쓰는 것, 특히 시를 쓰는 것이야말로 자신의 의지로는 전혀 건드릴 수 없는 이상한 힘을 가지고 있는 것이다. 그 힘은 두 가지 방향을 내포한다. 하나는 아무리 좋은 시를 쓰고 싶어해도 그렇게 쓰지 못하게 하는 힘이요, 다른 하나는 시를 쓰지 않으면 안 되게 만드는 힘이다. 전자에 관심을 가질 때 그것은 주로 언어의 한계를 비판적으로 바라보는 입장에 서게 되는 것이고, 후자에 관심을 가질 때 우리는 우리 내면에 존재하는 표현 욕구를 중시하는 입장에 서게 된다. 시와 귀신의 만남은 주로 후자에 경도되어 있다.

귀신을 언급하는 것도 몇 가지 방면으로 나누어 살펴볼 수 있다. 귀신이 주체의 외부에 존재하는가 아니면 내부에 존재하는가에 따라 논의해 보자. 외부에 존재하는 귀신은 주체의 영향권 밖에 위치할 뿐만 아니라 오히려 주체에게 강력한 영향력을 행사한다. 그것은 우선 주체를 두려움에 떨게 한다. 그러나 이럴 경우, 주체에게 있어서 귀신이란 공포의 대상일 뿐 다른 창조적 활동은 기대하기 어렵다. 도깨비를 포함하여 특별한 순간에 마주치는 귀신들은 모두 외부에 존재하는 것들이다. 이 땅의 수많은 설화가 도깨비와 귀신을 소재로 하여 향유되었다. 앞서 이야기한 뒷간 귀신 역시 그런 것의 변형이라 하겠다. 그들은 때때로 귀엽고 장난스러운 모습으로 우리 앞에 나타나기도 하지만(특히 우리나라 도깨비의 대부분은 그런 모습이다), 그들 이야기의 일차적인 목표 역시 사람들을 놀라게 하는 것에 있다. 원한을 풀지 못해 이승을 떠도는 원귀寃鬼에 이르면 그 공포는 말할 나위도 없다.

무당과 시인— 신내림의 구조와 글쓰기의 구조

그렇게 치면 귀신에게 공포 이외에 어떤 것을 기대할 수 있느냐고 반문할는지도 모르겠다. 그렇지만 귀신이 주체의 내부에 존재하는 경우라면 문제가 다르다. 이를테면 신내림[降神]을 이야기할 수 있다.

우리 주변을 살펴보면 너무나 평범한 사람이 무당이 된 경우를 가끔씩 볼 수 있다. 일반적인 강신무降神巫들이 항용 그러하듯이, 이들은 처음에는 신내림을 받지 않으려고 무진 애를 쓴다. 그러나 원인을 알 수 없는 질병이 그의 몸을 떠나지 않고, 집안에 계속 우환이 닥치고, 방에 앉아 있노라면 잠시 후 찾아올 사람이 눈앞에 훤히 보이고, 지나가는 사람을 보면 그가 잠시 후 사고를 당하는 장면이 눈앞에 파노라마처럼 펼쳐지는 경우에는, 살 길은 싫든 좋든 내림굿을 받고 무당이 되는 수밖에 없다. 이런 무당을 우리는 세습무와 구별하여 강신무라고 부른다. 강신무의 경우 자신이 모시는 (귀)신을 외부에서 모셔 오지만, 실제로는 그것이 무당 자신의 내부에 존재할 때만이 의미를 생산해 낸다. 아무리 용한 귀신이라도 외부에 존재하는 한 무당은 그저 평범한 인간에 불과하다. 그가 인간임을 넘어서 전혀 다른 강렬도와 배치를 만들기 위해서는 그 내부에 귀신이 존재해야 한다. 그랬을 때 그 귀신은 외부의 것이라기보다는 그 내부에 존재하는 강력한 어떤 힘일 것이다.

이런 귀신은, 외부에 존재하면서 공포를 유발하는 유형과는 달리 인간의 내부에서 하나의 새로운 힘을 발현한다. 이는 일종의 '~되기'와 비슷한 구조를 가진다. 평범한 인간은 그 자신이 어떤 특별한 과정을 거쳐서 스스로 '귀신 되기'를 시도함으로써 전혀 다른 인간- 귀신으로 바뀌는 것이다. 사람들이 그를 찾아가서 절을 하고 복채를 내며 두려워하는 것은 무당이 가지고 있는 인간적인 매력 때문이 아니라 그 내부에 알 수 없는 힘으로 존재하는 귀신의 힘 때문이다.

사실 강신무의 귀신은 내부와 외부를 상큼하게 양분하기 어려운 지점을 가진다. 어쨌든 그 귀신 역시 외부에서 내부로 들어오는 것이라고 한다면, 그것을 단순히 무당 내부의 것이라고만 단정짓는다는 것은 어려운 일이다. 그럼에도 불구하고 굳이 강신무를 예로 든 것은, 사람들이 어떤 일에 몰입했을 때 쉽게 보여주는 일종의 광기와도 같은 열정을 가장 집약적이고 특징적으로 보여주는 존재라는 점 때문이다.

이러한 식의 구도는 요즘의 작가들에게도 쉽게 발견되는 모습이다. 주변에서 어떤 작가가 작품을 완성해 놓고는, 어떻게 이런 대작을 쓰게 되었느냐는 질문에 흔히 대답하는 말이 있다. "저도 잘 모르겠습니다. 신들린 듯이 쓰고 나니 저도 모르는 사이에 작품이 완성되어 있더군요."

일견 건방져 보일 수도 있는 이 작가의 대답은, 우리가 알지 못하는 개인의 경험적 진실을 그대로 드러내는 것일 터이다. 작가는 작품에 대한 열정에 휩싸여 작품을 완성하였지만, 그 힘의 정체가 무엇이냐고 묻는다면 쉽게 대답하기는 힘들 것이다. 자기 내부의 알 수 없는 힘에 지배당하여 작품을 써나가는 그의 모습에서, 우리는 신내림을 받아 자기도 알 수 없는 신이한 능력을 드러내는 무당의 모습을 발견한다. 그런 점에서 작가는 예나 지금이나 시대의 무당으로서의 역할을 은근히 자임하는 것이 아닐까 싶다.

그러나 아무리 귀신에 대해 이러저러한 상징을 끌어 붙이고 그 의미를 호의적으로 해석하려 해도, 그것이 가지고 있는 음습함은 어쩌지 못한다. 그들은 밝은 태양 아래 당당한 모습으로 자신을 현현하기보다는 어스름 달빛이 구름에 가려졌을 때 자신의 능력을 드러낸다.

예전부터 동아시아의 지식인들은 귀신의 문제를 음양론陰陽論적 시각으로 다룰 때 귀鬼를 음陰으로, 신神을 양陽으로 배치했다. 이 같은 사실은 여전히 우리 삶 속에 상당히 강하게 자리하고 있다. 우리가 지금 논의하고 있는 귀신은 바로 음적인 요소에 속하는 '귀'이다. 귀와 신은 모두 저승의 존재이지만 이승과의 관계에서 서로 다른 역할과 의미를 지닌다. 간단히 말하자면, 귀가 대체로 인간 삶에 부정적이고 음습한 느낌으로 작용한다면 신은 인간의 삶이 좀더 선하고 아름답도록 도와주는 역할을 한다. 그렇게 보면 원한에 가득찬 귀신은 '귀'에 속하고, 자손을 도와주는 조상의 넋은 '신'에 속한다.

사람은 자신이 잘 알지 못하는 것에 대한 일종의 공포감 같은 것을 가지고 있다. 그 공포감이 마음을 휘어잡을 때 우리 눈앞에는 환상처럼 기괴하고 신기한 것들이 나타났다 사라지기도 한다. 무당이 귀신을 보고 대화를 나누는 걸 부정적으로 생각하는 사람들은 상상력이 지나치게 풍부한 탓이라고 심드렁하게 말하기도 한다. 그렇게 말하는 사람에게 귀신이란, 그것이 있다고 생각하면서 마음을 그렇게 쓰는 사람에게만 존재하는 환상에 불과하다. 하나의 일에 몰두하여 다른 것을 잊다 보면 자기도 모르게 그와 관련된 환상이 펼쳐지게 마련인데, 일반적으로 그러한 것들을 이성의 힘으로 누르는 것이 평범한 사람의 삶이라는 것이다. 그러나 그것을 누를 힘이 부족한 사람, 즉 상상력이나 환상의 힘이 더 큰 사람의 경우에는 그의 일상이 다른 사람과는 다른 세계 속에서 구축되는 것이어서 몽상가가 되고 만다. 그렇게 생각할 여지가 없는 것도 아니다. 사람의 마음이란 참으로 복잡 미묘한 것이어서, 얼마나 장난질을 심하게 치는가 말이다. 역대 성현들이 자기 마음을 잘 다스릴 줄 알아야 한다고 한결같이 역설한 것도 따지고 보면 이런 맥락과도 통하는 것이 아니겠는가. 마음속의 공포를 세심하고 강렬하게 느끼는 사람일수록 생활 속에서 남들이 경험하지 못하는 기이한 것들을 경험하는 계기를 많이 가진다.

그렇지만 귀신을 경험해 보았노라고 자부하는 사람들에게 이런 식의 논법은 참으로 세계의 깊은 모습을 전혀 보지 못하는, 천박한 지식일 뿐이다. 눈앞에 보이고 귀에 들리는 감각적 경험의 세계만을 이 세계의 모든 모습이라고 생각하는 것이 얼마나 얕은 소견이란 말이냐고 꾸짖는다. 인간의 감각은 너무도 명확한 한계를 가지는 것이어서, 그것이 파악하는 세계상은 형편없이 작고 얕다. 귀신이니 신비로운 힘이니 하는 것들은 모두가 허황된 말들이라는 것이 그들 생각이다. 심지어 귀신에 걸렸다는 것은 그들의 정신 상태에 얼마나 많은 문제가 있었는지를 반증하는 것이라고까지 말한다.

그럼에도 불구하고 이들이 언어나 이성이 세계를 완전히 해명해 준다고 생각한 것 같지는 않다. 이들 역시 자신의 감각적 세계를 정확하고 면밀하게 파악하기 위해 부단히 새로운 방식을 개발하려고 애쓴다.

결국 그 감각의 한계를 뛰어넘기 위해 인간은 전혀 다른 방식으로 세계와 소통해야 한다. 그것은 언어를 잊고 침묵으로 자연을 느끼거나, 자연 속 사물들의 상징을 해석하는 그들만의 방식을 발견하거나, 눈에 보이지는 않지만 다른 주파수로 이루어지는 기氣의 운용을 통해 의사소통을 하는 방법 등이다. 그렇게 함으로써 사람들은 세계의 본질로 여겨지는 한 지점에 이르고자 하거나 아니면 세계가 이렇게 구성된 원리가 무엇인가를 알아채려 하는 것이다. 그것이 직관에 의한 것이든 이성적 분석에 의한 것이든, 이들은 인간의 감각만으로는 세계의 전체상을 제대로 파악할 수 없다고 여긴다는 점에서, 새로운 방식을 발견하기 위해 계속 노력하는 하나의 길을 걷는 동지다.

시와 귀신에서도 사람들은 동지적 시선을 보낸다. 두 녀석 모두 그 정체를 쉽게 드러내지 않기도 하려니와 아무리 정체를 파악하려 해도 요령부득이다. 게다가 이들은 하나의 고체 형질로 이루어진 것이 아니라 세계의 다양한 사물들의 틈새를 비집고 돌아다니면서 이상한 짓거리를 하기 일쑤다. 문이 닫혔다고 귀신이 들어가지 못하는 공간이 있던가. 우리 눈에 아무런 틈새가 없는 듯이 보여도 귀신에게는 드넓은 틈이 보일지도 모른다. 게다가 귀신은 넓은 문과 환하고 트인 공간을 싫어하는 법이라서 언제나 사람들이 예상치 못하는 방법과 문으로 출입한다. 이것은 어쩌면 심심하기 짝이 없는 귀신계에서 사람들을 상대로 무엇인가 재미있는 일을 만들어 보려는 귀신의 각고의 노력의 결과일지도 모른다는 생각이 든다. 마찬가지로 아무리 막힌 공간에서 살아도 시적 영감은 소리없이 내 머릿속으로 파고든다. 반대로, 아무리 넓고 아름다운 공간에서 시를 맞아들이려 하지만 시는 결코 넓은 문으로 그냥 쉽게 들어오는 법이 없다. 시이건 귀신이건 이들은 주로 좁은 문을 통해서만, 인간의 고뇌와 공포와 긴장 등을 배경으로 해서만 만날 수 있는 것들이다. 물론 그런 조건이 완비되었다 해도 이들을 만나리라는 보장은 크지 않다. 그들은 오고 싶을 때 오고, 가고 싶을 때 간다. 우리는 언제나 기다리는 입장인 것이다.

아름다운 짝패, 시와 귀신

이렇게 말을 해놓고 보니 마치 귀신에게 열화와 같은 성원을 보내고 있는 것처럼 기술한 감이 있다. 그렇게 읽었다면 이 글의 요지를 살짝 비껴간 셈이다. 시나 귀신이나 우리의 일상 속에서는 쉽게 만나기 어렵다는 점에서, 이들의 성향이 워낙 까다로워서 우리가 만나고 싶다 해서 만날 수 있고, 떠나기를 원한다고 해서 떠나주는 그런 존재가 아니라는 점을 말하려 했던 것이다. 다시 말하면 이들은 모두 인간의 의지와는 관계 없이 그들 나름의 규칙과 내용을 어느 정도 가지고 있다는 것이다.

지금은 세상의 부귀영화를 누리는 방법이 다양해져서 굳이 하나의 원칙만을 고수할 필요가 없어졌다. 그러나 근대 이전의 사회에서 부귀영화를 누리는 방법으로 가장 확실한 것은 과거에 급제해서 관직에 진출하는 것이었다. 과거科擧는 중세 지식인들에게 도달해야 할 이상이요 목표였다. 삼대三代만 과거 합격자를 내지 못해도 사회적 신분에 불이익을 받을 판이니 과거 급제를 위해서는 무엇인들 못했겠는가. 지금 생각하면 해주는 밥 먹고 책만 읽는데 어째서 그렇게 과거에 급제하기가 어려웠을까 싶지만, 과거 시험에 나이 제한이 있는 것도 아니고, 전국의 수많은 선비들이 과거 급제라는 하나의 목표를 위해 불철주야 도끼눈을 부릅뜨고 공부에 열중하여, 과거가 있다는 소문만 나면 모두들 괴나리봇짐 하나씩을 둘러메고 과거장을 향하는 상황에서, 과거 급제란 참으로 지난한 일이 아닐 수 없다. 게다가 수

많은 응시생들 중에서 극소수만이 합격되어 벼슬길에 나갔다. 그러니 그 경쟁률이야 일러 무엇하겠는가.

사정이 이러하니 글공부에 조금이라도 관심이 있는 사람은 온통 과거와 관련된 것에 촉각을 곤두세우게 마련이었다. 특히 동아시아의 전통에서 관료 예비생들에게 매우 중요한 능력은 한시漢詩를 짓는 능력이었다. 하다못해 과객으로 세상을 떠도는 사람에게게조차도 한시를 지을 수 있는 능력은 상당한 대우를 보장받는 중요한 기능일 정도였다. 한시는 곧 사회적 권력에 가까이 가는 지름길이었다. 일종의 문화적 권력이 곧 사회적, 정치적 권력이었던 중세에서는 자연히 한시가 사람의 능력을 판단하는 기준이 되었다. 이에 따라 한시의 규칙은 갈수록 까다로워졌고, 복잡하고 어려운 퍼즐을 푸는 것처럼 되어버렸다.

반면 이것은 한시의 즐거움을 한층 심도 있게 즐기도록 하는 계기가 되었다. 야구 경기를 즐기기 위해서 우리는 야구의 기본적인 규칙을 이해하고 인정해야만 한다. 무슨 재미로 야구를 보느냐는 사람은 야구의 규칙을 그리 잘 알지 못하는 사람인 경우가 많다. 나아가서 야구 규칙을 아는 사람에도 등급이 있다. 그 규칙을 얼마나 깊이 이해하는가 하는 문제는 야구를 얼마나 더 즐길 수 있는가 하는 문제와 직결되는 것이다. 한시도 마찬가지다. 압운押韻과 평측平仄은 기본이려니와 한시를 구성하는 복잡한 대구對句와 성조聲調, 글자의 운용법 등은 한시 짓기를 훨씬 어렵게 만드는 요소이면서 동시에 한시를 깊이 이해하고 즐길 수 있도록 하는 요소이기도 했다. 동네 선비들이 모이는 자리에서도 걸핏하면 한시를 짓고 음영하였으니, 한시야말로 근대 이전의 지식인들에게는 다른 무엇보다도 중요한 생활 필수품이었던 셈이다.

이 같은 정황은 자연히 한시에 대한 많은 일화를 만들어낸다. 입장을 바꿔서 생각해 보라. 한시를 짓는 능력이 떨어지는 사람이라면 그러한 사회적 분위기가 얼마나 답답하고 힘든 것이었겠는가. 이들에게 한시는 아무리 다가가려 해도 다가갈 수 없는 미지의 세계였을 것이다. 자신의 의지로는 도저히 어찌해 볼 도리가 없는 신묘한 세계, 그것이 귀신과 무슨 차이가 있겠는가 말이다. 심정 같아서는 자신의 혼을 귀신에게 팔아서라도 시를 잘 짓고 싶은 마음이 왜 없었겠는가 말이다. 한시와 귀신이 등장하는 수많은 일화들이 바로 근대 이전 문화적 풍토를 명징하게 보여주는 것이기도 하다는 점을 염두에 둘 필요가 있다.

시와 귀신의 만남에는 시를 짓고 감상하는 사람들 사이에 명편名篇에 대한 선망과 신비감의 시선이 착색되어 있기도 하다. 멋진 구절이나 시구詩句를 대할 때마다 입에서 절로 나오는 탄식은 작가에 대한 존경심의 표현이자 질시의 표출이며 자신의 능력이 턱없이 모자란다는 자괴감의 표현이기도 하다. 저 사람은 저렇게 좋은 작품을 쓰는데 왜 나는 그게 안 될까, 하는 의문은 끊임없이 머리를 맴돈다. 그래서 결국은 좋은 구절을 쓰게 된 원인을 찾아서 작품을 이리저리 돌려보지만 정답이 어디 있겠는가. 정답이 없는 줄 뻔히 알면서도 그의 작품을 돌려보는 마음은 정말 참담하기 그지없다. 귀신이라도 있어서 그 원인을 물어볼 수만 있다면 얼마나 좋으랴. 이 지점이 바로 시와 귀신이 만나는 점이기도 하다.

근원 모를 신비감이 뛰어난 작품 언저리에서 빛난다면, 우리는 그 빛에 눈이 멀고 가슴이 뛰어 작품 세계 속으로 몰입하게 된다. 그것은 일종의 황홀감이며 알 수 없는 힘이 인도하는 환상과 상상력의 세계이며, 결국은 우리의 정신이 도달해야 할 이상세계이다. 태양 아래에서는 도저히 해명되지 않는 힘, 그것이 바로 시가 딛고 서 있는 지점이며, 귀신이 유영하는 공간이기도 하다. 시와 귀신, 이 둘은 전혀 다른 세계의 존재이면서 가장 아름다운 짝패이다.

2장 __ 저승과 이승의 경계에서 이루어지는 시

이현욱 사건과 시마詩魔

근래에 이현욱李顯郁이라는 사람이 있었는데 시마詩魔를 숭상했다. 아계鵝溪 상공相公이 그런 줄을 모르고 이현욱의 시를 크게 칭찬하였다. 하루는 이익지李益之가 상공을 뵈오러 갔는데, 상공이 이현욱의 시를 꺼내서 그 높고 낮음을 품평하도록 했다. 이익지는 이현욱의 작품 속에 있는 바 '걸음걸이가 느긋하지도 않고 바쁘지도 않은데, 동서남북 어디나 두루 봄빛(步復無徐亦無忙, 東西南北遍春光)'이라는 구절을 들면서 말하였다. "이것은 바로 문장가의 어법입니다. 우리나라 시인들은 '徐(서)'나 '李(이)'와 같은 글자는 일찍이 사용한 사람이 없습니다. 게다가 이 사람의 나이가 어리니 필시 시마에 걸렸을 것입니다." 상공은 그런 줄 몰랐었는데, 과연 그러했던 것이다.

이현욱이 허영주許郢州의 시에 차운한 작품이 있는데, 다음과 같다.

春山路僻問歸樵　봄날 산길 궁벽해서 돌아가는 초동에게 물으니
爲指前峯石逕邊　앞쪽 산봉우리 돌길 가를 가리킨다.

僧與白雲還暝壑　스님은 흰구름과 함께 어둑한 골짝으로 돌아가고
月隨滄海上寒潮　달은 푸른 바다를 따라 찬 물결 위로 떠오른다.
世情老去渾無賴　세상의 정 늙어갈수록 도무지 기댈 데 없고
游興年來獨未銷　노니는 흥취 근래 들어 홀로 없어지지 않는다.
回首孤航又陳迹　고개 돌리니 외로운 배 또 옛자취 되니
疎鐘隔渚夜迢迢　성근 종소리 물가 저편에 들리고 밤은 아스라하구나.

이익지李益之의 시에 차운한 작품이 있는데 다음과 같다.

風驅驚雁落平沙　바람이 놀란 기러기 몰아 모래밭에 앉히니
水態山光薄暮多　물 모양새 산빛이 저물녘에 어여뻐라.
欲使龍眠移畫裏　용면으로 하여금 그림 속에 옮기도록 한대도
其如漁艇笛聲何　고깃배에 피리 소리는 어떻게 할꼬?

사용한 말이 모두 속세를 벗어났으며 격조 또한 원숙하다. 그러나 시마가
떠나가고 나서부터 한 글자도 몰라 깜깜한 사람이 되고 말았다.

　허균許筠은 자신의 《학산초담鶴山樵談》에서 이현욱의 이야기를 두
번에 걸쳐 기록하고 있다. 당시 이현욱의 이야기는 문인들 사이에서
는 상당히 알려진 것으로 보인다. 뿐만 아니라 홍만종 역시 자신의
시화집 《소화시평小華詩評》에서 이익지의 시에 차운을 한 이현욱의 두
번째 시를 인용하고 있다(그러나 홍만종 자신의 또 다른 저작인 《시화총림
詩話叢林》〈증정證正〉에서 이현욱의 이야기는 허균이 지어낸 것이며, 이현욱의
시 또한 귀신의 솜씨가 아니라 옛 사람의 솜씨라는 것을 증명하려고 애썼다).
더욱이 이익지李益之는 조선 중기 삼당시인三唐詩人 중의 한 사람인 손

곡蓀谷 이달李達을 지칭한다. 이달은 허균과 허난설헌에게 시를 가르친 스승이다. 자기 스승의 시에 차운한 사실을 기록한 것을 보면, 이현욱에 대한 허균의 기록은 상당한 신빙성을 가지고 있다.

물론 허균이 이러한 기사를 기록한 일차적인 목표는 이현욱이라는 사람의 신비한 작시 능력에 대한 호기심 때문이었을 것이다. 이현욱의 시가 뛰어나다는 사실을 간접적으로 드러내는 방식으로 허균은 주변 인물들을 효과적으로 배치하고 있다. 허균은 아계鵝溪 상공과 이익지를 배치함으로써 이현욱의 작품이 이들에게 칭찬을 받거나 혹은 이들에 필적할 정도로 뛰어나다는 사실을 완곡하게 표시한다. 아계는 조선 중기 뛰어난 시문가였던 이산해李山海의 호이다. 이산해의 칭찬을 받고, 이달의 시에 차운하면서도 뛰어난 격조를 지닐 수 있다면, 이현욱의 작시 능력은 참으로 꼽아줄 만하다.

이현욱에 대한 객관적인 정보는 아무것도 없다. 허균의 글뿐만 아니라 다른 책에서도 이현욱을 언급한 경우가 있는데, 어떠한 글에서도 이현욱의 신상에 대한 정보는 없다. 위의 인용문에서 추론할 수 있듯이, 이현욱이라는 사람은 원래 글자를 전혀 모르던 무식한 사람이었다는 사실만이 우리에게 주어진 유일한 정보이다.

일자무식이었던 사람이 어느 날 갑자기 좋은 시를 마구 써낸다는 사실은 중세 지식인들에게는 믿기 어려운 일이었다. 오랜 수련을 거쳐야만 겨우 도달할 수 있는 경계가 한시 창작의 세계였기 때문이다. 그것은 알 수 없는 어떤 신비로운 힘이 작동했던 탓으로밖에는 해석되지 않는 문제였다. 그 신비스러운 일의 핵심에 있는 것이 바로 시마이다.

시귀詩鬼의 여러 유형들

엄밀히 말하자면, 이현욱 사건에서 등장하는 시마는 시마가 아니라 시귀詩鬼이다. 시마와 시귀는 우리말로 번역할 때 모두 '시詩 귀신'이다. 그러나 이들이 사용되는 맥락을 꼼꼼히 살펴보면 어딘가 모르게 약간의 차이가 발견된다. 범박하게 구분하자면, 외부의 알 수 없는 힘에 의해 지배당하는 세계가 시귀의 세계라면, 시인 내부에서 발현되는 신비스러운 힘은 시마이다.

조선 시대 사대부들에게 있어서 한시 창작 능력이란 필수적인 교양이었다. 다른 지역을 여행하면서 과객질을 할 때조차도 한시 창작 능력은 자기 자신의 문화적 능력을 과시하고 평가받는 척도의 핵심이었다. 대접을 잘 받고 못 받는 것은 때때로 한시 창작 능력에 달려 있기도 했다. 관직에 진출하는 것도 온전히 한시 창작 능력과 이어져 있는 것이고, 술을 마시고 놀 때에도 한시 창작 능력은 필수적인 것이었다. 중세 사회에서 문자를 소유하고 있다는 사실은 매우 거대한 권력이었다. 더욱이 복잡한 운율과 수사법으로 치장된 한시 창작은 거대 권력의 핵심부에서 자신의 경계를 확고히 하고 있었다. 이런 배경을 충분히 이해한다면, 이 시기 시 귀신이 왜 문제가 되는지를 조금이나마 이해할 수 있을 것이다.

어찌 보면 귀신이란 인간의 욕망이 표출되는 하나의 방식이라 할 수 있다. 욕망이 표출되는 방식은 여러 갈래가 있겠지만, 중세 사회에서 귀신은 욕망 표출의 중요한 통로였다. 귀신은 어디에나 널려 있었다. 정사正史를 비롯한 공식 기록에도 귀신이 등장하지만, 역시 귀신의 주활동 무대는 야사野史요, 야담이다. 사람들 사이에서 은밀하게, 그러면서도 신비스럽게 떠도는 귀신 이야기는 사회적인 의사소통의 통로가 부족한 시대에 사건의 진실을 슬며시 전해주는 매체이기도 했다. 지금도 수많은 괴담 형태로 우리 주위에서 생생하게 생명을 유지하는 것이 귀신이고 보면, 귀신 이야기 속에 담긴 역사적 혹은 삶의 진정성에 귀를 기울일 필요가 있다.

이런 맥락에서 시 귀신 이야기를 대한다면, 단순히 시와 관련한 괴담이 아니라 중세 사회에서 시란 어떤 존재였을까를 논의하는 출발점으로 기능할 수도 있을 것이다. 시귀詩鬼라고 쓰든 시마詩魔라고 쓰든, 시 귀신 이야기를 통해서 중세인들은 무엇을 말하려고 했던 것일까?

19세기 이전의 기록을 뒤지다 보면 시 귀신 이야기가 의외로 자주 발견된다. 시 창작과 연관하여 전하는 것도 있지만, 대체로 시를 소재로 하여 전승되는 귀신 이야기가 많다. 그 이야기들의 유형을 자세히 살펴보면, 당시 사람들의 문학관이 어떤 모습으로 전개되었는지를 알 수 있을 것이다.

김부식이 뒷간에서 죽은 사연

시 귀신의 초보적인 모습은 고려 시대 문호였던 김부식과 정지상鄭知常의 일화에서 분명한 흔적이 발견된다. 동시대를 살아갔던 두 사람은 역사의 라이벌처럼 여겨지기도 하는데, 이러한 생각의 연원은 오래 전에 형성된 것으로 보인다. 김부식과 정지상 사이에 있었던 흥미로운 이야기는 이미 《고려사》에 기본 유형이 등장할 정도로 일찍부터 전승되었다. 오랜 기간 동안 거듭 전승되면서 여기에 새로운 이야기들이 첨가되는데, 가장 완성된 형태로 기록된 것은 이규보李奎報가 지었다고 전하는 《백운소설白雲小說》에 실려 있는 것이다.[1]

시중侍中 김부식과 학사學士 정지상은 문장으로 함께 이름이 났으며 서로 지지 않으려고 하였다. 세상에는 이런 얘기가 전한다.

정지상이 지은 시 구절 중에 '절간에 염불 소리 그치니, 하늘빛이 유리처럼 맑아라(林宮梵語罷, 天色淨瑠璃)'라는 구절이 있었다. 김부식이 우연히 그 구절을 보고는 자신의 시로 만들려고 하였다. 그러나 정지상이 허락하지 않았다. 이 일에 유감을 가지고 있던 김부식은 묘청의 난이 일어나자 그에 연루시켜 정지상을 죽여버렸다.

정지상은 죽어 귀신이 되었다. 하루는 김부식이 시를 지었는데 '버들빛은 천 개의 실로 푸르고, 복사꽃은 만 개의 점으로 붉구나(柳色千絲綠, 桃花萬點紅)'라는 구절을 짓고는 매우 흡족해하고 있었다. 그런데 갑자기 허공에서 정지상의 귀신이 나타나서 김부식의 뺨을 때리면서, "버드나무 가지가 천 개나 되는지, 복숭아꽃이 만 개가 되는지 헤아려 보았느냐? 어째서 '버들빛은 실마다 푸르고, 복사꽃은 점점이 붉구나(柳色絲絲綠, 桃花點點紅)'라고 하지 않느냐?" 하는 것이었다. 이에 김부식은 매우 화가 났다.

후에 김부식이 어느 절에 갔을 때의 일이다. 뒤를 보려고 뒷간에 갔다. 갑자기 정지상 귀신이 나타나더니 김부식의 음낭을 움켜쥐는 것이었다. 김부식의 얼굴이 붉어지자 정지상 귀신이 물었다. "그대는 술도 마시지 않았는데 어째서 얼굴이 붉은가?" 김부식이 태연하게 대답하였다. "건너편 단풍이 얼굴에 비쳐서 붉지.(隔岸丹楓照面紅)" 그러자 정지상 귀신이 음낭을 움켜쥔 손에 힘을 주면서 다시 물었다. "이 가죽 주머니는 뭐지?" 김부식이 대답했다. "네 애비 것은 쇠[鐵]로 만들었느냐?" 정지상 귀신이 더 세게 힘을 주는 바람에 김부식은 결국 뒷간에서 죽었다고 한다.

이 글의 앞부분은 이미 《고려사》에도 소개되어 있는 내용이지만, 정지상이 귀신이 되어 나타나는 뒷부분은 후에 첨가된 내용이거나 다른 경로로 전승된 민담으로 보인다. 그렇다면 어째서 후대 사람들은 김부식을 뒷간에서 죽였던 것일까?

《삼국사기三國史記》를 책임 집필했던 김부식은 역사가였을 뿐만 아니라 당대 최고의 고문가古文家였다. 김부식의 장기는 시보다는 산문에 있었다. 당시 문단을 지배하고 있었던 화려하고도 장식적인 문풍文風에 반대하여 그는 간결하고 내실 있는 고문古文을 주장하였다. 또한 경주김씨 일문의 대표적인 문인이며 관료였는데, 그의 형제들도 모두 당대에 꼽히는 문장가들이었다. 이미 개경에 세력을 확고하게 형성한 김부식은 예종~인종 연간에 왕성한 활동을 하면서 정국을 주도했다. 이 때문에 김부식과 묘청(혹은 정지상)의 알력을 개경파와 서경파의 대립으로 풀이하기도 하고, 나아가 유교를 기반으로 하는 보수적 귀족주의자들과 민족적 불교를 기반으로 하는 지방의 인물들 사이의 대립으로 보기도 한다.

반면 정지상은 서경(지금의 평양) 출신의 신진 관료였다. 김부식과는 상당한 나이 차이가 있었다. 기질 면에 있어서도 두 사람은 매우 차이가 있었던 듯하지만, 무엇보다도 문학 창작에 있어서도 정지상이 한시에 장기를 가지고 있었기 때문에 선명히 대비된다. 이들은 경쟁 상대라고 보기에는 현실적인 차이(나이, 지명도, 정치적 영향력, 출신가문 등)가 너무 컸다. 그럼에도 불구하고 후대의 문헌에서는 이들을 한 시대의 라이벌처럼 기억하고 있다. 그것은 아마도 묘청 사건 때문일 것이다. 묘청이 고려의 수도를 개경에서 서경으로 옮기려고 하다가 실패한 후 독자적인 국가를 서경에 세우자, 고려에서는 김부식에게 대군을 주어 격파하도록 한다. 《고려사》에 의하면, 김부식이 묘청의 난을 진압하기 위해 전권을 위임받은 후 가장 먼저 한 일은 개경에 남아 있던 묘청 일파를 제거하는 일이었다. 김부식은 군사상의 기밀을 지키기 위해서였는지, 임금에게 보고도 하지 않고 이들을 궁궐로 불러들여서 한꺼번에 잡아 죽인다. 이때 죽은 인물 중의 한 사람이 정지상이다. 이 사건 때문에 후대 문인들에게 김부식은 정지상에게 많은 빚을 짊어진 사람처럼 그려지곤 한다.

정지상의 시는 깨끗하면서도 선명한 색채의 대비에서 그 특징이 드러난다. 또한 운율을 잘 활용하여 요체시拗體詩에 능했다고 한다. 요체시는 근체시近體詩가 가지고 있는 평측의 규칙을 의도적으로 비틀어서 바꾸어 놓음으로써 운율상의 새로운 효과를 만들어내는 시이다. 그만큼 정지상의 시는 시각적, 청각적 이미지가 특징적으로 부각되는 것이었다. 정지상의 죽음은, 명민하고 젊은 정지상이 거대한 정치적, 문화적 권력의 상징인 김부식에 대항하다가 중도에 꺾인 모습으로 비추어지면서 새로운 국면을 맞이한다. 어느 순간 정지상은 문학의 순교자가 된 것이다. 김부식 입장에서 보면 국가의 안보를 위협하는 반란을 진압한 것일 뿐이었지만, 그러한 공로는 묻히고 젊은 문인의 빼어난 감수성을 시기한 나머지 반란 사건에 연루시켜 터무니없이 죽여버린 사건이 되었다. 젊고 뛰어난 모짜르트를 시기하여 독살했다는 소문에 끊임없이 시달리고 있는 살리에르처럼, 김부식도 역시 지금까지 그런 소문에 시달리고 있다.

젊은 천재의 비극적인 죽음을 안타까워하는 후세 사람들의 시선은 자연히 정지상을 옹호하는 쪽으로 흐르게 되고, 이러한 경향이 극단화되어 나타난 소문이 바로 '김부식은 뒷간에서 죽었다더라' 하는 이야기이다.

그렇다고 해서 위의 이야기가 정지상을 일방적으로 지원하는 것만은 아니다. 우선 정지상이 귀신으로 나타났다는 것 자체가 문제다. 기록에서도 원귀寃鬼라고 표기하고 있는 것처럼, 정지상 귀신은 원한의 결정체이다. 사실 귀신이 나타나기만 해도 공포스러운 상황이 연출되는데, 김부식은 뒷간에서 일을 보느라고 바지를 내려 엉덩이를 까고 있는 상황에서 정지상 귀신을 만난다. 게다가 자신의 음낭까지 잡혔으니, 이야말로 공포스러움과 함께 당황스럽고 창피하고 황당한 감정이 동시다발적으로 분출되었을 것이다. 그런데도 정지상의 갑작스러운 출현과 질문에 침착한 어조로, 훌륭한 한시 구절을 이용하여 대답을 했으니 김부식의 대응 또한 만만치 않은 것은 사실이다. 또한 자신의 음낭을 움켜잡고 가죽 주머니 운운하자 대뜸 '네 애비 것은 쇠로 만들었느냐'고 응대하는 것에서 김부식의 배짱과 노련함을 볼 수 있다. 어찌 보면 정지상 귀신이 뒷간이라고 하는 공간에 나타난 것부터가 치사한 노릇이다. 게다가 남의 음낭을 쥐었으니 이런 불공평할 데가 어디 있으며, 김부식의 응대에 화가 난다고 해서 음낭을 세게 쥐어 죽였으니 참으로 국량이 좁은, 쫀쫀한 귀신임에 틀림없다.

그러나 이렇게 김부식의 죽음을 희화화한 이면에는 한 천재 문인의 비극적인 죽음에 대한 수많은 문인들의 안타까움과 동정심이 스며 있다. 이러한 이야기가 시귀詩鬼 이야기의 초보적 형태가 되었다. 그러나 이 기록은 시가 핵심이 아니라 김부식과 정지상 사이의 미묘한 알력을 시라고 하는 매개체를 가지고 풀이한 것이므로, 본격적인 시 귀신 이야기라고 하기에는 부족한 점이 있다.

귀신 덕에 과거에 합격한 내력

김부식과 정시상의 이야기가 나온 김에 정지상이 과거에 합격한 내력과 더불어 그와 비슷한 유형의 시귀 이야기를 해보자.

정지상의 문집은 전하지 않는다. 사실 그의 문집이 편찬된 적이 있는지도 알려져 있지 않다. 반역자로 몰려 죽은 정지상이기에 후일 그의 문집을 엮는다는 것은 쉬운 일이 아니었을 것이다. 그러나 앞서 언급했듯이 정지상의 문학적 재능을 안타까워하고 그리워하는 후대 문인들에 의해 그의 면모는 상당히 신비스러운 빛으로 채색되어 있다. 그의 과거 시험 합격에도 시귀와 관련된 설화가 전한다.

정지상이 산 속 절에서 공부할 때의 일이다. 하루는 달 밝은 밤에 혼자 앉아 있는데 절 건물 쪽에서 문득 시를 읊는 소리가 들렸다. "스님은 바라 보며 절이 있는가 의심하고, 학은 바라보며 소나무 없는 것 한스러워한다 (僧看疑有刹, 鶴見恨無松)." 정지상은 귀신이 들려주는 것으로 생각했다.

뒤에 정지상이 과거를 보려고 과거 시험장으로 들어갔는데, 그날의 시 제詩題가 '夏雲多奇峯(여름날의 구름은 기이한 봉우리도 많구나)'에 압운자押韻 字는 '峯'이었다. 정지상은 갑자기 예전 절에서 들었던 시구가 생각나서 그 구절을 이용하여 다음과 같이 지었다.

白日當天中	해가 하늘 한가운데 떠 있는데
浮雲自作峯	구름은 절로 봉우리를 만든다.
僧看疑有刹	스님은 (구름 봉우리를) 보면서 절이 있나 의심하고
鶴見恨無松	학은 보면서 소나무 없음을 한스러워한다.
電影樵童斧	나무꾼 아이의 도끼처럼 번개는 번쩍이고
雷聲隱士鐘[2]	은거한 선비의 종소리처럼 우레 소리 들린다.
誰云山不動	산이 움직이지 않는다 누가 말했는가?
飛去夕陽風	석양 바람에 날려가는 것을.

시관試官이 보고는 제3, 4구가 훌륭하다고 칭찬하면서 정지상을 장원으로 뽑았다. 그러나 이 구절 외에는 그리 특별한 구석이 보이지 않는데 어

째서 장원으로 뽑았는지 알 수가 없다.

이 기록은 앞서 인용한 《백운소설》에 나오는 이야기이다. 이러한
이야기는 조선 중기에 널리 알려진 시귀 유형이었던 것으로 보인다.
홍만종과 동시대 인물인 임방任埅의 《천예록天倪錄》에도 이와 똑같은
설화가 어떤 시골 선비의 이야기로 소개되어 있다. 고려 시대 알성경
과를 보러 오는 시골 선비가 산길을 가다가 재채기 소리를 듣는다.
주위를 살펴보던 선비는 우연히 낙엽 사이로 노출된 해골을 보았는
데, 칡넝쿨이 해골의 콧구멍을 통해 나와 있어서 혼백이 재채기를 한
것임을 알았다. 그는 그것을 깨끗이 씻어서 잘 묻어주고 제사도 지내
주었다. 이날 밤 머리가 허연 한 선비가 나타나서 자신의 뼈를 거두
어준 것에 대하여 사례를 한 후, 과거 제목으로 '夏雲多奇峯'이라는
제목이 나올 것이며, 峯으로 압운이 된다는 사실을 말해 주었다. 그리
고는 자신이 지은 시라고 하면서 정지상의 이야기에 나오는 시를 불
러준다. 이 때문에 시골 선비가 과거에 합격했다고 한다. 사실 문사
들 사이에 구비전승되던 이야기를 모으다 보면 똑같은 내용의 설화
라도 주인공이 다르게 표기되어 전하는 예를 쉽게 찾아볼 수 있다.
이 이야기 역시 마찬가지다.

정지상의 과거 시험에 등장하는 시귀는 앞서 김부식이 만났던 정
지상 귀신의 것과는 근본적으로 차이가 있다. 우선 여기에서의 귀신
은 그 정체를 보이지 않는다. 모습은 드러내지 않고 소리만 들리면서
뛰어난 시구를 들려주는 것이다. 정지상이 들었다고 하는 시구는 여
름날의 구름이 보여주는 변화무쌍한 모습을 빼어난 상상력으로 묘사
한다. 우선 출제된 시험 제목이 여름 구름이 만들어내는 기이한 산봉
우리의 세계라는 점에서, 정지상의 시를 읽을 때 구름의 형상을 전제

로 읽어야 한다. 언뜻 해석이 제대로 안 되는 시처럼 보이지만, 구름을 묘사한 작품이라는 것을 염두에 둔다면 참으로 기발한 상상력으로 지은 시라는 것을 알 수 있다. 어느 순간 하늘의 구름이 산봉우리를 만들었다. 그 모습을 보던 스님은 혹시 그 속에 절이 있지나 않을까 궁금해한다는 것이고, 학이 보면서 거기에 앉아서 쉴 만한 소나무가 없다는 사실을 안타까워한다는 것이다. 구름의 모습에서 촉발된 작자의 상상력은 스님의 시선과 학의 시선을 교차시키면서 정교한 대구對句를 조직해 내고 있다. 이 기사를 기록한 사람은 귀신이 알려준 시구 이외에는 특별히 좋은 시라고 할 만한 것이 없다는 점을 명기함으로써 해당 구절이 얼마나 뛰어난 것인지를 상대적으로 부각시킨다. 그 구절이 아닌 부분은 절대로 장원감이 아니라는 것이다.

귀신이 알려준 덕에 과거에 급제한 예로 널리 알려진 것은 정소종鄭紹宗의 일화이다. 정소종이 젊었을 때 꿈을 꾸었는데, 한 노인이 나타나서 '하나라 우임금의 발자취는 산천 밖에 있고, 순임금의 뜰에는 새와 짐승 사이에 있네(禹跡山川外, 舜庭鳥獸間)' 라는 시구를 써주었다. 뒤에 연산군 갑자년(1504)에 과거 시험이 열렸는데, 임금이 직접 출제하면서 시제試題로 '봄에 기생들 등원하여 한가로이 풍악을 구경하다(春放梨園, 閑閱放樂)' 라고 걸었다. 정소종은 옛날 자신의 꿈 속에서 노인이 불러준 시구를 조금 변용하여 '봄 무르녹는 우임금 자취 산천 밖에 있고, 풍악 연주하는 순임금 뜨락 새와 짐승 사이에 있네(春濃禹跡山川外, 樂奏舜庭鳥獸間)' 라고 지어서 제출하였다. 정소종이 제출한 이 시를 보고 상시관上試官이 하등급에 놓았는데, 마침 김안국(金安國 1478~1543)이 보고 "이 시는 귀신이 지은 것이다" 하면서 상등으로 올려서 제4등으로 급제하게 되었다. 얼마 후 정소종이 김안국에게 과거 합격 인사차 들르니, 김안국이 그 시에 대해 묻기에 정소종은 옛날 꿈에서 얻은 시구로 지은 것이라고 대답하였다. 이후로 김안국의 감식력에 대해 소문이 높이 났다.

이 이야기는 《송와잡설松窩雜說》에 수록된 것이지만, 같은 일화가 주인공 이름만 바뀐 상태로 허균의 《학산초담》에 보인다. 여기는 김안로의 일화로 소개되어 있다.

김안로가 과거에 급제하기 전의 일이다. 꿈에 신인神人이 나타나 '春融禹甸山川外, 樂奏虞庭鳥獸間'이라는 시구를 불러주면서 과거에 급제할 점괘라고 말하는 것이었다. 과연 연산군 병인년(1506) 과거에 '春日梨園弟子閱樂譜(봄날 이원의 풍류객들이 악보를 살펴보다)'라는 제목이 나와서 김안로는 꿈 속의 신인이 일러준 시구를 이용하여 시를 지어 바쳤다.

당시 김감金勘은 대제학으로 있었고 김안국은 예조좌랑으로 함께 시관으로 참여했다. 김안국이 김안로가 제출한 시를 보고 귀신의 말[鬼語]이라고 하니, 김감은 그렇지 않다고 말했다. 급제자를 발표한 후 김안로를 불러 물으니 꿈에 신인으로부터 받았다는 얘기를 했다. 이후로 김안국의 감식력이 유명하게 되었다는 얘기다.

이 일화가 당시 널리 구전되었다면 그 요점은 아마도 시를 지은 사람의 글솜씨에 맞추어진 것이 아니라 김안국의 감식력에 감탄하는 것이었을 터이다. 시를 지은 사람의 이름은 바뀌었어도 그 시를 귀신의 솜씨라고 정확하게 감식한 김안국의 이름은 그대로 등장하는 것을 보면 일화가 원래 누구에게 초점을 맞춘 것인가를 짐작할 수 있다.

조선 시대를 통틀어 시문 창작 능력보다 그 뛰어난 감식안으로 인해 명성을 얻은 사람이 있다. 대표적인 경우가 김안국이다. 김안국의 작시 능력은 당대 다른 사람보다 뒤떨어지는 것은 아니었지만, 이후의 시화서詩話書에는 뛰어난 감식안의 소유자로 이따금씩 등장한다. 위에서 언급한 허균 역시 정교한 감식안으로 이름 높은 인물이다. 허균의 경우는 그 자신이 당대 최고의 작시 능력을 보여주는 인물이지만, 동시에 수준 높은 감식안은 조선을 통틀어 최고로 꼽히곤 한다. 정치적으로 허균의 반대 자리에 위치한 사람들조차도 그의 한시 감식안에 대해서는 혀를 내두를 지경이었다니, 그의 감식안의 수준이 얼마나 높았는가를 짐작하게 한다.

감식안이 얼마나 높은가를 단적으로 보여줄 때 등장하는 소재가 바로 귀신이 지은 시이다. 이러한 시를 정확히 판단한다는 것은 그만큼 한시를 보고 읽어내는 안목이 정교하다는 것을 의미한다.

이처럼 시귀詩鬼가 써내거나 알려준 작품을 귀시鬼詩라고 한다. 시귀는 대체로 작중 화자가 알지 못하는 사이에 나타나서 뛰어난 시구를 알려주는 것이 일반적이다. 그 상황은 꿈인지 생시인지 알지 못하게 마련이고, 작중 화자는 자연히 그것이 귀신의 짓이라고 단정하게 된다. 어쩌면 환청을 들었을지도 모르는, 대단히 몽환적이고 신비스러운 분위기를 연출하기까지 한다.

과거에 합격하기까지 중세 지식인들이 겪어야 했던 어려움은 우리의 상상력으로는 추정하기조차 어렵다. 문자의 소유 자체만으로도 대단한 권력을 누렸던 이들에게, 과거란 또 다른 거대 권력으로의 진입을 의미하는 것이기 때문이다. 어렸을 때부터 한자와 한문 작문 능력을 익히는 것은 물론, 방대한 양의 고전을 암송함으로써 언제 닥쳐올지 모르는 용사用事의 순간에 대비해야 한다. 내용을 몇 개의 글자로 정확히 표현하기 위해서는 이전의 고전에서 익힌 전고典故를 적절하게 이용할 필요가 있다. 그것은 다른 사람의 작품을 해독하는 데에도 필수적인 것이어서, 전고를 제대로 모르면 글의 의도를 정확히 짚어내기 어렵다는 것은 예나 지금이나 마찬가지이다. 암송해야 할 수 많은 고전의 틈바구니에서, 중세의 지식인들은 무의식 속에 거대한 지식의 감옥을 만들었던 셈이다. 그 감옥을 평안한 곳이라고 여겼던 사람도 있었지만 어떤 이들은 벽을 부수기 위해 평생을 고단한 싸움으로 점철했다. 우리가 항용 방외인方外人이라고 통칭하는 부류가 그 대표적인 사람들이다. 이들은 이미 강고한 틀로 기능하는 문학적 전통(때때로 그것들은 용사用事의 이름으로 합리화되어 구속으로 작동하기도 한다)을 넘어서기 위해 끊임없이 새로운 문학의 길을 찾아 헤매기 일쑤였다.

어렸을 때부터 작동했던 관직 진출에 대한 부담감은 무의식처럼 단속적으로 의식의 표면으로 부상하게 된다. 게다가 이런 경우 가지게 되는 빼어난 시구에 대한 꿈꾸기는 시문詩文의 신비스러운 성격을 강화시켰다. 시귀 역시 이런 맥락에서 볼 수 있다. 인간의 이성적 능력으로는 알 수 없는 신비스러운 성격이 귀신의 형태로 표출된 것이다. 귀신의 실재를 믿는 사람들에게는 섭섭하겠지만, 시귀의 기본적인 성격은 시문의 신비스러움과 연관되어 해명되어야 할 것이다.

물론 인간의 형상으로 나타나서 시문을 주고 받는 경우도 있다. 18세기 중반에 집필된 구수훈具樹勳의 《이순록二旬錄》 하권에는 명문장가 삼연三淵 김창흡金昌翕이 귀시를 정확히 알아보는 눈이 있었다는 사실을 기록하고 있다. 남쪽 지방의 선비 여러 명이 과거를 보러 서울로 향하던 중, 금강 부근에 이르니 새벽녘이었다. 아직 어둑한 가운데 궁원弓院을 향해 가고 있는데 자기들의 일행이 아닌 두 사람이 서로 시를 얘기하며 가고 있었다. 그 중 한 사람이 "궁원의 흰 조각달에 바람은 화살 같다(弓院月灣風似箭)"고 읊으니, 옆사람이 "금강에 어린 안개 버드나무는 실 같구나(錦江烟織柳如絲)"고 읊더라는 것이다. 시

구가 훌륭하다고 감탄하면서 외우고 오다가 나중에 김창흡에게 이야
기를 하니 귀시라고 했다는 내용이다. 이런 경우는 귀신이 자신의 형
체를 드러내고 있다. 새벽 어스름에 피곤에 지친 나그네들이 우연히
만난 낯선 두 사람, 그들의 입에서 울리는 절창은 피곤을 가시게 했
을 것이다. 더욱이 자신의 문장력으로 관직 진출 여부를 판가름 짓기
위해 가는 이들의 행로는 힘들기 그지없다. 그러한 상황에서 아무렇
지도 않게 절창을 주고받으며 길을 가는 낯선 사람들이 있다. 선비들
이 보기에 이들은 인간의 모습이 아니었을 터이다. 여러 가지 분위기
로 보아서 이 또한 귀시의 등장에 전형적인 환경을 제공한다.

　형상이 있든 없든 귀시는 시문 창작의 신비스러운 기운을 그 속에
함축한다. 우리의 언어로는 설명할 수 없는 신비한 창작의 순간 혹은
창작 과정 저편에서 그 과정 전반을 주도하는 어떤 힘, 그것이 시귀
의 형태로 발현되는 것이다. 그 힘은 때때로 우리의 잠 속으로 스며
들어 새로운 형태의 귀시를 선보이기도 한다.

김안로의 붓이 사라진 이유

　알 수 없는 힘이 내 삶의 사소한 부분에 구체적으로 영향을 미치는
경우가 있다. 특히 도깨비 이야기와 같은 민담에서 자주 발견되는 것
인데, 아침에 일어나 보니 솥뚜껑이 솥 안으로 들어가 있었다든지,
지고 가던 짐을 잠시 벗어놓고 소변을 보고 왔더니 그 짐을 온통 헤
집어 놓았다든지 하는 것들이 그 예이다. 일상에서는 도저히 있을 수
없는 일인데 내 눈앞에서 벌어지고 있는 것을 어떻게 설명하겠는가.

　이 같은 힘이 시문 창작과 관련될 때 시귀라고 표현한다. 그러나
시귀가 항상 시를 짓도록 하는 것만은 아니다. 시귀는 시를 못 짓게
방해하는 경우도 있다. 김안로(金安老 1481~1537)의 《용천담적기龍泉談

寂記)에는 김안로 자신이 직접 경험한 시귀 이야기를 기록하고 있다.

　김안로가 1515년 일본 사신 선위사宣慰使가 되어 웅천凝川에 이르렀다. 당시 국상國喪을 당해서 번화한 것을 피해 혼자서 망호당望湖堂에 앉아 경치에 젖어서 시 한 수를 지었다. 새벽이 되어 그 시를 기록하기 위해 짐을 뒤져서 붓을 찾았다. 그런데 이상하게도 붓통에는 붓대롱만 있고 붓의 촉 부분(털로 만든 부분)은 보이지 않았다. 방에 누가 들어온 적도 없는데, 짐을 샅샅이 뒤졌어도 찾을 수 없었다. 자신이 간밤에 편지를 쓰고 직접 넣어두었기에 더욱 이상했다.

　하는 수 없이 다시 붓통을 집어넣고 앉아 있다가 출발하려고 짐을 열어 보니 붓통에 붓이 완전한 형태로 들어 있는 것이었다. 조금 전만 하더라도 붓의 촉 부분이 없어서 시를 쓰지 못했는데, 잠시 후에는 붓촉까지 끼워져서 완전한 형태로 붓통 속에 들어 있으니 정말 이상한 일이었다. 김안로는 주사主使 이비중李棐仲에게 신기한 경험담을 이야기했다. 그러자 이비중은, "옛말에 시가 완성되면 귀신이 운다고 했고, 신령이 운다거나 귀신이 근심한다고 하더니, 그 말이 과연 정말인가 보구려" 하고 말했다.

　이에 김안로는 이렇게 얘기한다. "아마 이 길을 지나가는 문인들이 시를 지어 정자의 현판으로 더덕더덕 붙여서 다른 사람의 조롱을 받는 일이 많아, 귀신으로서는 이를 막는 것이 관행처럼 되었을 것입니다. 저의 부족한 시재詩才가 후일 다른 사람의 조롱을 받을까 하여 귀신이 저로 하여금 시를 못 짓게 하려고 붓을 감추었던 모양입니다."

　이 일화는 새벽녘 경치 좋은 정자를 배경으로 전개된다. 이름난 누정을 찾아가보면 정말 감탄스러울 때가 있다. 주변 경관을 한눈에 바라볼 수 있는 지점에 누정이 건축되었음을 확인하고는, 건물을 지은 사람의 안목에 다시 한 번 찬탄하는 것이다. 그러나 자연 경관뿐이라면 그 누정은 별반 큰 가치가 없다. 누정에 올랐을 때 주옥같은 시문들이 현판으로 걸려 있어야 제격이다. 자연과 함께 이곳을 오간 문인들의 자취가 글 속에서 전해올 때 비로소 우리는 그 누정의 아름다움에 무릎을 친다. 이러한 전통 때문에 예전 문인들은 자신이 오른 누정에서 옛사람들의 시문도 감상하는 한편 자신의 감흥을 시로 적어 현판으로 걸거나 벽에 써놓곤 했다. 그렇지만 누구나 항상 좋은 시를 쓸 수는 없는 일이다. 그래서 누정에 걸려 있는 시판詩板을 보면 작품의 수준들이 일정하지가 않다.

김안로 역시 망호당에 올라서 그곳에 걸려 있는 시판들을 보았을 것이다. 그리고는 자기도 한 수 지어서 걸어두려 했다. 그러나 귀신의 장난으로 결국 시를 기록하지 못하고 실패한 사연을 적은 것이다. 이 이야기에 대해 이비중과 김안로 자신, 이렇게 두 사람이 논평을 붙인다. 논평의 방향은 당연히 차이가 있다.

이비중은, 김안로의 시가 너무 훌륭해서 귀신이 시기한 탓에 붓을 감추었다는 것이다. 좋은 시가 완성되면 귀신이 울거나 근심한다는 것은, 그만큼 시가 가지고 있는 신비한 힘을 인정한다는 뜻이다. 이러한 형태는 나중에 방향을 달리하면서 시마의 논리로 넘어간다. 이비중은 귀신의 장난을 통해서 김안로의 시가 얼마나 뛰어난 것인가를 강조하고 있다.

그러나 김안로의 경우는 약간 방향을 달리한다. 물론 자신의 시에 대한 자부심이 강하게 배어 있기는 하지만, 그는 기존에 시를 지어서 망호당에 걸어두었던 사람들에 대한 비판적 시선을 강조하고 있다. 즉 그동안 시를 지어 현판으로 걸었던 사람들이 얼마나 형편없는 시를 지었으면 귀신이 싫어해서 김안로 자신이 짓는 시까지 수준 낮은 시라고 추단하여 시 기록하는 것을 방해했겠느냐는 것이다. 명시적으로는 자신의 시적 재능이 없다는 점을 드러내고 있지만, 기실 그 이면에는 시판을 걸었던 이전의 문인들을 비판하고 있다.

어떻든, 김안로의 이 일화에 등장하는 귀신 역시 시귀의 한 종류이다. 여기서의 시귀는 앞에서 예를 든 시귀들과는 달리 좋은 시에 대한 호오好惡를 분명히 한다. 사람들 사이에 슬며시 나타나서 좋은 글귀를 넌즈시 건네주고는 사라져버리는 시귀와는 분명 성질을 달리한다. 김안로가 경험한 시귀의 경우는 다른 사람의 시 창작에 일정 정도 개입함으로써 자신의 생각을 비교적 적극적으로 드러낸다.

이보다 훨씬 적극적인 시귀 이야기도 상당수 전한다. 조선 초기 문인 서거정徐居正의 《동인시화東人詩話》에는, 고려 때의 시인 김지대의 시를 잃어버렸는데 정신이상자가 된 여자의 입을 빌어서 그 시를 되찾았다는 얘기가 실려 있고, 남효온南孝溫의 《추강냉화秋江冷話》에는 3년 전에 죽은 안응세가 꿈에 나타나서 시를 준 이야기도 수록되어 있다. 이런 경우에는 직접 시귀 자신이 지은 시를 건네주는 것인데, 모두 현실에서는 쉽게 경험하기 어려운 신비한 이야기들이다. 특히 김지대의 시를 되찾은 이야기는, 귀신도 좋은 시가 잊혀진 사정을 안타까워한다는 점을 들어서 귀신 역시 좋은 시는 사랑한다는 식의 논리에 연결시키고 있다.

순간적인 착각이었을지도 모르는 붓 분실 사건은 이렇게 시귀 문제와 연결되어 시가 가지고 있는 신비한 부면을 강화시킨다. 김안로의 이 경험이 궁극적으로 무엇을 위한 것이었는지 알 수는 없지만, 우리는 그들의 마음속에 시귀에 대한 일정한 선이해가 있다는 점을 알 수 있다. 설명할 수 없는 시 창작 과정은, 시 저편에 어떤 힘이 존재하여 시의 창작을 이끌고 있다고 여기도록 만든다. 그것이 우리의 현실 속으로 들어와 시귀로 구체화되는 것이다.

신흠이 명문장가가 된 내력

신흠(申欽 1566~1628)은 조선 중기의 대표적인 문장가일 뿐 아니라
한문사대가漢文四大家 중의 한 사람으로도 꼽히는 인물이다. 월상계택
月象谿澤으로 통칭되는 한문사대가는, 상촌象村 신흠을 비롯하여 월사
月沙 이정귀李廷龜, 계곡谿谷 장유張維, 택당澤堂 이식李植을 말한다. 그들
의 호 중에서 앞글자만 떼어내서 불러 '월상계택'이라고 한다. 이들
은 물론 정통 고문을 엄정하게 구사하는 것으로 정평이 나 있었으며,
아울러 높은 벼슬을 두루 거쳐서 그들의 영달이 다른 문인들에 비할
바가 아니었으므로 더더욱 이름이 높았다. 사람들은 그러한 인물들
의 글솜씨를 찬탄하면서 단순히 인력으로 된 것은 아니라고 여겼다.
그들이 현재 남긴 저작도 방대하려니와, 당대의 현안을 해결하는 외
교문서로부터 개인의 감회를 읊은 시에 이르기까지 뛰어난 글솜씨를
자랑하는 모습에 놀란 나머지 그들에게는 알 수 없는 어떤 힘이 작용
하고 있으리라 추정을 하게 된 것이다. 그러한 추정이 이야기를 만드
는 계기로 작동한다.

특히 신흠 이야기는 시귀와 명문장 짓는 능력 사이의 관계를 선명
히 드러내준다. 신흠의 외조부는 한 시대를 울렸던 문인 송기수宋麒壽
이며, 장인 역시 당대 문장가였던 이제신李濟臣이다. 한 집안에 시문
으로 이름을 떨친 사람이 여럿 있다는 것은 그 집안의 당대 명성을
짐작케 하는 요소다.

신흠이 젊은 시절 과거 공부에 열중할 때였다. 그는 과거 준비를
하기 위해 독선생을 구하고 있었다. 그런데 하루는 이상한 꿈을 꾸었
다. 어떤 노인이 하나 나타나더니 수춘현壽春縣 우두평牛頭坪에 있는

아무개라야만 독선생의 역할을 감당하리라고 알려주는 것이었다. 수춘현 우두평은 지금의 강원도 춘천시 우두동 일대를 가리킨다.

꿈을 이상하게 여긴 신흠은 다음날 날이 밝는 대로 즉시 강원도 춘천으로 향했다. 예나 지금이나 우두평은 산으로 둘러싸인 춘천으로는 보기 드물게 넓은 평야지대이다. 그 들판을 아무리 서성거려도 사람 하나 보이질 않는 것이었다. 하릴없이 서성거리고 있는데 웬 노인이 나타나길래 반가운 마음에 꿈 속에서 들었던 이름을 대니, 공교롭게도 자신이 바로 그 사람이라는 것이었다. 사정을 이야기한 후 정중하게 자신의 과거 시험 공부를 도와달라고 부탁을 하자, 노인은 자기 집이 누추하니 신흠의 집으로 가자고 했다. 둘이 함께 돌아와 그날부터 열심히 과거에 관한 공부를 지도받았다. 그 결과 신흠은 과연 몇 년 후에 대과에 급제했다.

급제한 후 집으로 돌아와서 신흠은 노인에게 술을 대접하고는 물었다. "왜 초야에 묻혀 사십니까?" 노인이 대답하였다. "나는 사람이 아니고 죽은 귀신입니다. 어릴 때 정신을 차리지 않아서 기회를 놓쳐 끝내 50여 년간을 급재하지 못하고 살면서 아내로부터 무능력자로 지목되어 둔수재(鈍秀才: 秀才는 과거 준비생이라는 뜻이니, 둔수재는 둔한 선비라는 의미임)라는 괄시를 받다가 울화가 치밀어 죽었습니다. 공公께서는 가문에서 대대로 쌓은 복 때문에 이렇게 급제할 것을 알았기 때문에, 그 덕택을 빌려 평생의 잘못된 저의 죄를 뉘우치는 동시에, 세상 사람들에게 대과 급제는 오로지 자기 노력에 달렸음을 알게 하려고 한 것입니다."

이렇게 말하고는 어디론가 사라졌다. 신흠이 노인이 사는 마을에 가서 노인의 집을 찾아가니 부인이 말하기를, "남편은 둔수재라는 괄시를 받으며 살다가 3년 전에 사망했으나, 비용이 없어서 아직 장례를 치르지 못하고 집 뒤에 빈소를 만들어놓은 채로 있습니다. 남편은 죽으면서, 평생 청운에 오르지 못해 박대를 받았으니 죽어서 문장으로 복을 끼쳐 주겠다고 해 지금껏 살고 있습니다" 하였다. 신흠은 노인을 장례 지내고 부인을 구제하여 주었다.

이 설화는 《청야담수靑野談藪》에 수록되어 전한다. 배경이 강원도 춘천인 것은 아마도 신흠이 오랫동안 그곳에서 귀양살이를 한 탓일 것이다. 그가 대과에 급제해서 명문장가로 이름을 떨치게 된 것은 전적으로 그 귀신의 도움이라고 언급해 놓은 것을 보면, 옛날 사람들도 신흠의 불가사의한 글솜씨에 감탄을 금치 못했던 것은 분명하다. 꿈 속에서 만난 것도 아니고, 분명히 신흠의 현실 속에서 함께 일정 기간 기거한 것을 보면 그 귀신은 단순한 원귀의 차원은 아니다.

이러한 설화를 비판적으로 바라보는 사람들에게는 참으로 황당한 이야기일 것이다. 그들은 이 설화를 들으면서, 아마도 이렇게 말할지도 모르겠다. "오랫동안 과거 급제에 대한 열망과 스트레스가 쌓일 정도로 열심히 공부만 하다가 어느 순간 조리가 잡히고 문리가 트이면서 좋은 글을 쓰게 된 것이다. 사람들은 그런 과정은 생각지 않고, 단순히 그의 글솜씨 좋은 것만 생각하다 보니 자연히 그의 시문 능력을 귀신의 도움이라고 추정하여 재미 삼아 이야기하게 된 것일 것이다."

그들의 비판적 시선에 일리가 없는 것은 아니지만, 적어도 여기 등장하는 귀신은 신흠의 외부에 존재하면서 일정한 영향력을 행사한다는 점에서 개인의 심리적 착각이라고 일방적으로 단정짓기에는 무리가 있다. 외부에 하나의 힘으로 존재하는 귀신은, 다른 유형의 설화와는 달리 신흠의 몸 속에 자신을 이입시키지는 않는다. 게다가 그는 신흠의 스승의 역할만을 할 뿐 귀신 자신이 시를 짓는 일을 하지는 않는다. 일화의 마지막 부분에서 귀신의 진술로도 드러나는 것처럼, 그의 역할은 문장을 잘 지을 수 있도록 도와주는 것이다. 복을 끼쳐 주겠다는 귀신의 소망이 구체적으로 무엇을 말하는지는 알 수 없다. 작가가 글을 짓기 위한 구상을 하는 단계에서 빛나는 영감을 일으키도록 도와주겠다는 것인지, 표현 단계에서 절묘한 구절이 만들어질 수 있도록 도와주겠다는 것인지, 아니면 내용을 구성하고 주제를 드러낼 때 어떤 역할을 하겠다는 것인지, 위의 진술로는 알 도리가 없다. 그러나 적어도 신흠의 문장력은 전적으로 그 개인만의 것이라고 보기에는 뭔가 신묘한 부분이 감지된다는 것이 그 이면의 내용을 구성하고 있다.

귀신에게 납치된 사람 이야기

귀신에게 납치되었다는 이야기를 들어본 일이 있는가. 요즘의 납치 사건은 주로 돈을 받아내기 위한 수법이거나, 아니면 드물게도 사랑을 얻기 위한 극단적인 방법으로 사용되곤 하는 것이지만, 옛날의 납치 사건 그것도 살아 있는 사람이 귀신에게 납치된 사건이라면 뭔가 색다른 느낌이 들지 않는가.

이 이상스럽고도 해괴망측한 사건은 근대 이전의 기록에서는 드문 것이 아니었다. 귀신이 사람을 납치하는 방법은 참으로 다양하다. 우리가 익히 잘 알고 있는 것은 꼬리 아홉 개 달린 여우가 사람으로 변해서 사람을 으슥한 산 속으로 유인한 다음 잡아먹는다는 유형의 설화로, 바로 전형적인 납치 사건 중의 하나이다. 물론 이럴 때의 여우는 동물로서의 여우라기보다는 요괴妖怪로서의 여우이므로 귀신과 그리 다를 바 없는 존재다. 설화 속에서는 그 납치 사건이 소금장수 총각이나 뜻밖의 인물에 의해 여우의 꼬리 아홉 개가 드러나는 것으로 행복한 결말을 맺지만, 자세히 살펴보면 그 사건이 해결되기 전에 많은 희생자가 있었으리라는 점을 추측해 낼 수 있다.

또한 '지하대적국퇴치설화(地下大賊國退治說話)' 라고 불리는 유형도 전형적인 납치 사건을 다룬 이야기이다. 마을의 아리따운 처녀들이 다수 납치되고 난 후에도 그리 사회적인 문제가 되지 않다가 고관대작의 아리따운 따님이 납치되면 그제서야 난리가 난다. 재물의 반을 떼어줄 테니 구해 오라는 둥 사위로 삼겠노라는 둥 이러저러한 조건을 내걺으로써 사건은 표면으로 떠오른다. 결국은 착하고 평범한 총각 하나가 땅 속에 있는 도적이나 요괴, 이류異類를 물리치고 그곳에 납치되어 억류되어 있던 많은 처녀들을 구해내는 것으로 결말을 맺는 이 설화 역시 우리가 항용 들어왔던 납치 사건을 다룬 설화 유형 중의 하나이다.

그렇게 숱한 유형의 설화 중에서 어찌 시와 관련한 것이 없겠는가. 역시 시화詩話에도 납치 사건이 있었으니, 이름하여 황효건黃孝健과 최문발崔文潑 납치 사건이다. 이들의 납치 사건을 자세히 알아보자.

황효건 납치 사건의 전말은 김시양金時讓이 자기 친구인 이상급(李尙伋 1571~1637)에게 들은 이야기를 기록하는 방식으로 《부계기문涪溪記聞》에 기재되어 있다. 황효건은 이상급의 종매서從妹壻이다. 그는 어릴 때부터 문장에 능했다고 한다. 하루는 갑자기 행방불명되었는데 도저히 찾을 수가 없었다. 그런데 해가 떠오르자 집 앞에 있는 큰 소나무의 그림자가 땅에 비쳤는데 거기에 무엇이 매달린 것 같아 살펴보니 소나무 높은 가지에 그가 묶여 있었다. 사람들이 부랴부랴 사다리를 놓고 올라가 붙잡아 내렸다. 황효건은 말을 못하는 상태였는데, 손짓으로 붓을 가져오게 하여 시 한 수를 쓰고 눈물을 줄줄 흘렸다고 한다. '하루살이 같은 신세로 천지에 나그네 되니, 가시덤불 수풀 속이 나의 고향일세. 밝은 달 산에 가득하고 인적은 고요한데, 고개 돌려 흐르는 눈물 견디기 어려워라.(蜉蝣身世客天地, 荊棘叢中是我鄉. 明月滿山人寂寂, 不堪回首淚淋浪)'

몇 개월 뒤, 황효건이 부친을 따라 지방에 갔을 때의 일이다. 당시 그의 부친은 남쪽 지방의 한 고을에서 고을살이를 하고 있었다. 하루는 황효건이 보이지 않는 것이었다. 아무리 찾아도 그림자 하나 보이질 않았다. 마침 그 동네에 빈 집이 하나 있었는데, 혹시나 하는 마음에 그곳을 찾아가 보았다. 인기척 없는 집을 이리저리 돌아다니노라니 마침 자물쇠가 밖에서 잠겨 있는 책실冊室에서 구멍을 통해 연기가 나오고 있었다. 문구멍으로 들여다보니 황효건이 그 속에 앉아 심지불로 책장을 태우고 있었다. 문을 열고 들어가 끌어내니, 반듯이 누워 아무 말도 하지 못했다. 그 일이 있고 나서 얼마 지나지 않아 황효건은 죽었다.

이 이야기는 본격적인 납치 사건이라고 보기에는 조금 미흡하다. 그러나 황효건이라고 하는 인물이 무엇인가에 홀려서 무단히 사라진 점이나, 나중에 발견된 장소도 나무 꼭대기에 묶인 채 발견되었다든지 인적이 없는 외딴집에서 혼자 넋이 나간 채 발견된 것은 귀신의 장난이라고 여기기에 충분하다. 납치 사건이 있은 지 얼마 되지 않아 죽었다는 전문傳聞은 귀신에 의해 넋을 빼앗긴 한 젊은이의 슬픈 실루엣을 엿보는 듯하기까지 하다.

더욱이 시귀나 시마에 걸린 사람의 특징으로 흔히 나타나는 현상은, 평소와는 달리 뛰어난 글솜씨를 보인다는 점이다. 그러나 황효건의 경우에는 원래 문장에 뛰어났다는 이야기만 기록되어 있을 뿐 귀신에 홀렸다가 돌아온 후 시문을 쓰는 능력이 현저히 향상되었다는 기록은 없는 것으로 봐서, 시귀나 시마와의 관련성을 직접적으로 연결시키기에는 조금 부족하다. 귀신에게 홀렸었다는 흔적만을 강하게 이야기 속에 숨기고 있는 것이므로, 그 귀신 역시 시귀나 시마인지 명확하지가 않다. 그러나 이러한 이야기 속에서 우리는 시마(시귀) 설화의 초보적인 형태를 감지할 수 있다.

시귀나 시마가 등장하는 것은 아니지만, 황효건의 경우보다 훨씬 명확한 납치 사건은 역시 최문발 사건일 것이다.

최문발은 강원도 원주 사람이다. 그는 형과 아우, 친구 몇 사람과 함께 서당에서 과거 공부를 하고 있었다. 어느 날 새벽에 소변을 보러 갔다가 행방불명되었다. 뒤이어 친구가 나갔는데 최문발의 신발만 있고 사람이 없는 것을 알아채고 사람들을 모두 깨워 그를 찾아 나섰다. 뒷산에 올라가니 최문발은 큰 나무 아래 앉아 나무에 칡덩굴로 동여매져서 아무 말도 못하고 있었다. 당시 귀신에게 혼이 나가면 오줌으로 세수를 시킨다는 속설이 있었다. 그의 형이 그 방법으로 세수를 시키니 그제서야 비로소 "형님 왔어요?" 하고 한 마디를 했다. 곧 집으로 데리고 돌아와 약으로 치료하니 이튿날 깨어났다. 왜 그곳에 있었느냐고 물으니 다음과 같은 얘기를 하는 것이었다.

새벽에 소변을 보러 나가니 아름답게 생긴 신해익愼海翊이라는 청년이 나타나 함께 가자고 하더란다. 그는 죽은 몸이었다. 그러나 최문발은 새벽 잠결에 일어난 데다가 불시에 방문을 받았던 터라 그런 생각을 못하고 길을 나섰다. 작은 가마를 타고 가다가 집에 연락을 해야겠노라고 하니, 편지로 하면 된다고 하면서 신해익이 부르는 대로 최문발이 적어주니 신해익은 작은 돌에 매어 공중으로 던지는 것이었다.

한 곳에 가니 화려한 건물이 있고 많은 관원들이 있기에 인사를 드리니, 책을 내놓고 한 부분을 읽으라고 했다. '황아석생黃芽石生'이라고 씌어진 부분을 펼치면서 최문발더러 해석을 하라고 했다. 해석을 못하겠다고 하니 관원은 화를 내고 사람을 시켜 나무에 동여매라고 했다. 나중에 확인을 해보니 집으로 써 보낸 편지는 최문발의 옷에 분명하게 써 있었다고 한다.

이 설화는 임방任埅의 책에도 기록되어 있다. 다만 최문발의 이야기가 이극성李克成에게 들은 것으로 되어 있고, 최문발을 유인해 간 사람도 신해익이 아니라 아리따운 여자라는 점만이 다를 뿐 전체 줄거리는 같다. 그런 것을 보면 최문발의 이야기는 당대에 상당히 유명한 이야기였던 듯하다. 앞의 내용은 《천예록天倪錄》에 수록되어 전하는 것인데, 이 설화는 이식李植이 쓴 〈최생귀우록崔生鬼遇錄〉의 내용이기도 하다. 이 글의 마지막 부분에는 '아마도 최문발은 기혈이 허하여 귀신에게 홀린 것'이라는 언술이 첨부되어 있다. 이로 미루어 보건대, 이 사건은 당시의 유자들 사이에서 꽤 논란거리로 논급되었던 것이 아닌가 싶다.

물론 이 이야기 역시 시귀나 시마와 직접적인 관련이 있다는 것은 아니다. 그러나 적어도 귀신에게 홀려서 납치된 사건이 심심찮게 있었고, 그것은 사람들의 입에서 입으로 전해지면서 많은 흥미를 유발했던 것이다. 그 이야기가 시문을 짓는 자리로 들어오면서 자연스럽게 시귀나 시마가 현현하는 하나의 환경을 조성하게 된 것이라 생각된다.

귀신에게 납치되었던 사건이면서 분명히 시귀 혹은 시마에 의해 저질러졌던 사건으로, 성완成琬 납치 사건을 들 수 있다.

성완은 젊어서 《장자莊子》를 즐겨 읽었던 매우 노장적 성향이 강한 인물이었다. 그는 일찍이 서기書記의 신분으로 사신 일행을 따라 일본에 갔다가 시명詩名을 날려서 그곳에서 시선詩仙이라는 찬사를 받았다. 어느 날 저녁, 장동壯洞에서 신무문神武門을 지나다가 청포靑袍 입은 사람에게 이끌려 삼각산 백운봉에 올라갔다. 청포 선비가 말하기를, 자기는 송나라 사람 맹학사孟學士로, 고려에 사신으로 왔다가 죽어서 혼백이 돌아가지 못하고 있노라고 말했다. 삼각산 중턱에 이르러 '웅슬산熊瑟山'을 외치니 곰 모습을 한 사람이 나오고, 또 제3봉에서 '채달로蔡達老'를 부르니 학창의를 입은 노인이 나타나, 네 사람이 함께 고금의 시문을 얘기하다가 내일 또 모이자고 약속했다. 밤중에 맹학사는 과일을 가지러 간다고 나가고 세 사람은 잠이 들었다가 나무꾼들의 소리가 들리자 모두 흩어졌다. 성완도 마을로 내려왔는데, 이후 성완은 시를 잘 지었다고 한다. 그의 시 쓰는 솜씨는 그때 시마가 붙어 돕기 때문이라는 것이다.

《동패낙송東稗洛誦》에 수록되어 있는 이 설화는 조금 다른 내용으로 《천예록》에도 실려 있다.

성완은 의원 성후룡成後龍의 아들로, 책을 많이 읽어 문장에 능했다. 아무리 어렵고 긴 내용의 문장이라도 즉석에서 부르며 받아쓰라고 하면 거리낌이 없었다. 워낙 능력이 뛰어나 사람들은 그에게 시마가 붙었다고 말하기도 했지만, 그의 시는 성속聖俗이 섞여 좋지 않다는 평을 받았다. 일찍이 맹도인孟道人을 만난 일에 대해 기록한 것이 있는데 그 내용은 다음과 같다.

경술년(庚戌年, 1670년) 3월 7일 저녁에 술에 취해 친척집을 가다가, 사포서司圃署 뒤 빈터에서 문득 검은 옷을 입은 노인을 한 사람 만났다. 그에게 억지로 끌려가다시피 하여 저쪽 성 밖의 소나무 숲을 지나 안현鞍峴 동쪽 기슭에 이르렀다. 8일 새벽에 석봉石峰 위에서 노인은 성완에게 운을 부르면서 시를 지으라고 해놓고 노인 자신도 시를 지었다. 그리고는 성완을 바위 틈에 두고 노인은 사라졌는데, 움직일 수도 없고 소리를 지를 수도 없었다.

밤이 되자 노인이 또 나타나 성완을 데리고 정토사 淨土寺 뒤 백련산
白蓮山을 거쳐 창경릉 昌敬陵에 이르렀고, 또 여기에서 시를 지으라 해서
지었다. 9일 새벽 다시 노인은 창경릉 양쪽 소나무 숲에 성완을 묶어
놓고 사라졌다. 저녁에 다시 나타난 노인은 성완을 밤새 무덤들 사이
로 데리고 다녔는데, 10일 새벽 나무꾼들의 꽹가리 소리가 점점 가까
워지니 깜짝 놀라면서 그를 버리고 사라졌다. 순간 성완은 힘껏 달려
탈출하여 진관동 입구를 확인하고 절 스님들에 의해 발견되어 구제
되었다. 절에서 안정을 취하는 동안 11일 밤과 13일 밤에도 이상한
힘이 끌고 가려고 해 칼로 처치했고, 14일이 되어서야 집으로 돌아올
수 있었다.

16일 밤 자줏빛 옷을 입은 동자가 나타나 며칠 전의 흑의노인이라
고 했고, 20일 밤에는 청포 靑袍를 입은 선비가 나타나서 역시 앞서의
흑의노인이라 하였다. 그가 성완에게 나타난 것은 원통한 일을 호소
하려 했다는 것이었다. 그러면서 말하기를, 자신은 바로 신라 경순왕
때의 학사 맹기 孟耆인데 호는 매학도인 梅鶴道人이라는 것, 당시 국가에
많은 공을 남겼지만 죄를 입어 먼 섬으로 유배되었다가 풀려 돌아가
는 길에 한양에서 죽어 인왕산 동편에 묻혔다는 것이었다. 그리고 자
신의 이름이 역사에서 사라진 것을 원통하게 여기는 원혼이 되었으
니, 그 사실을 알려달라는 것이었다.

성완이 맹씨 성을 가진 귀신과 만났다는 점에서는 두 판본의 이야
기가 같지만 내용상의 차이를 분명히 발견할 수 있다. 우선 문제가
되는 것은 성완의 뛰어난 글솜씨가 맹학사 귀신을 만난 이후의 것인
가 이전의 것인가 하는 문제다. 앞의 이야기에는 성완이 귀신을 만난
이후 글을 짓는 능력이 확연히 진보했다고 되어 있다. 이럴 경우 성

완은 시마를 만나서 자신의 능력을 증대시켰다는 분명한 과정이 해명되는 셈이다.

그러나 뒤의 이야기는 좀 다르다. 맹도인을 만나기 이전부터 이미 성완은 뛰어난 글솜씨로 사람들에게 시마에 걸렸다는 평가를 받은 상태다. 그러므로 그가 귀신을 만나 끌려 다니게 된 사연 역시 성완 내부에 이미 존재하고 있는 시마 탓일 가능성이 있다. 시마가 가진 신묘한 능력은 외부의 힘을 부르고, 그 힘에 의해 맹도인의 귀신이 성완에게 다가왔을 가능성이 농후하다.

이러한 예를 단적으로 보여주는 예가 있다. 김시습 金時習의 《금오신화 金鰲新話》에 수록되어 있는 작품 중에서 〈용궁부연록 龍宮赴宴錄〉이라든지 〈남염부주지 南炎浮洲志〉가 그것인데, 여기에는 뛰어난 시문 창작 능력 때문에 인간으로서는 결코 경험할 수 없는 신비한 세계를 다녀온 이야기가 기록되어 있다. 이 작품의 주인공들은 훌륭한 시문 창작 능력을 가지고 있지만 세상에서는 기회를 얻지 못한 불우한 인물들이다. 어차피 인간 세상에서는 능력을 펴기 힘든 사람에게, 인간 경험의 저편에 존재하는 전혀 다른 세계는 참으로 매력적인 곳이었을 터이다. 신분이나 가문과는 별도로, 자신의 능력만으로 평가받을 수 있는 곳이 있다면 얼마나 좋겠는가. 뛰어난 재능을 가지고 있지만 현실적으로 불우한 사람들의 꿈이 바로 이 속에 담겨 있는 것이다. 그렇게 본다면 시문 창작 능력이란 것은 신분이나 가문에 관계 없이 개인에게 속해 있는, 참으로 공평하기 그지없는 부분인 셈이다. 시마의 절친한 친구로 꼽히는 녀석 중의 하나가 궁귀 窮鬼, 즉 가난 귀신이고 보면 오히려 불우하고 가난하게 살아가는 사람들이 뛰어난 영감과 상상력으로 좋은 시문을 창작할 가능성이 짙다. 김시습의 소설은 바로 그 점을 말하고 있다.

어떻든 인간의 경험을 넘어서서 존재하는 신이한 세계는 특이한 감도感度를 지닌 사람들에게 항상 안테나를 열어놓는다. 성완의 일화는 바로 그러한 점을 은근히 말하는 것이다. 성완의 능력이 맹도인을 만나기 전에 이미 시마에 걸려서 그렇게 된 것이든, 아니면 맹도인 덕에 그런 능력이 생겼건 간에, 그의 감각적 촉수는 세상의 일반적 형태와는 다른 방향으로 열려 있었던 것이다. 나아가 황효건이나 최문발 역시 전혀 다른 형태의 촉수를 가지고 세상을 인지했던 인물이라고 하겠다. 이러한 모티프가 결국은 시귀의 형태로 드러나는 것이고, 우리는 그 속에서 해명할 수 없는 문학의 한 부분을 다루는 시선을 감지할 수 있다.

이렇게 귀신 같은 이류異類와 교접하면서 평상시 자신의 능력과 다른 층위의 것을 보여주는 사람들은 대체로 시귀(기록자는 그들을 시마에 걸린 것이라고 규정하지만, 사실은 본격적인 시마의 차원에 도달한 것은 아니다. 그들은 시마의 초보적인 단계에 불과한 시귀일 뿐이다)가 영향력을 행사한 것이라고 한다. 그러나 어쩌면 이런 이야기들은 시인의 신비스런 행적이 사람들의 호기심을 자극하여 만들어진 기이한 이야기일는지도 모르겠다.

시귀, 살인 사건을 해결하다

요즘도 의문의 살인 사건이 터지면 사람들은 그 사건의 실체에 대해 매우 궁금해한다. 자기와 전혀 관련이 없는데도 우리는 매일 신문을 보면서 범인의 인상착의를 그려보곤 하는 것이다. 어렸을 때 읽었던 셜록 홈즈의 활약상이나 괴도 루팡, 혹은 아가사 크리스티의 소설에서 느꼈던 긴장과 떨림을 생각한다면 살인 사건만큼 흥미로운 이야깃거리를 제공해 주는 것도 그리 흔치는 않을 듯싶다. 살인 사건은 우리가 평생 살아가면서 한 번 접해 볼까 말까 한 사건이어서, 우리 주변에서 그런 얘기를 듣기라도 하면 정말 귀를 쫑긋 세우고 관심을 보이게 마련이다.

조선 시대 역시 마찬가지여서, 그 당시에도 살인 사건과 관련하여 수많은 루머와 음해가 떠돌았던 것 같다. 부임하는 원님이 첫날 밤을 넘기지 못하고 죽은 채 발견되는 일이 계속되자 아무도 그곳의 원님으로 부임하기를 꺼렸는데, 담이 큰 선비 하나가 자원하여 그곳에 부임했다가 첫날 밤 자신의 원한을 풀어달라고 부탁하는 귀신을 만나서 결국 영원히 묻혀버릴 뻔했던 살인 사건이 해결되었다는 식의 설화는 우리나라에도 비교적 풍부하게 전승되고 있다. 귀신은 자신의 억울함을 하소연하려고 나타났는데 원님들은 말도 꺼내기 전에 놀라서 죽어버렸던 것이니, 그 귀신 역시 죽어서도 답답함은 이루 말할 수 없었을 터이다.

사람들의 이야기 속에서 이리저리 흘러 다니는 살인 사건과 관련된 소문이 많았으니, 시와 관련하여 이야기가 전하지 않는 것이 오히려 이상할 지경이다. 물론 시와 관련한 사건은 여럿 전한다. 앞서 언급한 바 있는 정지상과 김부식 사이에 벌어졌던 사건도 한시 구절을 놓고 벌인 한 판 승부였지 않는가. 현실에서 패배한 정지상이 귀신으로 등장하여 김부식을 이기고 있지만, 반대로 현실에서는 문학으로 패배한 김부식이 귀신으로 나타난 정지상에게는 오히려 문학적인 승리를 일궈내는 점이 참으로 흥미롭기까지 하다.

《서곽잡록西郭雜錄》에 전하는 기록 중에 한시 구절로 인해 벌어졌던 기구한 사건이 있다.

구봉서(具鳳瑞 1597~1644)가 전라도 관찰사로 있을 때였다. 나주羅州의 어떤 사람이 아내를 죽였다는 옥사가 있었는데, 주장이 엇갈려 완전히 해결되지 않은 채 의옥疑獄 사건으로 남아 있었다.

하루는 달밤에 구 관찰사가 뜨락을 거닐다가 "걸음 옮겨 아름다운 오동에 의지해 함께 달을 완상하노라(徙倚奇桐同翫月)"라는 시구 하나를 지었다. 그리고 아무리 생각해도 적절한 대구對句가 생각나지 않아 고심하고 있는데, 갑자기 한 여자가 "'등불을 밝히고 누각에 올라 각기 시를 짓도다(點燈登閣各成詩)' 라고 하면 됩니다" 하면서 지나가는 것이었다. 구 관찰사의 시구는 倚에서 奇로, 桐에서 同으로 글자의 한 부분을 줄여 나가면서 만들어진 것이라서 대구를 맞추기가 어려운 구절이었다. 그런데 여자가 나타나서 지은 시 역시 燈에서 登으로, 閣에서 各으로 글자의 부분을 줄여가면서 시구를 만듦으로써 절묘한 대조를 이루고 있었다. 구 관찰사는 정신이 황홀하여 방에 들어와 술을 한 잔 마시고 마음을 진정해 자리에 누웠다.

이때 밖에서 한 여자가 말하기를, "저는 조금 전 시구를 지은 여자인데, 원통한 일이 있어서 호소하려고 합니다. 이전의 관찰사 어른들께는 호소하려고 하면 놀라 기절하셨기 때문에 호소하지 못하고 있었습니다만, 감사님께서는 정백精魄이 뛰어나셔서 조금 전의 시구에 감응함이 있어서 아뢰려고 합니다." 이렇게 말하고는 자신의 억울한 사정을 호소했다.

"저와 남편은 모두 나주의 사족士族 출신 사람입니다. 하루는 밤에 남편에게, 제가 앞에서 관찰사 어른께 읊어 드린 '點燈登閣各成詩' 라는 시구를 읊으면서 대구를 지어보라고 하였습니다. 그러나 남편은 대구를 짓지 못하고 '절에 가서 더 공부하여 대구를 지을 수 있을 때 내려오겠다' 고 하고는 이튿날 절로 떠났습니다. 남편이 절에서 공부를 하는데, 같이 지내던 친구가 신혼에 왜 절에 와서 있느냐고 묻길래 남편은 사실 얘기를 했습니다. 이때 다른 방에 있던 한 선비가 이

얘기를 엿듣고 밤중에 저의 집으로 달려와, 여자 종을 불러 이제 시를 지었다고 말하고는 제 방으로 들어왔습니다. 그리고는 불을 켜지 못하게 하고 급하게 동침을 요구하였습니다. 그의 하는 행동이 아무래도 이상하여 거절했더니, 곧 저를 칼로 찔러 죽이고 달아났습니다. 그런데 저희 집에서는 사위가 왔다 간 것으로 잘못 알고 고발하여 남편이 살인자가 된 것입니다. 명민하신 감사님께서 억울한 저의 남편을 살려주십시오."

구 관찰사가, "그 범인을 어떻게 알아낸단 말이냐?" 하고 물으니, 여인은 "백일장을 개최하여 감사님께서 지으신 '徙倚奇桐同翫月'이라는 시구를 제목으로 내걸고 대구를 지으라고 하십시오. 그러면 저를 죽인 사람은 제가 지은 시구인 '點燈登閣各成詩'를 쓸 것이니 그 사람을 잡아 문초하시면 됩니다.

구 관찰사는 여인이 말해 준대로 하여 백일장을 개최했고, 그리하여 그 시구를 쓴 사람을 잡아 범인을 밝힐 수가 있었다. 그리고는 구속되었던 여인의 남편을 풀어주어 두 사돈 집안 사이에 오해가 풀렸고 서로 붙잡고 울었다고 한다.

살인 사건에 끼어 있는 절묘한 시 구절은 사람들의 호기심을 충분히 자극했을 것이다. 그것은 사건을 해결하는 하나의 기호이다. 기호 하나 속에 우주가 들어 있다고 믿는 사람이 아니더라도, 절묘한 시 구절은 사건 해결에 이상한 방식으로 작용하면서 사람들의 관심을 끌기에 충분했던 것이다. 그것은 동시에 한시가 가지고 있는 퍼즐과 관련이 있는 듯도 싶다. 알다시피 한시를 짓는 일은 복잡한 퍼즐을 푸는 것과 비슷한 과정을 거친다. 기본적으로 압운과 평측을 맞추어야 하고, 대구를 맞추되 법식에 맞추어야 하는 점을 감안한다면, 이 야말로 복잡한 퍼즐이 아니고 무엇이겠는가. 가장 수수께끼다운 한

시 형식이 수수께끼 같은 살인 사건을 푸는 하나의 기호로 제시되었으니, 그 흥미와 긴장과 흥분이야 말할 것도 없다. 게다가 원귀로 여성이 등장하여 원래는 신혼의 젊은 여성이었다는 점, 남편과 시문을 수작하던 중에 남편이 대응하지 못할 시구로 사단이 일어난 점, 어두운 밤에 알지 못하는 남자의 침입 등은 흥미로운 요소를 골고루 갖추고 있다.

시구와 관련한 살인 사건의 전말 이외에, 이 일화에서 또한 눈길이 가는 부분은 죽은 여인의 빼어난 작시 능력이다. 글공부만 열심히 하면서 살아왔을 남편이 꼼짝도 못할 정도로 민첩하면서 정교한 작시 능력을 갖추고 있었던 한 여인네의 모습이 일화의 이면에 숨어 있다.

근대 이전, 특히 조선 시대에 여성의 뛰어난 재능이라는 것은 종종 배척의 대상이었다. 비근한 예로 허난설헌만 해도 그렇다. 그녀의 재능은 동생 허균이 매양 찬탄하듯이, 열 살도 채 안 되는 나이에 〈광한전백옥루상량문廣寒殿白玉樓上梁文〉을 지었다니 믿어지지 않을 만큼 놀라운 재능이었다. 그러나 평범한 남편 김성립을 만나 구박을 받다가 20대 후반의 꽃다운 나이에 죽는다. 그녀가 받았을 암묵적인 시댁 식구들의 핍박은 감수성 예민한 한 젊은 여성을 얼마나 조였을 것인가.

신사임당 역시 마찬가지다. 그녀와 결혼한 남편 이원수는 처음 결혼한 후 5년 가량을 아내와 떨어져 살았다고 전한다. 강릉 지역에 전하는 전설에 의하면, 이원수는 너무나도 신사임당을 사랑하여 곁에서 떨어지지 않았다고 한다. 과거에 떨어질까 걱정이 된 신사임당은 급기야 남편을 쫓아내기에 이른다. 과거에 급제하지 못하면 돌아오지 말라며 서울로 남편을 보낸 것이다. 그러나 생각해 보면 참 이상한 일이다. 막 결혼한 신혼부부가 하다못해 시댁 어른들을 모시기 위해서라도 서울이나 파주(신사임당의 시댁은 파주이다)로 가야 마땅할 터인데도, 신사임당은 강릉에서 살았고 남편은 서울에서 살았다고 전한다. 게다가 신사임당이 죽었을 때 그녀의 남편은 아내가 죽은 지석 달이 채 될까 말까 한 시점에서 기다리기라도 했다는 듯이 후처를 들여온다. 그렇다면 알게 모르게 신사임당의 남편 역시 아내의 재능에 기가 눌려서 지냈다는 추정이 가능하다.

이야기가 옆으로 빗나갔지만 요지인즉, 위의 구봉서 관찰사 이야기에서도 재능 넘치는 한 여인의 슬픈 삶을 읽을 수 있다는 것이다. 그 재능은 결국 자신의 남편을 절로 내쫓아버리는 계기로 작동하였고, 자신의 죽음을 불러오는 결과를 낳았으며, 남편에게 살인자의 누명을 안기는 화를 초래한 것이다. 참으로 슬픈 이야기다.

어떻든 죽은 귀신에게도 여전히 시구는 남아서 맴도는 모양이다. 그것이 남편의 살인 누명을 벗기고 자신의 결백을 주장하기 위한 것이라 하더라도, 시구는 저승의 귀신까지도 잊지 못하는 신묘한 물건이다.

귀신과 시를 주고받은 이야기

구봉서 이야기에서처럼 어떤 사정이 있어서 시를 기억하고 그것을 암송하는 귀신은 사람들의 흥미는 끌지언정 시를 주고받는 데서 오는 문학적 긴장감은 떨어진다. 그렇다면 귀신과 시를 본격적으로 주고받을 수 있다면 그야말로 신기하고도 재미있는 문학적 사건일 것이다. 실제로 그런 이야기가 전한다. 《보한집補閑集》에는 이런 일화가 세 편 수록되어 있다.

서백사西伯寺의 승통僧統 시의時義 스님이 학자였을 때, 진사 박인후朴仁厚와 또 다른 친구 두세 명이 함께 봉령사奉靈寺에서 밤에 술을 마시며 시를 짓고 있었다. 술자리가 파하려 할 때 갑자기 창 밖에서,

"밤이 깊으니 술자리 손님 파하려 하는구나(更深將罷壺中客)"하고 누가 섬뜩하게 시를 읊는 소리가 들렸다. 그래서 일좌가 모두 두려움 속에 잠겼던 적이 있었다.

또한 이식李植이라는 명사가 불갑사佛岬寺에 가는데 길에서 몸집이 크고 장대한 노인을 만났다. 서로 시를 주고받으며 절 가까이까지 왔는데, 노인은 산 속으로 들어가면서 시를 주었다. 그 시는 '소나무 바람 종일 불어, 소소해 그침이 없도다. 그 아래 천고의 복령이 있어도, 오가는 초동은 미처 알지 못하더라(松風吹永日, 蕭蕭無盡時. 其下茯苓千古在, 往來樵子未曾知)'라는 내용이었다.

다른 일화는 이렇다. 법천사法泉寺 스님이 밤에 누각에 올라 소동파의 시를 읽고 있는데, 문득 문을 두드리는 소리에 문을 열어보니 의관을 갖춘 한 사람과 머리를 풀어헤친 한 사람이 들어왔다. 의관을 갖춘 사람이 "새로 나온 조각달 높아 가히 볼 수 있고(新月一眉高可見)"라고 읊었다. 스님이 미처 대구를 읊지 못하고 있는데 머리를 풀어헤친 사람이 나서며 "천 리 먼 곳 옛 친구는 만날 기약 어렵구나(故人千里遠難期)"라고 읊으면 된다고 했다. 그리고 나서 두 사람은 문득 간 곳이 없었다고 한다.

홍만종은 《소화시평小華詩評》에서 귀신이 시 읊는 소리를 들은 고려 시대의 한 선비 이야기를 수록하고 있다. 선비는 술에 취해 쓰러져 있는데 불현듯 "시냇물 졸졸졸 산은 고요한데, 나그네 시름 아득하고 달은 황혼녘(澗水潺湲山寂歷 客愁迢遞月黃昏)"이라고 시를 읊는 소리가 들리더라는 것이다. 깜짝 놀라 일어나보니 자신이 누워 있던 곳은 가시덤불 우거진 황폐한 무덤 옆이었더란다. 홍만종은 여기서 여러 귀신들의 시를 소개한 다음, 귀신도 자기의 좋은 시를 아껴서 반드시 사람의 힘을 빌어 세상에 전함으로써 자신의 재주를 드러내려는 것이 아닌가 하고 반문한다.

위의 일화의 공통점은 모두 귀신이 시를 읊으면서 이승의 사람과 교감을 나누었다는 점이다. 여기서의 귀신은 시인 내부에 하나의 힘으로 존재하는 것이 아니라 외부에 어떤 힘으로 분명히 그 모습을 드러낸 것이다. 사실, 시귀에 관한 이야기들은 시인 내부의 표현욕을 드러내고 있는 경우가 많다. 귀신과 같은 신이하고 초경험적인 존재를 언급하고는 있지만, 자기 자신도 알 수 없는 표현 본능에 대한 상징적 표현이거나 아니면 그러한 것에 사로잡혀 만나는 내부의 환청일 경우가 많다는 것이다.

그러나 위에서 든 일화처럼 하나의 힘으로 외재하는 귀신은 문제가 좀 다르다. 그들은 시가 있는 곳이면 어디든 나타나서 시를 짓거나, 자기들 스스로 시를 주고받으며 즐긴다. 이는 문학 특히 시가詩歌처럼 짓는 사람이나 듣는 사람이 시가를 매개로 하여 교감을 가진다는 점과 일정한 관련을 가진다. 즉 좋은 작품은 작가 자신의 진심에서 우러나오는 것이고, 그것은 듣는 사람뿐만 아니라 천지귀신까지도 감동시킨다는 점을 생각해 보면 귀신들이 시를 즐기는 이유 역시 이해할 만하다. 사람뿐 아니라 귀신의 시 창작과 감상, 그야말로 문학의 신비한 감응력을 단적으로 드러내는 일화가 아닌가.

귀신 덕에 전승된 시

귀신이 시를 좋아해서 좋은 시가 전승되도록 한 경우도 있다. 그야말로 문학의 신비한 힘이 인간 세계를 넘어서 그 감응 범위를 극대화한 것이라 하겠다. 서거정의 《동인시화》에 수록되어 있는 일화 중에는, 고려 시대 문인인 김지대의 시가 멸실되었는데 그것이 다시 발견된 경위를 적어 놓은 것이 있다.

고려 시대 김지대(金之岱 1190~1266)는 의성관루義城館樓 시를 지어 누각에 붙여놓았다. 그 시는 다음과 같다.

聞韶公館後園深	문소각 깊은 곳
中有危樓百餘尺	그 속에 누각 높아 백여 척.
香風十里捲珠簾	향그런 바람 십 리에 주렴을 걷고
明月一聲飛玉笛	밝은 달빛 아래 한 소리 젓대 소리 난다.
烟輕柳影細相連	설풋한 안개에 버들 그림자 가늘게 서로 이어졌고
雨霽山光濃欲滴	비 갠 뒤 산빛은 물 떨어질 듯 짙다.
龍荒折臂甲枝郎	오랑캐 맞아 팔 꺾은 갑지랑이여
仍按憑欄尤可惜	난간에 기대 생각하니 더욱 아까워라.

이 시는 많은 사람의 칭송을 받았는데, 그 뒤 10여 년쯤 지나 누각이 전쟁중에 불타면서 함께 소진되었다. 수십 년 후, 한 안렴사按廉使가 와서 김지대의 시를 급히 찾아오라고 했다. 그러나 아무도 이 시를 아는 사람이 없었다.

그때 마침 현령 오적장吳迪莊의 딸이 재상을 지낸 장일張鎰의 아들 장정하張庭賀와 약혼하였다가 파혼한 후 정신이상 증세를 보이고 있었다. 의성 쪽으로 발령이 난 오적장이 약혼한 딸을 임지에까지 데리고 떠나는 바람에 장정하는 다른 여자와 결혼을 하고 말았던 것이다. 그런데 정신이상 증세를 보이던 딸이 이상하게도 갑자기 김지대의 시를 줄줄 외우는 것이었다. 그래서 고을 사람들이 베껴 안렴사에게 바칠 수가 있었다.

이 일화를 기록한 서거정은 이렇게 적고 있다. "세상에 전하기를, 귀신도 시를 사랑하기 때문에 시가 없어지는 것을 애석하게 여겨 다시 이 시를 세상에 전해지게 했다고들 한다. 그러나 나는 이 말이 황당해 믿기가 어렵다고 생각한다."

그러면서도 서거정은 뒤이어 두시杜詩의 주를 인용하여 학질에 걸린 사람에게 시를 외워주자 학질이 떨어졌다는 얘기, 왕학로王學老가 강의 풍랑을 멈추게 하기 위해 위응물韋應物의 한시를 쓴 부채를 강의 신에게 바쳤다는 이야기 등을 수록하고 있다. 또한 조선 중기 문인인 유몽인柳夢寅은 자신의 저서 《어우야담於于野談》에서, 자신이 지은 시를 학질 걸린 사람에게 붙여주었더니 상당히 많은 사람들이 효과를 보았다는 경험담을 자랑스럽게 기록하고 있다.

근대 이전의 시화서詩話書들을 살펴보면 우리의 경험으로는 해명되지 않는 신기한 일화들을 시와 함께 다수 수록하고 있는 것을 볼 수 있다. 예나 지금이나 좋은 시의 창작에는 인간의 이성적 힘 저편에 다른 세계가 지배하는 부분이 있다고 믿는 태도가 있다. 귀신의 도움이 아니면 상상할 수 없는 좋은 시들, 인간의 힘으로는 결코 도달하지 못하는 경지, 그런 것들이 귀신 일화와 결합함으로써 선비들의 좋은 이야깃거리로 인구에 회자되었던 것이다.

시귀에서 시마로— 시힘의 새로운 발견

시귀詩鬼니 시마詩魔니 하는 용어를 쓰기는 해도, 이것을 지금의 말로 옮기면 아마도 '시힘' 정도로 이해될 수 있다. 시인 자신조차도 알 수 없는 힘을 굳이 표현하자면 이렇게 옮길 수 있을 것이다.

근대 이전의 기록에서 일화로서의 시귀 이외에 비평적 논설로서 시마를 다룬 글이 몇 편 있다. 마음먹고 다룬 글로는 고려 시대 이규보의 〈구시마문(驅詩魔文 시마를 몰아내는 글)〉과 조선 중기 문인 간재良齋 최연崔演의 〈축시마(逐詩魔 시마를 쫓아내다)〉가 있다. 두 사람의 글은 상당히 비슷하면서도 시마에 대한 판결에 있어서는 반대되는 입장을 보인다. 그러나 이 글 역시 바탕에 시귀에 대한 당대인들의 생각을 전제하고 있다.

귀신은 이중적인 존재이다. 그들의 한쪽 발(만약 귀신에게 두 발이 있다면)은 인간 세계에, 다른 한쪽 발은 명계冥界에 붙이고 있다. 이러한 탓에 이들은 인간의 삶 속으로도 완전히 들어오지 못하고, 인간 저편 저승에도 완전히 들어가지 못한 채, 인간 주변에서 이렇게 떠도는 존재들이다. 시 창작이라는 측면에서 볼 때 이것은 참으로 중요한 단서이다. 이규보나 최연의 글은 시마의 죄상을 열거하면서 그들을 쫓아내는 내용으로 이루어져 있는데, 이들이 시마의 죄로 드는 것 중에 천지의 비밀을 누설한다는 항목이 들어 있다. 인간의 힘으로는 알 수 없는 천지의 비밀은 마땅히 인간 저편의 세계와 교통하고 있는 시마의 영역에서라야 가능한 일이다. 시인 자신도 깨닫지 못하는 사이에 시인은 자신의 시에서 천지의 비밀을 누설하는 중대한 죄를 저지른다. 이것은 세상의 이치를 거스르는 일이 되는 셈인데, 이러한 글을 통해 굳어져버린 세상의 예속禮俗을 하나씩 파괴해 나가는 작업을 하는 사람으로서 시인상을 제시한다.

현실에 안주하지 못하도록 우리를 일깨우는 시마는 시 창작의 가장 깊고 근원적인 힘이다. 시힘에 대한 초보적인 생각을 우리는 시귀 이야기에서 읽을 수 있으며, 시귀에 관한 일화는 시마론詩魔論과 같은 문학 이론으로 체계화된다. 시귀에서 시마로 체계화되면서, 시인을 감싸고 돌며 세상의 강고한 벽을 허무는 시힘을 좀더 효과적으로 제시하는 것이다.

3장 __ 예언자 시귀: 시참詩讖 이야기

시귀와 예언

사람들은 불확실한 미래에 대한 일말의 불안감을 가지고 있다. 사실 한 치 앞도 내다보지 못하는 것이 인간의 눈인데, 며칠 혹은 몇 년, 더 나아가서 내세의 일이 궁금하지 않을 수는 없겠다. 현재의 상황이 힘들고 어려운 사람들은 미래의 희망을 찾기 위해 자신의 앞날을 궁금해하고, 현재의 상황이 만족스러운 사람들은 그 풍요로운 삶이 계속 지속되기를 바라는 마음에서 앞날을 궁금해한다. 고등 종교건 아니면 민간 신앙이건 예언의 기능을 가진다는 점에서는 같다. 그들은 자신의 예언이 사람들에게 받아들여질 수 있도록 정교한 논리를 만들어내서 설득한다.

예언을 단순히 미신이라고 보기에는 그 개인적·사회적 역할이 너무 크다. 일종의 엑스터시 상태에서 이루어지는 예언 행위는, 개인적 차원에서 볼 때 인간의 인식 능력을 넘어서는 다른 세계와 교통함으로써 참된 지식을 얻는 지름길을 발견할 수 있을 것이고, 사회적으로 보면 제의와 같은 절차 속에서 이루어짐으로써 일종의 중재자 역할을 한다. 예언자는 신의 참된 지식을 경험한 자이며, 그러한 지식을 바탕으로 주변의 집단들과 개인들의 사회적 지위를 향상시키고 사회 질서를 변화시키는 역할을 한다. 그렇다고 해서 예언자가 항상 도덕적이고 고결한 인성을 갖추고 있어야만 한다는 것은 아니다. 때때로 예언자는 길거리의 천대받는 인간이기도 했는데, 여기서 중요한 것은 예언을 하는 개인의 도덕적 완성도가 아니라 그가 진실로 신이나 진리를 담지한 예언을 해내는가에 있다.[3]

물론 그 문제도 동양과 서양이 차이를 보인다. 어쩌면 기독교와 중국 전통 사상의 차이라고 해도 과언이 아닐 것인데, 이들의 차이는 아마 예언자의 도덕적 완성도와 그에 따른 예언 방식의 차이에 있는 것으로 보인다. 즉, 고대 서양의 예언자는 예언자 개인의 도덕적 수양과는 별도로, 엑스터시 상태에서 이루어지는 접신과정接神過程을 통해 단지 신의 매개자로 기능할 뿐이다. 이들은 고위 관직에 있는 정치가일 수도 있고 제사장일 수도 있으며 심지어 길에서 구걸을 하는 거지일 수도 있다. 중요한 것은 그들이 신의 전달자로 선택되었다는 점이다. 그러나 동아시아의 경우는 사정이 다르다. 강신降神에 의한 예언은 사회적으로 높게 평가되지 못한 경향이 있다. 특히 유교적 인문주의의 전통에서는 미래에 대한 예측이 엑스터시 속에서 경험하는 접신接神 체험이라기보다는, 오히려 과거의 전적을 읽고 역사와 천지자연의 이치를 깨달음으로써 미래를 예측하는 측면이 강하다. 과거의 역사를 충분히 탐구하여 원리를 이해함으로써 미래를 안다고 하는 논리는, 그 외피의 변화에도 불구하고 유학자들의 역사관이었으며 예언의 기반이었다.

고대 사회에서의 예언자란 천지자연 및 초자연적 힘과 교통하면서 인간의 질서를 조화롭게 만들어나가는 사람이다. 자연재해가 닥쳐도 그는 자연의 질서를 읽어내면서 그것의 조화로움을 회복하려고 애쓰며, 질병과 전쟁이 닥쳐도 세상의 조화와 질서를 위해 힘쓴다. 따라서 예언자의 시선 속에는 언제나 천지자연의 운행 질서가 관심사로 등장하고 있으며, 그것은 자연스럽게 인간 세상의 질서와 절묘한 유비관계를 이루면서 끊임없이 재해석된다.

이러한 유비관계에 근거를 마련하는 것이 바로 기론氣論이다. 인간이든 천지만물이든 그것이 현현할 수 있는 이유는 바로 기氣 때문이다. 주리론자主理論者라 하더라도 기氣의 존재를 부정할 수는 없는 노릇이다. 사람이 다른 사물이나 동물과 서로 감정을 공유할 수 있는 것은 기의 감응 덕분이다. 전혀 다른 종류의 사물이라도 서로 감응하면 합일로의 길을 갈 수 있고, 감응이 되지 않으면 같은 종류의 사물이라도 다른 사물이나 다름없다. 귀신을 부르는 것도 기의 감응이고, 귀신의 존재도 기의 취산聚散에 관련된다. 그렇다면 예언을 하는 것은 자신의 기가 어떻게 신이한 힘과 감응하는가의 문제와 직결된다. 다만 감응을 하기 위해서는 무엇인가 매개체가 필요하다. 일반적으로 빙의憑依라고 하는 것도 신이한 귀신의 기가 사람의 감각적 범위에 포착되기 위해 무엇인가를 매개로 현현하는 것을 의미하는 것이다. 그렇게 볼 때 시귀詩鬼는 시 작품을 매개로 신이한 기가 인간의 감각적 현실 속에 드러난 것을 부르는 말이 된다.

사람의 삶이란 부단한 기의 변화의 연속선상에서 파악할 수 있다. 기의 변화를 통해 사람은 세계와 소통하면서 동일성과 차이를 감지한다. 그 기가 정확하게 감응하는 순간 사람은 시공간을 뛰어넘어 전혀 다른 종류의 세계를 경험하며, 이는 결국 자신이 딛고 선 세계의 논리로는 해명되지 않는 세계로 인식 범위가 확대됨을 의미한다. 자신의 현재를 국한하고 있는 어떤 범주에서 벗어나 드넓은 세계로 시선을 넓힘으로써 그는 국한되어 좁았던 시선을 단박에 파악한다. 여전히 국한된 시선을 가지고 있는 사람의 입장에서 볼 때 그것은 신기하고 놀라운 예언으로 들릴 수 있다는 점이다.

한편, 예언은 그 예언과 관련되는 사람의 인간적 욕망을 의식적 혹은 무의식적으로 드러내는 방식이기도 하다. 얼핏보면 예언이 자신의 이성적 차원을 벗어나 완연한 엑스터시 상태에서 이루어지는 것으로 보이기도 하지만, 엄밀히 따지면 그것 역시 자신의 욕망을 드러내는 여러 방식 중의 하나이다. 자신의 욕망이 지향하는 바에 따라 예언의 내용은 달라진다. 예언 중에서 유독 죽음의 문제나 과거 급제 문제가 자주 등장한다는 것은 그만큼 그 문제가 사람들의 중요한 관심사였기 때문일 것이다.

율곡 이이(栗谷 李珥 1536~1584)에 관한 흥미로운 이야기가 있다. 49세에 병으로 이 세상을 하직한 율곡 선생이 이처럼 단명한 이유에 대해 떠도는 일화로, 하나는 풍수와 관련된 것이고 또 하나는 시참詩讖에 관한 것이다.

율곡의 어머니 신사임당이 죽자 선산에 묘를 쓰게 되었다. 그 묘는 어떤 스님이 잡아준 명당터였다고 한다. 관을 묻을 광(壙: 관을 묻기 위하여 파놓은 구덩이)을 파고 하관을 하려고 보니 작은 돌 하나가 삐죽이 고개를 들고 있는 것이었다. 그런 상태로 관을 묻으면 관이 뒤뚱거려서 좋지 않았다. 그래서 이 돌을 어떻게 처리할까 고민하던 중에 터를 잡아준 스님이 그냥 하관을 하라고 충고했다. 그러나 관이 움직이는 상태로 묻으면 땅에 묻힌 혼이 불편할 것이라고 생각한 사람들은 그 돌멩이를 파내고 말았다. 그 돌멩이 주변을 파고 돌을 들어내는 순간 그 밑에서 홀연 흰 학 한 마리가 포르르 날아갔다는 내용으로, 결국 명당을 잡아준 대로 묘를 쓰지 않았기 때문에 율곡이 일찍 죽게 되었다는 것이다.

다른 하나는 율곡의 이름난 한시 때문에 생겨났다. 《율곡집栗谷集》
을 보면 여덟 살 때 지은 것이라고 주석이 달려 있는 〈화석정花石亭〉이
라는 작품이 제일 앞에 수록되어 있다. 그 시는 다음과 같다.

林亭秋已晚	숲 속 정자에 가을 이미 깊은데
騷客意無窮	시인의 마음 끝이 없어라.
遠水連天碧	멀리서 오는 물은 하늘에 잇닿아 푸르고
霜楓向日紅	서리 맞은 단풍은 해를 향해 붉구나.
山吐孤輪月	산은 외로운 달 토해 내고
江含萬里風	강은 만 리 바람 머금었다.
塞鴻何處去	북녘 기러기 어디로 가는가
聲斷暮雲中	저무는 구름 속에 울음 소리 끊어진다.

어린 아이의 솜씨라고는 믿어지지 않을 정도로 빼어난 작품이다.
사용하는 단어라든지 대구를 맞추는 솜씨는 어디에 내놓아도 빠지지
않는다. 그런데 마지막 구절을 보면 '斷(끊어질 단)' 자가 들어 있다. 이
글자가 바로 율곡의 단명短命을 예언한 글자라는 것이다. 이처럼 그가
지은 시문詩文 속에 그의 운명이 예언되어 있는 것을 시참詩讖이라고
한다.

자신이 사용하는 단어를 보면 그 속에 그의 평생 운명이 모두 집약
되어 들어 있다는 말을 더러 듣는다. 그것은 물론 언어의 주술성을
말하는 것일 터이다. 특히 한시가 가진 음악성으로 미루어 보건대,
이 논리는 음악의 주술성 혹은 도저한 감응성으로도 확대될 수 있다.
요즘도 어떤 사람이 좋아하는 노래를 들어보면 그의 현재 심리 상태

뿐만 아니라 그의 미래까지도 짐작할 수 있다는 말을 자주 한다. 즐거운 노래를 즐겨 부르는 사람에게는 즐거운 일이 생기고, 슬픈 노래를 즐겨 부르는 사람에게는 슬픈 일이 생기리라는 것이다. 이 때문에 사랑하는 연인들이 함께 이별의 노래를 부르는 것을 꺼림칙하게 여기면서 일종의 금기라고 생각하는 경향도 심심찮게 발견된다.

바로 여기서 귀신이 개입하게 된다. 인간의 힘으로는 도저히 어찌해 볼 도리가 없는 영역이 생사 문제이며 과거에 급제해서 벼슬을 하는 문제이다. 능력의 유무와 관계 없이 다른 방식으로 작동하는 부분이 있다면, 그것은 인간 세계의 힘이 미치지 못하는 지점이다. 그 지점에 위치하는 존재가 있어서 인간을 이어준다면, 그것이 바로 귀신이라 할 수 있다. 귀신의 등장으로 사람들은 자신의 미래에 대해 이러저러한 전망을 가능케 하는 조짐을 발견하고 해석해 낸다. 작게는 개인의 소소한 미래에서부터 크게는 나라의 흥망성쇠에 이르기까지 수많은 일들이 귀신의 현현과 함께 예언된다. 인간들은 그러한 조짐을 통해 귀신이 예언하는 내용을 짐작하고 해석하려 한다.

그렇다면 어떤 귀신들이 어떤 방식으로 예언을 하고 그들을 작동시키는가. 실제 예를 들면서 그 이야기를 해보자.

예언은 꼭 맞는 것인가?— 황건중과 성간의 경우

귀신은 어떻게 인간의 미래를 예언해 주는 것일까. 아무리 귀신이 신묘하다 해도 관계 없는 사람을 위해 예언을 해주는 예는 없다. 귀신도 한때는 사람이었던지라 그 역시 자신과 일정한 관련이 있어야만 도와주는 것이 당연한 이치다. 그런 점에서 보면 가장 흔히 나타나는 유형은 예언을 받는 사람과 혈연적으로 연결되는 경우다. 조상이 꿈에 나타나서 앞일을 미리 알려주면서 조심하라고 경계를 한다든지, 아니면 도움을 받았던 사람이 훗날 죽어서 귀신이 되었다가 자신에게 도움을 주었던 사람의 자손이 위험에 처해 있을 때 나타나서 도와주는 것도 혈연과 사회적 관계가 얽혀서 복잡하게 되긴 했지만 어쨌든 혈연과 관련이 있는 경우다. 그런 유형 중에서 황건중黃建中이 만난 귀신 이야기는 복잡하게 얽힌 유형에 속한다. 이 일화는 유몽인의 《어우야담》에 수록된 것인데, 《계산담수》나 《동야휘집》에도 거듭 수록된 것을 보면 조선 후기에 아주 널리 알려진 이야기였을 것이다.

황건중은 서울에 살면서 기생집 출입이 잦았다. 철원 지역에 조상이 남긴 재산이 있어서 옛 동주(東州: 지금의 강원도 철원) 근처 숙소에 가서 머물게 되었다. 반 년쯤 지났는데 갑자기 한 미인이 숙소에 나타나서 가까이 하면서 유혹하였다. 그러나 겨울인데도 옷을 얇게 입고 있어서 의심을 품고 가까이 하지 않으니, 여인은 이후로 매일 저녁에 와서는 옆에 누워 여러 가지로 유혹하다가 새벽에 가곤 하였다.

황건중이 아내를 옆에 누워 있게 하니 여인은 반대쪽에 누웠고, 또 여자 종과 아내를 양쪽에 누워 있게 하니 머리맡에 누웠다. 다시 사람을 머리맡과 발끝에도 누워 있게 하니 여인은 주위를 맴돌면서 침상 근처를 떠나지 않았다.

도사道士와 무당을 불러서 쫓으려고 하니 여인은, "나는 옛날 궁예의 공녀貢女였는데 궁예의 근거지인 동주가 함락될 때 죽어 시체가 병정들과 함께 들에 버려져 있었습니다. 이 때 당신의 선조 황계윤黃繼允이란 분이 제 시체를 산으로 옮겨 묻어 주었습니다. 이제 그 은혜를 갚으려고 왔습니다. 다만 제가 죽을 당시 여름이어서 얇은 옷을 입고 죽었으므로 지금도 옷을 얇게 입고 있습니다" 하고 말하는 것이었다.

황건중은 여러 가지로 생각하다가 결국 짐을 챙겨 서울로 올라오니 여인도 역시 따라왔다. 그러나 황건중은 여인을 끝내 박절하게 대하며 거부했다. 집에 여러 마리 개를 기르고 있었는데 여인은 개를 매우 무서워했다. 하루는 여인이 울면서, "당신이 박절하게 해서가 아니라, 이제는 당신과의 인연이 다 되어 돌아간다"고 하면서 슬퍼했다.

이때 황건중이 "내가 잘 대해주지는 않았지만 내 곁에 오래 있었으니 나의 앞날 운수나 말해다오" 하니, 여인은 '금빛 닭이 들보 위에 있다(金鷄屋上樑)'는 글귀를 써주고 떠났다.

황건중은 이 뜻을 몰랐는데, 뒤에 마을 건달들과 돌아다니다가 죄를 짓고 옥에 갇히니 옥의 들보 위에 누런 수탉이 앉아 있었다. 이상하게 생각하고 먼저 갇혀 있던 사람에게 물으니 새벽 시각을 알기 위해 옥에서 기르는 것이라고 설명해 주었다. 그래서 황건중은 앞서 여인이 써준 그 글이 옥에 갇히게 될 것이라는 내용임을 알았다.

이 일화의 마지막 부분에서 유몽인은 "아마도 이 여인이 개를 무서워하는 것을 보면 여우가 둔갑한 것 같다. 여우가 궁예 궁녀의 무덤에 들어가 궁예 때의 일을 잘 알고 여인으로 나타난 것임에 틀림없다"고 썼다.

여기서의 귀신은 화자와 직접 관련이 있는 것이 아니라 조상의 음덕 덕분에 나타났다. 귀신이 황건중 조상의 도움을 받은 바 있고, 그에 대한 보답의 일환으로 후손인 황건중에게 나타나서 무엇인가 도움을 주려고 했다. 그 도움의 구체적인 정황은 보이지 않지만, 추정컨대 한밤중에 황건중을 시중드는 것이 아니었나 싶다. 어떠한 도움도 황건중이 원천적인 거부 의사를 분명히 밝히는 바람에 구체적인 도움이 이루어지지 않았지만, 어쨌든 귀신은 황건중의 조상과 황건중 사이를 오가면서 감응하고 있다. 이 역시 간접적인 감응의 구조를 가지고 있는 것이어서, 전혀 관계 없는 사이는 아니다.

그렇다면 시참의 내용은 무엇인가. 바로 황건중이 옥사 사건에 연루되어 옥에 갇히게 될 터이니 조심하라는 것이다. 문제는 그 구절을 일러주었음에도 불구하고 정작 당사자인 황건중은 전혀 알아차리지 못했다는 점이다. 시참을 비록해서 귀신의 예언은 모두 비슷한 성격을 지니고 있는데, 해석자의 시각에 따라 전혀 다른 결과로 나타난다는 점이다. 문제는 해석자의 날카로운 시각이다. 아무리 용한 귀신이나 점쟁이가 예언을 해준다 한들 그것을 해석해 낼 눈이 없다면 소용이 없다.

귀신이 이야기해 준 시구는 애매모호하기 그지없다. '금빛 닭이 들보 위에 있다'는 구절은 감옥에 들어가본 경험이 없다면 절대로 짐작할 수 없는 것이기 때문이다. 더욱이 그것이 감옥에 들어가리라는 예언임을 알았다고 해도, 단지 하나의 사실을 미리 알려줄 뿐이지 예방책으로서의 역할은 전혀 하지 못하는 것이다. 그 예언을 통해 당사자가 모든 일에 조심하고 근신하는 생활 태도를 가진다면 하나의 예방책으로 기능하겠지만, 이는 너무도 광범위한 것이어서 실제 생활에 전혀 도움이 되지 못한다.

이처럼 애매모호한 예언의 성격 때문에 전혀 다른 해석을 내놓게 되고, 이 때문에 해석과는 정반대의 일을 당하는 경우도 있다. 성현成俔의 《용재총화慵齋叢話》에 이런 이야기가 실려 있다.

진일眞逸 선생이 꿈에 제학提學 이백고李伯高를 만났다. 이백고는 용이 되고 자기는 용을 붙잡고 날아서 강을 건너게 되었는데, 떨어질까 걱정을 하니까 용이 돌아보면서 "내 뿔을 꼭 잡아라"고 하더라는 것이다. 드디어 강 언덕에 이르러 보니, 초목과 인물이 모두 인간 세상의 것이 아니었다. 그 꿈이 하도 이상해서 큰형에게 이야기를 했더니 큰형은 이렇게 해몽을 했다. "이백고는 당시에 큰 덕망이 있는 데다가 일찍이 중시重試에 뽑힌 적이 있다. 네가 그의 뿔을 잡았다고 하니, 반드시 중시에서 장원을 할 것이다." 그러나 얼마 지나지 않아서 이백고는 죄를 지어 죽임을 당했고, 진일 신생 역시 병에 걸렸다.

병중에 또 시를 지었는데, 시를 적을 수가 없어서 마침 큰형에게 대신 써달라고 부탁하였다. 그 시는 다음과 같다. '서풍이 아름다운 나무 스치니, 떨어지는 이슬이 윤기 발한다. 나 또한 하늘이 낸 물건이니, 옥녀玉女에게 약속이 있네.(西風拂嘉樹 零露發華滋 我亦一天物 玉女來有期)' 진일 선생의 큰형이 이 시를 보고는 "이 시가 크게 생기生氣가 있으니 분명히 너의 병이 나을 것이야" 하는 것이었다. 그러나 진일 선생은 그 이튿날 죽었다는 것이다. 위의 두 징조는 길조가 아니라 흉조였던 셈이다.

만약 두 이야기를 듣고 반대로 생각을 했더라면 충분히 예견이 가능했을 것이다. 용을 타고 강을 건너가니 속세와는 다른 곳이 나왔다는 것은 저승으로 갈 때의 전형적인 과정이고, 하늘의 선녀와 약속이 있다고 했으니 죽음을 맞이할 운명이 비유적으로 표현된 것이라 하겠다. 그러나 진일재 성간(眞逸齋 成侃 1427~1456)의 두 가지 조짐에 대해 큰형인 안재 성임(安齋 成任 1421~1484)의 개인적인 소망은 사태를 정확히 해석해 내는 데에 오히려 걸림돌이 되고 말았다. 만약 자신과 한 걸음만 떨어진 관계였더라도 충분히 짐작할 수 있었을 터인데, 성임은 글재주 있고 장래가 촉망되는 자신의 어린 동생(성간은 29세에 요절하였다!)의 죽음을 믿고 싶지 않았을 터이다.

세상의 모든 사물이 우주를 함축하고 있는 하나의 조짐이요 기호라는 입장에서 본다면 글이나 꿈을 통한 예시를 해석함으로써 미래를 예측한다는 것도 전혀 허황되기만 한 것은 아니다. 다만 그것이 얼마나 공정한 마음속에서 이루어지는가 하는 점이 관건이다. 더욱 이 옛 사람들은 글 중에서 정묘한 것으로 시를 꼽았다. 인간의 정신 이 정묘하게 응축되어 발현되는 곳이 시라고 여겼기 때문이다. 그렇 다면 그가 지은 한시를 통해 그의 삶을 읽는 것은 어찌 보면 당연한 일일 것이다. 시참을 이야기하는 것 역시 그런 측면에서 본다면 단순 한 흥미 차원의 이야기가 아니라 마음을 닦는 하나의 도구로 여길 일 이다.

기氣의 감응과 시참— 고순의 경우

알 수 없는 어떤 존재에 대한 기대는 어느 시대에나 있었다. 어떤 사람에게는 호기심의 대상이지만 어떤 사람에게는 공포의 대상이기 도 한 그 존재는 대체로 귀신이라는 개념으로 포괄되었다. 동서고금 을 막론하고 귀신 없는 시대는 없었고, 귀신의 정체를 완전히 구명한 시대도 없었다. 다만 귀신에 대한 다양한 생각들이 사회와 시대의 구 석구석을 배회하곤 했다.

조선의 사대부들에게 귀신은 어떻게 이해되었을까.[4] 송대宋代 신유 학자新儒學者의 영향을 절대적으로 받았던 그들에게 귀신이란 대체로 두 가지 점에서 이해되었다. 하나는 음양陰陽 두 기氣가 가진 '내재적 인 변화 능력[良能]'이라고 보는 것이다. 천지간에 가득 찬 기가 모였 다 흩어지는 취산운동聚散運動의 과정이 바로 귀신이라는 것이다. 이 런 생각이 발전하면 귀신이란 이해할 수 없는 초자연적 실체가 아니 라 자연 속의 여러 사물과 현상이 생겨나고 소멸하는 그 중간 과정이라는 것, 즉 리理와 기氣로 이루어진 자연을 그 변화 운행의 측면에서 파악한 개념이 되는 셈이다. 다른 하나는 제의祭儀적 측면에서 이해하는 것이다. 사람이 죽으면 그 혼이 곧바로 흩어지는 것이 아니라 한 동안 남아서 후손과 교감하는데, 그것이 바로 귀신이라는 것이다. 이 것이 실재한다고 믿고 이들에게 제사를 지내는 것은 조선 시대의 여러 기록에서 무수히 확인된다.

그러나 역시 가장 전범이 된 귀신론은 주희朱熹의 논의일 것이다. 주희는 사람이 죽으면 다른 사물이나 자연 현상과 마찬가지로 그 기가 흩어지지만, 단시간에 다 사라지는 것이 아니므로 완전한 소멸에 이를 때까지는 제사를 통해 느껴서 다가오는 이치가 있다고 하고, 또 오랜 세월이 지나 기가 다 흩어진 뒤라 할지라도 조상과 자손이 한 핏줄이면 그 기가 동일하기 때문에 통할 수가 있다고 했다.[5]

주희의 귀신론을 이어받은 명나라 학자 나흠순羅欽順의 경우도 이 와 비슷한 논의를 개진한 바 있다. 그는 귀신을 음과 양 두 기氣의 작용이라고 보았다. 다른 사물과 마찬가지로 귀신 역시 음양의 성질을 동시에 가지고 있는 존재이므로 귀신도 올바른 귀신[正直之鬼神]과 올바르지 못한 요귀[不正之妖孽]가 있다. 양의 기운이 주가 되고 음의 기운이 보좌하는 위치가 되면 올바른 귀신이 되고, 그 반대면 바르지 못한 요귀가 된다는 것이다. 그러니 세상 돌아가는 모습이 이치대로 잘 운영된다면 별 문제 없지만, 세상에 부정과 폭정이 횡행한다면 당연히 요귀들이 설치는 세상이 될 것이라고 했다. 나흠순 식의 시선으로 보자면 사실 귀신도 인간의 힘으로 통어할 수 있는 존재일 뿐만 아니라 세상의 정치교화가 이치대로 이루어진다면 그리 걱정할 것도 없다.[6]

그렇지만 아무리 그렇게 논리적으로 설명을 하려고 해도 신묘한 느낌을 주는 것은 어쩔 수 없다. 눈앞에 이상한 것이 어른거리고 어둠 저편으로 알 수 없는 그림자가 드리우면 나도 모르는 사이에 이빨 사이로 비명을 흘리는 거야 어쩌겠는가.

앞서 언급한 것처럼, 귀신이 전혀 관련이 없는 사람에게 나타나는 경우는 드물다. 귀신을 눈앞에 보는 사람은 어떤 형태로든 귀신과 관련을 가진다. 그런 점에서 이들은 이승과 저승의 경계를 넘어 동일한 기의 감응을 느끼는 것이다. 시참 역시 이러한 논의를 전제로 하고 형성된다. 시참을 결국은 기氣 문학론과 연관지을 수밖에 없는 것은 이 때문이다.[7]

그렇다면 귀신은 어떤 형태로 조짐을 보여주는 것일까. 이들의 조짐은 어떤 방식으로 해석되는가. 이들의 몇 유형을 살펴보면, 옛 사람들이 무엇을 욕망하였는지 짐작할 수 있을 것이다.

돌아가신 아버지를 꿈에 뵙는다면 아마도 반가움과 그리움이 뒤섞인 느낌이 들지 않을까 싶다. 헤어지면 오래도록 그리운 법, 아버지는 언제나 꿈길로 찾아와 아쉬운 시간을 만들곤 한다. 동일한 기를 공유하는 사람으로 부모 자식처럼 가까운 사이가 있겠는가. 육신은 죽었어도 혼백은 남아 오래도록 자식의 곁에서 떠도는 부모의 심정은 참 절절하다. 아버지의 눈에 보이는 자식의 미래는 또 얼마나 기뻤을 것이며 안타까웠을 것인가. 아버지는 자식에게 뭔가 알려주고 싶었지만 방법이 없었다. 동일한 기를 공유하고 있었지만 그것은 단지 감응의 차원일 뿐 현실적인 모습을 드러내서 직접 알려주기란 거의 힘들었다. 따라서 이들은 꿈을 이용하는 것이 가장 좋은 방식이었다.

그러나 다른 한편으로 보자면 꿈에 부모를 뵙는 것은 그에 대한 그리움이 마음에 그림자를 드리운 결과이다. 언제나 생각하다 보면 꿈에 모습이 드러나는 법이 아닌가. 다른 식으로 말하면, 마음속에서 무엇인가 욕망하는 바가 꿈으로 나타난다는 것은 널리 알려진 이야기다. 비록 예언을 해준 것은 아니지만, 아버지를 꿈에서 만나 그분이 읊는 시를 들은 사람의 이야기가 조신曺伸의 《소문쇄록謏聞瑣錄》하권에 수록되어 있다.

선비 고순高淳의 자는 희지熙之이다. 일찍이 귀머거리가 되었는데 사람됨이 신독信篤하고 배우기를 좋아하였다. 하루는 시를 읊으면서 잠자리에 들었는데, 돌아가신 아버지가 꿈 속에 다음과 같은 시 한 수를 주었다.

華髮蒼蒼減昔年	희끗희끗 센 머리 예전만 못하지만
孤身寂寂守山前	외로운 몸 쓸쓸히 산 앞 지킨다.
莫言白骨無知感	백골은 느낌이 없다고 말하지 말라
聞汝吟詩我不眠	네가 읊은 시를 듣고 나는 잠 못 이룬다.

조신은 이 시에 대하여 다음과 같은 서문을 붙였다. "천지에 있는 일기一氣가 와서 퍼졌다가 흩어져 되돌아오지만 사실은 하나이다. 사람이 죽고 남은 기가 자손의 몸에 각각 흩어져 있으면서, 그것이 자손에게 감동하는 점이 있으면 신명神明에 분명히 감응되는 것이다. 그렇더라도 사람이 반드시 곧고 오직 맑기만 해서, 슬프게 부모를 다시 보는 것과 같이 한 연후에야 부모의 혼령이 하늘에서 오르내리며 늘 좌우에 있게 되는 것이니, 고희지 같은 이는 고려의 최루백崔婁伯같은 이에 거의 가깝다 할 것이다."

조신의 서문 내용은 앞서 이야기한 조선 시대 유학자들의 생각과 별반 다르지 않다. 부모의 기는 언제나 자손의 몸에 흩어져서 남는 것이라서, 자손이 부모를 생각하고 뭔가 움직이는 바가 있다면 언제나 부모의 기는 감응하면서 자손의 옆에 남아 있는 법이라고 했다.

고순의 감응력은 단연 돋보이는 점이 있다. 요즘도 유별나게 신비한 힘을 잘 느끼는 사람이 있는데, 그것은 아마 기이한 힘을 감지하는 섬세한 느낌을 얼마나 강하게 가지고 있는가 하는 점과 관련이 될 것이다. 그런 점에서 고순의 감응력은 참으로 섬세하기 이를 데 없다. 그는 꿈에 친구의 시를 들은 적도 있다. 이 일화 역시 《소문쇄록》에, 고순이 꿈에서 아버지의 시를 들은 기사에 뒤이어 수록되어 있다.

자정子挺[8]이 죽은 지 3년이 지난 임인년(1482년, 성종13년), 고순은 꿈 속에서 자정을 광막한 들판에서 보았다. 살아 있을 때와 똑같이 서로 시를 주고받았는데, 자정이 남효온과 또 다른 친구는 어디 있는지 물었다. 고순이 대답하기를, "절에 올라가 배운다"고 하자, 자정이 기뻐하지 않으면서 시 한 수를 지어 두 사람에게 전해 달라고 부탁하였다.

文章富貴摠如雲	문장과 부귀 모두 뜬구름인데
何須勞苦讀書勤	무엇 때문에 부지런히 책을 읽는가
但當得錢沽酒飮	돈을 얻으면 술을 사 마실 뿐이니
世間人事不須云	세상의 인간사는 꼭 말할 것도 없다네.

고순이 꿈에서 깨어나 그것을 기억하였다가 《소문쇄록》을 지은 조신에게 전해 주었다. 조신은 당시 그 뜻을 이해하지 못했는데, 그 후 십 년이 지난 다음에 복명復命을 하고 나서야 그 뜻을 깨달았다고 한다.

조신이 고순에게 그 이야기를 들었을 때만 해도 아마 젊은 나이였을 것이다. 그에게 문장과 부귀에 대한 열망은 여전히 강했을 터이니, 그런 꿈 이야기가 귀에 들어올 리 만무하다. 세월이 흘러서 이제는 그러한 것에 대해 어느 정도 관조할 수 있는 나이가 되자 예전 친구의 꿈 이야기가 생각난 것이다.

어떻든 고순이 여기서 만난 이는 친구이다. 살아 생전에 친했던 사이였으므로 일정한 기의 감응이 있었다. 이는 혈육이 만드는 기의 감응과는 달리, 일종의 문화적 기의 감응이라 할 만하다. 문화적 기의 감응에 대한 가장 상징적인 이야기를 들자면 이미 《논어》에서 공자의 통곡으로 표현된 바 있다. 〈술이述而〉 편에서 공자는 "심하구나, 나의 노쇠함이여. 오래 되었구나, 내가 꿈에 주공을 다시 뵙지 못한 것이 (甚矣, 吾衰也. 久矣, 吾不復夢見周公)" 하고 탄식하였다. 그는 젊은 시절 주공이 펼쳤던 도道를 행하고 싶은 강렬한 마음을 가지고 있기도 했고 그것을 실행에 옮기기 위해 정력을 다했지만, 이제는 노쇠하여 그런 마음도 많이 줄었고 늙도록 그것을 실행에 옮기지 못한 것을 탄식한 것이라고 주희의 주석註釋은 설명한다. 주공이 실현하고자 했던 문화적 이상을 항상 생각한 공자의 입장에서는, 이제 주공을 꿈에서도 자주 뵙지 못하는 일은 참으로 안타깝기 그지없는 일이다. 이것을 문화적 기의 감응이라 부른 것이다.

친구에 대한 그리움은 일차적으로는 살아 생전 나누었던 정 때문이다. 그러나 벗을 사귀는 유자들의 태도는 글과 도道를 매개로 만나야 한다는 점을 강조했기 때문에 단순히 인간적 혹은 개인적인 정을 나누었다고 꿈에 볼 정도로 친해지는 것만은 아니다. 《논어》〈안연顔淵〉 편에서도 증자曾子의 말을 빌어서 "군자는 글을 매개로 벗을 만나고 벗을 매개로 어짊을 보완한다(君子 以文會友 以友輔仁)"고 한 바 있다. 그렇다면 벗이야말로 문화적 기氣를 공유하는 가장 가까운 존재다. 이러한 측면에서 보자면 이들 역시 벗에게 귀신으로 나타나서 무엇인가 조짐을 보여줄 수 있는 가능성을 충분히 갖추고 있는 셈이다.

과거 급제 및 벼슬살이에 관한 시참

조선 시대 선비들에게는 정말 큰 소원이 두 개가 있었다. 하나는 살아서 과거에 급제하는 것이고, 또 하나는 죽어서 문묘文廟에 배향되는 것이다. 문묘에 배향되고 싶은 소원은 아마 처음 들어보는 사람이 많을 것이다. 문묘란 향교鄕校에 있는 묘당을 말한다. 향교는 두 가지 기본적인 기능을 가진다. 강학講學의 기능과 제향祭享의 기능이다. 선비들이 모여서 글을 배우고 익히니 그것이 강학의 기능이요, 때맞춰 공자를 비롯한 선현들에게 제사를 올리니 그것이 바로 제향의 기능이다. 향교의 가장 중심부에 위치한 건물이 대성전大成殿인데, 이곳은 공자를 비롯한 성현들의 위패를 모셔놓은 곳이다. 그리고 그 건물 좌우에 동무東廡와 서무西廡가 있는데, 그곳에는 공자의 제자 72명의 위패와 우리나라 선비 18명의 위패를 나누어서 모시고 있다. 향교에서 공부하는 선비들은 언제나 때맞춰 이들에게 제사를 올리니, 위패가 봉안된 집안에서는 얼마나 가문의 영광이었겠는가.

나은지원羅隱之冤이라는 말이 있다. 당나라 때의 문인 나은(?~909)은 뛰어난 실력에도 불구하고 열 번이나 과거 시험에 낙방한 인물이다. 그는 원래 이름이 횡橫이었는데, 과거 낙방을 거듭한 뒤로는 은隱이라고 바꾸었다고 한다. 그래서 후대에는 '나은지원'이라는 구절이 불우한 문인을 표현하는 하나의 비유가 되었다. 그렇게 뛰어난 문인도 과거 시험에 낙방하는 판에, 자신의 평범함을 믿어 의심치 않는 사람들이야 과거 급제에 대한 희망은 두말 할 것도 없을 것이다.

어떻든 살아서의 소망이 과거 급제라면 역으로 선비들이 겪어야 할 스트레스 또한 생애 최고의 것이 아니었을까 싶다. 동네에서 치르는 초시初試에 붙어서 명실상부한 진사進士나 생원生員이 되어야 체면을 유지하는 것인데, 거기에도 판판이 떨어진다면 동네 사람 보기도 체면이 서지 않을 뿐만 아니라 조상님들 욕뵈는 일이니 그 스트레스야말로 당해보지 않은 사람들은 절대로 짐작할 수 없는 것이었으리라. 밥을 먹어도 과거 시험, 길을 가도 과거 시험, 심지어 변소에서도 과거 시험의 압박에 시달렸을 터이니, 그것이 꿈 속에까지 나타나지 않았다면 오히려 이상한 일이 아닌가. 그러니 시참詩讖의 자료로 과거 시험과 관련한 이야기가 없을 수 없다.

과거를 앞둔 선비들의 꿈이나 그들이 무심코 지은 시 속에 그의 시험 결과가 숨어 있다는 것은 참으로 놀랄 일이다. 이런 일화를 수록한 책이 심심찮게 보이는데, 《소문쇄록》 하권에 수록된 일화를 먼저 보기로 하자.

최태보崔台甫라는 사람이 기묘년(1519) 봄에 진사 이숙황, 허순, 이종주 등과 함께 향시를 보러 갔다. 그는 말 위에서 홀연히 수양버들이 흔들려 말 머리 위에 휘휘 감기는 꿈을 꾸었다. 꿈을 깨고 이상하게 생각하여 같이 길을 가던 사람들에게 이야기하니 허순이 말하기를, "수양의 모양은 푸른 일산日傘과 같으니, 내가 그 꿈을 사겠네"라고 했다. 선생은 말하기를 "길조는 이미 정해져 있는데 어찌 살 수 있겠는가?"라고 했다. 과연 그는 향시에 합격했다.

나중에 점필재佔畢齋 김종직金宗直과 함께 서울로 회시會試를 보러 가게 되었을 때 선생이 말하기를, "자네는 재주가 높으니 반드시 장원을 하겠지만 나는 기대를 걸 데가 없네"라고 하였다. 김종직이 말하기를, "옛날에 손근과 그의 아우 손하가 함께 시험을 보러 갔는데 형이 일등을 하고 아우는 이등을 한 일이 있으니, 우리 두 사람이 어찌 손근과 손하처럼 되지 말란 법 있으리오?" 하고는 절구 한 수를 지었다.

池塘靑草雨痕多 못 가의 푸른 풀에 비 자국 많은데
人道吾行是僅何 사람들은 우리들이 손근·손하와 같다고 말한다.
莫恨狄家春色晚 북쪽 오랑캐 집에 봄빛 늦다고 한탄치 말라.
滿城桃李未開花 온 성 안 도리화는 아직 피지도 않았다네.

때마침 길을 걸어가고 있는 스님이 있었는데, 지팡이로 둥근 삿갓을 받쳐들고 길을 인도하였다. 그 모습이 마치 가마 위에 씌우는 일산日傘 같았다. 점필재가 말하기를, "이것 또한 좋은 징조이다" 하였다. 서로 기분이 좋아 우스갯소리를 하며 갔다. 그 해에 마침내 두 사람 모두 과거에 합격하였다.

위의 일화에는 두 가지 사건이 들어 있다. 하나는 지방 향시에서의 합격을 예언한 것이고, 다른 하나는 서울에서 치른 회시에의 합격이 예언되어 있다. 그러나 그 예언은 당사자가 짓거나 주변 사람이 지은 시구 해석을 통한 것이다. 앞의 경우에는 꿈에서 본 것을 해석한 것인데, 일종의 유감주술 같은 것이다. 말 머리에 버드나무 가지가 뒤엉키는 것이 마치 과거 급제한 사람이 유가遊街를 하느라고 일산日傘을 쓴 모양을 연상시켰기 때문에 합격에 대한 예언이 나올 수 있었다. 마찬가지로 김종직의 시 역시 과거 합격에 대한 기대와 격려 차원에서 지어진 것인데, 그것이 나중에 합격된 결과와 연관하여 이야기되는 경우다. 묘하게도 그 시를 지으면서 이야기를 나눌 때 스님이 앞서 인도하는 모습이 마치 과거 합격자 앞에서 일산日傘을 들고 인도하는 동자와 같았기 때문에 그런 예언이 가능했던 것이다.

이처럼 자신의 시구를 통해 자신의 운명을 예언하는 것은 근대 이전의 책에서는 자주 보인다. 김황원金黃元의 경우도 비교적 널리 알려진 예이다.

김황원이 대간大諫이 되었을 때 임금에게 약이 되는 말씀을 올렸지만 효과를 보지 못하고 성산星山으로 부임하는 길에 이재李載를 만났다. 그에게 시를 지어주었는데, 함련(領聯: 율시에서 3~4구)에 '갈대 쓸쓸한 가을 강 마을, 강과 산 아득한 석양 무렵(蘆葦蕭蕭秋水國 江山杳杳夕陽時)' 이라고 하였다. 후에 김황원이 죽자 김부의金富儀가 묘비를 지었는데, 그가 쓴 '夕陽' 이라는 두 글자는 뒤늦게서야 청요직清要職에 오를 시참이라고 했다는 것이다.

이인로李仁老의 《파한집破閑集》에 실려 있는 이 일화는 승진과 관련된 시참이다. 김황원은 고려 중기의 이름난 문인이다. 대동강 부벽루에 올라가서 정자에 걸려 있는 시구가 모두 마음에 들지 않는다고 떼어서 불살라버리고, 대신 자기가 지어 붙이겠노라고 끙끙거리다가 결국은 두 구절만 짓고는 다음을 잇지 못해 통곡을 했다는 일화로 유명한 사람이다. 전해오는 이야기에 불과하겠지만, 어쨌든 남이 써서 붙여놓은 시판詩板을 모두 떼어내서 불살라버리는 기개와 열정, 거기에 붙일 시를 짓는 자신감, 시를 짓지 못하고 통곡을 하는 모습 등은 당시 시인들의 모습을 그대로 반영한다.

고려 시대만 하더라도 조선 시대와는 달라서 과거에 급제하자마자 곧바로 벼슬길에 나아가지는 않았다. 워낙 음서蔭敍로 진출하는 사람이 많았고, 이들 뒤에 대단한 가문이 버티고 있는 경우가 많아서, 가문이 한미寒微한 선비들은 과거에 붙어도 벼슬길에서 빛을 보기 어려운 것이 현실이었다. 그러니 자신이 앞으로 어떤 관직으로 진출할 것인지 가늠하는 것은 많은 사람들의 공통된 관심사였을 것이다.

후일 뒤늦게서야 청요직淸要職에 오르리라는 예언을 김부의는 김황원 자신이 지은 시구의 단어를 통해 이야기한다. 물론 이것 역시 결과만을 보고 그렇게 썼을 가능성도 있겠지만, 김부의가 비문에서 그렇게 쓸 정도였다면 당시 김황원의 시구가 유명한 데다가 그의 요직으로의 승진이 다른 사람에 비해 늦었던 사정이 감안되어 엮여진 이야기일 것이다. 또한 김황원의 시가 뛰어나다 보니 사람들의 주목을 받았을 것이고, 사람들은 그의 시에서 아마도 '황혼'의 이미지를 자주 발견하여 그것에 특별한 의미를 부여했을지도 모를 일이다. 그러나 시참의 소재로 관직 진출과 승진 문제가 등장한다는 것 역시 당대 사람들의 욕망이 어떤 방향으로 나아가고 있었는지 짐작하게 한다.

이와는 달리, 귀신에게 승진에 대한 예언을 받은 경우도 있다. 이것이야말로 이 책이 다루려고 하는 시귀의 예언에 걸맞는 이야기이다.

조태래趙泰來라는 사람이 있었다. 그가 현감으로 갔을 때, 무주茂朱 관아에는 귀매(鬼魅: 도깨비, 귀신)가 있어서, 부임해 오는 현감들이 모두 피하고 들어가지 않는 바람에 관사가 폐사된 상태였다. 조태래는 사람들의 만류에도 불구하고 관사로 들어갔다. 그는 매일 밤 불을 밝히고 짚으로 인형을 만들게 해서 형틀에 올리고 매를 치게 했다. 영문을 모르는 사람들은 현감이 와서 이상한 짓거리를 하자 매일 모여서 그것을 구경하면서 웃고 떠들었다.

장소를 옮겨가면서 이렇게 하니 처음에는 귀매들이 나타나 사람들과 함께 어울려 불빛 아래 노출되어 기탄없는 행동을 하였다. 이렇게 해서 귀매가 깃들어 있는 곳이 밝혀지면 그곳으로 가서 나팔을 불게 하고 횃불로 지지기도 했다. 이렇게 수십 일 계속하니 귀매들이 점점 힘이 꺾였고, 기어이 '나무 뿌리 얽혀 드러난 땅에 뱀이 길에 나와 있고, 기이한 바위 스치는 시냇물에 호랑이가 숲에서 나온다(盤根露地蛇當徑, 怪石蹲溪虎出林)'는 시를 지어주고 떠났다. 조태래가 이 시를 보고 무슨 뜻인지 물으니 귀매들은 별다른 뜻이 없다고 하면서 가버렸다.

뒤에 한 선비가 우연히 이 시구를 보더니 "이것은 귀신의 말입니다. 앞 구절은 내년에 전라감사가 된다는 뜻이고, 뒷 구절은 후일에 대장이 된다는 뜻입니다"라고 말하였다.

조태래는 이 말을 별로 중요하게 여기지 않았는데, 과연 이듬해 전라감사가 되었다. 그러나 감사 진급은 자연스러운 순차에 의한 것이었고, 자신은 문관이므로 대장이 된다는 말은 믿기 어려운 것이라서 생각하지도 않고 있었다. 그러나 그는 후에 대장에 임명되었다고 한다.

《이순록二旬錄》 하권에 수록되어 있는 이 일화에는 귀신이 활개를 치는 곳에 기가 센 사람이 부임해 와서 귀신들을 내쫓고 결국은 그들의 예언을 듣는다는 구도로 되어 있다. 귀신들의 장난이 심한 곳에서도 아랑곳하지 않고 그들의 기세를 꺾은 조태래에 대해 처음에는 대수롭지 않게 대하던 귀신들도 결국은 그곳을 떠나게 되는데, 이를 통해 기가 센 사람이 귀신들의 장난에 휘둘리지 않고 자신의 의지대로 행동하기만 하면 모두 물리칠 수 있다는 점을 부각시킨다. 물론 이 글의 일차적인 목표는 조태래의 대단한 기세를 칭찬하는 것이지만, 그 이면에는 귀신의 존재와 그들 역시 강한 기운 앞에서는 힘을 못 쓴다는 점을 말하고 있다.

귀신은 조태래를 떠나면서 한시 구절을 예언으로 남기지만, 당사자인 조태래는 이를 심상하게 대하여 아무런 의미도 도출하지 못한다. 그런데 다른 사람이 그 시구를 보고 시참으로 여기면서 예언적 메시지를 끄집어낸다. 그것은 전적으로 구절이나 단어의 뜻 혹은 발음 등으로부터 여러 단계의 유추를 거친 것이므로, 해석자 자신의 설명이 없으면 다른 사람으로서는 짐작만 할 뿐, 그렇게 해석이 된 까닭을 알 수 없다. 이처럼 시참이란 그것을 대하는 사람들에게는 넓고 다양한 해석의 가능성을 열어놓는다. 사람들은 그 해석의 지평에서 나름대로의 스펙트럼을 대응시키면서 예언적 메시지를 끌어올린다.

귀신의 작용은 아니지만 자신의 마음속에 깃들어 있는 밝고 신령한 마음자리를 잘 운용하기만 하면 충분히 앞일을 예언할 수 있다. 시는 바로 그 지점에서 이루어지는 경우가 많고, 시를 짓는 순간 역시 그 마음자리 위에 있으므로, 작품 속에서 자신의 미래를 예견하여 드러내는 경우가 자주 있었을 것이다. 그런 점에서 안명세의 시참은 흥미롭다.

한림 안명세(安明世 1518~1548)가 아홉 살 때의 일이다. 하루는 부친이 진달래를 따서 연적에 끼워놓고 시를 지으라고 하자 즉석에서 다음과 같은 시를 지었다.

杜鵑花一萼	진달래 꽃 한 떨기
來自碧山中	푸른 산 속에서 와
硯滴生涯寄	연적에 생애를 부치니
他鄕旅客同	타향의 나그네 신세와 같아라.

그의 아버지가 이 시를 보고 울었다. 대개 그 시에 나타난 뜻이 처

량하고도 고생스러워서 자못 현달할 상相이 아님을 알았기 때문이다. 과연 안명세는 20세를 전후하여 과거에 합격하고 벼슬이 한림에 이르렀으나, 사초史草의 기록이 몰래 흘러나와서 당시의 권신들에게 알려지는 바람에 화를 당하였다고 한다.

임방의 《수촌만록水村漫錄》에 수록되어 있는 이 시참은, 어렸을 때 지은 시를 통해서 그 사람의 일생을 예언하는 내용이다. 어린 나이에 진달래꽃을 보면서 밝고 아름다운 상상력을 발동시키는 것이 아니라 삶의 절대고독과 쓸쓸함, 유랑 등의 이미지를 떠올리는 것은 확실히 이상한 점이 있다. 안명세의 부친은 그런 점에 주목했을 것이고, 이를 통해 아들의 일생을 짐작해 본 것일 터이다.

부친의 예언대로 안명세는 어린 나이에 죽음을 맞이한다. 1548년 이기李芑, 정순붕鄭順朋이 을사사화를 일으켜 많은 인재를 제거하였다. 안명세는 당시 사신史臣의 위치에 있었는데, 자신이 보고 들은 것을 조금도 가감 없이 시정기時政記에 적어 넣었다. 그것은 원래 임금이라 해도 꺼내볼 수 없는 것인데, 그 내용이 밖으로 유출되어 누설되는 바람에 해당 권신權臣들의 무고로 안명세 자신은 사형을 당하고 가산은 적몰籍沒되었다. 어린 아들의 한시를 보고 앞날을 미리 꿰뚫어본 혜안도 혜안이려니와, 작품 속에서 슬픈 참상을 읽고 울음을 터뜨렸던 아버지의 심정이 지금도 느껴지는 듯하다.

죽음을 예언한 시참

앞서 예로 들었던 안명세의 경우, 두 가지 예언이 합쳐져 있다. 그가 앞으로 어느 정도까지 벼슬을 하게 될 것인가 하는 것과 그의 이른 죽음을 예언한 것이 바로 그것이다. 시참의 중요한 소재로 자주 발견되는 것에는 과거 급제 및 승진 문제 이외에 죽음의 문제가 있다. 내가 몇 살까지 살 수 있을까 하는 것은 아무도 알지 못하지만 그렇기 때문에 더욱 관심이 가는 문제이기도 하다. 옛날도 마찬가지여서, 시참으로 자주 등장하는 소재가 바로 죽음의 문제이다. 과거 급제가 살아 생전에 누릴 수 있는 복락이라면, 그 이후에 맞는 중요한 인생의 전기는 바로 죽음일 것이다. 그러니 그들에게 죽음이란 공포의 대상이면서 이승을 마무리하는 중요한 지점이다.

시참의 소재로 가장 자주 등장하는 것은 요절夭折에 대한 예언이다. 뛰어난 재능을 가졌지만 안타깝게도 일찍 생을 마감한 사람의 이야기를 들으면 복잡미묘한 감정이 들끓는다. 그의 재능이 아깝기도 하고, 채 피워보지도 못하고 유명을 달리한 것에서 삶의 무상함을 느끼기도 한다. 혹은, 일반인이 60년 동안 쓸 재능을 불과 20년 동안 한꺼번에 집약적으로 써버리고 바람처럼 사라져 버리는 것이 당연하다며 고개를 끄덕이는 사람도 있다. 짧지만 빛나는 삶을 살다 간 사람들은 대체로 천재의 전형으로 기억되기 십상이다. 천재이기 때문에 더욱 생이 아름다워 보이고, 그의 작품은 더욱 심오하게 보이며, 그의 행동 하나하나는 비범해 보인다. 그것은 마치 재능 있는 배우가 불의의 사고로 목숨을 잃고 난 후 그가 생전에 찍은 몇 안 되는 작품이 각광을 받는 이치와 비슷하다. 그럴 때 등장하는 천재는 항상 자신의 앞날을 글 속에 남겨놓음으로써 사람들의 눈길을 모은다. 하응림 역시 그런 유형의 인물이다.

하응림(河應臨 1536~1567)은 나이 10여 세에 기동奇童으로 일컬어졌다. 어떤 사람이 죽순竹筍으로 시를 지으라고 하면서 운자韻字를 부르자 즉석에서 다음과 같은 시를 지었다.

平地忽生黃犢角	평지에선 누런 송아지 뿔 갑자기 생겨나고
巖間初展蟄龍腰	바위 틈에선 잠든 용의 허리 막 펼쳐진다.
安得折爾爲長笛	언제쯤 저것을 꺾어 긴 피리 만들어
吹作太平行樂調	태평시대 즐기는 노래 불어볼까나.

그러나 식자들 사이에는 하응림의 명이 길지 않겠다는 말이 돌았는데, 그는 과연 젊어서 죽었다. 하응림의 친구 중에 한 사람이 멀리 남쪽 지방을 여행하고 돌아오는 길에 날이 저물어 청파青坡에 도착했는데, 마침 다리 가에 하응림이 서 있었다. 말을 멈추고 인사를 나누니 그는 집안일을 부탁하고는 떠나갔다. 나중에 친구가 성 안으로 들어와 그의 집을 방문해 보니 이미 장례가 끝나 있었다고 한다.

유몽인의 《어우야담》에 수록되어 있는 시참이다. 복잡한 규칙을 가진 한시를 한 수 짓기도 어려운데, 운자가 떨어지자마자 즉시 시를 지어낸다는 것은 천재의 상징적 표현이다. 하응림의 죽음 이후 사람들이 예전 그가 지은 시에 여러 가지 이야기를 덧붙였을 가능성을 배제할 수는 없겠지만, 적어도 위의 인용시는 당시 선비들 사이에 널리 알려졌던 것일 가능성이 높다.

다른 시참과 마찬가지로, 위의 한시 역시 다양한 해석의 가능성을 내포하고 있다. 아무리 봐도 위의 시는 탄탄대로를 걸으며 부귀영화를 누릴 징조가 역력하다. 앞의 두 구절에서는 생성의 이미지가 그대로 나타나 있고, 뒤의 두 구절에서는 태평성대를 이루어보고 싶어하는 마음이 표현되었다. 그러나 사람들은 그것이 이승과는 다른 어떤 세계를 암유하는 것으로 읽었고, 그것은 곧 그의 요절과 연결되면서 하나의 시참이 된 것이다.

이와 비슷하면서도 조금은 다른 유형으로 이달선李達善의 예를 들 수 있다.

　이달선이 일찍이 꿈을 꾸었는데, 어떤 기이한 모습을 한 선비가 다음과 같은 시를 주는 것이었다.

世上紅塵滿　세상에는 붉은 티끌이 가득하고
天樓紫玉寒　하늘의 누각에는 붉은 옥이 차갑다.
東皇求入狴　동황이 그대를 감옥에 들기를 요구하니
終不憶家産　마침내 가산을 생각지 않네.

　이달선은 그 꿈이 바로 저승의 소환장이라고 의심하였고, 여러 사람들도 그가 오래 살지 못할 것이라고 탄식하였다. 다음 해에 과거에 급제하여 탐화랑(探花郎: 2등으로 과거에 급제하는 것)이 되었다. 남효온이 급히 시를 지어 축하하면서, "동황은 우리 임금이니 반드시 재상에 오를 것이네" 하고 말했다고 한다. 그는 얼마 안 되어 홍문관에 들어가 벼슬이 시정侍正에 이르렀으나 과연 젊은 나이에 죽었다고 한다.
　이달선의 일화는 당시 상당한 화젯거리였던 것으로 보인다. 이 일화는 조신의 《소문쇄록》에 수록되어 있는 것인데, 남효온의 《추강냉화》에는 조금 다르게 실려 있다. 내용으로 봐서는 《추강냉화》의 것을 《소문쇄록》에서 다시 인용한 것으로 보이는데, 그 과정에서 일정한 변개가 일어났다. 남효온에 의하면, 이달선이 그러한 시를 꿈에서 들었을 때 시를 지어 축하를 했다고만 되어 있다. 《추강냉화》에서는 이달선의 죽음을 이야기하지 않고, 그가 홍문관에 들어가서 임금의 총영寵榮이 많았다는 점만을 언급하면서 기사를 끝낸 것이다.
　이것은 같은 작품이라도 어떤 시각에서 보는가에 따라 전혀 다른 해석으로 연결되는 시참의 기본적인 성격을 단적으로 보여준다. 그 내용의 애매성 혹은 다의성으로 인해 시참은 신비스럽고 해석이 곤란한 것이 되어버린다.

자신의 죽음을 더 선명하게 보여준 경우를 우리는 조기종趙起宗의 일화에서 볼 수 있다.

성화成化 병술년(1466) 즈음에 한 시골의 젊은 서생 조기종이라는 자가 낙선방樂善坊에 우거하면서 남효온과 함께 남학南學에서 공부했다. 조기종은 나이가 어려 한시를 구두점을 찍어가며 읽어낼 능력도 없었고, 더욱이 한시의 율격 및 규칙을 알지 못하였다. 하루는 꿈을 꾸었는데, 어떤 빈집에 들어가니 넓고 조용하였고, 대추꽃이 새로 피어 마치 초여름과 같았지만, 뜰에는 풀이 막 돋아나고 동풍이 솔솔 불어오는 것이 늦은 봄이었다. 전혀 알지 못하는 사람 두셋이 있었는데, 조기종을 보자 그에게 시 짓기를 권하며 청했다. 조기종은 입으로 이런 절구 한 수를 읊었다.

樹上棗滿開	나무 위에 대추꽃 가득 피었고
空家寂無人	빈집은 적막하니 사람도 없네.
春風吹不盡	봄바람 그치지 않고 쉴새없이 부는데
萬里草多新	만 리에 봄풀 새로 많이 돋았구나.

그는 꿈을 깬 뒤 신기하게도 그것을 완전히 기억하여 한 자도 빠뜨리지 않았다. 여러 동학들이 벽에 써놓았는데, 다음날 조기종은 죽었다는 것이다. 조신의 《소문쇄록》에 수록된 일화이다. 원래 남효온이 《추강냉화》에 써놓은 것인데 조신이 인용하여 수록하였다.

위의 시 역시 조기종의 이상한 꿈이나 죽음과 연관되지 않았다면 별로 이상할 것도 없고, 그리 빼어난 시도 아니다. 대부분의 구절은 중국의 이름난 시인의 것을 빌려다가 글자 한두 자 바꾸어서 사용하였다. 아마 그런 점 때문에 조기종이 구두점을 찍어 읽지도 못하고 시의 율격도 전혀 모른다고 전제했는지도 모르겠다. 시의 내용 역시 늦봄 한낮의 한적한 집을 묘사하고 있다. 얼핏 보면 매우 서경적인 시 한 수에 불과하다. 그러나 죽음을 암시하는 것과 연관되면 꿈 속에서 만난 사람들의 존재라든지, 만개한 대추꽃과 인적 없는 고요한 집의 이미지 병치 등이 범상치 않게 보인다.

시참으로 읽히는 시들은 대체로 잘된 작품이라기보다는 다양한 우의를 이끌어낼 수 있는 작품들이다. 조기종의 시도 그렇지만, 《파한집》에 수록되어 있는 허홍재許洪材의 시도 마찬가지다. 허홍재는 과거에 장원급제하여 흔히 허장원許壯元으로 불리는 사람이다. 그가 지은 〈완산 가는 길에完山途中〉라는 시가 있다.

重尋舊遊處	옛날 노닐던 곳 다시 찾으니
風月似前春	풍월은 옛날의 봄과 같구나.
只嘆完山下	다만 탄식하나니, 완산 아래에
時無鼓腹人	당시의 배 두드리던 사람 없는 것을.

이인로의 기록에 의하면, 이 시를 본 당시의 사람들은 하나같이 "얕고 안이하다[淺易]"는 평을 내렸다고 한다. 그러나 그 시에는 백성을 구제하려는 뜻이 들어 있었기 때문에, 그는 나중에 재상까지 올라갈 소지가 있었다는 것이다. 백성을 구제하려는 뜻이란 바로 시의 마지막 부분을 일컫는다. '배를 두드린다'는 것은 태평성대를 표상한다. 먹을 것 걱정 없이 해마다 풍년이 들고, 정치적으로나 사회적으로 근심과 어려움 없이 사는 것을 그렇게 표현한다. 이 시는 밋밋하

고 서술적이어서 함축적인 긴장이나 심미적 성과는 없다. 그러나 시참에서 주목하는 점은 그것이 시를 지은 사람의 앞날과 어떤 방식으로 연결되어 있는가, 그리고 그것을 어떻게 해석해 낼 것인가 하는 부분이다. 문학성보다는 예언적 측면을 우선시하는 것이다.

어쨌든 시에 익숙하지 않은 사람이 짓거나 별로 좋은 시도 아닌데 좋은 재능을 가진 훌륭한 문인보다 높고 평탄한 관직 생활을 한다면 뭔가 이상한 힘이 개재해 있다고 여겨졌을 것이다. 그 힘은 귀신의 힘이거나 인간 내부에 존재하는 신이한 능력으로 해석되었을 것이며, 이성적 힘으로는 해명되지 않는 어떤 신비적이고 직관적인 영감의 문제로 여겨졌을 것이다.

시귀와 시참

엄밀히 말하자면, 시참이라고 해서 반드시 시귀와 연결되는 것은 아니다. 오히려 귀신과 관계 없이 진행되는 일화가 더 많다. 그것은 개인의 내면에 자리하고 있으면서 시공을 초월하여 작동하는 신묘한 힘에 의지하고 있다. 그 힘은 일상 생활에서는 거의 드러나지 않다가, 어떤 계기를 만나면 자기도 모르게 발현된다.

진지한 자리에서만 그러한 시참을 발견할 수 있는 것이 아니라, 친구들과 모여서 장난하는 자리에서도 시참의 효과는 여지없이 증명된다. 이제신李濟臣의 《청강시화淸江詩話》에 수록된 김홍도金弘度의 일화가 대표적인 예이다. 김홍도가 친구인 강극성姜克誠, 정질鄭礩 등과 함께 모여서 노는데, 이들이 김홍도를 보면서 "자네는 워낙 성품이 맑고 빼어나니 쉽게 죽을 거야. 그러니 우리가 그대를 조문하는 시[輓

詩]를 미리 지어주지" 하면서 시를 지으며 장난을 쳤다는 것이다. 그런데 그 일이 있고 얼마 되지 않아서 김홍도가 정말 귀양을 가서 죽게 된 것이다. 이런 식으로 시참은 진지하고 엄숙한 자리에서만 나타나는 것이 아니라, 때와 장소를 가리지 않고 그 성능을 자랑한다.

앞서 이미 언급한 것처럼, 귀신이란 것이 우리의 외부에 보이지 않는 무형의 실체로 존재하는 것을 의미하는 것이라면 내부의 알 수 없는 힘은 귀신으로 포괄할 수 없다. 그러나 자연이 운행하면서 자연스럽게 이루어가는 힘 자체를 귀신이라고 보는 관점에 기댄다면 직관적 힘에 의한 영감의 발현은 당연히 귀신의 여러 능력 중의 하나일 것이다.

그 이면에는 시를 바라보는 중세 지식인들의 시선이 은밀히 숨어 있다. 가장 흔한 논법으로 말하자면, 인간이 이용하는 것 중에서 가장 정교하고 신령스러운 것이 말이고 말 중에서 가장 정묘한 것이 시이다. 시는 인간의 직관적 영감에 기댐으로써 인간의 내면 세계가 천지우주와 직접 소통하거나 합일될 수 있도록 하는 매개자이다. 앞으로 우리가 다룰 시마는 그런 점에서 연결된다. 언어가 가진 일종의 주술적이고 신령스런 부분은 인간 세계의 시공을 초월하여 전혀 새로운 세계의 언어로 인간에게 말을 건다. 그것을 우리는 영감이나 직관, 상상력, 신묘한 의상意象 등 여러 가지 용어로 부르는 것이다.

4장 _ 꿈 속의 시귀, 현실을 위협하다!

문인들의 꿈과 욕망

현실에서 뭔가 부족한 부분이 있으면 꿈에서 어떤 형태로든 나타난다고 한다. 꿈을 꾸면 누구나 자신의 무의식 속에 들어 있는 욕망이 그런 형태로 나타나는 것이라고 여긴다. 어떻게 보면 꿈이 보여주는 강렬한 인상만큼이나 우리의 욕망 역시 강렬하고 간절한 지향을 내포하고 있는지도 모르겠다.

꿈을 꾸고 나면 해몽하기를 즐기는 사람도 있다. 물론 그 해몽은 대단히 상징적이거나 모호한 언술로 이루어진 것이라서, 귀에 걸면 귀걸이요 코에 걸면 코걸이 격이 되기가 일쑤이다. 그럼에도 우리는 해몽 과정에서 예언된 이러저러한 이야기들을 떠올리면서 하루를 기대감 속에서 혹은 약간의 두려움 섞인 떨림 속에서 지내게 마련이다. 돼지꿈을 꾼 사람은 복권 한 장을 사들고 가슴 설레는 며칠을 보낼 것이고, 이가 빠지는 꿈을 꾼 사람은 혹시나 가족 중에 누가 사고를 당하지나 않았을까 하는 생각에 전화벨 소리에도 깜짝 놀라곤 한다. 그러다가 무사히 지나가면 별문제지만, 어쩌다가 일상적인 사건과 다른 무엇인가가 있으면 그 사건에 맞추어 견강부회식으로 해석을 하고 만다. 사실 우리가 경험하는 대부분의 꿈은 개꿈처럼 취급되거나, 아니면 결과론적 해석에 의해서 스치듯 우리 주변을 맴돌다가 사라진다.

그런데 꿈을 잘 꾸는 사람이 있다. '꿈을 잘 꾼다'는 표현은, 그 사람이 꾸는 꿈이 너무도 용해서 앞날의 일을 너무도 잘 맞추는 경우를 지칭한다. 어느 집이나 어느 동네나 그렇게 꿈을 잘 꾸는 사람이 있다. 사람들은 자기 꿈의 신빙성에는 수시로 의문을 표하면서 꿈 잘 꾸는 사람의 꿈에 대해서는 조금도 의심하지 않는다. 그 꿈이 잘 맞는 것을 오랫동안 경험적으로 너무 잘 파악하고 있기 때문이다. 그것은 꿈이 가지는 예지력 때문이다. 특히 꿈은 좋은 일보다는 나쁜 일을 더 잘 맞추는 경향이 있다. 그것은 아마도 좋은 일은 관련시킬 좋은 자료들이 주변에 많이 있는 반면, 좋지 않은 일을 당하면 무엇인가 의탁해서 원인을 돌릴 만한 대상을 필요로 하는 탓이 아닐까 싶기도 하다. 더욱이 꿈이 가지는 여러 특성 중에 좌절된 욕망의 표현이라는 기능을 생각한다면, 나쁜 소식이 꿈에 더 잘 합치되는 것은 어쩌면 당연하게 생각되기도 한다.

옛날 문인들 역시 마찬가지였다. 그들에게 글공부는 직업 같은 일상사였다. 설령 그것이 도道에 이르는 길을 탐구하는 작업이었다 해도 그것이 언제나 즐거운 일이기만 한 것은 아니었다. 마음속에서는 공부하는 즐거움에 빠져서 늙어가는 줄도 모르는 사태가 벌어진다고 해도("발분發憤하면 먹는 일도 잊어 장차 늙음에 이르른 것도 모를 사람이다." 오죽하면 공자는 자기 자신을 이렇게 표현했겠는가.) 언제나 현실은 허생의 마누라처럼 바가지를 긁게 마련인 것이다. 박지원의 〈허생전許生傳〉에 나오는 마누라처럼, 현실적으로 무능한 남편에게 어째서 돈을 벌어오지 않느냐며 구박하는 아내의 심정 앞에서 우리는 일방적으로 그녀만을 비난하기는 어렵다. 즐거워서 공부하는 남편이야 그렇다고 쳐도 남편 하나만을 바라보고 살아가는 아내들의 부족한 현실은 어떻게 할 것인가.

어떻든 선비들에게 있어서의 글공부는 하나의 큰 짐이며 평생 벗어버리지 못하고 걸어가야 할 길이었다. 요즘의 문인들도 항용 '꿈' 꾸듯, 당시의 문인들 역시 후세에 길이 남을 시구 한 구절 얻는 것이 꿈이었다. 그들은 다른 사람의 시를 암송하거나 읽으면서 좋은 구절을 기억하고, 그러한 경지에 도달할 것을 꿈꾸곤 하였다. 그들에게 있어서 꿈이란 단지 잠을 자는 도중에 잠시 머무는 허망하고 손에 잡히지 않는 환상이 아니었다. 어쩌면 그들은 최고의 문인이 되기 위해 현실과 꿈을 동시에 사는 존재인지도 몰랐다.

체계적인 시마론詩魔論의 문을 열면서 동시에 가장 정교한 이론적 모델을 보여주는 이규보의 경우, 글의 내용에서 시마를 만나는 것을 꿈 속의 장면으로 처리하고 있다. 이규보로 짐작되는 작중 화자는 시마가 자신에게 끼친 해악이나 불이익이 많으니 제발 이제는 떠나 달라고 부탁한다. 그러자 그날 밤 시마가 그의 꿈 속으로 찾아와서 그의 요구가 얼마나 부당한 것인가를 당당하게 역설함으로써 결국은 작중 화자의 요구를 철회하도록 하였을 뿐만 아니라 완전히 항복을 받아서 평생 그와 함께하게 된다. 물론 이것의 상징적 의미는 훨씬 깊지만, 적어도 우리는 이규보의 설정이 꿈이라는 것에 주목해야 한다.

게다가 앞서 언급한 시귀 자료들 중 많은 경우가 꿈 속의 일처럼 서술되고 있다. 그것은 아마도 꿈은 현실 속에서 하기 어려운 말을 비교적 자유롭게 꺼낼 수 있다는 장점이 있기 때문일 것이다. 꿈이 가지고 있는 신비감과 해석불가능성 등은 현실이 요구하는 빡빡한 삶을 무장해제할 것을 권한다. 아니, 권한다기보다는 강요한다고 해도 과언이 아니다. 사실 꿈은 실제와 환각을 정확히 구분하지 않고 주체에게 수많은 정보와 이미지들을 마구 쏟아낸다. 사람들은 어떤 경우나 시점에 꿈을 명확히 기억하지만 세월이 지나면 기억이 희미해지거나 기타 다른 이유로 인해 꿈과 현실 혹은 실제와 환각을 구분하지 못하는 경우가 종종 있다. 우리의 기억은 실제와 환각을 잡다하고 다양한 방식으로 혼효함으로써 전혀 새로운 형태와 내용으로 재구성하기 일쑤이다.

문학적 장식으로서의 꿈— 허균의 경우

꿈은 일상적 현실과 전혀 다른 내용이나 이미지로 구성되어 있어서, 문인들에게는 종종 기발하고 참신한 문학적 구상을 하게 한다. 예나 지금이나 문인들이 꿈을 소재로 하거나 꿈에서 보고 들은 내용을 소재로 글을 쓰는 경우를 자주 본다. 중국의 시선詩仙 이태백李太白의 시에서는 꿈을 꾼 내용이나 꿈을 소재로 하여 쓴 작품이 심심찮게 보이며, 우리나라 문인들의 문집에서도 자기가 꾼 꿈을 기록해 놓은, 이른바 '몽기夢記'류의 글이 상당수에 이른다. 한시로 씌어진 것은 상당히 많고, 문장 역시 꽤 있다. 다분히 환상적인 분위기로 구성되어 있는 이 글들에는 기이함 때문이건 현실과의 신묘한 부합에서 오는 놀라움 때문이건, 꿈꾼 사람의 시선이 다양하게 반사되어 있다. 우리의 꿈이란 현실과 전혀 동떨어진 곳에서 왔다기보다는 그것을 어떤 형태로든 반영하고 있다는 생각에는 그때나 지금이나 마찬가지인 것으로 보인다.

꿈을 통해 자신의 이야기를 우회적으로 하는 전통이 가장 잘 남아 있는 우리 문학 유산을 들자면 당연히 '몽유록夢遊錄' 계통의 소설 작품이다. 현실에서 불우한 인물이 어느 날 꿈 속의 세계에 들어가서 자신의 능력을 인정받고 마음껏 재주를 펼치다가 다시 현실로 돌아온다는 내용이 몽유록의 기본 골격이다. 이 역시 꿈을 통해 현실에서의 부족함을 메워보려는 듯한 감이 역력하다. 그러다 보면 작가로서도 자기의 장기를 살릴 수가 있고, 나중에 무슨 문젯거리가 된다 해도(그런 경우는 물론 거의 없었지만) '그거야 꿈 속에서 그랬다는 것'이라며 빠져나갈 구멍을 마련할 수 있다. 참 좋은 형식이 아닌가.

이런 방식을 적절히 사용하기만 하면 자기가 이야기하려는 것을 효과적으로 전달하면서 동시에 남들의 비난을 슬쩍 비껴나갈 수 있다. 그러나 몽유록의 경우 대부분 현실에서의 불우함이 전제되고 있기 때문에, 꿈 속에서 아무리 화려하고 뛰어난 능력을 발휘한다 해도 전반적인 작품의 분위기는 쓸쓸함을 피할 수 없다. 화려한 전각에서 좋은 음식을 앞에 놓고 빼어난 시구를 읊어댄다고 해도, 그것이 화려하면 화려할수록 현실의 삶은 더욱 초라하고 쓸쓸한 법이다. 꿈을 빗대어 자신의 이야기를 하는 방식이 주는 한계는 아마도 그런 부분일 터인데, 다만 그 쓸쓸함을 벗어나는 것은 꿈 속의 즐거움을 이어서 계속 현실 속에서 새롭고 신기한 즐거움을 찾는 것일 터이다.

허균은 〈속몽시續夢詩〉를 쓰면서 이런 서문을 붙인 바 있다.

사월 초닷새 날 꿈에 대림궁大琳宮에 들어가 금전金殿에 오르니 스님 두 사람이 있어 말하기를, "하중묵(何仲默: 명나라 문인 하경명何景明), 서창곡(徐昌穀: 명나라 문인 서정경徐禎卿), 왕원미(王元美: 명나라 문인 왕세정王世貞)가 오기로 했으니 기다려서 만나보는 것이 좋겠다" 하였다. 얼마 후에 소년 두 사람이 상좌를 차지하고 붉은 도포에 옥대玉帶를 띤 자가 다음 자리에 앉아서 나를 불러 그 아래 앉혔다. 세 사람이 서적書籍을 청하기를 매우 성의롭게 하자, 스님은 문방사우文房四友를 가져다가 네 사람 앞에 놓아주고 각기 악부 4수씩을 짓게 하여 원미가 먼저 이루고 나는 다음에 이뤘는데, 원미가 나를 위하여 두어 시를 고쳐주었으니 바로 답동제踏銅鞮 제3수 및 상청사上淸辭 제2수였다. 두 소년도 역시 따라 이루어 모두 전지牋紙에 써서 주승主僧에게 주었다. 꿈이 깨자 원미가 고쳐준 두 편만이 기억날 따름인데, 제목은 눈에 환하므로 촛불을 켜고 작품을 보충하여 날이 새기 전에 완성했으니, 아마도 신의 도움이 있는 듯하다. 다만 초솔草率한 것이 한스러울 뿐이다. 이를 〈속몽록續夢錄〉이라 하였다.[9]

허균이 일찍이 중국의 문단 변화를 예의 주시하면서 그들의 문학적 변화에 민감한 촉수를 들이밀고 있었다는 사실은 이미 알려진 바 있다. 그는 중국에 사신으로 가거나 중국 사신을 접대하는 일을 여러 차례 하였는데, 그때마다 중국의 문단 상황이 어떠한지에 대해 상당히 주의 깊게 묻고 들었다. 그 때문에 명나라 문인들의 전고에 해박했을 뿐만 아니라 그들의 문집으로 웬만한 것들은 거의 소장하여 읽었던 것으로 추정된다. 그가 편찬한 《한정록閑情錄》이 대표적이다. 이 책은 허균이 평소에 읽었던 것 중에서 좋은 구절들을 모아서 내용별로 편찬한 것이다. 거기에 인용된 도서 목록만 해도 성리학 관련 서적부터 패관소설류에 이르기까지 96종에 달하는데, 이를 통해 우리는 허균의 방대한 독서 이력을 짐작할 만하다. 더욱이 그는 중국에 사신으로 가서 단번에 4천여 권에 이르는 책을 구입해 올 만큼 도서 수집광이자 독서광이기도 했다.

특히 명나라 문인들의 소품문적 경향을 주의 깊게 보면서 자신의 문학적 범주 내부로 받아들였던 허균에게, 전칠자前七子 후칠자後七子로 병칭되는 명나라 문인에 대한 경도는 상당한 것이었다. 척독尺牘[10]에 대한 허균의 생각을 보면 그러한 경향을 명확하게 볼 수 있다. 그는 일찍이 《명척독明尺牘》을 편찬한 바 있다. 허균은 이 책을 편찬하기 위해 이미 상당한 분량의 척독을 읽었던 것으로 보이는데, 그가 읽은 척독 작품 관련 책으로는 왕세정이 이전의 척독집을 산삭하여 편집한 척독집을 비롯하여 전예형田藝衡의 《유청일찰留靑日札》, 가유약賈維龠에게 빌린 《이문광독夷門廣牘》, 도륭屠隆, 왕서등王輝登, 서위徐渭 등이 있다. 이처럼 전후칠자前後七子의 작품에서 받은 영향을 생각한다면, 위에서 인용한 허균의 글이 다시 보일 것이다.

이 글의 분위기는 다분히 몽환적이다. 전체적으로는 도선적道仙的인 색채를 띠면서 명나라 문인들이 등장하고, 스님도 등장해서 시중을 드는데, 정작 허균 자신은 유생이다. 물론 허균의 도선적 취향이야 널리 알려진 바이긴 하지만, 꿈 속에서 구성된 세계는 전체적으로 보면 신비감과 몽환적 색채가 두드러진다. 그 속에서도 허균은 자신의 문학적 재능에 대한 자부심을 놓지 않고 있다. 명나라의 뛰어난 문인들과 자리를 함께하면서 시문을 창작하는 것에서 허균이 자신의 위치를 어디에 두고 있는지를 쉽게 알 수 있다.

허균은 꿈 속에서 왕세정의 도움을 받아 자신의 글을 수정받는다. 문단의 선배요 고수인 왕세정에게 한 수 지도받는 느낌이 강하게 든다. 이러한 설정은 꿈이 아니라면 결코 있을 수 없는 일이다. 평소에 자신이 존경하고 사숙하던 옛 문인을 만나서 직접 시문을 주고받으면서 한 수 지도받는다는 것은 아마도 허균이 평소 가지고 있던 '꿈'이 아니었겠는가. 그러한 열망이 강하다 보니 급기야 꿈 속에서 그러한 소망이 이루어진 것으로 보인다. 그 꿈을 꾼 직후 허균은 기쁨과 감동 속에서 꿈 속의 시를 기억해 내려 하였고, 일부 기억한 것에 보완을 해서 한 편의 시를 만들어낸다. 그리고는 거기에 '신의 도움[神助]'이 있는 듯하다고 덧붙이고 있다.

정말 신통하지 않은가. 자기가 지은 작품을 말하면서 그 창작 동기를 꿈에서 끌어댄다. 그러면서 동시에 신의 도움으로 창작을 하게 된 것 같다는 말을 덧붙이고 있다. 이 말은 허균이 자신의 작품에 대한 자부심 아니겠는가. 어쨌든 그의 말에서 우리는 꿈이 가지는 신비함을 발견할 수 있다. 그는 현실과 꿈의 경계에서 이루어진 작품을 말하면서 그 사이에 '신神'이라는 매개물을 개재시킨다. 꿈길로 찾아오는 신의 신비한 손길은 허균의 상상력 혹은 영감을 자극하여 작품의 탄생을 가져온다. 어쩌면 간밤의 꿈이 하도 이상하고 신비로워서 그것을 소재로 하여 작품을 지었을 가능성이 없는 것은 아니지만, 적어도 허균은 꿈 속에서 지은 작품에 대해 상당한 애정을 가지고 있었으며, 그것은 신의 도움을 개입시키지 않고서는 창작 동기를 설명하기 힘든 것이었다. 그렇다면 '신神'은 허균의 내부에 숨어 있던 영감이거나 상상력의 빛나는 힘이 아니었을까 싶다.

사실 꿈에 빗대서 무언가를 이야기하는 수법은 그 유래가 참 오래된 것이다. 누구나 꿈을 꾸고 현실적으로 도저히 설명되지 않는 것을 꿈 속에서 만나니, 많은 사람들이 꿈을 허황된 것이라고 여기는 것도 일리는 있지만, 허황된 것 속에 전혀 허황되지 않은 것을 담는 수법이 바로 문학 작품이 창작되는 지점일 것이다. 근대 이전의 시화류에서 작품의 창작 동기를 꿈과 연관시켜 해명하려는 태도도 여기서 나온다.

앞서 언급했던 허균의 《학산초담》에 이런 일화가 수록되어 있다.

내가 일찍이 이런 꿈을 꾼 적이 있다. 꿈에 어떤 곳에 이르렀는데, 황량한 연기와 들판의 풀로 뒤덮여 끝간 데를 모르는 곳이었다. 불에 탄 나무가 있어서 희게 깎아내고 거기에 시를 썼다. '원통한 기운 아득한데, 산과 강이 한빛. 온 나라에 사람 없고, 중천엔 달도 어둑.' 꿈에서 깨고 나서도 너무 싫었다. 임진란을 맞아 서울 도성에 피가 흐르고 집들은 모두 불에 탔으니, 이 시가 이에 이르러 바야흐로 징험이 된 것이다.

이 일화 역시 허균이 꿈 속에서 지은 시를 기억해 내서 기록한 것이다. 처음 그 시를 꿈 속에서 지었을 때는 무언가 찜찜하여 너무도 싫었지만 그 싫어하는 마음의 구체적인 내용이 무엇인지 정확히 포착하지 못했다. 나중에 임진왜란을 맞아 서울 도성이 온통 피로 물들고 잿더미가 되자 비로소 예전에 꿈 속에서의 시를 기억해 내고는 그것이 시참詩讖의 일종이었다는 사실을 깨닫게 되었다는 것이다.

시의 예언적 기능은 이미 여러 일화를 통해 살펴본 바 있거니와, 우리가 여기서 관심을 가지는 것은 그러한 신비적 예언 기능이 꿈 속에서 발현되는 경우가 많다는 것이다. 특히 허균은 일상적 경험으로는 이해되지 않는 신이한 이야기에 관심을 많이 가지면서 글로 옮긴 인물이다. 그러다 보니 자연히 도선적인 방향으로 경도되었고, 민간에서 전하는 신이한 일화에 관심을 가지고 기록하였던 것이다. 허균은 그 자신이 도교적 수련을 한동안 했던 것으로 추정되는 만큼, 확실히 조선 중후기 유자의 전형에서는 상당히 벗어나 있기도 하다. 그런 그였기에 꿈이 주는 신이함 혹은 예언적 기능에 대해 다른 사람에 비해 적극적이면서도 관심 깊게 살펴본 흔적이 역력하다.

허균의 또 다른 시화집인 《성수시화惺叟詩話》에는 오세억吳世億이라는 사람이 김인후金麟厚를 만난 일화를 수록하고 있다. 영남 지역에 살던 오세억이라는 선비가 죽었다가 사흘 만에 살아난 사건이 있었다고 한다. 그의 말에 의하면, 꿈에 하늘로 갔는데 자줏빛 옷을 입은 사람이 자신을 데리고 작은 뜨락으로 가더라는 것이다. 윤건綸巾을 쓴 학사學士가 오더니 자신을 하서河西 김인후라고 하였다. 그리고는 올해 당신이 이곳에 오는 것이 적당하지 않으니 다시 돌아가라고 하면서, 다음과 같은 시를 지어주더라고 했다.

世億其名字大年　세억은 그의 이름, 자는 대년
排門來謁紫衣仙　문 열고 들어와 자줏빛 신선 배알한다.
七旬七後重相見　일흔일곱 살 뒤에 다시 서로 만나리니
歸去人間莫浪傳　인간 세상에 돌아가거들랑 함부로 전하지 마오.

그러더니 과연 그의 나이 77세가 되던 해에 세상을 떠났다고 한다. 이는 전형적인 시참의 하나인데, 역시 꿈 속의 사건으로 설정되어 있다. 일상과는 전혀 다른 차원의 세계가 펼쳐지자 전혀 다른 차원의 이야기가 전개된다. 꿈이란 우리에게 다른 세계로 인도하는 문이면서, 우리가 일상에서는 쉽게 볼 수 없는 부분을 열어 보여주는 열쇠이기도 하다. 그러나 꿈이 열어 보이는 것은 참으로 순식간이어서 주의 깊게 보지 않으면 결코 눈앞에 드러나지 않는다. 따라서 우리는 자신의 직관력을 최대한 발휘하여 꿈이 드러내는 세계를 단번에 파악한다.

시귀의 예지적 기능과 그 문학적 의미

문학 작품 창작 과정에서 쉽게 해명되지 않는 미묘한 매개고리는, 현실의 경험으로는 쉽게 해명되지 않는 신비스럽고 모호한 부분과 연결되면서 우리의 상상력을 자극한다. 꿈 속에 지은 시라고는 하지만 여전히 그것은 우리의 내부에 잠겨 있던 힘이고, 그것이 우리의 감각기관과 외부 사물이 부딪히는 순간 번뜩이는 영감과 상상력으로 전혀 새로운 작품을 구상하게 하거나 창작의 계기를 마련하는 것이다.

앞으로 우리가 살필 시마에 관한 기록들 중 상당 부분이 꿈 속에서 이루어지는 사건으로 설정되어 있다. 사람들은 마치 꿈 속의 일처럼 시마를 만나며, 그것은 잠에서 깨어난 뒤에도 여전히 일상을 지배하는 힘으로 남아 있기도 한다.

시귀 혹은 시마는 우리의 무의식 속을 언제나 유영하고 있지만, 우리가 그들의 어슬렁거림을 눈치채지 못할 뿐이다. 마음 깊은 곳에서 자유롭게 유영하는 시마는, 일상의 예법과 복잡한 규칙에 막혀서 자신의 모습을 드러내지 못한다. 그러나 우리의 내부를 막고 있는 장막이 걷히는 순간 그들은 우리에게 모습을 드러내 보여준다. 마치 우리의 무의식의 차원이 의식의 표면으로 부상하지 않다가, 의식의 감시망이 소홀해진다 싶은 순간 틈새를 비집고 나타나서 자신의 모습을 드러내는 것과 비슷한 이치이다. 다만 시귀는 외부의 목소리로 들려오는 경우도 있다는 점에서 차이를 보인다. 그러나 꿈 속에서 만나는 시귀 혹은 시마의 경우에는 내부의 목소리에 귀를 기울이는 순간 만날 수도 있는 존재이므로, 어찌 보면 무의식의 문학적 발현으로도 볼 수 있는 소지가 다분하다.

사실 우리가 생각하는 귀신이란 어스름 달빛을 배경으로 머리를 풀어헤친 소복 입은 여인의 모습이다. 어쩌면 입가에 몇 방울 피의 흔적이 있을지도 모를 일이며, 치마 밑으로는 그녀의 발이 보이지 않고 그냥 땅 위에 둥둥 떠 있을지도 모를 일이다. 인적 드문 교외나 야산 주변에서 우리의 앞길을 가로막으면서 불현듯 나타나는 그녀의 모습을 보고 놀라지 않을 사람이 몇이나 되겠는가.

그러나 다시 생각해 보면 귀신이 두려운 이유는 따로 있는 듯하다. 그것은 귀신에 대해 우리가 아는 것이 전무하다는 사실이다. 모르는 것에 대해 가지고 있는 일종의 근원적이기까지 한 공포를 무시할 수는 없다. 귀신의 정체를 속속들이 안 후에 그것을 두려워할 사람이 얼마나 될까. 물론 우리보다 현실적 힘이 너무 강해서 위해를 당할까 봐 두려워할 수도 있지만, 이런 두려움은 정체를 몰라 두려워하는 것과는 질적으로 차이가 있다. 정체를 알 때의 두려움은 구체적인 것에서 오는 것이다. 마치 우리가 한밤중 막다른 골목에서 깡패를 만나서 위험을 느끼고 공포를 느끼는 것과 마찬가지다.

그러나 정체를 모를 때의 두려움은 참으로 막연하다. 근원을 알 수 없는 공포는 우리의 마음을 훨씬 더 불안하고 무섭게 만든다. 깜깜한 밤길을 걷거나 외딴 곳에 위치한 뒷간에 불빛 하나 없이 가야 한다면, 우리는 등 뒤에서 어떤 힘이 잡아끄는 듯한 느낌을 가질 수 있다. 그것은 우리 마음이 만들어내는 공포의 일종일 터인데, 그것 역시 알 수 없는 어떤 존재에 대한 막연한 두려움에서 비롯된 것이다.

귀신이 두려움의 대상이라고 해서, 시귀 역시 귀신이니까 그냥 두렵기만 한 존재일까? 물론 시화서詩話書에 등장하는 대부분의 시귀는 두려움의 대상이다. 그들은 사람들에게 미래의 일을 알려주기도 하고 과거 급제에 도움이 될 만한 결정적인 시구를 일러주기도 하지만,

여전히 그들을 대하는 사람들의 눈에는 두려움의 흔적이 묻어 있다. 현실적인 두려움을 주기만 하는 존재라면 그렇게 오랫동안 선비들의 관심 범위에 머물지는 않았을 것이다. 그들이 주는 두려움은 단순한 두려움이 아니라 또 다른 차원의 의미를 이면에 감추고 있었다.

우리는 우선 꿈이 가지고 있는 불연속적 현현顯現의 속성에 주목할 필요가 있다. 말이 좀 이상하긴 하지만, 불연속적 현현이란 꿈에서 우리가 경험하는 일들이 일정한 줄거리를 가지기보다는 단편적인 이미지들의 집적이며, 그러한 것들이 일정한 논리적 혹은 순차적 관계를 무시하고 현현된다는 것을 의미한다. 다시 말하면, 꿈은 아무런 전조前兆 없이 불쑥 어떤 장면들을 우리 눈앞에 펼쳐 보인다. 깨어 있는 상태라면 결코 있을 수도 없고 있어서는 안 되는 황당한 일들이 꿈 속에서는 다반사로 일어나지 않는가. 그 불연속적 현현이 매일 강력하게 지속되고, 급기야는 벌건 대낮에도 눈앞에서 펼쳐진다면, 그 사람의 삶이 통제하기 어려운 상태로 달려갈 것은 뻔한 이치다. 백일몽에 사로잡혀 있는 사람치고 정상적인(상식적인) 삶을 영위해 나가는 사람은 드물다. 심지어 그들은 정신병자로 취급되어 격리되기도 한다. 그들은 꿈과 현실을 구분하지 못하고, 상식과 비상식의 경계를 의식하지 않으며, 실상과 허상을 가르지 않는다. 그들은 생각하는 것을 실제 자신의 삶 속에서 실현하고 즐길 수 있다고 여긴다. 그러니 다른 사람의 눈에 그들이 이상한 사람으로 취급되는 것은 당연하다.

문제는 그와 같은 행동이나 말들이 때때로 상식적이고 평범한 일상을 위협하기도 한다는 데에 있다. 일상 생활이라는 것은 사회를 구성하고 있는 사람들이 일정한 약속을 모두 지키겠다는 전제 아래 이루어지는 것이다. 사회적 약속을 지키는 것은 여러 사람들이 함께 살아가기 위한 첫걸음이다. 알다시피, 그 약속은 어느 한 사람이 마음대로 만든다고 해서 그대로 통용되는 것이 아니다. 설령 왕과 같이 사회에서 절대적인 권력을 가진 사람이 어떤 사회적 약속을 파기하고 다른 것을 하나의 기준으로 강요한다 해도, 그 권력이 사라지면 그 약속도 자연히 사라진다. 물론 그 약속이 사회 구성원에게 이로운 것으로 판단되어 순조롭게 받아들여진다면 문제는 다르다.

사회적 약속에 의해 질서 지워진 공동체는 그 나름의 보이지 않는 체계를 가지게 된다. 그 체계는 애초에 사회 구성원의 공동의 이익을 위해 존재하면서 그 지위를 부여받았겠지만, 시간이 가면 갈수록 사회의 보이지 않는 권력으로 작동하게 된다. 처음 그 체계가 구성원의 지지를 받았을 때에는 어쩌면 기본적인 벡터만을 가졌을 뿐이었는지도 모른다. 거기에 구체적인 살이 붙고 행동 지침이 마련되면서 사람들은 그 각각의 조항들을 의식하게 되고, 때에 따라서는 하고 싶지 않아도 조항의 파기를 피하기 위해서 어쩔 수 없이 하게 된다. 그것이 바로 개인의 자유로운 삶을 구속하는 사회적 법도 혹은 의례儀禮가 탄생하는 지점이다.

사회적 법도나 의례를 누구나 다 불편해하는 것은 아니다. 대부분의 구성원은 그것의 존재 자체가 자신의 안전한 삶을 보장한다고 여긴다. 우리는 법 때문에 힘이 없는 사람이 안심하고 거리를 걸어다닐 수 있고, 의례 때문에 힘없는 노인도 젊은 사람의 인사를 받을 수 있다고 생각할 때가 있다. 현실적으로 그러한 각각의 조항들은 우리의 구체적 삶을 보장하는 중요한 장치이다. 그렇게 살아가던 사람들에게 법도와 의례는 삶의 외피로서 너무도 튼실한 존재였다. 어느 날 자신의 삶을 보호해 주던 것들이 사라진다면 당연히 그 상황을 위기로 인식하게 되고, 법도와 의례를 회복하기 위해 모든 힘을 다할 것이다. 역설적으로 그들은 자신들을 구속하는 강력한 권력을 요구하기에 이른 것이다.

표면적으로는 아무 일도 일어나지 않는 사회, 그 사회 속에서 누리는 안정감은 같은 일상을 반복하면서도 아무런 반성적 사유를 일으키지 않는 사람들에게는 하나의 견고한 성채다. 그런데 어느 날 꿈속에 묻혀 지내는 사람이 나타난 것이다. 그들은 현실에서의 법도와 의례를 무시하거나 깨뜨리고, 나아가서 전혀 새로운(새롭다는 것은 때때로 낯설다는 뜻이다!) 의례와 법도를 내세운다. 그것은 정연하게 질서지워진 사회를 뒤흔드는 새로운 힘이다.

꿈꾸는 사람들이 어떤 사회적 배치 속으로 들어가는가에 따라 혁명적 사유를 유포할 때가 있다. 안정을 누리던 사람들은 그들의 혁명적 사유가 사회를 불안하게 만든다고 생각하면서 배척의 몸짓을 취한다. 꿈꾸는 것을 어느 정도 용인하는 사람들조차 자신들의 기득권이 위협받는 순간 몽상가라는 이름으로 그들을 공격한다. 그들의 생각에 일리가 없는 것은 아니지만 지나치게 이상적理想的인 곳을 향해 모든 촉수를 세우고 있기 때문에 비현실적이라는 것이다. '비현실적 몽상가'라는 말은 때로는 비난으로, 때로는 찬탄으로 받아들여졌지만, 그들이 현실의 질서를 전적으로 받아들이지 못한다는 점에서는 누구도 이의를 달지 않았다.

다시 꿈의 문제로 돌아가서 생각해 보자. 사실 꿈이 가지는 불연속적 현현이라는 특성은 수많은 리좀적 사유[11]를 내포하는 것이다. 너무도 많은 가지치기를 해나가는 바람에, 본 줄기가 무엇이었는지 기억조차 할 수 없는 것이 바로 꿈의 세계이다. 아무런 논리적 연관 관계를 가지지 않는데도 불쑥 튀어나오는 이미지들의 집적은 우리에게 질서 지우는 행위를 거부하게 한다. 그들은 결코 세상의 질서 속에 포괄되지 않으며, 어떤 종류의 담론 속으로도 포섭되지 않는다.

그렇게 볼 때, 시귀가 꿈을 통해서 자신의 모습을 드러내는 것은 상징적인 점이 있다. 시귀는 꿈을 꾸는 사람과 일정한 관련을 가지지 않은 것은 아니지만, 그들이 내뱉는 시구들은 앞뒤 맥락이 없이 불쑥 튀어나온다. 꿈을 꾸는 사람은 그 단편적인 구절을 기억하고, 그것을 바탕으로 자신의 시를 만들어낸다. 말하자면 시귀는 시 작품을 창작하는 데 있어 가장 중요한 부분, 시안詩眼에 해당하는 부분을 만들어 놓고는 홀연히 사라진다. 그렇다면 꿈 속에서 만난 시귀는 정말 나의 외부에 존재하는 것인가. 그렇게 보기에는 뭔가 찜찜한 구석이 있다. 그렇다고 시귀를 나의 내부에 존재하는 무의식의 그림자로 취급해 버리는 것도 뭔가 찜찜하다. 시귀는 다양한 모습으로 나타나므로 쉽게 자신의 정체를 드러내지 않는다. 여러 일화를 통해 본 바 있는 시귀는, 우리의 외부에서 자신의 시 창작 능력을 자랑하기도 하고 또는 현실과 환상의 경계에서 우리에게 말을 걸기도 한다. 내재적이기도 하고 외재적이도 한 양면성은 시귀가 시마로 넘어가는 중요한 징검다리의 역할을 한다는 것을 짐작하게 한다.

시귀의 두 층위

내재적이든 외재적이든 시귀가 가진 특징을 꼽으라면 그것은 반드시 매개체를 필요로 한다는 점이다. '시귀-매개체-작품' 이라는 구성 속에서라야만 시귀가 발현될 수 있다. 그럴 때 매개체는 자신의 의지를 개입시킬 수 있는 여지가 거의 없는 셈이다. 시귀에 걸린 사람은 이전에 글을 알았는가의 여부에 관계 없이 시귀에 의해 선택되었을 뿐이다. 그의 입에서 뛰어난 시구를 구술하지만 무당의 공수와 별 차이가 없다. 살아 있는 시체나 다름없다는 것이다.

다음의 두 경우를 보면 시귀의 층위를 분명히 알 수 있다.

모재慕齋 김안국金安國의 아우 김정국(金正國 1485~1541)은 항상 시를 잘 알아본다고 자부했다. 김안국이 영남 방백이 되었을 때 한 교생校生 송씨宋氏가 시를 잘 짓는다는 이름이 났다. 그래서 월파정月波亭으로 불러 시를 짓게 했더니, "화려한 누각 밝아 물속 하늘 눌렀으니, 옛날에 그 누가 이 산 앞에 지었는가(金碧樓明壓水天, 昔年誰構此峯前)"라고 하였다.

김안국이 이 시를 가지고 크게 칭찬하면서 아우 김정국에게 보였더니 김정국은 이 시를 보고는 분명히 귀시鬼詩라고 하였다. 알아보니 송씨는 이전에 문장을 전혀 알지 못했는데, 어떤 요귀가 붙어 항상 시를 불러주어 시를 잘 짓게 되었다고 했다. 뒤에 송씨 집안에서 술사術士를 불러 그 요괴를 쫓아 보내니, 요괴가 떠나면서 손바닥에 시를 써 보였다.

요괴가 가고 나니 송씨는 처음과 같이 글을 모르는 상태로 돌아갔다. 이 일로 김정국은 자기가 시를 잘 알아본다고 매우 좋아했다. 그러나 이 시는 고려 시대 도길부都吉敷가 지은 시로 영남루에 걸려 있던 것이었고, 여기에 여자 요괴를 끌어붙여 얘기를 꾸민 것이다.

정백련鄭百鍊이 중풍에 걸렸는데 어떤 젊은 선비가 아름다운 얼굴에 연화건蓮花巾을 쓰고 와서 다음과 같이 말하였다. "당나라 요개姚鐥와 이장길李長吉의 친구였으며, 안탕산雁蕩山에서 200여 년간 있다가 동방으로 와서 한라산에서 1천여 년 있었고, 금강산으로 가려고 하는데 너와 인연이 있어서 삼각산에 30년 있다가 지금 왔다." 이렇게 말하고 시를 지었다. 그러고 난 뒤에 시마가 떠나고 나니 병이 나았다.

앞에 인용한 김정국의 일화는 《청강쇄어淸江瑣語》에 수록된 것이다. 이 일화는 조선 시대에 워낙 유명했던 탓인지, 《기문총화》, 《해동기화》, 《송천필담》, 《시화휘편》, 《동국쇄담》, 《청야담수》 등에도 두루 수록되어 있다. 뒤에 인용된 일화는 허균의 《학산초담》에 수록되어 있는 것이다.

두 경우 모두 시귀에 씌어서 자신의 의지와는 무관하게 좋은 시구를 쏟아낸 사람들의 이야기라는 점에서 공통점이 있다. 송씨의 경우에는 알려지지 않은 귀신이 무단히 송씨의 몸에 강신降神하듯 깃든 것이다. 이런 경우 귀신의 존재가 외부로부터 송씨 내부로 틈입하는 것처럼 보이기도 한다.

송씨라는 인물이 원래는 문장을 전혀 알지 못하는 사람이었다는 것을 강조하고 있음을 눈여겨볼 필요가 있다. 이 일화는 '글 모르는 송씨-뛰어난 시를 짓는 송씨-글 모르는 송씨'의 순차적 구조로 이루어져 있다. 이것은 시귀의 외재적 특성을 명확히 보여주는 일화다. 시귀는 송씨 외부에 있다가 어떤 계기를 만나서 내부로 들어왔다. 그럴 때의 시귀는 외부에 존재하는 시힘일 터인데(사실 외부에 존재하는 시힘이란 게 있을 수 있는가 싶기도 하다), 마치 무당에게 귀신이 씌듯 그렇게 송씨의 몸으로 들어온 것이다. 그 시귀는 자신을 드러내기 위해 반드시 형상을 필요로 하는 존재다. 아무리 신통한 능력을 가진 귀신이라 해도 세계의 형상을 통하지 않는다면 드러날 방도가 없다. 특히 시귀는 인간의 언어를 정교하게 다루는 신통한 능력을 가진 존재인데, 자신의 능력을 발휘하기 위해서는 어쩔 수 없이 인간의 몸(형상)을 빌려야만 한다. 여기서 의지를 가진 존재는 시귀뿐이다. 송씨는 일종의 영매에 불과하다. 그것도 시귀를 마음대로 불러낼 수 있는 영매가 아니라 철저히 수동적인 영매이다. 시귀에 의해 선택된, 하나의 매개물이다.

정백련의 경우는 송씨와 그 양상을 조금 달리한다. 정백련은 원래 글을 몰랐던 인물로 보이지는 않는다. 그에게서 나타나는 특징은 병, 즉 중풍을 앓았다는 점이다. 그렇게 본다면 정백련의 일화는 '건강한 정백련-병에 든 정백련-건강한 정백련'의 구조를 보인다. 문제의 병은 시귀 때문에 생긴 것이다. 물론 허균은 '시마'라고 표현하였다. 그렇게 표현을 한 것에 이유가 없는 것은 아니다. 원래 시마의 친한 친구는 바로 병病이기 때문이다. 그렇다 해도 정백련의 경우에는 시귀로서의 성격을 함께 가지고 있다는 점에서, 시귀가 어떻게 시마로 넘어가는가를 잘 보여주는 일화이다. 옛날 유명한 시인의 귀신이 어느 날 자신에게 와서 붙었다. 말이야 당나라 요개와 이장길의 친구였노라고 이야기하지만, 기실 그들의 귀신이라는 것과 다를 바 없다. 세월은 흘러도 귀신은 남는 것, 그 귀신은 세월이 흘러서 금강산으로 이사를 하려는 찰나에 정백련과 인연이 있어서 잠시 들렀다는 것이다. 이 역시 외재적인 귀신이다.

얼핏 보면 외부의 귀신이 송씨와 정백련의 내부로 들어오면서 사단이 벌어진 것으로 보인다. 그러나 이 일화를 다른 시각으로 볼 수는 없을까?

무당의 예를 들어보자. 특히 강신무降神巫의 경우, 평소에는 건강했던 사람이 어느 날 이상하게 시름시름 앓기 시작한다. 백방으로 약을 구해 보지만 전혀 원인조차 알 수 없다. 결국은 그것이 무병巫病이라는 것을 인정하고 내림굿을 받음으로써 정식 무당이 된다. 물론 무당이 되면 자신이 귀신을 부르고 싶을 때 일정한 의식을 통해 귀신을 부를 수 있다는 측면이 있다. 그러나 그 무당은 자신의 몸을 귀신에게 하나의 매개물로 제공하는 셈이 된다. 그가 하는 말, 즉 공수를 하

는 것은 한 인간이 개인적인 의지로 말을 하는 것이 아니라 귀신의
말을 단순히 전달 혹은 대신 하는 것에 불과하다. 물론 이런 관점을
확대시키면 불경이나 성경 모두 인간의 입을 빌어 부처나 신의 이야
기를 대신 하는 것에 불과하다는 논리로 나아가게 된다. 종교는 그러
한 과정을 통해 경전에 대한 신성성을 확보하는 것이다. 어떻든 무당
이 강신 상태에서 이야기를 하는 것은, 시귀에 걸린 사람이 시 작품
을 짓는 것과 같은 구조를 가진다.

　그런데 강신무의 경우를 다른 종교와 비교하여 살펴본다면, 신이
내리는 순간을 일종의 깨달음의 순간으로 치환할 수도 있지 않을까.
즉 어떤 종교의 수도자가 오랫동안 수양을 하다가 어느 순간 깨달음
의 순간을 맞이하게 되고, 그 순간을 중심으로 그 이전과는 전혀 다
른 사람으로 탈바꿈한 것처럼, 깨달음이 오기 직전 수도자의 고통스
러운 삶과 수행 생활은 신체적으로 표현하자면 일종의 병이 든 상태
로 볼 수 있다. 그런 과정을 거쳐서 결국은 깨달음의 순간을 맞는다.
무당 역시 고통스러운 질병의 상태를 거쳐서 귀신의 이야기를 전할
수 있는 무당으로 거듭난다. 그렇게 보면 무당에게 있어서 강신의 순
간은 일종의 깨달음의 순간과 같다. 그 순간을 중심으로 이전의 무당
개인과 이후의 무당은 전혀 다른 차원의 인간으로 탈바꿈한다. 송씨
나 정백련의 경우에도 그런 방식으로 해석할 여지가 있다는 것이다.

　물론 과도한 해석이라 볼 수도 있지만, 정백련의 경우 이런 점이
더욱 강하게 나타나고 있다. 시를 담당하는 귀신이 어느 날 그에게
와서 시를 짓도록 만들었다는 것은, 시인에게 어떤 문학적 깨달음의
순간이 온 것으로 볼 수 있다. 물론 무당의 경우와 결정적인 차이가
있는 것은 사실이다. 예컨대 무당은 무병을 앓고 난 후에 새로운 차
원으로 나아가는 것이지만, 송씨나 정백련의 경우에는 시귀가 들어

와 있는 상태에서 비정상적인 삶을 살아가기 때문이다.

정백련은 시귀의 강신과 더불어 병이 찾아왔다. 그것은 무당과 다른 지점이다. 그러나 무당이 다루는 것과 시인이 다루는 것의 차이가 그렇게 만든 것으로 볼 수 있다. 즉, 시인에게 붙은 귀신은 시 작품의 창작에 관여하기 때문에 시인을 지극히 평범하고 상식적으로 만들면 안 된다. 그것은 문학의 본질이 무엇인가 하는 질문에 대한 일종의 우의寓意이다.

평정한 마음 상태에서 치열한 문학 작품이 나오기는 어렵다. 그것이 도학자道學者의 시라 하더라도 마음이 외물과 만났을 때 작품을 창작하기 위한 흥취가 나오는 것이지, 고요한 상태를 계속 유지한다면 어떻게 작품이 창작되는 계기를 만나겠는가. 언제나 시대를 고민하고 인간의 삶을 비판적으로 살필 때 작품 창작의 계기가 주어지지 않겠는가.

그랬을 때 우리는 시귀에서 새로운 측면을 읽어낼 수 있다. 평범하고 상식적인 인간에서 전혀 다른 차원의 문학적 인간으로 나아가는 깨달음의 계기를 시귀는 표상하고 있다. 다만 그 깨달음의 순간이 어떻게 오는지, 그 내용은 무엇인지에 대한 정보가 우리에게 없기 때문에 신비한 어떤 힘으로만 느껴지는 것이다. 사실 그런 깨달음이 우리에게 다가와도 그것을 어떻게 사용해야 하는지, 그것이 정확히 어떤 종류의 힘인지를 인식하지 못하는 경우가 얼마나 많은가. 그러니 자신의 내부에 그런 힘이 꿈틀거려도 제대로 사용하지 못하는 사람이 태반이다. 그럴 때 다른 사람이 보기에는 귀신이 씌어 신통한 말들을 내뱉는 일을 당한 것이다.

시귀, 그것은 우리가 이성적으로 해명할 수는 없지만 문학적 깨달음의 계기를 내포하는 거대하고 창조적인 힘인 것이다. 그런 존재의 입에서 기존 질서에 정확히 부합하는 말들만 나오기를 기대할 수는 없다. 그들은 언제나 기존의 권력들을 불안하게 만들며, 그들이 은밀히 유포하는 단편적 이미지 혹은 담론의 조각들은 하나의 질서로 포섭되지 않는 영토를 넓혀 나간다. 그러니 이들이 꿈에 의탁하지 않는다면 어디에서 설 자리를 발견할 수 있겠는가. 그런 점에서 시귀는 시마의 앞선 단계로 취급되어야 마땅하다.

2부 시마, 떠도는 시적 사유의 힘

1장 __ 시마詩魔인가, 시선詩仙인가

귀신의 시대

어느 시대인들 귀신에 대한 관심이 없겠는가마는, 유난히 귀것에 관심을 가지고 이에 대한 글을 많이 남겨 놓은 시대가 있다. 조선 전기, 특히 15세기 후반에서 16세기 전반이 그런 시기이다. 조신曹伸의 《소문쇄록》이라든지 성현의 《용재총화》와 같은 책에 수록되어 있는 귀신 이야기는 당대에 귀신 설화가 얼마나 지식인들의 관심을 끌었는지를 짐작하게 한다. 또한 남효온이나 김시습의 귀신에 대한 글은 논리정연한 분석력이 돋보이는 글이다.

고려 말의 혼란한 정국에도 귀신이 많이 출몰한 것으로 보인다. 전라도 나주 회진會津으로 귀양 갔던 정도전이 혼자 있는 동안 비몽사몽간에 이매(魑魅 : 귀신, 도깨비)의 시달림을 많이 당하자, 이들을 달래고 쫓는 제문을 지어 제사를 지냈다는 《사이매문謝魑魅文》이나, 기묘사화(1519년)를 일으켰던 성운이 경상감사로 재직하는 동안 대낮에 머리 없는 여러 귀신들의 침노에 놀라 실신하고 그 길로 사망했다는 기록(《을유록독집己卯錄續集》, 〈화매禍媒〉) 등을 볼 때, 고려 말에서 조선 초기에 이르는 동안 많은 대신들이 귀매공포鬼魅恐怖에 시달리고 있었다는 사실을 미루어 짐작할 수 있다. 귀매는 일종의 환영으로 사람의 잠재의식 속에 자리하고 있는 공포심과 밀접한 관계가 있다는 점을 감안할 때, 사람이 많이 죽임을 당한 시기에 사회 문제로 크게 부각되었음은 자연스러운 현상이다.[12]

그런데 시마의 경우는 좀 묘한 구석이 있다. 귀신 혹은 이매에 대한 글은 유학자들이 이기론적 시각에서든 음양론적 시각에서든 논리적으로 다루고 있고, 특히 그것이 자주 등장하는 경향을 보이는 시기가 있는 반면, 시마는 그렇지가 않다. 고려 말 이규보와 조선 중기 최연, 유몽인 등의 글을 제외하면 시마에 관해 비교적 길게 쓴 글도 발견되지 않는다. 그렇다고 해서 시마라는 개념이 어떤 특정 시기에만 나타나는 것도 아니다. 고려 후기 이래 조선을 거쳐 20세기 말까지도 꾸준히 시마라는 용어는 여기저기서 모습을 드러내고 있다. 단지 시마라는 개념이 논리적으로 정립되지 않았을 뿐, 시마는 여전히 문인들에게는 관심의 대상이 되어왔던 것이다.

시대뿐만이 아니다. 시마라는 단어는 고려의 문인에게도 나타나고 유학자의 글에도 보이며, 승려의 글에도 등장한다. 한시에도 나타나고 시조에도 보이며 현대시에서도 모습을 보인다. 이 정도면 그야말로 전방위적 활동을 하는 개념이라고 해도 과언이 아니다. 그렇지만 그것의 개념이 구체적으로 무엇인가 하는 질문에는 선뜻 대답하기 어려운 점이 있다. 시인으로 하여금 시를 짓지 않고서는 배기지 못하게 하는 근원적인 힘의 의미로 사용된다는 점은 알겠는데, 그 이상을 이야기하려고 들면 이상하게도 개념화를 거부하는 지점을 만나게 된다는 것이다. 따라서 우리는 먼저 시마라는 단어가 어떻게 사용되었는지 그 용례를 살펴볼 필요가 있다.

시마詩魔와 시선詩仙

시마에 대한 용례는 당나라 때의 이름난 문인 백낙천白樂天에게서 처음 보인다. 그는 원진(元稹, 자는 미지微之)에게 보내는 편지 중에서 이렇게 쓴 바 있다.

조금 사정이 나아지면 그대와 시를 가지고 서로를 경계해 주었고, 조금 곤궁해지면 시를 가지고 서로 권면하였으며, (다른 곳에 살면서 서로의) 거처를 찾을 때에는 시를 가지고 서로 위로하였고, 거처를 함께하고 살 때에는 시를 가지고 서로 즐겼습니다. 나를 알아주는 것도, 나를 죄 주는 것도 대체로 시였습니다. 금년 봄, 성남에서 노닐면서 그대와 말 위에서 서로 장난하며 각각 신염소율新豔小律을 노래하되 다른 작품은 섞지 않았습니다. 황자피皇子陂에서 소국昭國으로 돌아올 때까지 번갈아 시를 읊고 노래하여 20여 리에 되도록 소리가 끊어지지 않았습니다. 번이樊李가 옆에 있었지만 입도 뻥긋 못했지요. 그러니 나를 알아주는 사람은 나를 시선詩仙이라고 생각하고, 나를 모르는 사람들은 시마詩魔라고 여깁니다. 무엇 때문이겠습니까? 마음을 수고롭게 하고 소리와 기운을 부리며 아침 저녁으로 연이어 지으면서도 그 괴로움을 알지 못하니, 마魔가 아니면 무엇이겠습니까? 우연히 사람들과 아름다운 경치를 만나서, 꽃이 피었을 때 잔치가 끝나거나 달밤에 술이 얼큰하여 한 번 노래하고 한 번 읊조리면서 늙어가는 줄을 알지 못합니다. 비록 난새와 학을 타고 봉래·영주에서 노니는 경우라 해도 이보다는 더할 것이 없으리니, 또한 신선이 아니면 무엇이겠습니까? 미지여, 미지여, 이것이 내가 그대와 속세의 밖에서 자취를 감춘 까닭이고, 높은 벼슬아치[軒冕]를 아래로 보고 세상을 가볍게 여긴 것도 또한 이 때문입니다.[13]

백낙천의 글에서 시마는 시선과 짝을 이루어 등장한다. 원진과의 교유 과정에서 시는 절대적인 영향력을 가지고 있었다. 모든 것이 시를 통해서 이루어졌고, 시가 만드는 황홀경이야말로 신선 세계보다 더 아름답고 환상적이었다고 술회한다. 그런 관점에서 볼 때 세상의 삶은 보잘것없는 것이었고, 세상의 권력 또한 눈길조차 둘 가치가 없는 것이었다. 그러나 삶의 모든 굽이에서 등장하는 시를 보면서, 사람들은 그것을 시마라고 하기도 하고 시선이라고 부르기도 했다. 백낙천은 둘 사이의 차이가 없음에도 불구하고 사람들이 구별하는 이유를, 시 창작의 고통에 주목하는가 아니면 그것이 만들어내는 황홀경에 주목하는가를 가지고 설명한다.

창작 과정에서 작가는 마음을 괴롭게 하여 생각을 짜내야 하고, 성기聲氣를 부려서 무엇인가를 표현해 내야 한다. 괴로운 과정의 연속임에도 불구하고 작가들은 이전의 그 괴로움을 잊어버리고 다시 새로운 작품과 참신한 표현과 깊숙한 내용을 찾아 글밭을 이리저리 헤맨다. 괴로운 일인데도 괴로운 줄을 모르니 '마魔' 즉, 귀신이 아니면 무엇이 그렇게 만든단 말인가. 그렇게 보면 시마란 괴로운 일을 괴로운 줄 모르게 만드는 힘, 즉 창작의 괴로움에도 불구하고 끊임없이 창작에 매달리도록 하는 근원적인 힘을 지칭하는 말이다.

백낙천의 글에서 시마는 사람의 마음을 괴롭히는 창작 욕구를 지칭하면서도 그것을 폄시하거나 배척하려는 의도는 보이지 않는다. 그러나 당나라의 엄우嚴羽는 《창랑시화滄浪詩話》를 집필하면서 그것을 낮은 차원의 창작욕으로 설명한다.

시를 배우는 사람은 마땅히 한위성당漢魏盛唐[14]의 시를 스승으로 삼아야지, 개원開元 · 천보天寶[15] 이후의 인물의 시를 본받아 지어서는 안 된다. 이는 스스로 굽혀서 물러나는 것과 같으니, 그러면 곧 하급의 열등한 시마가 그 폐부 사이로 들어가게 될 것이다.[16]

엄우는 시마에 대해서 '하열下劣'하다는 한정어를 붙임으로써 자신의 시각을 분명하게 드러낸다. 그는 자신이 생각하는 시 창작의 모범으로 한위성당 시대를 설정하면서, 성당 이후의 시는 수준이 떨어지기 때문에 본받아서는 안 된다고 했다. 그것들은 하열한 시마가 만들어내는 것이므로 작시 수준을 떨어뜨리는 결과를 초래할 것이라고 했다. 그럴 때 엄우의 시마 개념은 폄시의 태도를 내포하고 있다.

그러나 엄우와 같이 노골적인 폄시의 태도를 드러내는 경우는 흔치 않다. 시마 때문에 고통을 받는다는 표현은 수시로 등장하지만, 그것은 오히려 창작의 고통을 강조하기보다는 그것이 주는 즐거움을 표현하려는 의도가 일종의 반어적 형태로 나타나는 것이 일반적이다. 굳이 표현하자면 시마는 창작의 고통이 사실은 얼마나 즐거운 고통인가를 자랑하려는 작가들의 행복한 고민이 스며 있는 단어인 것이다.

삶의 모든 국면을 이성적 논리로 해명한다는 것은 불가능하지만, 특히 어떤 특정한 사람들에게만 부여된 능력을 발휘하는 부분에 대해서는 더더욱 불가능하다. 그 능력 중의 하나가 좋은 글을 쓰는 능력이다. 많은 노력과 시간을 들였음에도 불구하고 어째서 자신에게는 뛰어난 글쓰기 능력이 없는가 하는 의문은 문학비평론의 중요한 단초이면서, 동시에 영원히 해명되지 못할 인간의 영감 혹은 창작 욕구에 대한 선망과 질투를 동시에 내포하고 있다.

어떻든 창작의 순간에 발휘되는 신묘한 부분은 예로부터 많은 사람들의 관심의 대상이 되어 왔다. 그 순간을 지칭하는 용어부터 그 자체를 움직이는 보이지 않는 힘에 대한 개념화에 이르기까지 다양한 용어와 기발한 설명 방식이 개발되었다. '시마'라는 단어 역시 그들 중의 하나일 뿐이다.

시를 쓰기 위해서 무엇인가 흥취가 일어나야 한다는 것은 당연한 말이다. 그러나 어떤 순간에 시를 쓰고 싶은 흥취가 일어나는가 하는 것은 사람마다 생각이 다르다. 똑같은 상황을 만나더라도 어떤 사람은 흥취를 일으키는 반면 어떤 사람은 전혀 시적 흥취를 느끼지 못하는 경우가 많다. 흥취를 일으키는 것 역시 상당 부분은 문화적 전승의 영향이 강하므로, 그가 어떤 환경 속에서 성장하고 교육 받아왔는가가 중요하다. 그러나 촉물우흥(觸物寓興: 사람의 마음이 외부 사물과 만나서 그것을 매개체로 하여 시인 자신의 마음을 의탁, 표현함)의 순간을 포착하는 것 역시 그에 못지않게 중요하면서도 어려운 일이다.

春草池塘夢忽圓　봄풀 돋는 연못 가에 꿈 홀연히 원만한데
覺來詩思暗相牽　잠 깨자 시 생각 몰래 서로 끌어당긴다.
今年更甚前年懶　올해 들어 예년보다 더욱 게을러져
飄盡階花欠一聯[17]　계단 옆 꽃 다 지도록 시 한 구 못 지었네.

봄날 연못 가에 풀이 돋아날 때면 따뜻한 봄 햇살과 함께 찾아오는 낮잠의 유혹은 이기기가 참 어렵다. 달콤한 낮잠을 한바탕 자고 난 후 잠에서 깨어나 보는 세계는 안온하고 따스한 빛으로 가득하다. 나른하게 긴장이 풀어진 그의 몸과 함께 홀연 찾아오는 흥취, 그것을 최숙정은 시사詩思라고 표현하였다. 게다가 예년 같으면 여러 수의 시를 썼을 텐데 올해는 유난히 봄잠에 취해서 한 계절 보내느라고 시 한 구 제대로 이룬 게 없다고 하였다. 그것은 작자 자신의 실상을 그

대로 묘사한 것이라기보다는 현재 처한 상황, 즉 봄날 낮잠을 늘어지게 잔 후 막 깨어나 흐릿하면서도 몽환적인 시선으로 바라보는 세계와 그 속에 안온하고 평화롭게 누워 있는 작자의 상황을 그렇게 표현한 것일 터이다.

최시우催詩雨, 시수詩瘦

작자의 시선을 따라 배치되는 봄날의 사물들이 신기하게도 시적 흥취를 일으키는 경우도 있지만, 비가 내리는 날 역시 시를 짓게 하는 묘한 분위기를 연출한다. 그것을 '최시우催詩雨'라고 한다. 시를 재촉하는 비라는 뜻이다.

雲鎖靑山半吐含　　구름에 싸인 청산 반쯤 드러났는데
驀然飛雨灑西南　　별안간 흩날리는 비에 서남쪽이 깨끗하다.
何時最見催詩意　　어느 때 시의詩意를 가장 재촉 받는가?
荷上明珠走兩三[18]　연잎 위 밝은 구슬 두셋 구를 때.

이 시는 조선 시대 최고의 성리학자 율곡 이이의 〈최시우〉라는 작품이다. 반쯤 구름에 싸여서 마치 산의 반쪽을 토해내는 듯도 하고 삼키는 듯도 한 푸른 산에 갑자기 비가 흩뿌린다. 물론 그 비가 장대비라면 시적 흥취가 쉽게 일어나기 어려울 것이다. 흩날리는 비에 서남쪽이 소쇄(瀟灑: 비로 먼지를 쓸고 물을 뿌림)하다. 비가 지나고 난 하늘은 한층 푸르고 서늘하다. 지나간 빗방울이 연잎 위에서 두세 방울 이리저리 잎의 움직임을 따라 흔들리며 굴러다니는 모습을 보는 순간, 시를 쓰고 싶은 마음이 홀연 솟는다. 정말 그림 같은 광경이다. 굳이 성리학자로서의 수양과 결부시키지 않아도 참 아름다운 한 폭의 그림이다. 시를 재촉하는 비는 그렇게 자연 경물과 함께 시인의 가슴에 다가온다.

조선 초기 문인인 이승소李承召 역시 '서산은 아득한데 시 재촉하는 비 내린다(西山漠漠催詩雨)' [19]고 표현한 바 있거니와, 역시 부슬거리면서 흩날리는 시는 시인의 흥취를 일으키는 좋은 벗임에 틀림없다. 그러나 흥취가 일어날 때 자연스럽게 흘러나오는 마음을 표현하기만한다면, 그렇게 해서 좋은 글귀를 얻을 수만 있다면 걱정할 것이 전혀 없다. 문제는 흥취가 흘러넘치는 순간을 당해서도 제대로 표현할 글자를 찾지 못하거나, 가슴속에 무언가 표현하고 싶은 욕구는 넘치는데 제대로 작품화하지 못할 때이다. 그때의 고통이야 이루 말할 수가 없을 것이다. 시에 빠져서 읊고 또 읊어도 마음에 드는 구절을 얻지 못한다면, 정신은 피폐해지고 몸은 수척해 가기만 한다. 그런 경지 역시 시인의 큰 병폐이자 도달하고 싶은 경지가 아닐까 싶다. 김득신金得臣은 그런 심정을 다음과 같이 토로했다.

당나라 여러 시인들은 시를 지으매 일생의 마음과 힘을 모두 써버렸다. 이 때문에 이름을 후세에 전할 수 있었다. 예를 들자면, "시 읊어 몇 글자 적절히 놓느라고, 비비 꼬아 끊어버린 콧수염 몇 가닥이던가"라든지, "다섯 글자 구절 완성하느라, 일생의 마음 모두 써버렸네"라든지, "두 구절 삼 년 걸려 얻고서, 한 번 읊조리니 두 줄기 눈물 흐른다"라든지, "시 읊는 괴로움 알 듯하니, 가을 서리 가슴속에 있는 듯"이라든지, 또 "밤에 시 읊어 새벽 되어도 그치지 않아, 괴롭게 읊조리니 귀신이 근심한다. 어떻게 스스로 한가치 못해, 마음과 몸이 서로 원수 되었나" 하는 시들이 바로 이

것이다. 나 또한 이러한 버릇이 있지만 버리고 싶어도 그럴 수가 없다. 그래서 장난 삼아 이렇게 시 한 수를 지었다. "사람된 버릇이 시를 제일 탐하여, 시를 읊조릴 때면 글자 놓기 의심한다. 끝내 의심치 않게 되면 바야흐로 마음 상쾌하니, 일생의 이 괴로움 그 누가 알 것인가?" 아! 오직 아는 사람만이 이 경지를 함께 이야기할 수 있으리라. 요즘 사람들은 얕은 학문으로 대충 글을 완성해서 즉시 사람들을 놀라게 할 글을 지으려 하니, 또한 어설프지 아니한가.[20]

마음에 드는 시구를 얻기 위해 몇 년을 고생했다는 얘기는 요즘도 문인들 사이에는 전설처럼 떠돌기도 한다. 옛날에도 글자 하나 얻기 위해 심혈을 기울이는 이야기가 시화류에 이따금씩 등장한다. 여행 중에 어느 정자의 벽에 써놓고 간 시에서 한 글자가 마음에 들지 않아 가던 길을 돌려서 그것을 마음에 드는 다른 글자로 고친 후에야 길을 떠난 사람의 이야기도 더러 있다. 그럴 정도니 마음에 드는 시구 혹은 글자를 얻기 위해 옛 사람들이 겪었을 마음의 고통이야 말해 무엇하겠는가.

마음과 몸이 서로 원수가 되었다는 표현에서도 알 수 있듯이, 몸은 쉬고 싶지만 마음속은 좋은 시구를 찾는 일로 가득 차 있어서 몸의 휴식을 허락하지 않는다. 몸은 날로 야위어가고, 마음은 오직 시구 찾는 일에만 몰두한다. 그러니 일상 생활이 제대로 이루어지겠는가. 오죽하면 "이제부터 시 읊느라고 괴로워하지 않으리니, 한 번 시 읊을 때마다 한 푼씩 야위어지니(從今莫作吟詩苦, 一度吟詩瘦一分)"[21]라고 했겠는가.

기양技癢

　그렇다면 시를 안 지으면 될 것 아니냐고 우문愚問을 던지는 사람이 있을지도 모르겠다. 그만두고 싶다고 해서 언제든지 그만둘 수 있는 성질의 것이라면 뭐 그리 걱정이겠는가. 좋은 시구를 찾는 일은 마치 무릉도원을 찾아가는 길과 같아서, 찾으려고 애를 쓰면 쓸수록 길은 보이지 않는다. 그냥 마음을 비우고 맥없이 앉아 있다 보면 어느 새 홀연 눈앞에서 잠시 열렸다 사라진다. 무릉도원의 풍광을 한 자락이라도 맛본 사람이라면 그 아름다움과 황홀경을 잊지 못해서 다시 들어가는 길을 찾기 위해 일생을 던지는 것이다. 그런 점에서 무릉도원이 주는 황홀경이나 좋은 시구를 찾은 후 그것을 읊조리는 순간의 황홀경은 어쩌면 너무도 닮아 있다.

　이처럼 자신의 의지와는 달리 쓰지 않으면 견딜 수 없도록 하는 것, 그것을 기양技癢이라고 한다. 기양은 특히 조선 초기에 여러 문인들에 의해 주목을 받았던 개념으로, 인간의 내부에 숨어 있는, 도저히 제어할 수 없는 표현욕을 말한다. 가려움을 참지 못하는 것처럼 자신의 재주를 드러내고 싶어서 안달하는 것을 기양이라고 한다. 자기 재주를 자랑한다는 것은 자칫 오만함으로 오해받기 쉽고, 때때로 지나친 자신감으로 연결되기 때문에 중세 지식인들에게는 조심해야 할 항목 중의 하나였다. 지금도 그렇지만, 자기 재주를 노골적으로 드러내는 사람을 우리는 경박한 성품에 얕은 지식을 가진 사람이라고 멸시한다. 실제로 그 사람의 실력이 뛰어날 수도 있지만, 겸손함을 미덕으로 여기는 문화적 전통은 자기를 드러내는 데에 주저하였다. 그러니 기양론 역시 자신의 표현욕을 숨길 수 없는 것을 주된 내용으로 하고 있기는 하지만, 표면적으로는 시문 창작이 어쩔 수 없는 것이었다고 변명하는 방식으로 표명된다.

조선 초기의 대표적인 문인이었던 서거정에게 여러 차례 나타나는 기양론의 모습이 바로 그러하다. 그는 조선의 문풍文風을 좌우하는 직책인 대제학大提學에 22년 간이나 머무름으로써 문풍 형성에 강한 영향력을 행사했다. 흔히 문형文衡을 잡는다는 말로 표현되는 이 직책은, 청요직淸要職의 대명사였다. 영의정 몇 사람을 낸 집안보다 대제학 한 사람 낸 집안을 더 높게 쳐준다는 속설이 있을 정도로, 문형을 잡는 것은 도덕적으로나 문학적으로 사회의 중심에 서 있는 자리였다. 그 문형을 22년 간이나 잡고 있었다니, 이는 전무후무한 일이 아닐 수 없다. 게다가 조선의 학문적 기초를 닦았던 양촌陽村 권근權近이 서거정의 외조부였으며, 서거정 자신은 외조부의 학문을 자신이 이어받았노라고 공공연히 이야기할 정도로 자부심이 대단했다. 그렇게 한 시대를 풍미했던 서거정에게 문학적 능력에 대한 자신감은 넘쳐났으리라.

그의 시 중에 〈시가 완성되어 스스로 웃는다〉는 제목의 작품이 있다. 그 시에는 짧은 서문이 붙어 있는데, 시와 함께 보이면 다음과 같다.

내가 한가하고 고요한 속에 있으면서 병중이라 읊조릴 수도 없고 또한 책을 읽을 수도 없었다. 종일토록 단정히 앉아서 읊조릴 뿐이었으나 다만 입에서 웅얼거릴 따름이지 종이에 써놓지 못하는 것이 또한 태반이었다. 하루에 지은 것이 어떤 때는 서너 수, 어떤 때는 예닐곱 수, 간혹 열 수가 넘기까지 하였지만, 이건 내 재주를 자랑하려는 것이 아니라 이렇게 시라도 짓지 않으면 소일할 수가 없었기 때문이다. 시를 지으면서 수식을 해서 꾸미지 않으니 후세에 전해질 수 없으리라는 것을 알겠다. 비록 한두 구절

후세에 전할 만한 것이 있기는 하지만 집을 엮을 만한 똑똑한 자손이 없으니 종국에는 장독덮개가 될 게 뻔하다. 그렇지만 또한 시 읊조리기를 그만두지 못하니, 아, 슬프구나![22]

一詩吟了又吟詩   시 한 편 읊고 나면 또 시 읊조려
盡日吟詩外不知   종일토록 시 읊기 외에는 알지 못한다.
閱得舊詩今萬首   옛날의 시 살펴보니 지금 만 수
儘知死日不吟詩   죽는 날에야 시 읊지 않으리.

내용은 간단하다. 시를 읊조리는 것이 생활이기 때문에 그만둘 수 없다는 것이다. 그 과정에서 서거정은 자신의 시 짓기가 재주를 자랑하면서, 뽐내기 위한 것[技癢]이 아니라 짓지 않으면 안 되는 상태였다는 것을 강조한다. 그렇지만 그것은 역시 하나의 표면적인 제스처에 불과할 뿐, 실제로는 자신의 작시 능력에 대한 자부심과 자신감의 한 표현이 아닐까 싶다. 예컨대 그는 또 다른 시를 쓰면서 '요즘 매일 술에 취해서 매번 그대의 시를 읽는데, 성연醒然히 권태로움을 알지 못한다. 그 노졸老拙함을 잊고 문득 운을 빌려 바로잡아주기를 구한다. 이 시는 강운強韻인데 이미 20수나 되니, 또한 기양이 아니겠는가. 그러나 흰색 비단 띠에 금金을 겸한 깊은 뜻이 아님이 없다. 번중장에게 두 수를 부친다'[23]는 내용의 긴 제목을 붙인 적이 있다. 다른 사람의 운자를 빌려서 시를 짓는 일도 어려운데, 강운強韻이기도 하며, 그것으로 20여 수나 지었다는 것은 자신도 은근히 밝혔듯이 서거정의 마음속에 숨어 있는 일종의 자신감을 확인하기에 충분한 것으로 보인다.

시벽詩癖

시를 쓰지 않으면 안 되게 하는 보이지 않는 내부의 힘, 그것을 무엇이라고 부르든 간에 그것은 시인의 소중한 벗이며 창작의 고통을 만들어주는 주원인인 것만은 틀림없다. 표현욕을 제어할 수 없는 지경에 이르면 이미 그의 삶 속에서 차지하는 시 창작의 행위는 버릇이 된 지 오래일 것이다. '시벽詩癖'이란 바로 그러한 버릇을 지칭한다.

시벽이란 시 짓기가 하나의 버릇이 되어 이미 병 상태에 이르렀다는 표현이다. 이제는 자기 의지로 제어할 수 없는 지경에 이른 것이다. 예의 서거정은 이렇게 말한다.

나는 어렸을 때부터 시벽詩癖이 있어서, 무릇 즐거움과 슬픔, 눈과 귀에 부치는 것들을 한결같이 시에 펼쳐냈다. 원고에 써놓은 것도 있는데, 써놓지 않은 것이 얼마나 되는지 알지 못한다. 이제 옛 원고를 찾아서 살펴보니 이미 1만 1천여 수나 되었으되, 매일의 과제인 글짓기를 그만둘 수 없으니, 누가 알겠는가, 시에 긴절緊切하지도 않고 후세에 이익도 없으나 또한 스스로 그만두지 못하고 심한 성벽性癖이 한결같이 이에 이른 것을. 아, 슬프도다![24]

삶에서 보고 듣고 느끼는 모든 것들을 시로 표현하는 것이 버릇이 되어, 이제는 자신의 힘으로도 어쩌지 못하는 지경에 이르렀다는 것이다. 그는 이어서 지은 시 작품에서 두보杜甫, 이백李白, 육기陸機, 반악潘岳, 맹교孟郊, 가도賈島 등의 저명한 시인을 나열한 후에, '내 이제 만 수나 되는 시 장차 어디에 쓸꼬. 필경 누구네 집 장독덮개나 되겠지'라고 하였다.[25] 이는 앞서 인용한 저명한 시인들 역시 자신의 재주를 드러내서 자랑하기 위해 시를 지은 것이 아니라 억제할 수 없는 표현욕 때문에 짓다 보니 그런 경지에 이르렀다는 점을 은근히 내비친다(서거정은 그 제어할 수는 없지만 도저히 뿌리칠 수 없는 강렬한 유혹자를 분명히 인식하고 있었다. 그의 시 중에서 "시마를 제어할 아무런 방법이 없음을 깊이 알고 있다(深知無術制詩魔)"[26]고 읊은 구절은 시마에 대한 항복 문서로 보이기까지 한다). 그리고는 자신의 이야기를 덧붙임으로써 자기 작품이 그들에 비해서는 보잘것없지만 역시 어쩔 수 없는 내면의 표현욕이 그렇게 만든 것이라는 점을 환기시킨다.

제어할 수 없는 표현욕 때문에 괴로워하는 것은 서양 문학의 전통에서도 찾아볼 수 있다. 예를 들면 밀턴이 《실락원》을 쓸 때, "원하지 않아도 밤마다 황송하옵게도 찾아주시어서 / 잠 자는 나에게 받아쓰게 하시고 혹은 영감을 주어 / 즉흥적인 시구詩句를 쉽게 나오게 해 주시는 / 나의 천상의 수호여신이시여"[27]라고 읊은 것은 시마와 상당 부분 겹쳐 보인다. 물론 여기서의 중심 생각은 영감으로 귀착되고, 시마에 비의比擬될 수 있는 수호여신은 개인의 영감을 일으키는 외부적 존재라는 점에서 어쩌면 시귀를 이야기하는 구도와 그 논의 방식을 같이 하고 있다.

항상 시를 생각하면서 살다 보니, 일상 생활 역시 그에 심각한 영향을 받았다는 고사는 비교적 자주 접할 수 있다. 익히 잘 알려진 퇴고推敲의 고사도 가도賈島가 시 구절에 사용할 적당한 글자를 골똘히 생각하다가 일어난 일화에서 나온 것이고, 퇴고에 퇴고를 거듭한 두보杜甫 역시 그 때문에 비쩍 마른 몰골이 되었다는 것도 시 짓는 버릇을 쉽게 버릴 수 없음을 상징적으로 보여주는 것이다.

뭔가 정신이 빠져 멍청해진 듯한 모습은 시마에 걸린 시인의 모습이기도 하다. 그러한 시마의 초기 모습을 담고 있는 것이 바로 시벽이라 할 수 있다. 서거정의 시를 한 편 보자.

病餘握粟 [28]問何如　병 끝에 좁쌀 쥐고 앞날 일을 점쳐보니
崇在詩魔與酒魔　시 귀신과 술 귀신을 떠받들라네.
怪底送魔魔不去　괴이해라, 귀신 보내려 해도 가질 않으니
年前結習未消魔 [29]　연전에 버릇 되어 귀신을 못 없애네.

　여기서 우리는 시마의 벗으로 질병과 술이 등장하는 것을 볼 수 있
다. 그와 함께 하나의 버릇으로 굳어져서 쉽게 버릴 수 없는 것이라
면 그것이 '마魔'의 경지로 나아갈 수 있으리라는 진술을 발견한다.
아무리 없애려 해도 자기 뜻대로 되지 않는 시 쓰기 버릇, 그것이 바
로 시벽詩癖이다. 그 시벽이 훨씬 강한 모습으로 나타나거나 삶을 지
배하게 되면 그것을 시마라 부를 수 있을 것이다. [30]

　우리는 흔히 '벽癖'을 한 가지 사물이나 취미에 몰두하는 것으로
생각한다. 물론 그런 점이 출발점이 되는 것이겠지만, 그 이면에는
일종의 광기가 잠재되어 있다. 다만 그것이 사회의 상식에서 그리 벗
어나지 않을 때 취미로서의 '벽'으로 인정할 뿐이다. 《벽전소사癖顚小
史》에서도 갈파한 것처럼, "일반적으로 사람들이 한 가지에 치우치기
쉬운 경향을 벽癖이라 하는데, 그 현상은 어리석은[痴] 것처럼 보이기
도 하고 미친[狂] 것처럼 보이기도 한다." [31] 이것은 시벽詩癖에도 마찬
가지로 적용된다. 시를 쓰는 행위가 사회의 일반적인 수준을 넘어서
하나의 병적인 측면을 드러내는 것이라면 그 역시 이미 시마의 본령
에 다가갔다고 해야 할 것이다.

시마의 다양한 용법

지금까지 이야기한 여러 성격을 한꺼번에 지칭하는 단어가 바로 시마이다. 꿈틀거리는 내 안의 욕망, 특히 글로 무엇인가를 표현하고 싶은 욕망, 그놈이 바로 시마다. 뿐만 아니라 그 욕망 때문에 다른 사람과는 구별되는 삶을 살아가도록 만드는 바로 그 힘, 그것이 시마다. 그렇게 보면 비를 매개로 해서 시를 재촉하는 놈이라고 지칭한 최시우催詩雨든, 시수詩瘦든, 시벽詩癖이든, 기양技癢이든, 모두 시마의 한 면을 특히 강조해서 표현하는 단어라고 할 수 있다.

그렇다면 사람들은 시마를 어떻게 생각하고 사용했을까? 시마에 대한 사전적 정의를 먼저 알아볼 필요가 있다. 《중문대사전》에서는 시마를 ① 시를 너무 좋아하는 것을 이르는 말 ② 시가 괴벽乖僻한 곳으로 흐르는 것으로 설명하고 있다. 그러나 실제로 우리나라 사람들이 사용한 개념은 주로 첫 번째의 것이 대부분이다. 괴벽한 곳으로 흐른 시를 시마라고 표현한 예는 거의 없다. 결국은 시를 너무 좋아하는 어떤 경지, 그 때문에 모든 삶이 시로 귀결되는 경지, 그런 것들을 시마로 표현한 것이다.

시마의 탄생에는 마음속의 꿈틀거림이 우선 전제되어 있다. 백낙천은 자신의 시에서 그런 점을 읊은 바 있다.

自從苦學空門法　불교의 진리를 힘들여 배운 후로
鎭盡平生種種心　평생의 이러저러한 마음 모두 닫았지.
惟有詩魔降未得　다만 시마는 항복받을 수 없어
每逢風月一開吟32)　매양 바람과 달 만나면 한 번 한가로이 읊조리지.

삶의 모든 계기가 번뇌라고 생각하는 불교의 진리에 따라 수행한 결과 그는 마음속의 헤아릴 수 없을 만큼 많은 마음 혹은 번뇌들을 잠가버릴 수 있었다. 그러나 오직 항복받지 못한 것이 바로 시마라는 것이다. 깊은 수행으로 번뇌를 잠재운 속에서도 바람과 달을 만나기만 하면 한가로운 심정으로 시 한 수 읊조리지 않을 수 없도록 하는 바로 그놈, 그것이 바로 시마이다. 이중李中이 읊은 바 '남아 있는 붉은 꽃 시마 이끌어, 옛날 생각하고 감정을 이끄는 것 어찌하랴(殘紅引動詩魔, 懷古牽情奈何: 落花詩)'라고 한 시구에서 시마 역시 같은 성격의 개념이다.

그러나 사실 이 정도의 경지라면 누구나 무슨 문제가 되랴 싶기도 할 것이다. 좋은 경치 만나면 한가롭게 시 한 수 읊고 싶은 마음이야 누구한테나 있는 것 아니겠는가 말이다. 그러나, 조심할 일이다. 그렇게 느끼는 사람은 자기도 모르는 사이에 마음속에 시마를 벗하고 있는 상태라는 점을 생각해야 한다. 여하튼 시마는 사실 그 정도 경지를 말하는 것은 분명 아니다. 백낙천도 말하고 있듯이, 불교의 웬만한 수행으로도 제어할 수 없는 놈이 시마가 아닌가. 조선 중기의 명승 보우普雨의 시를 보면 그 심각함이 어느 정도인지, 혹은 그 즐거움이 어느 정도인지 짐작이 갈 것이다.

詩魔禪將兩爭雄	시마와 선장이 서로 쟁웅하느라
愁殺天君日夜攻	근심 어린 천군을 밤낮 공격해.
將必遜魔興筆陣	장수는 필경 마귀에 굴복하여 붓의 진영 일어나고
魔應輸將倒邪鋒	마귀는 응당 장수에게 격파되어 삿된 칼끝 꺾인다.
難兄難弟魔情快	형과 아우 가리기 어려우니 마귀 정 통쾌하고
無弱無强將氣濃	약함과 강함 없으니 장수의 기운 짙구나.

安得二讐俱打了　　어찌하면 두 원수를 모두 깨뜨리고

太平國家任從容[35]　태평한 나라를 조용하게 할까나.

보우 스님의 고민을 이해하겠는가. 이 시는 인간의 마음을 하나의 나라로 상정하고 짜여진 작품이다. 천군天君이란 바로 사람의 순수한 마음을 지칭한다. 그렇게 볼 때 천군이 다스리는 나라에서 시마와 선장이 전쟁을 치르느라 매우 어지럽다. 시마가 선장을 꺾으면서 붓의 군대筆陣가 왕성하게 일어난다는 것은 마음속의 생각을 마구 글로 표현해 내는 것을 말할 터이다. 시마가 선장에게 꺾이면 삿된 칼끝(칼끝이라고 표현하기는 했지만 사실은 붓끝을 말하는 것이다)을 거꾸러뜨린다. 이들은 서로를 굴복시키고 영웅적인 우두머리가 되기 위해 치열한 전투를 벌인다.

사정이 이렇게 되니 천군의 마음이야말로 表現하지 않아도 뻔하다. '愁殺(수쇄)'라고 표현했듯이, 시마의 침입 때문에 근심스럽기 그지없는 생활을 한다. 시의 짜임은 시마와 선장의 전쟁으로 되어 있지만, 전쟁의 결과를 이야기하는 포인트는 필진筆陣이니 사봉邪鋒이니 하는 것으로 보아 선장에 의해 시마가 격퇴되는 것을 상정하고 진행된다. 그렇다고 해서 보우가 일방적으로 선장을 응원하기만 하는 것은 아니다. 시마와 선장을 모두 원수[讐]라고 표현한 것을 보면 보우의 구도 속에서 참선을 지향하는 마음이든 시를 짓고 싶어하는 마음이든 모두 번뇌로 취급되고 있다는 것을 알 수 있다. 장쾌하기도 하고 쾌활하기도 한 시마의 마음이나, 짙고 풍성한 선적禪的 기운이나 모두 인간의 마음을 구성하는 중요한 요소다. 어느 한 쪽도 일방적으로 배제하지 않고, 어느 한 쪽도 일방적인 우세를 점하지도 않는 속에서 보우는 깨달음의 계기를 은밀히 이야기한다. 즉 참선으로 다져진 날카로운 기세는 시마에 의한 따뜻한 심성과 함께할 때에만 비로소 태평한 나라를 건설할 수 있다고 함으로써, 이들의 절묘한 평형상태를 암유暗喩한다. 그러니 두 원수를 깨뜨려야 나라가 평안하다고 표현하기는 했지만, 사실은 이들이 오묘한 타협선을 이끌어내서 평형을 유지하는 경지를 표현한 것으로 봐야 할 것이다. 이것이야말로 시詩와 선禪, 문학과 불교가 합일되는 지점이다. 바로 시선일여詩禪一如의 경지이다.

그러나 보우의 생각은 그야말로 행복한 결말에 이르는 것에 불과하다. 말하자면 이상적인 경지를 노래한 것이지 시마에 걸린 사람이면 누구나 도달할 수 있는 경지가 결코 아니다. 더욱이 시마에 걸린 사람이 승려가 아니라면, 아니, 적어도 심성수행에 조금이라도 관심이 있던 사람이 아니라면 마음의 두 가지 측면(시를 짓고 싶은 욕망과 고요한 마음의 상태를 유지하는 것)을 절묘하게 균형 잡기는 어려울 것이다. 어차피 강렬한 욕망 쪽으로 흘러간다는 것이다. 그러면 사태는 마음의 수양보다는 시마 쪽으로 유리하게 진행될 것은 뻔한 이치가 아닌가.

이 점에 대해 고려 후기 대문인 이규보의 시가 논점을 분명히 해준다.

詩不飛從天上降　시가 하늘에서 내려온 것 아니니
勞神搜得竟如何　정신을 수고롭혀 찾아내서 마침내 어찌하리.
好風明月初相誘　좋은 바람 밝은 달 처음엔 서로 이끌어주겠지만
着久成淫卽詩魔[34]　오래 되어 도에 넘치면 이것이 바로 시마.

시마라고 해서 자신의 외부에 존재하는 귀신이 아니다. 신묘하여

우리 눈에 보이지 않지만 시를 짓는 미묘한 과정을 관장하므로 귀신이라고 부를 뿐이다. 하늘에서 내려오는 것이 아니라는 말을 통해 그것이 인간 내면의 문제라는 점을 분명히 한다. 좋은 바람이 불고 밝은 달이 뜰 때면 시정詩情을 이끌어주는 좋은 자료로 작용하겠지만, 그것이 도에 넘치게 되면 바로 시마의 경지라는 것이다. 여기서 '淫'은 일반적으로 쓰이는 음탕하다는 뜻이 아니라 도에 넘치는 것을 말한다. 좋은 풍광을 만나 시를 짓는 것은 즐거운 일이지만, 그러한 것이 오래 되어 시벽詩癖을 이루고, 침식을 잊으면서까지 시를 짓노라며 비쩍 말라서 일상 생활이 어렵게 되면 그것이 바로 시마라는 것이다.

시마의 경지는 쉽게 알아차리기 어렵다. 그러나 시를 쓰는 사람들에게는 언제나 초미의 관심사였음은 20세기 들어와서도 마찬가지였던 듯하다. 시조·시인으로 널리 알려진 가람 이병기의 시조 중에 〈시마詩魔〉라는 제목의 연시조가 있다.

그 넓고 넓은 속이 유달리 으스름하고
한낱 반딧불처럼 밝았다 꺼졌다 하여
성급히 그의 모습을 찾아내기 어렵다

펴든 책 도로 덮고 들은 붓 던져두고
말없이 홀로 앉아 그 한낮을 다 보내고
이 밤도 그를 끌리어 곤한 잠을 잊는다

기쁘나 슬프거나 가장 나를 따르노니
이 생의 영과 욕과 모든 것을 다 버려도
오로지 그 하나만은 어이할 수 없고나

첫 번째 연은 우리의 감각기관을 통해서 시마를 포착하는 어려움을 말하였다. 그것은 반딧불처럼 어둠 속에서 반짝이는 지점을 가지지만 언제나 환한 상태를 유지하는 것은 아니다. 명멸하는 희미한 빛을 따라서 오랫동안 관찰해야만 비로소 그것을 어렴풋이나마 알아차릴 수 있다.

두 번째 연에서는 시마를 따라 잠 속으로 들어간다는 내용이다. 뒤에서 다시 언급하겠지만, 시마의 가장 친한 벗 중의 하나가 수마睡魔이다. 잠이 주는 몽롱함 혹은 몽환적인 아름다움은 시마가 활동하기 좋은 환경을 만든다. 게다가 시마는 꿈과 현실, 환상과 사실의 경계에서 왕성하게 활동하는 녀석이기 때문에 당연히 시마는 잠과 함께 다가오게 마련이다.

셋째 연에서는 거부하려 해도 거부하지 못하는 시마의 매력에 대해 말하고 있다. 세상에서 중시하는 명예와 부귀를 떠나서 전혀 다른 세계에서 노닐게 한다. 시마의 친구 중에 하나가 수마와 함께 궁귀窮鬼가 꼽히는 것을 보면 그 실정을 짐작할 것이다. 궁귀는 언제나 가난함을 몰고 다니면서 문인들의 세상살이를 팍팍하게 만든다. 세상 모든 것을 포기하더라도 결국 마지막으로 포기할 수 없는 것이 바로 시마인 것은, 그것이 주는 매력 때문이다. 문학지상주의라고 해도 과언이 아닐 듯한 이 같은 발언은 시마를 좋아하는 문인이라면 누구나 기꺼이 수용했다. 이는 마치 이인로가 《파한집》에서 오세재吳世才를 언급하면서, 세상의 부귀와 공명으로도 좌우할 수 없는 것은 문장밖에 없노라고 이야기하는 맥락과 흡사한 느낌을 주기도 한다. 기쁘거나 슬프거나 시마는 언제나 시인의 가슴속에 함께하며, 영욕을 모두 떠나 살면서 오직 벗할 수 있는 이는 시마뿐이라는 것이다. 그렇게 보면 시마의 함의는 단순히 시를 쓰게 하는 근원적인 힘이라는 표면에 머무르는 것이 아니었다.

한편으로 보면 시마는 솟구쳐 오르는 시정詩情이나 시사詩思를 지칭하는 것처럼 보이기도 한다. 아름다운 사물들은 시마를 건드려서 저절로 시문의 창작으로 나아가도록 만든다. 다음은 김종직의 시이다.

楊柳飛綿麥有波　　버드나무엔 솜털 날리고 보리밭엔 물결 이니
年光隨處觸詩魔　　만나는 풍광마다 시마를 건드린다.
春風過了雖堪惜　　봄바람 지나가는 것 애석하긴 해도
猶遣騷人管物華35)　시인으로 하여금 경치를 관장케 하네.

김종직의 시에 등장하는 시마는 시인의 가슴속에 내장되어 있는 일종의 풍부한 감성처럼 보인다. 그것은 일정한 발현의 계기를 만나면 언제든지 표현되어 나온다. 여기서 시마는 다른 사람들의 것에 비해 그 강렬도가 약한 측면이 보이기는 한다. 그러나 여전히 그것은 시인의 가슴속에 내함되어 있는 일종의 문학적 열정을 지칭하고 있다. 더욱이 그가 시마의 한 효용으로 지적하는 것은, 세월 속에서 흘러가면 그만인 세계의 모습을 문학적 표현 혹은 작품 속에 그대로 보존해 둘 수 있다는 점이다.

그럼에도 불구하고 문학적 표현을 정확하고 빼어나게 해낸다는 것은 얼마나 어려운 일인가. 적당한 글자를 찾으면 평측平仄을 맞추어야 하고, 대구를 맞추어야 하며, 그 밖의 여러 규칙들을 고려해야 한다. 게다가 자신이 생각하는 바와 정확하게 맞아떨어지는 것을 찾아야 한다. 우리 말로 표현해도 어려울 것을 한자로 표현하자니 얼마나 어려울 것인가. 그러니 많은 문인들이 창작의 고통을 호소하면서, 그

배후 세력으로 시마라는 녀석을 지적했던 것이다. 서거정이 "시마는 공교롭게도 뼈를 녹이고, 근심스런 마음은 교묘하게도 창자를 감싼다(詩魔工鑠骨, 愁緖巧紆腸)"[36] 고 한 것도 같은 맥락의 표현이다. 고려 후기 문인인 김극기金克己도 "시마가 부딪히는 곳에 서로 괴로워하니, 곤궁과 근심 기다리지 않고서도 이미 고달파라(詩魔觸處來相惱, 不待窮愁已辛苦)"[37]라고 한 것도 같은 맥락에서 나온 표현이고, 율곡 이이 역시 "언제나 바람과 달이 주는 괴로움으로, 시구 찾느라 시마와 싸운 게 몇 번이던가?(時時苦被風月惱, 覓句幾與詩魔戰)"[38]라고 한 것 역시 같은 맥락이다. 최승호 역시 자신의 시에서 "긁어댄다, 대야를, / 내 청신경을 긁어댄다. / 시마에 끄달리며 무슨 글을 쓰는 것이냐고 / 내 글쓰기를 긁어댄다"[39]고 고백한 바 있다.

시마와 시귀

가슴속에 꿈틀대는 문학적 열정, 그 제어할 수 없는 힘은 참으로 신묘하다. 그러나 생각해 보면, 시마는 문학적 자아의 발견 혹은 표현론적 창작 이론 구성에 중요한 단서를 발견하게 한다. 시마는 두 가지 층위를 가지는 것으로 보인다.

첫째는 시귀의 차원이다. 앞에서 이미 길게 이야기한 바 있는데, 이것은 설화적 차원에 직접적으로 연결되어 있다. 허균의 기록으로 전하는 이현욱의 이야기를 다시 상기해 보라. 조선 중기 시 귀신에 씌었던 이현욱의 이야기는 기본적으로 시의 주체가 인간의 외부에 존재한다는 전제를 깔고 있다. 즉 무당이 공수를 하지만 그가 이야기해 주는 진실 혹은 진실을 관장하는 실체는 외부에 존재하듯이, 시를 관장하는 주체는 외부에 존재할 뿐 인간은 몸만을 빌려주는 존재일 따름이라는 것이다.

둘째는 시마의 차원이다. 외부적 존재를 상정하는 시귀의 차원과는 달리, 내면적 차원으로 논의의 구도를 옮겨서 살펴보려는 것이 바로 시마이다. 뒤에서 자세히 다루겠지만, 고려 중기 문인인 이규보가 상세하고도 환상적으로 다루었던 시마는, 시를 관장하는 주체가 인간의 내부에 존재한다는 전제 하에서 이루어진다. 그러므로 그의 시마론詩魔論은 문학적 자아의 발견이라는 점에서 매우 중요한 의의를 지닌다. 그 이전만 하더라도 문학적 자아에 대한 인식은 미미한 수준의 것이었다. 문학 혹은 글짓는 능력은 다만 세속적 출세의 한 도구였을 뿐 개인의 심성을 표현하기 위한 문학적 주체로서의 역할을 제대로 하지 못했다. 그런 점에서 이규보는 표현론을 적극적으로 발전시킨 선구자라 할 수 있다.

2장 __ 시마를 이야기하는 수법들

비공식적 존재로서의 귀신

다른 사람에게 귀신 이야기를 해본 적이 있는 사람들은 나름대로 그것을 극적으로 전달하는 노하우를 가지고 있을 것이다. 그냥 평범하게 귀신 이야기를 한다면, 듣는 사람들의 흥미도 반감될 뿐더러 긴장감을 조성하려던 자신의 계획마저 무산된다는 것을 경험적으로 알기 때문이다. 사실 극적 전달을 얼마나 잘 하는가에 따라 이야기꾼과 비非이야기꾼이 구별된다. 똑같은 이야기를 듣고서도 다른 사람들에게 전달할 때 보면 이야기를 꾸려가는 방식이나 말하기 수법에 따라 얼마나 이야기의 전달력에 차이가 나는지 쉽게 알 수 있다.

시마 역시 귀신 이야기의 일종이다. 동아시아의 전통 중에는 신이한 것에 대해서는 이야기하지 않는 관례가 있다. 그것의 원류는 《논어》에서 이른 바 "공자께서는 괴이한 것, 무력에 관한 것, 어지러움(혹은 반란), 신이한 것에 대해서는 말씀하지 않으셨다(子不語怪力亂神)"는 기록에 근원을 두는 경우가 많다. 그것은 아마도 명쾌하게 설명할 수 없거나 이야기할 명분이 확보되지 않은 것에 대해서는 입을 다무는 것이 군자의 도리라고 생각한 것에서 비롯된 것이 아닐까 싶다.

귀신 이야기가 역사서에서도 등장하는 경우가 많다. 우리가 쉽게 접할 수 있는 것을 예로 들자면, 《삼국사기》와 같은 정사正史에서도 나라가 망할 징조를 드러내는 예증으로 귀신 이야기가 다수 등장한다. 궁궐에서 알 수 없는 웃음소리와 함께 우물의 물이 핏빛으로 변했다든지, 여우의 정령이 궁궐까지 침입했다든지 하는 것이 그러한 예인데, 이것은 실제 귀신이 나타나서 그런 행위를 했을 가능성도 있지만 대체로 하나의 상징이다. 정상적인 논리로 설명될 수 없는 것들이 마구 세상에 나타난다는 것은 당연히 길조이거나 흉조다. 그것을 어떻게 해석하고, 어떤 시대적 상황에서 논의하는가에 따라서 길조가 되거나 흉조가 된다.

어렸을 때 누구든 학교에서 밤에 귀신이 나온다는 으스스한 얘기를 들은 적이 있을 것이다. 특히 그 학교가 오래되서 건물이 낡았거나 시골 벽촌의 학교라면 더욱 그럴 것이다. 학교에서 옛날에 무슨 사고가 있었다든지, 무슨 안 좋은 내력이 조금만 있어도 그것은 흉물스런 귀신 이야기로 둔갑하여 어린 꼬마들에게 흥미와 공포를 동시에 안겨준다. 우리나라 어느 곳이든지 이런 종류의 이야깃거리가 없는 학교는 없을 것이다. 그런데 이런 이야기는 결코 교장 선생님이나 학교 선생님, 혹은 장학사나 학부모회장의 입에서 공식적으로 등장한 적은 한 번도 없다. 전교 조회를 하면서 교장 선생님이 단상에 올라서서 귀신 얘기를 하는 것을 본 적이 있는가. 귀신 이야기가 아무리 학교를 배회하면서 학생들과 선생님들의 공포심을 자극한다 해도 그것은 결코 공식적으로 등장하지는 않는다. 공론화되기 어려운 것이 바로 귀신 이야기이기 때문이다.

귀신을 보는 중세의 시선 : 한유, 양웅, 유종원, 이옥 등

오늘날에도 사정이 이러한데, 근대 이전 중세적 보편주의가 세계를 지배하던 시절에 귀신 이야기가 자연스럽게 논의될 수 있었겠는가. 주희가 《주자어류朱子語類》에서 귀신 이야기를 모아놓은 부분이 있는데, 이 논의는 특히 조선 시대 유학자들에게 큰 영향을 끼쳤다. 조선 시대 유학자들의 귀신론은 대체로 주희의 논리 혹은 송대 성리학의 논의를 전제로 한 것들이다. 조선 초기에 귀신론을 써서 후대까지 널리 읽혔던 사람으로는 김시습과 남효온이 있다. 그 이전에 정도전의 글도 있지만, 그의 글은 귀신을 쫓아내는 제문의 형식이므로 같은 선상에서 거론하는 것은 옳지 않다. 그러나 조선 초기 많은 사람들이 귀신에 대해 생각하고 그것을 합리적으로 해명하려고 애썼던 흔적만은 역력히 볼 수 있다.

그들은 대체로 귀신을 음양론의 시각으로 분석한다. 양기陽氣는 펴는 성질을 가지고 있고, 하늘로 올라가고, 인간에게 도움을 주는 것인데, 이것은 신神이다. 음기陰氣는 굽히는 성질을 가지고 있고, 땅으로 내려가며, 인간에게 해코지를 하는 것인데, 바로 귀鬼이다. 사람이 죽으면 혼魂과 백魄은 각각 양과 음으로 소속되어 갈 길로 사라진다. 다만 이들 귀신 역시 음양의 기운이 뭉쳐서 이루어진 것이므로 시간이 흐르면 언젠가는 흩어져 사라지게 마련이다. 물론 기의 취산聚散으로 이 문제를 언급하는 사람들 외에도 음양의 변화 자체를 귀신으로 보는 계열의 논의도 있다. 이들은 변화 자체를 설명하기 어려운 신묘한 것으로 보면서, 그것이 바로 귀신이 아니겠느냐고 한다.

한유韓愈는 귀신을 중층적으로 바라본 대표적인 인물이다. 그는 〈원귀原鬼〉라는 글에서 사물의 현현을 네 가지로 나누어 설명했다. 그는 소리聲와 형체形의 있고 없음을 가지고 세계의 사물을 설명했다. 형체는 있으되 소리가 없는 것이 있으니 흙이나 돌과 같은 것들이고, 소리는 있지만 형체가 없는 것이 있으니 바람이나 우레가 그것이고, 소리와 형체가 다 있는 것이 있으니 사람과 짐승 같은 것이 그것이며, 소리와 형체가 모두 없는 것이 있으니 귀신이 바로 그것이라는 것이다.[40] 한유는 비교적 세계를 객관적이고 합리적으로 설명하려는 의식을 분명히 드러내고 있다. 그의 논리에 따르면 귀신이 비록 신묘하게 작용하면서 인간에게 화복을 내리는 것처럼 보이지만, 사실을 알고 보면 세계를 구성하는 일반적 방식에 따라 만들어진 사물 중의 하나라는 것이다.

그러나 동시에 한유는 전혀 다른 층위의 귀신을 이야기한다. 그의 유명한 글 〈송궁문送窮文〉에 의하면 세상의 불행에는 그것을 관장하는 알 수 없는 힘이 존재하는데, 그것이 바로 각 부문을 맡은 귀신이라고 했다. 〈송궁문〉은 자신의 가난을 귀신으로 비유해서 그 원인을 다양하게 언급한 글인데, 다분히 희작戲作의 성격이 강하다. 이 글은 주인主人이라고 표현된 작자 자신이 성星이라는 노비를 시켜서 가난 귀신[窮鬼]에게 제사를 지내는 내용이다. 그는 이 글에서 자기를 가난하게 만든 궁귀(가난 귀신)의 다섯 친구들을 언급한다. 한유는 궁귀의 친구들에 대해 이렇게 말한다.

그 첫째 이름은 지궁智窮인데, 교만하고 뻣뻣하여 둥근 것을 싫어하고 모난 것을 좋아하며, 간교하게 속이는 것을 부끄러워하고 남을 해쳐서 상하게 하는 짓을 차마 하지 못한다. 다음의 이름은 학궁學窮인데, 운수와 명예에 대해 오만하게 대하고, 아득하고 은미한 것을 잡아서 캐내며, 무수한 이론들을 높이 부여잡아 신묘함의 기미를 잡아낸다. 셋째는 문궁文窮이니,

하나의 능력에만 전공하지 않아 괴괴기기하며 시대에 베풀지 않고 다만 스스로 기뻐할 뿐이다. 넷째는 명궁命窮이니, 그림자와 형체가 다르며, 얼굴은 추한데 마음은 어여뻐서, 이익은 남들보다 뒤에 처하고 책임지는 일은 남보다 먼저 나선다. 다섯째는 교궁交窮이니, 살갗을 맞대고 뼈를 부딪치며 친하게 지내며, 심장과 간을 꺼내서 마음을 드러내며, 발돋움하여 기다리면서도 나를 원수의 자리에 처하게 한다.[41]

이들 다섯 친구 귀신들과 궁귀가 한유에게 붙어서 평생을 불우하게 살아가도록 한 범인이라는 것이다. 그러니 이제는 떠날 때가 되었으며, 제발 멀리 떠나서 자신을 가난에서 벗어나게 해달라는 내용이다. 그 과정에서 다섯 친구들이 항상 자신의 주변에 붙어 있다고 한 귀신들의 면면을 살펴보면, 떳떳한 삶을 살게 한 지궁智窮, 오묘한 진리를 탐구하게 하는 학궁學窮, 기발하고 참신한 표현을 하게 하는 문궁文窮, 대의명분을 따지게 하는 명궁命窮, 자신을 어렵게 만드는 사람들에게조차도 마음을 다해 벗하도록 하는 교궁交窮 등이 있다. 그러나 조금만 따져봐도 이 글은 자신의 불운을 한탄하려는 목적이 아니라 자신의 능력을 자랑하기 위한 것이라는 점을 금방 눈치챌 수 있다. 그의 말을 뒤집어보면, 다섯 가지 귀신으로 대표되는 각각의 능력이 자기에게 모두 구비되어 있다는 말이 아닌가. 나는 왜 이렇게 지혜가 넘치는가, 나는 왜 이렇게 학문 탐구에 뛰어난가, 나는 왜 이렇게 글을 잘 쓰는가, 나는 왜 이렇게 모든 일에 당당한가, 나는 왜 이렇게 벗들에게 진심으로 대하는가 하면서 자기 자신을 매우 자랑스러워하는 내용인 것이다.

이 때문에 당장은 가난하게 살아가지만, 백세百世 뒤에도 그 아름다운 이름을 전할 수 있는 계기를 마련한다는 점에서 한유의 자기과 시가 은근히 녹아 있다. 궁귀의 친구 중에 우리가 주목해야 할 것이 바로 문궁文窮이다. 글쓰기의 능력이 뛰어나면 날수록 가난은 쉽게 떨어지지 않는 친한 벗이다. 물론 두 번째로 언급된 학궁學窮 역시 문궁과 떼려야 뗄 수 없는 벗인데, 이는 문궁이 자신의 내용을 채우기 위한 전제조건으로 언급되어야 하기 때문이다. 학궁을 내용으로 이루어지는 문궁의 내용, 이것이 바로 시마에 직접 관계되는 귀신이다.

그러나 한유의 이 글은 한나라 때 문인 양웅揚雄의 〈축빈부逐貧賦〉를 본떠서 지은 작품이다. 양웅 역시 피를 토해가며 글을 썼던 인물로 널리 알려져 있다. 그는 〈축빈부〉에서 '가난'에게 제발 이제는 자기 주변에서 떠나달라고 부탁한다. 그러나 '가난'은 양웅에게 자신의 공로를 나열하면서 쫓아내는 것에 대해 부당함을 역설한다. 임금이라도 자신과 함께하면 순임금과 같은 위대한 업적을 쌓게 되고 자신을 멀리하면 주지육림酒池肉林에 빠져서 방탕한 폭군이 된다고 했다. 가난 귀신은 양웅에게 "나의 큰 덕을 잊고 나의 작은 원한을 생각한다(忘我大德, 思我小怨)"고 이야기한다. 그리고는 수양산으로 가서 '백이숙제伯夷叔齊'와 함께 지내겠노라며 일어서자 양웅이 놀라서 그를 만류하는 것으로 글을 맺는다. 이 역시 가난하지만 꼿꼿한 지조와 기개를 가지고 살아가는 양웅 자신의 삶 혹은 이상을 묘사하고 있다.[42]

이와 관련해서 흥미로운 글을 또 하나 들라면 한유와 같은 시기에 활약했던 대문호 유종원柳宗元의 〈걸교문乞巧文〉이 있다.[43] 유종원이 칠월 칠석날 우연히 뜰에서 제사를 지내는 일을 보고 이상해서 물어보니, 계집종이 말하기를 이날 직녀에게 제물을 차려놓고 빌면 바느질을 잘 할 수 있는 능력을 얻는다고 대답하는 것이었다. 이 말을 들은 유종원은 자신도 그것을 본받아서 하늘에 빌면서 글을 잘 쓰게 해달라고 하였다. 그랬더니 그날 밤 꿈에 웬 사람이 나타나서 자기 마음이 이미 정해졌다면 뭣하러 망령되이 기원을 하느냐며 천녀의 말을 전한다. 이 글 역시 하늘에 무엇인가를 빌고, 그에 응답하는 형식으로 자신의 심회를 그려낸 작품이다.

이들과는 조금 방향을 달리하지만 조선 후기 문인인 문무자文無子 이옥李鈺의 〈제문신문祭文神文〉도 흥미롭다.[44] 이 글 역시 글을 관장하는 문신文神에게 자신의 불우함을 하소연하는 글이지만, 과거에 급제하지 못하는 심회를 읊었다는 점에서 조금 다르다. 이 글의 차이점은 뒤에서 다시 거론할 기회가 있겠지만, 글을 관장하는 문신을 내세워서 글쓰기에 대한 여러 가지 시각을 흥미롭게 보여준다는 점에서 주목할 만한 글이다.

이규보와 최연의 시마론

고려 후기의 문인 이규보는 〈구시마문〉을 쓰면서 한유의 〈송궁문〉을 본떠서 짓는다고 주석을 달아놓았다. 양웅의 〈축빈부〉를 본떠서 한유가 〈송궁문〉을 지었고, 그것을 본떠서 이규보는 〈구시마문〉을 지은 것이다. 이규보의 〈구시마문〉은 희작적인 성격이 너무도 명백하여, 어찌 보면 이규보가 자신의 글 짓는 솜씨를 과시하기 위해 일부러 지어본 글이 아닌가 싶을 정도로 어려우면서도 흥미롭다. 여기서 이규보는 시마로 인해 자신이 어떤 피해를 입었는지 설명을 한 후, 이제는 시마가 떠나야 할 때라고 요란을 떤다. 그러자 그날 밤 꿈에 시마가 나타나서, 사실 자신이 이규보에게 붙어서 평생을 살아왔지만 자기 때문에 얼마나 이름이 알려지고 출세를 하게 되었느냐며 도리어 그를 힐책한다. 이에 할 말이 없어진 이규보는 결국 시마에게 항복을 하고 그를 받아들였다는 내용이다. 이러한 설정의 아이디어는 한유의 〈송궁문〉에서 비롯되었다는 사실을 쉽게 알 수 있다. 더욱이 제사를 지내는 제문이 앞에 배치되고, 뒷부분에는 구축驅逐의 대상이 나타나서 자신의 억울함을 항변하는 식의 형식은 한유의 글을 그대로 빼다 박았다. 다만 한유는 자신의 가난이 사실은 뛰어난 능력을 가진 자기를 다른 사람이 시기하고 이해하지 못한 데서 온 것임을 우회적으로, 혹은 장난스럽게 밝히고 있다면, 이규보의 경우는 자기가 글쓰기 능력 때문에 얼마나 피해를 보고 있는지를 장난스럽게 밝히고 있다. 이규보가 자기가 가진 글쓰기 능력을 싫어한다는 것은 당연히 거짓말이다. 이 글의 원래 의미를 그대로 읽는다면 '나는 왜 이렇게 글을 잘 쓰는 것일까?' 하는 말로 귀결되기 때문이다.

이규보는 시마가 자신에게 붙어서 저지른 죄를 다섯 가지 나열한다. 이는 마치 한유가 궁귀의 친구 다섯을 들어 그 죄를 물은 것과 흡사하다. 어떻든 그는 시마의 죄를 짐짓 준열한 어조로 묻는다.

그는 〈구시마문〉에서, 시에 빠지면 언어[說, 辭]를 괴상히 하여 사물을 춤추게 하고 사람을 현혹시킨다고 하면서, 이는 모두 시마 때문이라고 전제하였다. 그리고는 그 죄상을 들추어내서 그 마귀를 쫓아내겠다고 하였다. 그 죄상은 이렇다. ① 세상과 사물을 현혹시켜 아름다움을 꾸미거나 평지풍파를 일으킨다. ② 신비를 염탐하고 천기를 누설시킨다. 이처럼 사물의 이치를 밝혀냄으로써 하늘의 미움을 받아 사람의 생활을 각박하게 한다. ③ 삼라만상을 보는 대로 형상화한다. ④ 누가 시키지도 않았는데 국가나 사회의 일에 간여하여 상벌을 마음대로 한다. ⑤ 사람의 형용을 초췌하게 하고 정신을 소모시킨다.[45]

이 과정에서 그는 조사曹思, 이백李白, 두보杜甫, 이하李賀, 유우석劉

禹錫, 유종원柳宗元 등을 예로 든다. 그리고 나서, 이러한 시마가 자신에게 붙어서 많은 해악을 끼치니 빨리 가지 않으면 죽이겠다고 한다.

이규보는 이렇게 다섯 가지의 죄상을 열거하고 나서, 시마를 직접 등장시켜 나름대로의 문제 해결을 시도한다. 그는 시마의 모습을 빛깔과 무늬가 찬란한 옷을 입었다고 표현하여 문장의 수식과 관련시킨다. 그리고는 시마의 반론을 싣는다. 그 요체는, 시마가 이규보의 기氣를 웅장하게 해주고 사辭를 잘 꾸며주었다는 것이다. 이 때문에 과거에 급제하고 명성을 날리게 되었는데, 자신이 관장하는 부분과는 아무런 관련이 없는 몸가짐이나 술, 여색 등을 들어서 자신을 배척하는 것은 부당하다는 것이다.

글의 전체적인 구조를 살펴보면, '시마의 죄상 열거→시마가 자신에게 끼치는 해악→시마의 반론'으로 이루어져 있다. 그런데, 시마의 반론은 이규보 자신에게 끼치는 해악, 예컨대 몸가짐이나 술, 여색 등을 좋아하는 것에만 한정되어 진행될 뿐, 다섯 가지로 열거된 죄상에 대한 반론은 전혀 이루어지지 않는다. 이는 이규보의 본래의 의도가 다섯 가지 문제에 대한 부정적인 언술을 통해 시가 마땅히 해야 할 일을 제시했다는 사실을 알 수 있다. 이러한 견해에 의하면, 시는 자기 만족만을 위하여 쓰는 것이 아니라 모두 물物의 도道를 캐내고 바르게 실현하여 인간의 생활을 바람직한 방향으로 이끄는 적극적 참여라는 문제를 제기한 것[46]이라 할 수 있다.

조선 중기의 문인 간재 최연(艮齋 崔演 1503~1549)도 시마론을 쓴 적이 있다. 〈축시마(逐詩魔 시마를 쫓아냄)〉라는 글이 그것이다. 사실 우리 문학사에서 최연은 그리 알려진 인물은 아니다. 그의 이력을 간단히 소개하면 이렇다. 최연은 1503년(연산 9, 계해년)에 강원도 강릉에서 태어나서 1525년(23세) 승문원권지承文院權知를 시작으로 하여 형조판서에까지 이른 인물이다. 1524년에 치른 생진초시生進初試에서는 모두 장원을 하였고, 이듬해 3월에는 역시 양시兩試에 모두 입격入格, 4월에는 문과에 급제하여 벼슬을 시작한다. 이러한 정황으로 보아 그는 성리학적 소양뿐만 아니라 문장 능력이 상당한 수준에 이르렀던 것으로 보인다. 특히 그의 문장 능력은 뛰어나서 여러 차례 접반사로 활약하였으며, 죽음 역시 명나라에 동지사冬至使로 다녀오다가 병을 얻어 평양의 객관客館에서 맞이한다. 실제로 조선 중기 이후의 시화서에 더러 보이는 최연에 대한 평가는 문장이 부섬富贍[47]하며 물 흐르듯 글을 썼다[48]든지, 혹은 문장으로 세상에 이름을 날렸다[49]든지 하는 식으로 이루어진다.

어떻든 최연의 〈축시마〉를 보면 분명히 이규보의 글을 읽은 후 영향을 받았음을 짐작케 한다. 우선 제목부터가 같은 뜻으로, 이규보의 〈구시마문〉이나 최연의 〈축시마〉 모두 '시마를 쫓아낸다, 시마를 몰아낸다'는 뜻이니 같은 의미다. 게다가 최연이 시마의 죄상을 열거하는 걸 보면 이규보의 그것과 상당 부분 겹친다. 최연이 열거하는 죄상도 이규보와 마찬가지로 다섯 가지인데, 그 내용은 다음과 같다. ① 예전의 순박하고 질박하던 풍속을 이리저리 아로새기고 꾸며서 사람의 눈을 현혹시키니 진원眞元을 소멸시키고 태소太素를 깎아버린다. ② 천지자연과 온갖 서적을 샅샅이 뒤져서 오묘한 표현을 찾으며, 그를 통하여 자연의 정미한 기운을 꿰뚫고 벽력霹靂을 재촉한다. 그것 때문에 사람을 고민하게 하고 집착하게 한다. ③ 여러 가지 시 창작의 격식으로 사물을 형상화하느라 고민하게 하고 탐닉하게 하여, 결국 나라를 망치기도 한다. ④ 사람을 곤궁하게 하고 환란에 빠뜨린다. ⑤ 나에게 와서 우거하면서 나의 모습과 모든 감각을 마비시키고 기한飢寒에 빠뜨린다.

이렇게 시마의 죄상을 죽 나열한 다음, 짐짓 준열한 어조로 빨리 자신에게서 떠나라고 요구한다. 다만 이들 두 사람 사이에 중요한 차이가 하나 있다. 이규보의 경우에는 시마를 쫓아내려고 하다가 도리어 자신이 항복을 하면서 시마를 받아들이는 것으로 글이 끝나는데 반해, 최연의 경우는 그냥 떠나라고 강력하게 요구하는 것으로 글을 맺는다는 점이다. 이것은 중요한 차이다. 표면적으로는 시대의 변화와 함께 나타난 것이지만, 그 이면에는 시마로 대표되는 문학적 열정이나 문학에 대한 온전한 경도를 경계하려는 의도가 개재해 있기 때문이다. 즉 이규보의 시대는 시를 짓고 즐기는 행위 자체를 시비하는 분위기가 약했던 데 반해서, 최연이 살았던 조선 중기는 시 짓기에만 몰두하는 것을 완물상지(玩物喪志: 외부 세계의 사물에 지나친 관심을 쏟는 바람에 마음속의 뜻을 잃어버림)에 빠지는 것이라고 해서 경계하는 분위기가 강했던 것이다. 사회를 구성하는 밑바닥 생각들이 자기도 모르게 어떤 형식으로 드러나는가를 잘 보여주는 사례이다. 두 사람의 글이 모두 희작(戲作)의 성격이 강함에도 불구하고 그들이 대항하려 했던 시대 이념은 거리가 있었다.

다시 이규보의 〈구시마문〉으로 눈길을 돌려보자. 작중 화자(분명히 이규보 자신을 의미하는 것이겠지만)의 준열한 꾸짖음을 받은 시마가 그날 밤 작중 화자의 꿈에 나타나서 항변하는 대목을 주의깊게 읽어볼 필요가 있다.

그날 저녁, 내가 피곤해서 누워 있는데, 베갯머리가 소란스러워지면서 왁자지껄 소리가 나더니, 색깔 있는 소매와 무늬가 있는 치마를 찬란하게 차려입은 사람이 다가와서 나에게 말하는 것이었다: "그대가 나를 나무라면서 배척하는 것이 심하기도 하구나. 왜 나를 이토록 미워하는가? 내 비록 보잘것없는 마귀이지만 또한 상제上帝에게 인정을 받는 자이다. 처음 네가 태어날 때 상제께서 나를 보내 따라다니도록 하였다. 네가 갓난아기일 적에도 몰래 숨어서 떨어지지 않았고, 네가 어린아이일 때에는 남몰래 엿보고 있었으며, 네가 청년이 되었을 때에도 온 정성을 다해 쫓아다녔다. 기氣로써 그대를 웅장하게 해주었고 문사文辭로써 그대를 수식해 주었으니, 과거 시험장에서 문예를 겨루면 해마다 이어서 합격하여 천지를 뒤흔들고 명성이 사방에 떨쳐, 많은 고관들과 귀하신 분들이 그대 모습을 우러러보게 해주었다. 이러한 즉, 내가 그대를 도운 적이 적지 않고, 하늘이 그대를 풍요롭게 한 것이 적지 않다. 입으로 내뱉는 말과 몸가짐, 여색을 좋아하는 것이나 술에 빠지는 것 등은 각각 그렇게 하도록 시키는 자가 있는 것이지 내가 주관하는 것이 아니다. 그런데 그대는 어찌 신중하게 행동하지 않고 미친 것 같기도 하고 어리석은 것 같기도 하게 처신하였는가? 이는 진실로 그대의 허물이지 나의 잘못이 아니다."

내가 이에 그 말이 옳고 내가 그르다는 것을 알고는 웅크리고 부끄러워하면서, 허리를 굽혀 절하고는 그를 맞이하여 스승으로 삼았다.[50]

시마가 항변하는 내용을 가만히 보면 이규보가 자신의 문학적 재능에 대해 얼마나 자부심을 가지고 있었는가를 눈치챌 수 있다. 태어날 때부터 상제上帝가 따라다니라고 명령을 했다는 것은 자신의 재능이 천부적인 것이라는 점을 말하는 것이다. 게다가 자신은 웅장한 기氣를 함축한 문장을 쓸 줄 아는 사람이며, 과거 시험에 연이어 합격을 하였으며, 고관대작들도 자신의 문학적 재능을 우러러볼 정도이며, 명성이 사방에 떨치고 있다는 점을 시마라고 하는 귀신의 입을 빌어 이야기하고 있지 않은가. 참으로 교묘한 언술이 아닐 수 없다. 그러면서 어쩔 수 없이 시마를 스승으로 삼았다는 데에 이르면, 그의 글쓰기 수법이 얼마나 치밀한가를 다시 한 번 느낄 수 있다.

최연은 자신의 〈축시마〉를 다음과 같이 맺는다.

아! 이 마귀야. 어찌 그 뜻을 멋대로 하느냐. 비록 긴 회충이 심장에 붙고 짧은 촌백충(요충)이 위장에 구멍을 냈다고 하더라도 바야흐로 너에게 가려 하니 네 죄가 이에 지극하도다. 하늘이 총명하여 아래에 임하여 밝게 빛나시니, 악을 없애고 사특함을 제거하려고 하늘의 그물이 빙 둘러쳐 있다. 지금 만약 징치하지 않는다면 내가 장차 정배 보내겠노라. 하늘이 이에 진노하시어 너희 무리를 영원히 진멸하실 것이니, 네가 비록 지혜를 춤추고 교묘함을 드려도 네 죽음을 구하지 못할 것이다. 또한 장차 강궁强弓을 잡아 독화살을 당겨 너를 찾아 죽여서, 사지를 가르고 살을 갈기갈기 찢을 것이니, 지금 빨리 가지 않는다면 후회가 막급일 것이다. 바다의 한 귀퉁이와 하늘의 가장자리가 너의 즐길 곳이요 거처할 곳이니, 다시는 (이곳에) 머무르지 말고 머뭇거리지도 말아라. 일진이 좋으니 어서 떠나라. 율령律令을 받은 것처럼 급히 서둘러라.[51]

이 정도의 협박이라면 아무리 귀신 아니라 귀신 할애비라도 떨면서 천리만리 달아날 것이다. 그러나 최연의 속마음이 정말 시마를 멀리 떠나보내고 싶었던 것이었을까? 위의 글을 읽으면서 정말 떠나기를 바라는 느낌이 드는가? 시마가 만약 떠나지 않을 경우 어떤 무서운 벌이 내리는가를 과장된 어조와 몸짓으로 기술하고 있다. 이런 식의 어조는 대체로 자신이 표현하고자 하는 내용을 숨기기 위한 상투적인 수법이다. 게다가 섬뜩한 표현으로 겁을 잔뜩 준 뒤에 "너 오늘 일진 좋은 줄 알아라. 이제 내게서 떠나면 모든 걸 다 용서해 줄 테니 마치 율령을 받아 길 떠나는 사람처럼 즉시-재빨리 떠나라. 안 떠났다가는 나중에 후회막급일거다!" 하고 말하고 있다. 사실 그의 과장된 몸짓과 어조 속에는 시마가 자신의 절친한 벗이라는 점을 은연중에 드러내고 있는 것이다.

이규보와 최연 등이 적시하고 있는 '시마의 죄상'이란, 오로지 시만 생각하고, 시에 죽고 시에 사는 시인으로서 누리는 특권에 대한 '즐거운 비명'일 뿐이다. 그러고 보면 이 시마란 놈은 무슨 이마에 뿔 달린 귀신이 아니라, 시인으로 하여금 시를 쓰지 않고는 견딜 수 없게 만드는 '억제할 수 없는 충동'의 다른 이름일 따름이다.[52]

심각한 내용을 심각하게 이야기하는 것도 상대방을 설득하는 중요한 방식이지만, 심각한 내용을 짐짓 장난스럽게 이야기하는 것 역시 효과적인 방식이다. 특히 사회적으로 문제를 제기하기가 어려운 것일수록, 그리고 문제 제기의 내용이 사회적인 반향을 불러일으킬 만한 것일수록, 장난스럽게 이야기하는 방식이 더 강력한 힘을 발휘하는 경우가 많다.

장난 속의 진실

앞서도 잠깐 언급한 것처럼, 이것은 자칫 자신의 재능을 노골적으로 자랑하는 글로 '만' 읽힐 여지를 충분히 가지고 있다. 좀 삐딱하게 이들의 글을 읽는 사람이라면, 이 글을 읽는 순간 이미 그의 거만함과 과도한 자신감에 기분이 나빠졌을 것이다. 그래, 너 잘났는데, 그 다음에 어쩌라는 거냐, 하고 딴지를 걸기 시작하면 한도 끝도 없다. 말이야 바른 말이지 이규보나 최연의 글은(나아가 앞서 인용했던 한유의 〈송궁문〉까지도) 그 자체로 이미 쓰기 어려운 글을 자유자재로 구사하고 있는 것 아닌가. 그러면서 자신들은 문면에 나타나 있는 과장된 어조와 몸짓, 장난스런 태도 뒤로 숨어서 빠져나갈 구멍을 널찍하게 확보하고 있는 셈이다. 누군가가 글의 내용으로 심각하게 문제를 제기하면서 공박해 온다 해도 그들은 '이거, 그냥 장난 삼아 지어본 거예요. 뭐 그렇게 심각하게 읽으세요?' 하고 가볍게 웃기만 하면 모든 것이 해결된다. 순식간에 전세는 역전되어 문제를 심각하게 제기했던 상대방은 졸지에 분위기 파악도 못하고 어설프게 목에 힘을 준 사람이 되어버리는 것이다. 정말 신기하지 않은가?

누누이 말했지만, 한유의 〈송궁문〉을 비롯하여 이규보와 최연의 글이 기본적으로 장난스럽게 지어본 희작戲作이라는 점은 명백하다. 그러나 그들을 단순히 희작이라고 취급해서 논외로 할 것인가 하는 점은 생각해 볼 문제다. 근대 이전에 문자를 소유하는 것, 특히 문자를 자유자재로 활용하는 것은 그 자체가 이미 강력한 사회적 권력을 소유한 것이나 다름없었다. 그렇지만 권력이란 언제나 야누스적 양면성을 가지는 법이다. 문자의 소유는 권력의 소유로 연결되기도 하지만, 문자 때문에 생명을 잃는 데까지 가기도 한다. 그 두 개의 축 사이에서 그들은 아슬아슬한 줄타기 혹은 균형 잡기를 하면서 일생을 보낸다

중세의 지식인들에게 있어서 글쓰기는 현실의 삶과 직결되는 경우가 많았다. 그러니 그들은 자신이 딛고 선 자리를 언제나 확인해야 했고, 사상적 기반뿐만 아니라 나아가고 있는 방향, 나아가야 할 지향 등을 수시로 점검해야 했다. 이규보나 최연에게 있어서 시마는 자신들에게 달콤한 권력을 선사하는 원인이기도 했지만, 동시에 시대와 역사, 인생의 진리 등을 포괄적으로 꿰뚫어볼 수 있는 힘을 제공하는 원천이기도 했다. 동시에 시마가 가지는 파괴적 힘은 당대 질서

속으로 편입되기에는 여러 가지 장애가 있었다. 그럼에도 이들은 시마의 중요성을 직시하고 사람들에게 툭 던져보는 것이다. 그럴 때 가장 효과적인 방식은 역시 과장된 어조와 몸짓, 웃음을 문면에 내세우고 근엄한 사람들에게 장난스럽게 말 걸기가 아니었을까 싶다. 우리는 그 웃음 뒤에 숨어 있는 진짜 시마의 정체를 밝혀봄으로써 중세 지식인들이 시마를 통해 문학의 어떤 점을 이야기하려고 했는지 추적해 볼 수 있을 것이다.

3장 _ 시의 탄생과 시마

자연스러운 글과 꾸미는 글

시의 탄생을 아는 사람이 있을까마는, 시원始原을 찾아 떠나는 여행에 관심이 없는 사람은 드물 것이다. 어떤 사물이건 시원을 찾아 떠나는 여행은 우리의 호기심을 불러일으키기에 충분하다. 하물며 인간의 감성을 끝없이 자극하면서 깊은 비의秘義를 감춘 것처럼 보이는 시의 탄생에 대해서야 말해 무엇하겠는가.

문학개론 책에 단골로 등장하는 것 중의 하나가 "……이란 무엇인가?" 하는 질문으로 시작되는, 기원에 대한 언급이다. 문학이란 무엇인가, 소설이란 무엇인가, 작품이란 무엇인가, 상상력이란 무엇인가 등 이런 종류의 수많은 질문들이 책 속에 포진되어 있다. 그 속에 중요하면서도 짐짓 진지한 목소리로 우리에게 던져지는 것이 바로 "시란 무엇인가?" 하는 질문이다. 그러나 "……이란 무엇인가?" 하는 식의 질문치고 그 정답을 명쾌하게 내놓은 것은 없다. 본질을 묻는 질문처럼 중요하면서도 그처럼 공허한 질문이 또 있을까 싶을 만큼 그 질문의 범위는 넓기 그지없다. 그래서 어떤 사람은 차라리 "……은

누구의 것이며, 무엇을 위한 것이며, 무엇 때문에 성행하는가" 하는
방식의 전혀 다른 질문을 만드는 것이 중요하다고 하는 사람도 있다.
말하자면 이것은 누구의 시인가, 누구를 위한 시인가, 왜 이런 시들
이 성행하며 독자들의 반향을 불러일으키는가, 이 시는 이 시대에 어
떤 의미를 우리에게 던져주는가 하는 방식의 질문을 던지는 것이 보
다 더 창조적이고 생산적인 논의로 나아가는 방법이라는 것이다.

그럼에도 불구하고 인간이 어떤 지점에서 시와 만나는가 하는 문
제는 정말 호기심을 자극하는 문제가 아닐 수 없다. 그러므로 이 자
리에서는 적어도 옛 사람들은 어떤 방식으로 풀어나갔는지를 살펴볼
수 있을 것이다.

그런데, 시의 탄생 문제와 시마가 무슨 관계가 있을까. 이 문제부
터 짚고 넘어가는 것이 좋겠다.

시귀詩鬼는 사람의 일생 중에 어떤 계기가 마련되기만 하면 언제든
지 접속가능한 존재다. 글을 전혀 모르는 사람이 어느 날 갑자기 훌
륭한 시인이 된다는 이야기는 시가 가지는 설명불가능성을 강조하는
이야기 수법이라 하더라도, 그것이 외부로부터 들어온다는 느낌을
떨쳐버릴 수 없다. 물론 시귀가 인간 내부에 존재하는 문학적 열정을
비유하는 것이고, 그것이 어느 날 깨달음처럼 다가옴으로써 마치 귀
신 들린 것처럼 갑자기 뛰어난 시인으로 돌변하는 것이라고 본다면
문제는 달라질 가능성이 없는 것은 아니다. 그렇지만 얼마 지나지 않
아서 귀신은 그를 떠나고, 이후의 삶은 시귀를 맞이하기 이전과 같은
시맹자詩盲者로 돌아갔다는 점을 고려한다면, 시귀의 존재를 인간의
내면적인 측면으로만 얽어두는 것은 문제가 있다. 여하튼 시귀가 이
렇게 인간의 외부로부터 어느 날 갑자기 주어지는 존재라면, 시마의
경우는 좀 달리 생각해 볼 여지가 있다.

시마 역시 외부로부터 주어진다는 식의 진술이 없는 것은 아니다. 그러나 그럴 때조차도 시마는 시인이 태어날 때부터 옥황상제나 하늘님의 명령으로 함께 하계로 내려와 평생을 같이 생활하는 존재로 그려진다. 말하자면 시인이 태어나는 순간 시마 역시 그의 몸 속에서 함께 살아가는 것이다. 시인의 능력은 천부적인 것이라는 표현이 떠오르지 않는가. 이규보의 진술을 상기할 필요가 있다. "내 비록 보잘것없는 마귀이지만 또한 상제上帝에게 인정을 받는 자이다. 처음 네가 태어날 때 상제께서 나를 보내 따라다니도록 하였다. 네가 갓난아기일 적에도 몰래 숨어서 떨어지지 않았고, 네가 어린아이일 때에는 남몰래 엿보고 있었으며, 네가 청년이 되었을 때에도 온 정성을 다해 쫓아다녔다."

언제나 시마와 함께하는 삶, 그것은 어렸을 때부터 시만을 생각하면서 시 쓰는 것을 삶의 모든 것이라고 생각한 사람을 표현하는 구절이다. 시가 중세 지식인에게 보잘것없는 것으로 인식된 까닭은 철학적 사유와 비교했기 때문이다. 이는 근대 이전의 문헌에서 흔히 나타나는 것이다. 과거가 아니면 입신立身하기 어렵고, 그들의 입신 여부는 개인뿐만 아니라 가문 전체에 미치는 영향이 지대했지만, 과거만을 위한 문장 수업에는 여지없이 비난과 폄시의 태도를 보이는 것 또한 그들이었다. 장옥문자場屋文字[53] 대한 비판은, 스스로가 장옥문자 수업을 통해서 과거에 합격했음에도 불구하고 여전히 날카롭고 험악했다. 그들에게는 글공부를 통해서 삶을 어떻게 바꿔나갈 것이며, 사회를 어떻게 이끌어 갈 것이며, 우주의 존재론적 의문에 어떤 대답을 내놓을 것인가, 하는 점들이 훨씬 중요한 것으로 여겨졌다. 이러한 질문에 비하면 시를 쓰는 것 혹은 시를 쓰도록 만드는 시마의 역할이야 그리 대수로울 게 없는 셈이다.

시문이 가지는 대수롭지 않은 기능에도 불구하고 사람들이 이들에게 기대를 거는 것은 다분히 동상이몽적인 데가 있다. 도덕주의 시론을 주장하는 사람들에게 있어서 시문이란 일종의 당의정糖衣錠과 같은 기능을 한다. 교훈적인 내용을 그냥 전달하면 사람들이 잘 읽지 않으니까 달콤한 말로 겉을 감싸서 자연스럽게 전달하자는 것은 동서고금을 막론하고 옛날부터 널리 애용되어 오던 논리이다. 현실주의자에게 있어서 시문이란 인간이 쉽게 파악하지 못하는 사회의 한 단면을 가장 전형적으로 드러냄으로써 사람들에게 현실을 예각화시켜서 전달하는 도구이며, 예술지상주의자에게 있어서 시문이란 인간에게 즐거움을 주는 도구이다.

입장에 따라 다양한 차이를 드러내면서 시문의 기능을 논의하는 것이야 그리 대수로울 것도 없다. 사람에 따라, 시대나 신분에 따라 시문관의 변화는 지금도 우리 눈으로 확인할 수 있는 것이기 때문이다. 그러나 이런 차이에 상관없이 갖게 되는 기본 태도가 하나 있다. 얼마나 자연스럽게 작품을 창작하는가 하는 점이다. 앞서 이야기했던 중세 지식인들의 장옥문자에 대한 비판 역시 이와 밀접한 관련이 있다. 과거를 보기 위해서 정해진 문투文套와 시체詩體, 수사와 압운 등을 연습하는 것은 필수적이다. 그러나 어렸을 때부터 그것만을 연습하다 보면 자신도 모르게 글을 쓰는 방식이나 생각하는 패턴은 고체화되어 간다. 글을 쓰는 패턴이 고정되는 것과 병행해서 그의 사유 능력 역시 고정되어가는 것이다. 고려 후기 문인 임춘林椿은 이에 대해, 과거 시험장에서 사용되는 문장을 읽어보면 공교롭기는 공교롭지만 사실은 배우의 말과 같은 종류라고 갈파한 바 있다.[54] 하나의 목표를 위해서 오랫동안 문장 수련을 해왔으니 얼마나 정교하고 주도면밀하게 썼겠는가. 그러나 아무리 공교로운 글도 읽어보면 배우의 말처럼, 자기의 창조적인 생각을 만들어내는 것이 아니라 선현의 생각을 잘 얽어서 한 편의 글을 짜맞추는 것이니, 그것은 결국 자신의 말이 아니라 대본의 말을 읊어내는 배우의 말과 같은 셈이다.

모범적인 글쓰기 — 이규보의 경우

그렇다면 어떤 글쓰기라야 모범적인 것인가. 우리는 다시 이규보의 충고를 상기할 필요가 있다.

> 대저 시는 의意를 주로 삼으니, 뜻을 만드는 것이 가장 어렵고 말을 엮는 것이 그 다음이다. 뜻 또한 기氣를 주로 삼으니, 기의 우열로 말미암아 이에 깊고 얕음이 있게 된다. 그러나 기는 하늘에 근본하여 배워서 얻을 수 없으므로 기가 약한 사람은 조탁한 문장을 공교롭다고 여겨서 일찌기 뜻을 우선으로 삼은 적이 없다. 대개 그 문장을 아로새기고 그 구절을 화려하게 색칠한 것은 진실로 아름답다. 그러나 그 속에는 함축되어 깊고 두터운 맛이 없으니, 처음에는 즐길 만한 것 같지만 다시 씹어보면 맛은 이미 다하게 된다.[55]

널리 알려진 이규보의 이 발언은 특히 문기론文氣論의 중요한 전거로 인용되면서, 기氣의 성격이 무엇인가에 대한 논란을 불러일으켰던 부분이기도 하다. 여기서 말하는 기의 구체적인 성격에 대해서는 이 글의 주된 관심사가 아니므로 일단은 글을 쓰기 위한 작가의 재능 혹은 바탕의 측면을 언급하는 것이라고 해두자. 하여간 그 기는 이규보에 의하면 하늘[天]에 근본하는 것이어서 인위적인 노력으로 배울 수는 없는 것이라고 한다. 바로 그 점, 하늘에서 배우는 것이라는 언급은 문학 창작이 어느 수준에 이르면 천부적인 부분이 작용하지 않을 수 없다는 점을 인정하는 것이다. 천부적인 부분을 인간의 노력으로는 도저히 극복할 수 없으므로 사람들은 자신의 글을 아름답게 수식해서 꾸미려고 애쓴다는 것이다.

이러한 점은 그의 또 다른 시에서도 직접 언급한 바 있다. "근래에 시 짓는 무리들은 / 풍아의 바른 뜻을 생각하지 않고[56] / 붉고 푸른 것을 빌려 겉을 꾸며서 / 한때의 기호에 맞추려 하네. / 뜻은 본디 하늘에서 얻는 것 / 갑자기 이르기는 어렵지. / 그것을 얻기 어려움을 스스로 헤아리고 / 그로 인해 화려함을 일삼아서, / 이로써 여러 사람을 현혹하여 / 뜻이 말라버린 것을 가리려 하지."[57]

이 언급에 의하면 사람들이 화려하고 아름다운 문장을 추구하는 것은 창조적인 샘이 말라버렸기 때문이다. 그러나 그것은 하늘이 인간에게 내려주는 특별한 재능이기 때문에 극복할 수 없는 간극이다. 그 간극이 없다면 누구나 좋은 시를 쓸 수 있는 것이니, 시를 쓰는 능력이 그리 특별할 것도, 대수로울 것도 없다. 간극을 메울 수 없는 사람들은 기본적인 풍아風雅의 뜻(그 풍아의 뜻이 무엇인지도 따져봐야겠지만)을 생각하면서 자기가 쓸 수 있는 만큼만 쓰면 되는 것인데 그만 분수를 모르고 마구 글을 쓰려다 보니 화려하고 수식만 하는 천박한 글로 떨어진다는 것이다.

이규보가 말하는 하늘[天]은 인격신적 성격을 가지는 것은 아니다. 물론 그것은 인간의 능력이 기대는 최후의 보루이며, 천지자연을 총괄하는 하나의 이법이며, 인간이 인간일 수 있도록 하는 제1원인으로서의 역할을 하는 등 정말 다양한 의미를 가진다. 그러나 여기서 우리가 중시해야 할 것은 당연히 '자연스러움'이다. 이 자연스러움이야말로 모든 문인이 존중하고 요구했던 매우 중요한 창작 원칙이었다. 심지어 쓸데없는 문장을 짓지 말라고 충고했던 최고의 도학자 율곡 이이조차도 "시란 성정에 근본을 두는 것이어서 거짓으로 짓는 것이 아니니, 시의 성음의 높낮이는 자연스러움에서 나온다(詩本性情, 非矯僞而成. 聲音高下, 出於自然)"[58]고 말한 바 있다. 자연스러운 창작이 이루어지지 않는 한 좋은 생각 혹은 내용 역시 그냥 평범한 진술로 떨어지고 만다.

이야기가 장황해졌는데, 우리의 논지를 정리하기 위해 다시 한 번 논지를 간추려보자. 창작을 위해서는 우리가 논리적으로 해명할 수 없는 천부적인 부분이 존재한다는 점, 그것은 자연스럽게 흘러나와야 한다는 점, 그것에 인위적인 노력이 들어가는 순간 수식과 거짓이 끼어들어 간다는 점 등이 주논점이었다. 그러나 문제는 이런 정도의 성질을 가지고 문학의 차원으로 발을 들여놓는다는 것이 가능한가 하는 점이다. 자연스럽게 살아가는 것으로 친다면 갓 태어난 아기들이 가장 자연스러울 것이다. 천진난만한 시골 노인들이 얼마나 하늘[天]에 가까운 생각을 할 것인가. 그들은 때때로 남을 의식하지 않고 마음속에서 우러나는 생각들을 자연스럽게 표현할 것이다. 주변의 상황이야 어떻든 그들은 생각나는 대로 마음껏 떠들면서 담소를 나눌 것이다. 그러한 것들이야말로 가장 위대한 시라고 찬탄하는 선현들이 있었지만, 그것은 일종의 역설이었던 것이다. 너무도 인위적인 글쓰기가 횡행한 나머지 그에 대한 강력한 비판과 경계의 의미를 담은 메시지였던 것이다. 설사 그들의 이야기를 문학의 범주에 넣는다 해도 그 다음에 야기되는 문제는 감당이 되지 않는다. 아기들의 옹알이도 시가 될 것이며, 노인들의 중얼거림도 시가 될 수 있다. 물론 그 것이 시가 될 수 없다고 절대적 기준을 적용하자는 것은 아니다. 그러나 그것을 모두 인정하고 나면 남는 것은 아무것도 없다. 지나치게 넓은 범주와 느슨한 기준을 적용하면 문학이라는 범주 자체가 필요 없는 상태가 되어버린다. 우리가 논의해야 할 것은 그것을 어떻게 문학의 영역 안으로 포괄하는가 하는 점이다.

시의 탄생과 시마의 죄상

생각해 보면 시가 탄생하는 지점에서 우리는 시마의 존재를 개입시키지 않을 수 없다. 이규보 역시 고심한 끝에 시마의 개입을 바로 그 지점에서 시작한 것이 아니었나 싶다. 이규보는 시마의 죄상을 들어 비난하면서 역설적으로 시마가 무엇인가를 묻는 방식의 글쓰기를 하고 있는데, 그가 든 첫 번째 죄가 바로 이것이다.

사람이 처음 태어났을 때에는 태고의 순박함이 있었다. 꾸미지도 않았고 화려하지도 않아서 꽃봉오리를 피우지 않은 꽃과 같았고, 예민한 귀를 잠가놓고 밝은 눈을 가려놓아 마치 눈이나 귀의 구멍을 뚫어놓지 않은 듯하였다. 누가 그 문을 지키고 그 자물쇠를 허술하게 하였길래 마귀 네가 그 틈으로 들어와 우두머리라도 되는 양 여기에 의탁하고는 세상 사람들을 현란하게 하면서 색칠을 하고 요술을 부리고 기이한 술법을 쓰면서 비틀비틀 무릎걸음으로 걷거나 몰려다니고, 혹은 아양을 부려 온몸과 뼈마디를 부드럽게 녹이며, 혹은 벼락을 울려 소리를 내고 풍랑을 거세게 일으키는가? 세상이 너를 장하게 여기지도 않는데 어찌 그리 날뛰며, 사람들이 너를 공이 있다고 여기지도 않는데 어찌 그리 가혹하게 구느냐? 이것이 바로 너의 첫 번째 죄이다.[59]

태고적 순박함이란 당연히 인간이 태어나던 첫 모습이다. 신분이나 기타 사회적 차이를 넘어서 인간이라면 누구나 하늘로부터 부여받는 바탕이다. 그것은 인간이 인간의 고유성을 지키면서도 천지자연과 어울려 조화롭게 살아갈 수 있게 하는 힘이다. 노자나 장자라면 마땅히 잘 지켜나가려고 했을 법한 이 순박함(그렇다고 유학자나 승려가 그걸 배척했다는 것은 아니다. 당연히 그들도 이 순박함을 중시했지만 그것을 바라보고 다루는 시점은 서로 상당한 차이를 보인다)은 태어나는 순간 어떤 힘에 의해 침범당한다. 그놈이 바로 시마다.

이규보가 암시하고 있는 것처럼, 우리는 여기서 《장자》의 혼돈混沌 고사를 상기하게 된다. 어떠한 인위적 행위도 가해지지 않은 순박함 그 자체의 상징인 혼돈은, 그를 위해 눈, 귀, 코 등 일곱 구멍을 뚫어주자 죽음에 이른다는 장자의 우언은 시사적이다. 그것은 하늘로부터 부여받은 천부적 자질이 작위作爲 때문에 사라짐을 의미한다. 이것은 조선 중기 문인 최연의 〈축시마〉에서 더 명확하게 사용되면서, 인간의 의도적 꾸밈이 어떻게 인간의 순박함을 갉아먹는가를 이야기한다. 최연은 "옛날 혼돈混沌에 아홉 개의 구멍이 나뉘어지지 않았을 때에는 풍속이 올바르고 순박하며, 질박하고 간략하여 문채가 없었다. 이로부터 추숭되더니 이치에 어그러지고 망가져서, 큰 도끼와 작은 도끼를 마구 휘둘러 어지러워졌다"[60]고 하면서, 시마를 준엄하게 꾸짖는다. 그 역시 시마가 그렇게 만들었다고 혐의를 둔 것이다.

사람이 처음 태어났을 때의 순백색 본성에 채색되지 않을 수는 없다. 현실적으로 불가능한 일이다. 다만 그 채색을 어떻게 할 것인가가 중요한 문제다. 노자나 장자는 흰색으로 칠하라고 권하였지만, 공자는 올바른 색(자줏빛과 같은 간색間色이 아니라 정색正色)을 칠하라고 하였다. 그것은 천지자연과 조화롭게 살아가는 방식이기도 하며, 인간과 인간이 서로를 존중하면서 서로 잘 살아가는 방법이기도 하다. 그러나 어떤 방식이든 채색을 하다 보면 거기에는 인위적인 생각이나 행위가 들어가게 마련이며, 쉽게 욕망이 개재하게 된다. 순박함을 갉아먹는 것은 바로 가장 경직된 작위, 인간의 이기적인 욕망이다.

인간의 '이기적' 욕망이라고 한 것은 다른 욕망과 구별하려는 의도에서이다. 사실 욕망이라고 해서 다 나쁜 것만은 아니다. 이웃과 잘 지내고 싶은 것도 욕망이고, 나를 희생하면서까지도 남의 목숨을 살리고 싶어하는 것도 욕망이며, 돈을 많이 벌고 싶은 것도 욕망이고, 아름다운 사람과 평생을 함께하고 싶어하는 것도 욕망이다. 그 중에는 시를 쓰고 싶어하는 욕망도 들어 있다. 좋은 시를 써서 이름을 날리든 부귀영화를 누리는 도구로 삼든, 그 역시 욕망이다. 시를 쓰고 싶은 욕망, 이것은 사람에게 천국과 지옥을 동시에 선사한다. 그 차이는 앞서 백낙천의 글을 인용하여 언급한 바 있듯이 시선詩仙과 시마詩魔의 차이와 같다. 그렇다면 시를 잘 쓰는 것이 천부적이라는 것인데, 시를 쓰고 싶은 욕망이 너무도 강렬하여 다른 일상보다 우선순위에 놓을 때 우리는 그를 시마에 걸렸다고 치부하면서 사회적 배제를 적용시킨다.

인간의 순연한 본성 위에 태어나는 순간 주어지는('주어진다'고 말하지만 어쩌면 '길러진다'고 말해야 할지도 모르겠다) 수많은 욕망들이 있다. 그 중에 문학적 욕망도 한 자리를 차지한다. 끊임없는 문학적 열망이 우리 앞에 놓일 때 다른 일상들은 눈에 들어오지 않는다. 다른 사람과 차이가 있는 생활은 곧 그를 사회적으로 배제시키게 되고, 사람들은 그를 시 귀신[詩魔]에 걸렸다고 수군거리는 것이다. 그런 점에서 문학 창작이란 일종의 천부적 재능이며, 나아가 작가란 하늘로부터 선택받은 특별한 인물인 셈이다.

4장 _ 시마, 우주를 이야기하다

도道와 시詩

근대 이전의 문학론을 읽다 보면 자주 등장하는 것이 바로 우주론적 혹은 형이상학적 문학론의 시각이다. 즉 문학의 존립 근거 내지는 출발지를 우주의 도에서 시작하는 경우가 흔하다는 것이다. 그들이 어떤 용어로 지칭하든 간에 그 존재가 일종의 형이상학적 도라는 점은 분명해 보인다.

천지자연을 관장하는 보이지 않는 이법理法이 문학의 궁극적 존재 원인이 된다면, 문학 역시 천지자연을 구성하는 한 사물이라는 것이다. 중세 지식인 특히 조선 시대 성리학자들이 문학을 작은 기술[小技]이라고 폄하하는 듯한 발언을 하면서도 손에서 놓지 않았던 것도 모두 이 때문이다. 우리는 그 대표적인 예를 율곡 이이에게서 발견한다. 좀 길기는 하지만, 그의 글 한 편을 온전히 인용해 보자.

천지 사이 만류 중에 소리가 있는 것은 누가 그렇게 시켜서 그러한 것인가? 초목이 울창한 숲은, 움직이지 않으면 그 본체는 소리가 없는 것인데, 바람이 그것을 움직이게 하면 소리를 낸다. 그렇다면 초목에 소리가 나도록 하는 것은 바람이다. 쇠와 돌의 단단함은, 치지 않으면 그 본체 역시 소리가 없다. 어떤 사물이 그것을 치면 소리를 낸다. 그렇다면 쇠와 돌을 소리 나도록 하는 것은 또한 사물이다. 무릇 만류가 떼를 지어 날고 법석대면서 소리를 내는 것은 역시 반드시 그렇게 시키는 것이 있다.

사람이 세상에 태어나서 오장五臟이 안에 갖추어지고 백해(百骸: 모든 뼈마디)가 밖에 형체 지으니 그 근본이야 어찌 소리가 있겠는가? 기氣가 안에 쌓여서 밖에 발출된 연후에라야 소리를 낸다. 그런즉 사람에게 소리를 내게 하는 것은 기이다. 소리의 발출 또한 한 가지가 아니다. 쓸모 없는 소리가 있고 쓸모 있는 소리가 있다. 재채기나 코고는 소리 등은 사람 소리 중 쓸모 없는 것이고, 꾸짖는 소리나 웃음소리 류는 사람 소리 중 쓸모 있는 것이다. 쓸모 있는 소리 가운데에도 또한 아름다운 소리와 나쁜 소리가 있다. 사람이 그 소리를 듣고 좋아하면 아름다운 소리가 되고, 싫어하면 나쁜 소리가 된다. 아름다운 소리 중에서도 또한 실성實聲과 허성虛聲이 있다. 입에서 나와 글에 드러나지 않는 것은 허성이 되고, 입에서 나와 글에 드러나면 실성이 된다. 실성 중에서도 또한 바른 것正者, 부정한 것邪者, 바른 것 같지만 부정한 것, 부정한 듯하지만 바른 것이 있다. 사람이 소리를 발하여 다른 사람에게 좋게 받아들여지고, 사람들에게 좋게 받아들여지면서 글에 드러나며, 글에 드러나면서 올바름에 합치되는 것, 이것을 일컬어 선명善鳴이라고 하니, 선명의 공이 얼마나 어려운가!

휴양休壤 최립지崔立之는 선명에 가까운 사람이다. 그 문장이 비록 크게 이루어지지는 않았지만 그 뜻은 올바름에 기약한 사람이다. 그것을 일삼아서 게으르지 않은 즉 올바르게 됨에 무슨 어려움이 있겠는가? 내가 들으니, 만류 중에 소리가 있는 것은, 그 본체가 크면 그 소리 역시 크고 그 본체가 작으면 소리 역시 작다고 한다. 입지立之의 소리가 크니 그 본체의 큼을 알 수 있겠다. 사람의 본체는 마음이니 입지의 마음은 크다고 말할 수 있겠다. 또 내가 들으니, 그것을 크게 부딪히면 소리의 발출도 크고 작게 부딪히면 소리의 발출도 작다고 한다. 그러므로 큰 바람이 초목을 움직이게 하면 마치 천지를 뒤흔드는 듯하고 작은 바람이 불어오면 한 번 흔들리는 것에 불과할 따름이다. 쇠와 돌의 때림 역시 이와 같다. 사람의 소리에 있어서 기가 크면 그 소리를 크게 하여 그것을 발출하고, 기가 작으면 곧 그 소리를 작게 하여 발출하게 된다. 입지의 기는 가히 크다고 할 만하다.

아! 초목의 소리는 바람이 시키는 것인데, 바람의 바람됨은 누가 그렇게 시키는 것인가? 쇠와 돌이 사물에 부딪힘은 그 또한 누가 그렇게 시키는 것인가? 사람이 소리를 냄은 기가 그렇게 시키는 것인데, 기의 기됨은 누가 그렇게 시키는 것인가? 기의 기됨은 마음이 시키는 것인데, 마음의 마음됨은 누가 그렇게 시키는 것인가? 마음의 마음됨은 천지가 그렇게 시키는 것인데, 천지의 천지됨은 누가 그렇게 시키는 것인가? 천지의 천지됨은 무극태극이 시키는 것인데, 무극태극이 무극태극됨은 누가 그렇게 시키는 것인가? 입지가 이것을 안다면 나를 위하여 말해 주게나.[61]

이 글은 이이가 중국 한유韓愈의 글을 염두에 두면서 자신의 후배인 간이당 최립(簡易堂 崔岦, 자는 입지立之)에게 주는 글이다. 여기서 등장하는 선명善鳴이란 한유가 〈송맹동야서送孟東野序〉에서 언급하는 개념이다. '잘 울린다' 혹은 '잘 운다'는 뜻의 이 단어는, 어떤 사물에 무엇이 부딪쳐서 소리를 낼 때, 부딪쳐져서 소리를 내는 사물의 본체가 잘 갖추어져 있을 때 소리를 잘 낼 수 있다는 뜻이다. 잘 다듬어진 쇳덩어리를 다른 쇠뭉치가 때릴 때 아름다운 피아노 소리를 낼 수 있는 이치와 같다. 대충 다듬은 것을 때린다면 당연히 그 소리 역시 정제되지 않은 소리가 날 것이다. 그런 점에서 선명이란 잘 울기 위해 부단히 심성수양을 해야 한다는 점을 전제로 하는 단어이기도 하다.

본격적인 문학이론이 발달하기 어려웠던 근대 이전 우리나라의 상황으로 미루어볼 때 율곡의 이 글은 참으로 소중한 글이다. 특히 성리학자의 정제된 문학론을 보여주는 것으로 이 글만 한 것이 드물다. 개인의 수양을 강조했던 성리학자답게 그는 글을 쓰기 위한 기초적인 작업으로 개인의 정신적 도덕적 수양을 든다. 거대한 몸체를 가진 것이라야 크고 웅장한 소리를 낼 수 있는 것처럼, 개인의 수양이 얼마나 깊고 튼실한가에 따라 그의 글 역시 깊이와 스케일을 달리한다는 것이 중심 논지다. 거기에는 외부적인 요인, 즉 큰 몸체를 때리는 거대한 힘이 절묘하게 만나야 하겠지만, 적어도 그 이전에 갖추어야 할 도덕적 전제가 있어야 그런 기회가 왔을 때 깊고 아름다운 글을 낼 수 있다는 것이다.

율곡의 이 글은 최립에게 글쓰는 방법을 충고하는 형식으로 되어 있다. 그렇다면 역설적으로 당시 글쓰는 관행이 이 글의 내용과는 다른 방향으로 이루어지고 있었으리라는 추정을 가능하게 한다. 율곡이나 최립은 이미 당대 여덟 명의 문장가를 병칭하는 '팔문장八文章'에 들었거니와, 글쓰기에 대한 이 같은 관심은 시문詩文을 바라보는 당대의 관점을 상징적으로 보여준다.

마지막 부분의 내용은 우리의 주목을 끌 만하다. '사람의 소리→기氣→마음→천지天地→무극태극無極太極'으로 이어지는 순차적 배열은 인간의 소리(율곡이 이미 밝힌 것처럼 사람의 소리 중에서 가장 정묘한 것이 바로 시詩이다!)가 근거하는 형이상학적 지점을 찾아가는 노정기이다. 사람의 소리만이 이러한 과정을 거쳐서 발현되겠는가. 당연히 다른 사물들도 똑같은 과정을 거쳐서 발현되거나 자신의 형체를 드러낸다. 현실적으로 우리에게 보이는 사물들은 개별적으로 차이가 나지만[萬殊], 그 시원을 찾아올라가 보면 무극태극이라는 어떤 형이상학적 지점을 동일하게 보유한다[理一]. 이 논의에 따르면, 다른 우주만물과 마찬가지로 글쓰기 역시 우주의 보편적 원리 혹은 이법理法을 드러내는 소중한 도구다. 비록 글쓰기가 하찮은 하나의 기술에 불과하다고 평가받았지만, 그 이면에는 거대한 우주와 통하는 통로를 함유하고 있는 셈이다.

그러나 깊이와 크기를 알 수 없는 천지와는 달리 인간의 심성은 발현되는 순간 혹은 태어나는 순간 협소하기 그지없는 수준으로 떨어져버린다. 그리고는 인간의 심성이 우주와 소통할 수 있는 통로를 아득히 잃어버린/잊어버린 것이다. 성리학자들이 심성수양의 중요성을 강조하는 것도 바로 그 통로를 되찾자는 주장이다. 그 통로는 인간의 마음속에서 영원히 잊혀진 것은 아니다. 바람에 구름이 스치면서 언뜻언뜻 푸른 하늘이 드러나듯이, 삶의 굽이마다 언뜻언뜻 우주와의 통로가 스치듯 드러난다. 그 지점을 보는 사람들이 시인이고, 그 지점에 대한 글쓰기의 결과가 바로 시 작품이라 할 수 있다. 그러니 스치듯 마주치는 통로를 언제나 마주하면서 드나들 수 있다면 그것이 성인의 경지요 시성詩聖의 경지가 아니겠는가. 그러니 글쓰기의 전제조건으로 성리학자들이 심성수양을 드는 것은 어찌 보면 당연한 이치다.

이렇게 되면 글쓰기를 단순히 문자를 가지고 하는 도락의 한 방법으로 삼아서는 안 된다. 인간 심성의 우주적 통로를 드러내야 하고, 숨겨져 있는 천지의 비밀을 풀어내는 것으로 자신의 임무를 삼는 것이 마땅하다. 문자를 사용하되 문자를 넘어서는 도저한 글쓰기의 세계를 구현해야 한다. 장자莊子가 언급한 바 있는 천뢰天籟도 이러한 차원의 이야기이다. 만물이 내는 소리, 그것이야말로 가장 위대한 예술 작품이 아닌가 말이다.

하늘[天], 인간[人], 문학[文]

그러나 문제는 천지에 대해 우리가 아는 게 별로 없다는 것이다. 천하의 모든 원리가 '무극이태극無極而太極'에서 비롯하여 천지의 다양한 모습으로 발현된다고 말하지만, 그 천지의 모습이 고정된 것이 아닌 한에야 어찌 우리가 그 실체를 정확히 파악할 수 있다고 하겠는가. 게다가 천지의 마음으로 우리의 마음을 삼는다는 식의 논의 역시 피부로 와 닿기까지는 상당한 수행과 선이해先理解가 있어야 가능한 일이다. 물론 우리가 그런 점을 인식하지 않은 상태로 살아간다고 해서 우리의 마음이 천지의 마음과 통하지 못하란 법은 없다. 오히려 옛 선현들은 그러한 상태로 무심히 살아가는 것이 오히려 천지와 통하는 방법이라고 주장하기까지 하였다. 그럼에도 불구하고 여전히 우리에게 천지란 오리무중일 뿐이다.

중세 동아시아 담론에 있어서 하늘과 인간 사이의 관계를 어떻게 설정할 것인가 하는 문제는 오래된 하나의 화두 같은 것이었다. 웅십력熊十力 같은 사람은 중국 철학사에서 두 개의 도깨비 같은 것이 있는데, 하나는 하늘[天]이고 다른 하나는 기氣라고 하였다. 그만큼 개념을 잡기가 참으로 어렵다는 것이다. 두 가지 개념에 대한 역대 논의만 모아놓아도 엄청난 양이 될 정도로 정확한 개념을 설정하기가 어렵다는 뜻이다. 중국 철학사에서 하늘과 인간의 개념에 대한 정의는 복잡다단한 과정을 거쳐서 발전해 왔다. 하늘[天]의 개념만 하더라도 인격화된 최고신으로 개념을 상정한 것으로부터 천체 현상, 자연 현상, 또는 자연 현상의 법칙 자체, 필연적인 것, 사물의 원초적 형태, 자연스럽고 합리적인 것, 인간의 육체나 체력, 세계의 본체, 천리天理, 기독교의 하느님, 자연계 등 굉장히 많고, 인간[人]의 개념을 잡은 것으로는 사회 현상, 인간 사회의 법칙, 인위적 노력, 인간의 인식 활동, 인간의 행위, 부자연스럽고 불합리한 것, 인간의 지혜나 도덕, 인간의 본성, 인간의 물질적 욕구, 인류사회 등 다양한 개념을 발견할 수 있다.[62] 이처럼 다양한 개념을 가진 단어이기 때문에 문학 창작의 근원으로서 우주의 문제를 언급할 때 우주의 개념 혹은 하늘의 개념은 쉽게 그 준거를 만들어내기가 쉽지 않다. 그러나 우리가 이 글에서 말하고자 하는 것은 원리의 측면이다. 즉 하늘에 근거한 글쓰기라는 말을 했을 때의 '하늘'은 글쓰기라는 행위 자체가 근거하고 있는 형이상학적 원리를 의미한다. 물론 이 말도 모호하기는 매한가지다. 그러나 적어도 우리나라 중세 지식인들의 입장에서 글쓰기의 준거로 거론되는 하늘이란 글쓰기의 저편에 존재하면서 그것의 궁극적 원리로 작동하는 법칙 자체를 의미하는 것이었다. 그런 점에서 우리의 논의는 한정되어야 한다.

천지와 하나가 된다는 말이 있다. 그것을 가장 흔하게 접하는 것은 물아일체物我一體라는 단어가 아닐까 싶다. 세계와 내가 하나가 되는 경계, 그것을 물아일체라고 한다. 이것은 중세 동아시아의 전통적인 담론에서 흔히 발견된다. 특히 자연 속을 거닐면서 자신의 모습을 외부의 사물과 독립적인 것으로 인식하지 않고, 자신의 형체를 잊은 상태에서 완전히 천지자연과 하나가 되는 경지를 경험하는 일종의 심리적 태도를 지칭한다. 물아일체의 감정이입이라고 해도 과언이 아닐 이 특수한 경험은, 철저히 개인적인 경험에 의존하기 때문에 일찍이 그 설명불가능성이 지적된 바가 있다. 그것은 한편으로는 언어가 가지는 불완전성에 기반한 논의이다. 일상 생활에서도 우리는 어떤 상황에 적합한 단어나 문장, 혹은 표현을 찾기가 쉽지 않다. 하물며 심미적 감상의 측면에서 자신이 일으킨 흥취의 내용이나 성격을 언어로 표현해 낸다는 것임에랴.

그러나 천지의 문제에서 글쓰기의 모든 원리를 잡아낸다는 것은 자칫 관념화의 길로 나아가도록 재촉하는 위험을 내포한다. 글쓰기란 우리 삶의 보편성을 증명하기 위해서 존재하는 것은 아니다. 글쓰기의 중요한 측면으로 우리는 사물간의 차이를 드러냄으로써, 그들이 작고 하찮은 것이라 할지라도 완전히 새로운 독자성을 발견하고 그것을 용인하는 논의를 강화시키는 점을 들 수 있다. 그럼에도 이들의 모든 측면을 우주론적 혹은 형이상학적 결론으로 유도하는 쪽으로만 몰고 간다면 그것은 무지의 담론이요, 독재적인 담론이다. 어떻든 천지의 문제가 글쓰기와 어떤 형태로든 연관을 가진다면 천지의 파악이 하나의 전제 조건으로 위치하게 된다. 내가 알지 못하는 천지의 완전한 모습 혹은 전체적인 모습을 어떻게 파악한단 말인가.

직관과 천기天機

바로 이 지점에서 직관적 방법이 필요하다. 직관이란 일반적으로 추리나 관찰, 이성이나 경험 등으로는 도저히 도달할 수 없는 인식을 얻는 일종의 힘을 말한다. 이것은 경험의 집적 이후에 어느 한 순간 경험하는 비약이다. 그 비약의 순간을 경험하면, 그 이전의 세계 인식과 이후의 세계 인식 사이에는 엄청난 차이가 생긴다. 《대학大學》에서 갈파한 바 있는 것처럼 '하루 아침에 활연히 관통(一旦豁然貫通)' 하게 되는 경지도 바로 그것이며, 선사들의 깨달음도 그와 같은 경험의 순간을 말한다. 그 경험은 우리의 일상적 언어로 설명이 불가능하기 때문에 부득이 전혀 합리적이지 못한 논리의 언어로 그러한 경지를 표현하기도 한다. 선시의 오도송悟道頌이 대부분 모순어법의 극치를 이루는 것이 바로 이런 이유 때문이다. 아울러 성리학자도 그 깨달음의 순간을 표현하기 위해 자연의 한순간을 포착하여 이법의 발현을 상징하기도 한다. 예를 들어보자.

春深院落淨無埃　　봄 깊은 뜨락엔 티끌 없이 깨끗한데
片片殘花點綠苔　　조각조각 남은 꽃 푸른 이끼에 듣는다.
誰道少林消息絶　　소림의 소식 끊어졌다 그 누가 말했는가
晩風時送暗香來[63]　저녁 바람 때때로 불자 그윽한 향기 날려오는걸.

이 작품은 고려 후기의 승려인 혜심慧諶이 자신의 스승 보조국사普照國師 지눌知訥의 열반 소식을 듣고 쓴 시이다. 스승의 열반 소식을 듣고 쓴 시라고는 하지만, 그러한 사전 정보가 없는 상태에서는 그냥 아름다운 한 편의 서정시일 뿐이다. 늦봄, 고요한 뜨락에 그냥 떨어지는 꽃송이가 푸른 이끼와 선명한 색채의 대조를 이루는 것도 아름답지만, 설풋 코끝에 스치는 향기에서 스승의 냄새와 함께 법의 냄새를 맡는 이미지는 참으로 절묘하기 그지없다. 말하자면 혜심은 인간의 육신을 꽃에, 스승의 법신法身을 향기에 비유하여 표현한 것이다. 그것은 소림의 소식이라는 어구 속에서 선맥禪脈이 전해진다는 의미를 파악할 수 있도록 하였다. 물론 그 선맥은 향기를 맡은 서정적 자아인 혜심 자신이라는 의미도 동시에 내포한다. 혜심은 봄날 고요하

고 정갈한 뜨락에서 마주친 변화의 한순간을 포착함으로써 거기에 스승의 죽음과 선맥의 이동, 우주의 변화 등을 일거에 담았다.

이렇게 쓰는 방식은 성리학자라고 해서 예외가 아니다. 퇴계退溪 이황李滉의 시에 다음과 같은 작품이 있다.

露草夭夭繞水涯	이슬 머금은 풀 어여쁘게 물가를 둘렀는데
小塘淸活淨無沙	작은 못 맑고 깨끗해 모래도 없다.
雲飛鳥過元相管	구름 날고 새 지나가는 것 원래 상관 있지만
只怕時時燕蹴波[64]	때때로 제비가 물결 치는 것 두려울 뿐.

제목 그대로 들판의 작은 연못을 소재로 봄날의 풍경을 아름답게 포착한 시다. 그러나 이 시의 내용이 단순히 풍경만을 주제로 한 것은 아니다. 맑고 깨끗한 작은 연못은 작자 자신의 마음을 의미한다. 성리학적 수양에 의해 삿된 욕망과 뒤섞여 순수하지 못한 인간의 감정을 제어한 것이 바로 작은 연못[小塘]으로 표현된 것이다. 맑은 마음은 구름이 날거나 새가 지나가도 비추기만 할 뿐 연못의 고요함에 전혀 지장을 주지 않는다. 그러나 두려운 것은 제비가 수면을 박참으로써 고요하던 연못이 일렁이게 되는 것이다. 이는 외물에 의해 자신의 마음이 움직이는 것을 경계하는 것이다. 일반적으로 이취시理趣詩라고 불리는 이 같은 작품은, 단순히 서경적인 차원을 넘어서 작가의 마음 경계를 드러내는 부류들이다. 이 역시 성리학적 수양으로 정제된 개인의 마음은 세계만물이나 우주와 통하기 때문에, 그들을 이성적 질서에 의해 설명할 수는 없지만 어떤 직관에 의해 세계의 질서를 단박에 파악하고 있는 시이다. 그런 점에서 불교의 선시나 성리학자의 선취시 사이에는 일종의 동일한 구조가 개재해 있다.

요컨대 직관을 이용하지 않고서는 도저히 도달할 수 없는 지점이 바로 천지의 비밀일 것이다. 그런데 천지의 비밀이 있는 곳을 바라보는 시선에 따라 다시 세계를 바라보는 방식이 달라진다. 범박하게 말해서 그러한 이법의 기준 혹은 출발점이 외재하는가 내재하는가에 따라 전혀 다른 문학론과 세계관이 형성된다. 서양의 경우 세계의 모든 기준을 외재하는 신에게 둠으로써 인간의 시선이 천국을 향하도록 하였다면, 동아시아의 경우 그 기준은 도道에 두면서 그 도가 인간의 심성을 비롯하여 모든 만물에 골고루 들어 있다는 논의를 폄으로써 우리의 시선을 내면으로 향하도록 하였다. 물론 동서양을 이런 식으로 단순하게 양분할 수는 없는 일이다. 그러나 동아시아의 전통 속에서 내면의 철학의 전통이 강하게 전승되어 왔음은 부인할 수 없다. 내면성을 강조하는 시선은 시를 쓸 때 자신의 내면을 통찰하는 것이 중요함을 역설하게 하였고, 내면을 통찰함으로써 천지의 이법으로 나아갈 수 있는 통로를 발견하는 계기로 삼았던 것이다.

조선 중기의 문장가였던 계곡谿谷 장유張維가 동시대의 뛰어난 시인 석주石洲 권필權鞸의 문집에 서문을 쓰면서, '시는 천기다(詩, 天機也)'라는 강렬한 문장으로 시작했을 때 우리는 그 천기를 우리의 외부에 존재하는 절대적인 기준으로 받아들이지는 않는다. 천지우주를 움직이는 하나의 거대하면서도 오묘한 축을 천기라고 한다면, 천지우주의 진리를 표현하는 가장 뛰어난 언어적 표현으로서의 시를 말하고자 한 것이다. 그리고 그 천기는 외재하는 것이 아니라 자신의 마음속에 내재하는 위대한 진리의 움직임이었다.

그렇다고 해서 천기를 단순히 근엄한 어떤 것으로 받아들이는 것은 곤란하다. 조선 후기 천기는 두 가지 측면을 동시에 지닌다. 하나는 '아직 기존의 관습이나 제도적 규율에 물들지 않은 천진난만한 정의 진실성이라는 측면'이고, 다른 하나는 '거칠고 강렬해서 관습적 통념이나 제도적 질서에 도저히 포획될 수 없는 욕망의 역동성을 의미하는 측면'이다. '이 두 측면은 모두 기존의 통념을 뒤엎는 자유로운 정감의 발로라는 의미를 지니지만, 전자가 코드화된 신체가 결코 포착할 수 없는 살아 움직이는 감각 능력의 문제라면, 후자는 욕망의 억압을 통해 거짓된 정을 강요하는 관습적 배치에 대한 저항과 분노의 열정을 내부에 전제하고 있다.'[65] 이들 중 전통적인 형이상학적 문학론과 관련되는 천기론은 전자의 것을 이은 것이다.

사실 조선 후기에 천기론이 광범위한 지지를 받은 이유로 가장 근사한 것은 인간 내면의 가장 순수한 지점을 포착하여 그것을 사회적 신분이나 경제적 처지 혹은 문화적 심급에 관계 없이 누구에게나 적용시켰다는 점일 것이다. 인간은 어차피 태어날 때부터 순수한 내면을 똑같이 가지고 태어난다는 전제는 특히 사회적 약자의 입장에서는 매혹적인 논리였다. 태어나면서부터 자신의 의지나 능력과는 무관하게 자신이 평가된다는 것은 얼마나 불합리한가. 중세의 지식인들에게 신분이란 처지에 따라 끝없는 프리미엄일 수도 있고 일종의 천형으로 작용할 수도 있었다. 그러나 항상 문학적 열정은 누구에게나 발현될 수 있는 것이었다. 최고의 가문에서 태어나든 종놈의 자식으로 태어나든 문학적 열정이야 차이가 있을 수 없다. 다만 사회적으로 낮은 신분으로 태어나는 것이 그렇지 않은 경우보다 문화적 자산을 보유할 가능성이 현저히 적었을 뿐이다. 양반으로 태어나 문자를 소유한다는 것은 중세라는 환경에서는 엄청난 문화자산을 확보하는 것이었다. 한자의 습득은 하루아침에 이루어지는 것이 아니었다. 많은 시간을 필요로 했고, 그에 따르는 경제적 부담을 요구했다. 특별한 경우가 아니면, 사회적으로 낮은 신분에 보잘것없는 경제적 처지의 인물에게 한자를 교육시킨다는 것은 지난한 일이 아닐 수 없었다.

더욱이 사회적 약자는 사회의 문제점을 예각화시키는 시각이 발달할 가능성이 높다. 그들은 사회의 주류로 편입되지 못하고 주변을 맴돌면서 자신의 시선을 안정시키지 못한다. 사회는 그들에게 안정된 자리를 보장하지 못하고, 그들은 사회 권력에 등을 떠밀려 유목적 생활을 한다. 안정된 삶을 꿈꾸지만 방랑의 삶을 살아갈 수 밖에 없는 사람들에게 사회란 얼마나 거대한 권력의 덩어리겠는가. 그들의 열정이 제자리를 찾지 못할 때 왕왕 문화적 틈새를 통해서 표출된다. 그들은 한시나 그림, 음악 등 예술의 각 분야에 매달려서 자신의 열정을 불사른다. 그것이 심해지면 광기狂氣에 이를 정도가 된다. 음악이나 그림을 통한 광기의 표출은 대체로 그 분야를 담당하는 사람들의 낮은 신분에 비추어 한갓 이야깃거리에 불과한 수준으로 떨어지지만, 한시를 통한 광기의 표출은 그 이야기의 등급을 달리한다. 한시를 통한, 문학을 통한 광기의 표출, 그들을 우리는 시마에 걸렸노라고 치부한다. 바로 이 점에 초점을 맞추면 천기의 두 측면 중 후자에 근접한다. 욕망의 억압을 통해 사회의 관습이나 제도에 꿰맞추기를 강요하는 인습에 과감히 저항하고 전혀 새로운 탈영토화의 길로 나아가는 힘, 바로 그것이 시마이다. 그러나 그것의 탈영토화 계수가 높기 때문에 사회는 그것을 의도적으로 배제한다. 종종 광기로 치부되면서 시마가 가지는 긍정적인 힘은 비현실적인 공상의 차원으로 격하되어 사회적으로 배제된다.

천지우주란 고정된 모습으로 존재하지 않는다. 그들은 끊임없이 생산하고 변화하는 방식으로 존재한다. '생생지도生生之道'는 그러한 측면을 말한다. 고정된 실체로 존재하는 도는 이미 도라고 할 수 없다는 것이야 선현들이 늘상 하는 말이 아니었던가. 음과 양의 변화가 주는 미묘한 긴장감, 오행의 부단한 이합집산, 이런 것들이야말로 천지우주의 본래면목일 터이고, 그 점을 정확히 인식하지 못할 때 생각은 경직된 형태를 만들어내게 마련이다. 그렇게 보자면 '소리개가 하늘에서 날고 물고기가 연못에서 튀어오르는 것(鳶飛戾天 魚躍于淵)'과 같이 우리가 평범하게 대하는 일상의 모습은 그 자체가 천기의 발현이요 이법의 현현이다. '연못 가의 봄풀이 싹을 틔우고 자라나는 것(池塘生春草)'도 천기의 발현이며 어린 아기들의 해맑은 웃음도 천기이다. 세상에 천기 아닌 것이 어디 있겠는가.

누누이 말했지만, 문제는 천기 아닌 것이 없다는 사실을 우리가 잊고 산다는 점이다. 세상에 천기 아닌 것도 없지만 모든 것에서 천기를 발견하고 체험하고 체득하는 경우도 없다는 것이다. 깨닫고 보니 깨달을 것도 원래 없었더라는 선사의 발언은, 온 천지가 천기임을 아는 순간 천기냐 아니냐의 구분 자체가 무화된, 전혀 다른 차원의 세상임을 체험적으로 깨닫는 것과도 그 맥을 같이 한다. 그것을 체험하는 것을 종교인은 자신들이 유포하는 교리를 통해 이룩할 수 있다고 주장하며, 수많은 선현은 그것을 체득하는 길을 나름대로 제시하였다. 많은 사람들이 걸어갔던 길 중에는 시마가 이끌어서 도달시키려 했던 길도 있다.

천지비밀을 해독하는 시마의 힘

그렇다면 시마는 무엇을 통해 만물이 모두 천기의 발현이며 모든 것은 우주와 소통하는 통로라는 점을 드러내는 것일까. 시마는 언제나 언어를 통해 세계의 비밀을 풀어낸다고 주장하였다. 다시 이규보의 진술로 돌아가보자.

이규보는 〈구시마문〉에서 시마의 죄상 중의 하나로 숨겨진 비밀을 파헤친다는 점을 든 바 있다. 이것은 시인의 임무가 진리의 창출자가 아니라 발견자일 뿐이라는 점을 적시하는 대목이다. 천지만물이 모두 이법의 현현이며 천기의 표출인데 당연히 시인은 발견하는 사람이어야 한다. 그러나 만물은 우주의 이법을 드러내는 나름대로의 방법을 가지고 있다. 그들은 각각의 방식으로 자신을 수식한다. 천지만물이란 모두 이법을 드러내는 무늬라는 의견이 바로 그것을 밝히는 논의이다. 조선 초기의 대표적인 문인인 정도전鄭道傳이 '일월성신日月星辰은 하늘의 무늬이고 산천초목山川草木은 땅의 무늬이고 시서예악詩書禮樂은 사람의 무늬이다'⁶⁶⁾라고 한 진술도 따지고 보면 천지간의 모든 사물들은 자기 나름의 방식으로 우주의 이법을 드러내고 있다는 말이다.

그런데 사람들은 그들이 드러내는 천지우주의 이법을 보는 것이 아니라 그들이 드러내는 방식만을 주목함으로써 원래의 진리에서 멀어지는 결과를 초래한다. 달을 보는 것이 아니라 그것을 가리키는 손가락만을 주목함으로써 원래의 의도에서 완전히 동떨어진 이야기로 떨어졌다는 것이다. 다시 말하면 천지는 부단히 움직이는 것이며, 한자리에 머물러 있는 존재가 아닌데, 그것의 외면만을 주목함으로써 천지우주를 고정된 실체로 파악하게 되었다는 것이다. 움직이는 것 자체를 파악하지 못하고 현재 자신의 눈앞에 드러난 모습만을 고정된 실체로 여김으로써 우리의 사유도 점점 경화硬化되어간다. 문제는 외부에 하나의 실체로 이법이 존재한다는 결정론적 사유 태도일 것이다. 이렇게 볼 때 시인은 그러한 자세에서 자신의 사유를 완전히 전환시켜서 전혀 다른 사유 양식을 보여야 하며, 그것은 지극히 부드러워서 모든 것을 포용할 수 있는 것이어야 한다. 그런 점에서 시인은 창조주가 아니라 발견자이어야 하며, 그러한 것들을 정확히 바라볼 수 있는 지혜로운 사람이어야 한다. 이러한 시인은 다른 사람의 눈에는 이상한 사람으로 비치게 되고, 시 귀신에 홀린 기괴한 인물로 취급되는 것이다.

이 같은 태도는 (그 세부적인 함의에 있어서는 약간의 차이가 있겠지만) 고대 서양의 전통에서도 발견된다. 호이징하에 의하면 '고대 시인의 진정한 명칭은 라틴어로는 바테스(vates), 곧 악마에게 홀린 사람, 신들린 사람, 헛소리하는 사람이다. 이런 자격은 동시에 특별한 지식을 가지고 있다는 뜻을 함축한다. 고대 아랍인의 명칭을 빌리면 샤이르(sha' ir: 이것 역시 본디는 이슬람 이전의 아라비아 다신교의 예언자, 현자, 무당, 사제 등을 가리킴—역자 주), 곧 지자知者이다.'[67] 시마에 걸린 사람도 이들과 비슷해서, 평범한 사람이 미처 알아차리지 못한 점을 깨달은, 일종의 지자이다. 다만 이들의 지식/지혜는 사회적으로 공인되지 않은 위험한 것으로 간주되는 경향을 가진다는 점이 다르다.

결국 시마에 걸린 시인은 자신만의 깨달음을 기반으로 전혀 다른 세계 인식을 하게 된다. 사람들이 알 수 없는 천지의 비밀을 캐내는 작업이며, 우리가 바라보아야 할 것이 손가락이 아닌 달임을 명확히 지적하는 행위이기도 하다. 이규보가 진술한 내용을 다시 한 번 살펴볼 필요가 있다.

땅은 고요함을 숭상하고 하늘은 무엇이라 이름 붙이기 어렵지만, 어슴푸레하게 조화를 부리고 흐릿하게 신명을 보인다. 혼돈의 상태이면서 넓고 아득하며 깊고 깊어 알기 어렵다. 기관機關이 신비스럽고 깊은 곳을 연다 해도 자물쇠로 잠그고 빗장을 건 듯이 굳게 닫혀 있는데, 너는 이것을 생각하지 않고 깊고 신령스러운 것을 정탐하여 천기를 누설시키니 당돌하기 그지없다. 숨겨놓은 재물을 꺼내니 달도 근심하고 심장을 꿰뚫으니 신령도 놀란다. 너 때문에 사람의 삶이 각박해지니, 이것이 너의 두 번째 죄이다.[68]

앞서 이미 언급한 것처럼, 여기서 먼저 강조되는 것은 천지란 알기 어려운 존재라는 점이다. 무엇이라고 딱히 이름 붙이기도 어려운 천지우주는 마치 단단한 자물쇠로 잠겨 있고 빗장을 질러놓은 듯하다. 사람들은 그 자물쇠를 열고 빗장을 벗기려 하지 않는데, 시마란 녀석은 시인을 충동질해서 그것을 열어보라고 꾄다는 것이다. 그 비밀을 풀기 위해 시인은 언제나 노심초사하는 삶을 살아가고 있으며, 이 때문에 그의 삶은 갈수록 각박해진다.

이규보가 말하는 바 각박한 삶은 구체적으로 어디서 비롯하는 것일까. 이 점은 최연의 〈축시마〉에 언급되어 있다.

생각은 콸콸 솟는 샘과 같고 태도는 봄구름 같다. 갈고리를 깊숙이 넣어 숨은 것을 뽑아내고, 꽃부리를 주으며 향기를 토해낸다. 열매 맺지 못하는 꽃으로 사람의 눈을 현요케 하고, 기름을 아로새기며 얼음을 새긴 것으로 공功을 덜고 세월을 소비케 한다. 진원眞元을 소멸시키며 태소太素를 깎아버린다. 그 허물이 어디에 있는가, 이 마귀에게 주장되기 때문이다.[69]

여기서도 갈고리를 깊숙이 넣어 숨겨진 비밀을 캐낸다는 점을 언급한다. 꽃부리를 주으며 향기를 토해낸다는 것은 아름다운 시문으로 만들어낸다는 의미이다. 그러나 그것은 대체로 열매 맺지 못하는 꽃으로 비유되듯이 내용 없는 아름다움을 추구하는 측면 때문에 비판의 대상이 된다. 어떻든 시마는 사람들로 하여금 천지의 비밀을 캐내게 만드는데, 그 과정에서 시인이 태어날 때부터 가지고 있는 정신의 근원적인 측면, 진원과 태소를 깎아내는 괴로움을 당하게 된다고 했다. 그렇다면 이규보가 시마에 걸린 시인의 삶이 점점 각박해진다고 한탄했을 때 그 의미를 어느 정도 읽어낼 수 있을 것이다.

그것은 적절한 표현을 찾기 위해 고심하는 작가의 모습에 연결된다. 예나 지금이나 작가들은 자기만의 표현을 찾기에 얼마나 골몰했던가. 표현의 괴로움은 어느 순간 즐거움으로 전화되기도 하지만, 그 고통은 여전히 작가를 괴롭힌다. 최연의 진술에서 우리는 그 고심참담을 짐작한다.

정精은 팔극八極을 달리고 신神은 만인萬仞에 노닌다. 좀먹은 죽간을 엿보면서 위협하여 도적질하고 육예六藝의 꽃다운 윤기를 씹으니, 찾고 파헤쳐서 바다는 말라버릴 듯하고 샅샅이 찾아내니 하늘도 응당 고민하리라. 처음에는 마구 재재거리는 데에서 머뭇거려 마치 가을 벌레가 소리를 뱉는 것 같더니, 끝내는 붓을 휘두르는 데에 떠돌아 다니게 되었으니 하물며 풍우가 급박하게 몰아침에랴! 황黃을 뽑고 백白에 짝하고 마음을 비단 삼아 입으로 수놓는다. 글자를 단련하고 구절을 쪼며, 험함을 다투고 기이함을 다툰다. 일생의 마음을 토해내면서 몇 가닥 머리카락을 손으로 비벼 끊어버린다. 정미精微하면 자연의 기운을 꿰뚫고 동탕動盪하면 벽력을 재촉한다. 누가 그렇게 시키는가, 이 마귀, 너의 책임이다.[70]

육기陸機의 〈문부文賦〉의 영향을 받은 것이 분명한 이 부분은, 창작의 고통이 얼마나 참담한가를 단적으로 드러낸다. 최연 역시 시마의 죄상을 폭로하는 방식으로 글을 쓰고 있는데, 여기서는 사람으로 하여금 창작의 괴로움을 겪지 않을 수 없게 만드는 시마의 죄상을 들고 있다. 더욱이 좋은 작품을 만들기 위해 자신의 마음을 모두 토해내면서 인간의 순수한 진원眞元을 소모하게 하니 시마의 죄상이야말로 어찌 다할 수 있겠는가. 이는 앞서 이규보가 말한 것과 맥을 같이 하는 발언이다. 자신의 마음속을 모두 토해내는 글쓰기는 중국 한나라 때의 문인 양웅揚雄의 일화에서도 잘 보인다. 꿈에 자신의 내장을 모두 토해내는 꿈을 꾸었다는 그의 일화는, 글을 쓰기 위해 온마음을 쏟아붓는 작가의 자세를 웅변하고 있는 것이다.

당연한 말이지만, 좋은 작품의 요건으로 최연은 아름다운 수사와 좋은 내용을 들고 있다. 그것은 공연히 시마에 걸려서 열매 맺지 못하는 꽃이나 피운다는 표현에서 엿보인다. 다분히 비판적인 태도가 스며 있는 듯이 보이는 이 언술은, 그것의 비효용성에도 불구하고 시마에 걸린 사람들이 추구하는 어떤 수사적 즐거움에 연결되어 있다. 이 문제는 언어적 표현이 주는 즐거움으로 연결된다. 수수께끼로서의 언어는 존재에 다가가지 못하고 끊임없이 미끄러지게 마련이고, 그 사이의 틈이 주는 묘한 긴장감은 우리에게 즐거움을 준다. 그 사이를 건너기 위해 언어가 제공하는 수수께끼를 풀어야 하고, 그것을 풀고 실체에 도달하려는 시인의 욕망은 언어에 대한 광적인 탐구에 연결된다. 물론 거기에 도달했다는 풍문만이 무성하게 전할 뿐 어디에도 도달한 동네를 구체적으로 제시하는 사람은 없었다. 시인은 비유와 상징으로 모호한 언술 속에 자신이 도달한 경지를 은밀하게 숨겨버리는 것이다. 그것은 어쩌면 언어의 표현불가능성을 노골적으로 드러냄으로써 자신의 경계境界가 지니는 배타적 우월성 혹은 반어적 경계警戒를 독자들에게 던져주는 것일지도 모른다.

사실 언어는 기본적으로 사물과의 1대 1의 관계를 지향하지만 한 번도 그 목표를 달성한 적이 없다. 언어와 사물의 관계가 '일 : 다多' 일 수밖에 없는 것은 언어의 운명일 가능성이 농후하다. 사물을 인식하는 순간 그것을 명명하기 위한 언어가 탄생하지만, 탄생의 순간이 곧 그 사물에서 멀어지기 시작하는 순간이기도 하다. 그 운명을 너무도 잘 알기에 역대의 수많은 시인들은 그러한 언어의 운명을 역이용하여 교묘한 방식으로 써먹기도 했고, 어떤 시인들은 1 : 1의 관계를 획득해야 한다고 강력히 주장하기도 했다.

어떻든 이러한 언어의 함축적 기능을 되도록이면 지양하고 언어의 정확한 사용을 주장하는 축들이 있었다. 그것은 낭만주의적 창작 태도와 합리주의적 혹은 자연주의적 창작 태도에 대응되는 것으로 볼 수도 있다. 그러나 어느 쪽이든 간에 자유로운 상상력에 바탕을 둔 쪽은 언어가 가지고 있는 풍부한 상징성과 함축성에 주목하였을 것이고, 반면 언어는 반드시 1 : 1의 관계를 가지는 것이 이상적이라는 입장을 보이는 쪽에서는 중세적 이성에 근본한 사유의 전개에 관심을 가졌을 것이다. 그런 점에서 시마는 전자에 가깝지 않았을까.

이렇게 본다면 천지우주의 비밀을 캐내는 가장 중요한 도구는 언어일 터이다. 물론 그 언어는 인간의 사유를 떠나서는 존재할 수 없다는 점을 명심하자. 언어가 곧 사유를 드러내는 거의 유일하면서도 효과적인 방법이라는 것이다. 어떤 극단적인 순간에 도달하면 그 한계가 명백하게 드러나기 때문에 언어의 효용성이 부정되기도 했지만, 그것을 보정하는 순간에도 언어는 우리 곁을 한 번도 떠난 적이 없다. 선사들의 방棒이나 할喝도 언어의 한계를 깨고 새로운 사유의 지평으로 나아가려는 눈물 어린 노력이었음은 물론이다. 그렇지만 방할과 함께 언어는 여전히 맹위를 떨쳤으며, 역설적이게도 기존의 표현이 한계를 보이는 지점에서 그것을 돌파하려는 부단한 노력이 이전과는 전혀 다른, 새롭고 참신한 표현을 찾아내는 결과를 낳기도 했다. 천지의 비밀을 낚는 미끼는 여전히 언어였다.

천지자연을 시의 원천으로 생각할 때, 천지자연 그 자체와 작품을 형성하는 언어 사이에 1 : 1의 대응관계가 성립하는 것은 아니다. 천지자연은 시인에게 단순히 형상만을 보여줄 뿐이다. 시인은 그 속에서 천지의 신비와 비밀을 발견한다. 그 신비와 비밀의 구체적 내용이 무엇인가 하는 질문에 답하기란 불가능한 일인지도 모른다.(그런 점에서 언어란 얼마나 보잘것없는 존재인가!) 그러나 그것을 한 조각만이라도 맛본 사람에게는 새로운 개벽의 의미로 다가올 것이다. 자신이 살아온 이전의 세계와는 전혀 다른 차원의 경험인 새로운 개벽을 시로 표현하기 위해 시인은 새로운 표현과 형식을 개척하려고 애쓴다. 그것이 바로 시인이 언어와 피나는 투쟁을 벌이는 가장 중요한 이유일 것이다. 전혀 새로운 내용을 과거의 틀 속에 가두어버린다는 것은 참으로 끔찍한 일이다. 새로운 내용이나 세계의 경험 없이 형식과 표현을 새롭게 하는 것은 불가능하다. 단순한 용사론자들이 바로 이러한 폐단에 빠진다.

천지자연의 비밀을 발견한 시인에게, 그것을 적절한 언어로 표현하도록 도와주는 가장 강력한 힘이 되는 존재는 바로 시마이다. 어떤 사람에게 그 후원자는 이성일 수도 있지만, 이규보와 같은 시인에게는 시마이다. 시마를 통해서 시인은 가시적인 속세 저편에서 빛나고 있는 천지자연의 비밀에 도달할 수 있으며, 그 세계를 노래하는 행복을 누릴 수 있을 것이다. 비록 그것이 광기 어린 어떤 것이라고 비난을 받는다 하더라도 말이다.

5장 __ 시마, 세계를 보는 새로운 힘

1. 비극적 삶에서 나오는 시

광해군 때 시에 능하다고 일컬어지던 사람으로는 유몽인, 허균, 박정길 등 몇몇뿐이다. 유몽인의 문은 진실로 기이하나, 시詩는 문文만 못하다. 허균의 재주는 진실로 미칠 수 없으나 시의 격조가 그렇게 높지는 못하여, 그 형이나 누님보다 낮다. 그의 〈궁사宮詞〉 100수는 기묘하다 하겠지만, 운율이 본체本體에 다 들어맞지는 않는다. 박정길은 〈애김응하哀金應河〉라는 절구 한 수가 뛰어나지만 이 밖에는 일컬을 만한 것이 별로 없다. 박엽 朴燁 같은 사람은 시인은 아니지만 '노래 소리 낮고 거문고 소리 괴로우니 이별이란 어려워라(歌低琴苦別離難)' 등의 시구는 뛰어나 어떤 사람들은 '시마詩魔를 얻었다'고 말한다. 그러나 온갖 시체詩體가 구비되어 있고, 시를 잘 이해하고 두루 통하기로는 비록 융성한 시대라 해도 허균보다 나은 사람은 없다.

조선 중기 문인인 남용익南龍益의 《호곡시화壺谷詩話》에 나오는 글이다. 남용익은 여기서 딱히 어떤 사람을 찍어서 무엇을 이야기하려 한 것이 아니라 광해군 시대에 시에 능한 사람을 몇 사람 생각나는 대로 들면서 그들에 대한 간단한 평을 한두 마디 덧붙이는 형식으로 가볍게 쓴 글이다. 물론 여기 등장하는 인물들이 모두 비극적인 죽음에 이르렀던 점은 하나의 공통점이라 하겠다. 허균은 광해군 시절에 역적모의를 했다는 혐의를 받고 죽임을 당했으며, 유몽인은 광해군 시절 권신이었던 이이첨李爾瞻과 교유하면서 중북中北의 영수로 이름을 날리다가 인조반정 때 겨우 화를 면하기는 했지만 모반의 혐의를 받고 사형을 당했다. 박정길朴鼎吉은 광해군 조정에서 활발하게 활동을 벌이다가 인조반정 이후 폐모론廢母論을 주장했던 일과 관련하여 사형을 받았고, 박엽(1570~1623, 호는 국당菊堂) 역시 광해군 때 오랫동안 평안도 관찰사를 지내면서 외적의 침입을 철저히 막은 뛰어난 인물이었지만 인조반정 때 사형을 당했다. 남용익이 여기서 주로 다루고자 한 논지는 아마도 시를 쓰는 능력과 문장을 쓰는 능력은 서로 다른 것이어서, 두 가지에 모두 능하기는 어렵다는 점을 말하고자 한 것일 터이다. 아울러 뛰어난 능력에도 불구하고 비극적인 죽음을 맞은 이들의 행적에서 어떤 공통점을 느꼈는지도 모르겠다.

그런데 위 글에 등장하는 박엽은 시마와 관련해 우리의 흥미를 끌만한 인물이다. 우선 남용익은 그가 시인이 아니라는 평을 내렸다. 이것은 박엽이라는 인물이 문장에는 능하지만 그것이 시적 능력으로까지 전화하지는 않았다는 점을 말하고 있다. 그러나 '노래 소리 낮고 거문고 소리 괴로우니 이별이란 어려워라(歌低琴苦別離難)'라는 구절은 그의 시적 능력과는 너무도 동떨어지는 뛰어난 표현이라고 했다. 시구의 내용을 보더라도, 낮게 깔리는 노래 소리와 괴롭게 호소하는 듯한 거문고 소리가 서로 어울려 이별의 어려움을 그대로 표현하고 있다. 이는 이별의 한 순간을 날카롭게 포착하여 감성적으로 표현하고 있는데, 읽는 사람으로 하여금 이별하는 자리의 무거움, 슬픔, 어지러운 감정의 기복 등이 복합적으로 느껴지게 만들고 있다. 문장을 잘 쓰는 논리적이고 이성적인 인물에게서는 쉽게 발현되기 어려운 표현인 것이다. 더욱이 당시 그 사람의 글쓰기 수법이나 경향 등에 대해 잘 알고 있던 사람들에게 이런 식으로 표현된 시구는 박엽의 손에서 나왔다고 믿기 어렵게 만드는 부분이 분명 있었을 것이다. 해명되지 않는 그런 부분을 사람들은 시마의 탓으로 돌린다.

박엽의 문학적 이력 안에서는 상상할 수 없는 뛰어난 시구를 보면서, 사람들은 박엽이 필경 시마를 얻었으리라고 추정한 것이다. '시마를 얻었다'는 표현으로 미루어 보건대, 당시 사람들이 생각했던 시마의 개념은 귀신처럼 외부에 존재하는 신묘한 어떤 것이 아니라 그의 마음속에 있는 영감과 같은 측면을 지칭하는 것으로 보인다. 여기서의 시마는, 앞에서 우리가 살폈던 강신적降神的 존재로서의 개념이 아니라, 시구가 지니고 있는 빛나는 어떤 부분, 즉 뛰어난 표현을 획득한 시구가 독자에게 감동을 주는 정수精髓 그 자체를 의미하고 있는 것이다. 그렇게 본다면 시마는 다양한 논의를 포괄할 수 있는 개념이다.

새로운 내용인가, 문학적 관습인가
— 고려 후기 문학론의 지형도를 중심으로

문학 창작은 일반적으로 두 개의 층위를 동시에 가진다. 문학에 대한 우리의 일반적 인식을 반영하고 있는 두 개의 층위란 이런 것이다. "천부적인 재능이 있고 후천적인 노력까지 수반된다면 최고의 작가가 될 수 있다."

두 층위는 옛날부터 지금까지 문학 창작의 중요한 내용을 구성해 왔다. 그러나 이 두 층위는 양날 면도날처럼 날카롭게 양분되는 것은 아니다. 누구나 두 가지 층위를 구비해야 한다고 말한다. 이 둘은 현실 속에서는 이상적으로 조화되기 힘든 개념임에도 불구하고 이론적으로는 언제나 붙어다닌다. 이규보의 경우를 예로 들어보자.

이규보에게서도 문학 창작이란 천부적으로 습득하는 인간 내부의 어떤 요소와, 오랜 문학적 전통 속에서 형성되어 온 문학적 규율을 배워서 사용해야 한다는 두 측면이 다 엿보인다. 이규보는 한국 고전 문학비평사에서는 흔히 신의론新意論을 주장한 장본인으로 알려져 있다. 이인로의 용사론用事論과 일정하게 비교되면서 이규보의 신의론은 특별한 주목을 받은 바 있다. 그러나 이규보가 용사를 소홀히 했던 것은 아니다. 우선 그의 작품을 살펴보기만 해도 그가 얼마나 용사에 능했는가를 쉽게 간취해 낼 수 있다. 이미 여러 논의가 있었던 것처럼, 신의와 용사는 그 자체로 배타성을 지닌 상대항으로 설정되기 어려운 개념들이다. 이들은 오히려 상보적인 관계를 형성할 때 서로의 의미가 극대화된다.

어떻든 이규보에게 있어서 용사用事란 배척의 대상이 아니었다. 중요한 것은 옛 사람의 시문의 한 부분을 본따서 자신의 글처럼 교묘하게 사용하는 기교가 아니라, 그것을 통해서 충분히 과거의 문학적 전통과 규칙을 잘 익혔는가, 그리고 나아가서 옛 사람들이 미처 이야기하지 못한 부분을 발명해 냈는가 하는 점에 집중되어 있다. 사실 이규보처럼 문인들의 기氣가 가지는 천부성을 중시하는 사람에게 있어서 용사의 문제는 오히려 중시될 수 있는 측면도 있다. 그럼에도 어차피 문인의 우열은 기氣의 천부성에 근거하여 결정되는 측면이 있기 때문에 위대한 문인으로 나아가는 중요한 지점에는 인간의 후천적인 노력으로는 도저히 건널 수 없는 강이 배치되어 있다.

그러나 그러한 천부성에 절망하기만 한다면 얼마나 허망한 것인가. 인간의 후천적 노력은 바로 그 지점에 위치한다. 선천적인 능력이 다른 사람에 비해 떨어진다고 생각하는 사람은 뛰어난 표현력을 인위적으로 획득하거나, 좋은 소재를 개발해서 작품화하거나, 작품의 구성을 절묘하게 하는 등, 주로 기술적인 측면에 국한된 노력을 하게 마련이다. 이규보가 용사를 논의하는 것 역시 이 같은 맥락에서이다.

이규보가 활동하던 당시 고려 문단은 과거 시험을 중심으로 짜여져 있었다. 조선이 끝나는 시기까지도 마찬가지였지만, 조선 중기 이후에는 그래도 과거 시험과는 무관하게 문학적 개성을 확립해 나갔던 사람들이 상당히 있었던 점을 상기한다면, 고려 후기는 과거 시험과 무관하게 자신의 문학적 활동을 해나갔던 사람이 비교적 적었던 시기였다. 그 당시 유행하던 문풍은 소동파 풍이었다. 송나라 문호 소동파의 시문을 흉내내서 글을 쓰는 풍조가 얼마나 유행했는지, 과거 시험 합격자 33명이 발표되면 '올해에도 서른세 명의 소동파가 나왔군' 하면서 웃을 정도였다.

이규보 역시 그러한 풍조에 관심을 보인 적이 있다. 소동파에 대한 모방 문제를 논의하거나 많은 중국 시인들의 작품을 학습하는 것을 언급하는 이규보의 생각의 이면에는 선천적인 요소가 바탕에 깔려 있다. 그의 논의는 기본적으로 기氣의 천부성(혹은 영감의 천부성)을 전제로 하고 있기는 하지만, 그것이 워낙 천부적으로 우열優劣이 정해져 있는 문제이므로 논외로 한 상태에서 후천적인 학습을 말하는 것으로 보인다.

중세 지식인들의 글쓰기에서 이전의 뛰어난 시문을 학습하는 것은 글쓰기의 방식을 학습하는 목적도 목적이지만 어떤 글쓰기가 어떤 상황을 미리 전제하고 있다는 점을 배움으로써 자기 시대의 문화가 가지고 있는 기대지평을 충실히 배우는 것에 그 의의가 있었다. 용사는 단순히 남의 글 베끼기 차원의 문제가 결코 아니었다. 그들은 시문을 읽으면서 옛날부터 내려오는 관습적인 표현을 익힘으로써, 그 표현이 무엇을 의미하는 것인지를 쉽게 알 수 있어야만 했다. 용사用事는 그런 점에서 대단히 중요한 방식의 글쓰기이다. 그런데 이전의 글쓰기 관습을 익히는 것은 오랜 시간과 많은 노력을 투자해야 가능한 일이고, 시간과 노력을 들인다고 해도 성공적인 글쓰기에 도달한다는 보장도 없었다. 나아가서 용사에 의한 글쓰기는 후학들로 하여금 엄청난 양의 독서와 그에 따르는 구속을 안겨주었다. 어렸을 때부터 옛 사람들의 시문을 충실히 익혀서 교묘하게 자기 글 속에 사용하는 것은 칭찬의 대상이 되기 일쑤였고, 그 목표는 때때로 과거 시험 합격에 맞추어져 있었다. 그런 상황에서 관습적인 글쓰기를 익히는 것은 자신의 젊은 날을 모두 투자해야 하는 엄청난 프로젝트였던 것이다. 그러니 재능이 부족한 사람들은 사람들에게 알려지지 않은 구절을 빌어서 자신의 글인 양 써먹었고, 그것을 위해서 궁벽한 시문집 뒤지기를 마다하지 않았다. 그 스트레스를 우리가 어찌 짐작이나 하겠는가마는, 과거 합격이라는 가문의 요구에 젊은 학인들은 수단과 방법을 가리지 않고 좋은 글귀를 자신의 것으로 만들려는 노력을 했던 것이다.

아무리 용사의 문제점을 상정한다고 해도 실제 글쓰기 과정에서 그러한 위험성이 자신의 글쓰기를 제약하는 경우보다는, 그 위험성을 감수하는 한이 있더라도 좋은 글귀를 자신의 글 속에 잡아들이려는 경우가 훨씬 많았으리라는 점은 충분히 이해가 간다. 물론 그러한 것은 어떤 글에 대한 지적 소유권의 관념이 지금 우리 시대와는 상당한 차이가 있고, 일단 발표된 글에 대해서는 단장취의(斷章取義: 남이 쓴 문장의 일부를 끊어서 작자의 본뜻이나 전체적인 뜻을 생각하지 않고 제멋대로 사용하는 것)가 그리 흠이 되지 않는 것이 당시의 관행이었기 때문에 가능한 일이기도 했을 것이다. 위대한 문인 주변에는 언제나 그를 바라보면서 서성거리는 에피고넨들이 분포되어 있다. 그들은 위대한 인물을 흉내냄으로써 정신적 위안을 맛보았을 것이다. 글쓰기에 있어서 이러한 서성거림은 한 시대의 문풍을 유행시키는 힘이었을 것이다. 지금도 좋은 작품이 나오면 그것을 흉내내서 얼마나 많은 아류작이 탄생하는가. 문제는 그러한 글쓰기의 모범이 독재적으로 군림하게 되는 상황이다. 그렇게 되는 순간 사람들의 글쓰기는 일종의 억눌림 상태를 경험하게 되고, 모범으로 인정된 글쓰기에서 벗어나는 글쓰기는 비난을 받게 된다. 글을 쓰는 사람들이 자연스럽게 자기 검열을 작동시키면서 스스로의 창조적 사유를 제한하게 되는 것이다.

이규보가 글쓰기에 있어서 관습적인 차원을 넘어서 전혀 새로운 내용을 다루는 것을 중시하는 것은 바로 이 같은 맥락을 전제로 한다. 그는 창조적 사유를 제한하는 시대의 모범적 글쓰기에 대해 시비를 걸고 있었던 것이다. 그의 시비 걸기는 참으로 교묘해서, 그의 〈구시마문〉에서의 면모를 다시 보는 듯할 정도다. 한 대목을 들어보면 다음과 같다.

대저 책이 점차 증가함은 대개 후학들에게 도움이 있고자 한 것인데 만일 모두 서로 답습한다면 이는 내용이 중복되는 책[畓本]이니, 다만 종이와 먹을 허비하는 짓일 뿐입니다. 그대가 신의新意를 귀하게 여기는 까닭은 대개 이것입니다. 그러나 옛날의 시인은 비록 뜻을 만든 것이 특별히 새롭더라도 그 말이 원숙하지 않은 것이 없었으니, 대개 경전, 역사, 백가 등 옛 성현들의 학설을 힘써 읽어 일찍이 마음에 깊이 단련薰鍊하고 입에 익숙하게 익히지 않은 것이 없어서, 시를 짓고 읊을 때가 되면 이해하고 헤아려서, 왼쪽의 것을 뽑고 오른쪽의 것을 취하여 서로 쓸거리로 삼았습니다. 그러므로 시와 문은 비록 다르지만 글을 엮고 글자를 부리는 것은 한 가지이니, 말이 어찌 원숙함에 이르지 않겠습니까? 저는 이와 달라서, 이미 옛 성현의 학설에 익숙하지도 않고 또한 옛 시인의 체격을 모방하는 것을 부끄럽게 여기니, 만약 부득이하게 갑자기 시를 짓고 읊어야 할 때를 당하면, 바싹 말라버려 쓸거리가 없어 반드시 새로운 말을 만들어낼 뿐입니다. 그러므로 말이 생삽한 것이 많아 가소롭습니다. 옛날의 시인은 뜻을 만들어도 말은 만들지 않았는데, 저는 말과 뜻을 모두 만들어도 부끄러운 줄을 모릅니다. 이때문에 세상의 시인들은 눈을 흘기며 배척하는 자가 많은데 어찌 그대만이 홀로 이처럼 부지런히 지나치게 칭찬하십니까?[71]

신의新意에 대한 이규보의 생각은 명료하다. 옛 성현들의 책을 열심히 읽어 자기의 것으로 익힌 후 글을 쓸 때 거기에 걸맞게 인용을 했으므로 표현되는 언어는 원숙하고 거기에 담기는 내용 역시 새로웠다는 것이다. 이것은 이규보가 생각하는 신의론의 이상적인 모습이다. 여기서도 역시 용사에 대한 부정적인 함의는 보이지 않는다. 오히려 용사의 단계를 거치면서 많은 공부가 이루어진 후에야 비로소 원숙한 표현을 갖춘 신의로 나아갈 수 있다는 점을 거론하고 있다.

그러면서 이규보는 자신의 글쓰기에 대한 다른 사람의 칭찬을 대단히 겸손한 어조로 거절한다. 자신의 글쓰기에 보이는 신의는 옛 사람들의 신의와는 달라서, 옛 사람들은 공부가 충분히 익은 뒤에 나오는 것이지만 자신의 글쓰기는 공부가 부족한 상태에서 어쩔 수 없이 글을 쓰려다 보니 대단히 거친 표현 속에 드러나는 신의라는 것이다. 그러므로 남들이 자신의 글을 읽고 새로운 내용을 담았노라고 칭찬을 하지만 사실은 아는 것이 없어서 옛 사람들이 했던 논의를 자신은 할 수가 없고, 이 때문에 결국 자기 마음대로 글을 쓰다 보니 남들의 눈에는 새로운 내용으로 보이는 것일 뿐이라고 말한다. 물론 이것은 겸손한 표현이다. 그러나 그렇게 말하는 이규보의 진술 저편에 당대 사람들의 글쓰기에 대한 통렬한 비판이 담겨져 있음은 물론이다. 무조건 옛날의 뛰어난 문인들의 시문 답습을 능사로 삼고 있는 당대 문인들의 글쓰기란 전혀 창조적이지도 않고 내공을 전혀 쌓지도 않은 상태에서 나오는 천박하고 거친 것이라는 점을 우회적으로 나타낸 것으로 보인다. 자신의 처지를 말한다고 하면서 사실은 동시대의 다른 문인들을 향해 창끝을 겨누고 있는 것이다.

문기론文氣論과 문학적 영감

그렇다면 시마는 어디에 붙어서 활동하는 것인가. 지금까지 논의했던 용사론을 염두에 두자면 여기에는 시마가 붙어서 활동하기 어려운 점이 보이지 않을까 생각할 것이다. 오히려 용사론 맞은편에 위치해 있는 문기론文氣論 쪽에 훨씬 강하게 붙어 있는 것은 아닐까? 이규보의 말대로 기가 일종의 천부적인 요소라면, 그것에 의거한 글쓰기는 자연히 학습에 의한 글쓰기라기보다는 직관적인 요소가 강한 영감에 의한 글쓰기가 아닐까 싶다. 어찌 보면 이규보의 기론氣論은 우리나라 중세 지식인들만의 독특한 영감론으로 보이기도 한다.

꼼꼼히 살펴보면 영감론과 천부론의 세부적인 함의는 다르지만, 이들이 아직은 혼효된 상태로 나타나고 있다. 르네상스 시대의 문학론자들처럼, '시는 신이 주신 거룩한 영감의 소산'이라는 입장을 참고한다면 이규보의 생각은 시란 하늘[天]로부터 부여받은 영감의 소산이다. 앞서도 지적한 바 있듯이 중국 문화사에서 두 개의 도깨비를 꼽을 때 '기'가 꼽히는 것에서 알 수 있듯이, 그 정체는 정말 모호해서 정확한 개념을 잡기 힘들다. 이규보에게서 나타나는 기의 개념이 글쓰기와 관련될 때 주로 그것의 천부성에 연관되어 나타나는 것이라면(그의 유명한 발언, '기는 하늘에 근본하는 것[氣本乎天]') 기의 함의는 영감이나 직관에 가까이 다가가 있는 것으로 보인다.

그러나 '기'의 함의는 너무도 다양해서 그것을 정의한다는 것은 애초에 불가능한 일이다. 다만 그것이 시문에 관련되어 사용되지 않고 작가 개인의 인간 본질 문제와 관련될 때 우리는 그것의 개념을 영감의 측면에 근접시킬 실마리를 발견할 수 있다. 더욱이 그것이 '하늘에 근본하는 것[氣本乎天]'이라는 생각을 하는 이규보의 경우 특히 그렇다. 서정적 자아가 세계와 접촉하는 순간에 발생하는 일종의 개성을 그렇게 지칭한 것일 수도 있다. 그렇다면 그것은 개인이 태어나 살아오면서 내부에 만들었던 수많은 삶의 곡절과 그것이 만들어낸 결[理]을 지칭하는 것이기도 하다. 개인이 만들어내는 수많은 차이, 그들이 가지고 있는 개성을 말한다. 그러나 그것의 이면에는 하늘로부터 부여받은 천성天性이 거대하게 자리하고 있으며, 이들이 발현하는 순간적인 깨달음과도 같은 것, 그것을 우리는 영감이라고 부를 수 있다. 그럴 때 기의 개념은 영감의 차원으로 근접한다. '문체는 곧 인간'이라는 식의 이야기가 근대 이후에도 꾸준히 이어져왔지만, 사실 이 이야기는 고대부터 있었다. 비근한 예로 《맹자》에도 '그 시를 읽고도 그 사람을 모른다면 되겠느냐'라는 구절이 나온다. 이것은 작가 개인의 '기'가 글 속의 '기'와 정확히 대응한다는 것을 전제하고 있다. 기의 상태에 따라 글이 전혀 다른 모습으로 나타나, 그 기의 천부성은 작품에 고스란히 나타난다는 것이다.

그러나 천부성에 모든 시각을 집중해 작품 창작을 논의할 경우 큰 문제가 발생한다. 작가는 아예 태어날 때부터 정해진다는 생각을 넘어설 방법이 없기 때문이다. 더욱이 영감의 경우 그것을 그대로 놓아두면 제어하기가 어려워진다. 그것은 상상력이나 직관과 어울려서 기상천외한 표현과 내용들을 마구 만들어낼 터인데, 무슨 힘으로 그들을 제어하겠는가. 그렇게 볼 때 자유로운 영감을 제어하기 위한 좋은 도구가 바로 용사와 같은 문학창작론 아니었을까. 과거의 빛나는 전통을 강조하면서 그것에 눈높이를 맞추라는 권유는 사회적 영향력을 확대하면서 하나의 구속이 되었던 것이다.

원론적으로 말하자면 글을 배우는 것은 그 자체가 이미 과거의 전통이 만들어놓은 기준에 자신을 맞추는 일이다. 나아가 우리가 학습하는 글과 생각의 상당 부분은 과거로부터 내려오는 사회적 규준이다. 정말 그 사회가 뛰어난 교육 환경과 질을 유지한다면 당연히 그러한 전통으로부터 탈출할 수 있는, 새로운 인간형을 만들어낼 수 있어야 한다. 과거에 얽매여서 답보된 상태를 벗어나지 못한다면 변화를 전혀 모르는 이상한 사회, 이상한 인간이 되어버리고 말 것이다. 한문 습득의 어려움을 해소하기 위해 과거의 시문을 익히는 일은 필요한 일이다. 또한 고전을 익힘으로써, 인류가 남긴 위대한 유산이 어떻게 오늘날 우리의 삶의 질을 확보하는가에 관심을 갖도록 하는 점도 인정할 만하다.

그러나 그것이 기존 형식의 습득에서 그친다면 표절이거나 모방에 불과할 것이고, 이규보 자신이 경멸해 마지않았던 구불의체九不宜體에 떨어질 것이 뻔하다. 이규보는 자신의 글에서 이렇게 말한 바 있다.

내가 깊이 생각하여 스스로 얻은 것인데, 시에는 아홉 가지 마땅하지 않은 체격이 있다. 한 편 안에 옛 사람의 이름을 많이 사용한 것은 바로 '수레 가득 귀신을 실은 체격(載鬼盈車體)'이다. 옛 사람의 뜻을 훔치는 데 있어서 훌륭하게 도둑질하는 것도 불가한데 도둑질마저 훌륭하지 못한 것이 바로 '서툰 도둑이 쉽게 잡히는 체격(拙盜易擒體)'이다. 강운强韻을 압운하되 근거가 없는 것은 '강한 활을 당겨놓고 이기지 못하는 체격(挽弩不勝體)'이다. 자신의 재주를 살피지 않고 지나치게 압운한 것은 '술을 양에 넘치게 마시는 체격(飮酒過量體)'이다. 험한 글자를 즐겨 사용하여 사람들을 쉽게 미혹하는 것은 바로 '구덩이를 파놓고 맹인을 인도하는 체격(設坑導盲體)'이다. 말이 순조롭지 못한데 애써 그것을 인용하는 것은 바로 '다른 사람을 억지로 자기를 따르도록 하는 체격(强人從己體)'이다. 상스러운 말을 많이 사용하는 것은 '촌놈들이 모여서 이야기하는 체격(村父會談體)'이고, 피해야 하는 말을 즐겨 쓰는 것은 '존귀한 것을 능멸하여 범하는 체격(凌犯尊貴體)'이며, 말이 거친데도 다듬지 않는 것은 '이아지풀과 가라지풀이 밭에 가득한 체격(稂莠滿田體)'이다. 이들 마땅하지 않은 체격을 면한 연후에야 함께 시를 말할 수 있다.[72]

이규보가 시를 쓸 때 정말 우리가 피해야 할 아홉 가지 것들을 선정한 것이다. 각각의 항목에 이름을 붙인 것도 재기가 넘치지만, 시를 쓰는 사람들 입장에서는 가슴 뜨끔할 발언들이다. 이들 항목은 지금까지도 경계 삼아도 될 만큼 날카로운 말들인데, 역으로 이 내용을 통해서 당시 문단의 분위기를 짐작해 볼 수 있다. 이렇게 다른 사람들의 글을 마구 끌어다 쓰거나 특별할 것도 없는 내용을 늘어놓고 거드름을 피우거나, 궁벽한 곳에서 글을 가져다 써놓고 자신의 지식을 자랑하는 등의 태도는 이규보의 붓끝에서 가차없이 비판된다. 이런 상황이 비록 글을 처음 배우는 사람에게는 불가피하게 나타나는 것이라 해도, 이들을 한 단계 뛰어 넘어서 새로운 뜻, 즉 신의新意를 창조해야 한다는 것이 이규보의 주장이었다. 바로 여기서 그의 문학론의 구도가 형성되었다고 볼 수 있는 것이다.

사실 시마는 작가의 의도에 따라 숨기거나 드러낼 수 있는 것이 아니다. 시마는 딱히 시인이 아니더라도 누구나 가지고 있는 하나의 기氣일 뿐일 수도 있다. 그렇지만 누구나 가지고 있는 근원적인 생명력으로서의 기가 시마라는 이름으로 불리기 위해서는 여러 가지 조건이 필요하다. 예컨대 세계의 근원 찾기의 집요함이라든지, 표현에 대한 열정적이면서도 쉼 없는 모험이라든지, 사유의 심폭深幅을 넓히는 각고의 노력이라든지 하는 것이 그 기氣에 동반되어야 한다.

시마의 절친한 벗들— 주마, 병마, 궁귀, 수마, 색마

시마의 가장 친한 벗은 당연히 주마酒魔다. 술 귀신은 벌써 말만 들어도 감이 잡힌다. 우리 주위에는 술 귀신에 씌어서 패가망신해 사회 부적응자가 된 사람들이 많이 있다. 물론 술이란 놈이 무작정 비난받는 것에 대해 불만을 터뜨리는 사람이 있을지도 모른다. 술 한 잔을 매일 마심으로써 심장병을 예방한다는 풍문이 들리기도 하고, 술 한 잔을 마시고 뛰어난 예술적 영감을 일으킨다는 사람도 있기 때문이다. 서로 다른 두 얼굴을 한 존재 술에 대해 사람들은 애증이 교차하는 미묘한 느낌을 가진다. 좋다고 마냥 예찬할 수도 없고, 나쁘다고 무조건 폄하하기도 어렵다.

愛酒今成癖	술 사랑하는 것 이젠 버릇·되었고
耽詩亦有魔	시 탐하는 것 또한 귀신 들었다.
淸風元不黨	맑은 바람 원래 패거리 짓지 않고
明月本無阿[73]	밝은 달 본시 아부하지 않는 법.

조선 중기의 유명한 문인 임억령은 시 속에서 시와 술을 대구로 사용했다. 맑은 바람과 밝은 달이 원래 누구를 위해 특별히 봉사하는 일이 없듯, 천지자연은 누구나 즐길 수 있다. 이는 일찍이 소동파가 〈적벽부赤壁賦〉에서 갈파한 바다. 세상에는 아무리 작은 물건이라도 주인이 있는 법이어서 함부로 가져서는 안 되지만 청풍명월淸風明月만은 주인이 없는 것이므로 누가 써도 관계 없다는 것이다. 이 글을 바탕에 깔고 전구轉句와 결구結句가 짜여졌다. 어떻든 임억령의 생각 속에서 시와 술과 아름다운 자연 환경은 서로 잘 어울리는 짝패였다.

病餘握粟問何如	병 끝에 좁쌀 쥐고 앞날 일을 점쳐보니
崇在詩魔與酒魔	시 귀신과 술 귀신을 떠받들라네.
怪底送魔魔不去	괴이해라, 귀신 보내려 해도 가질 않으니
年前結習未消魔[74]	연전에 버릇 되어 귀신을 못 없애네.

서거정의 글이다. 여기서는 주마 외에도 시마의 친구가 하나 더 등

장한다. 바로 병마病魔이다. 이 작품의 제목이 〈이병移病〉이다. '이병'
이란 병을 핑계로 하여 사직辭職하는 것을 말한다. 첫 구절로 봐서는
서거정의 병이 이제 거의 나아가는 상황이다. 병을 핑계로 사직한 몸
이니, 병이 나은 후 어떻게 살아가는 것이 좋은가 궁금할 만하다. 그
래서 그는 곡식을 쥐고 점을 쳐보는 것이다. 그랬더니 시마와 주마를
섬기면서 살아가라는 점괘가 나왔다. 그의 이 발언은 시와 술로 세월
을 보내겠노라는 의미이다. 벼슬에서 물러나와 한가롭게 지내면서
역시 서거정의 가장 좋은 벗은 술과 시였다. 이 둘은 여기서도 붙어
다니고 있다.

이와 비슷한 소재로 서거정이 지은 작품이 또 있다.

百年嗟療倒	인생 백 년 늘그막에 할 일이 없어
萬事總無心	만사에 모두 무심하다.
人訝詩顚甚	사람들은 시전이 심해졌노라고 의심하고
妻愁酒癖深	아내는 주벽이 깊어졌다고 근심한다.
藥方閑始抄	약방문을 한가로이 이제야 뽑아보고
琴譜病難尋	거문고 악보 병 때문에 찾기가 어려워라.
一室淸於水	한 칸 방이 물보다 맑아
挑燈坐擁衾 [75]	등불 돋우고 앉아서 이불을 둘러쓴다.

이 작품의 제목 〈요도療倒〉는 늙어서 아무 일도 할 수 없게 된 상황
을 의미한다. 이 시 역시 앞서 인용한 그의 시와 비슷한 이미지를 가
지고 있다. 앞의 것은 병 때문에 사직한 것이고, 여기 이 작품은 다만
늘그막의 감흥을 표현한 것이다. 여기서 시마에 해당하는 단어로 '詩
顚(시전)'이라는 단어를 사용한다. '시전'이란 시 때문에 일상 생활에

적응하지 못하고 미쳐버린 상태를 말한다. 인생의 황혼기에도 여전히 시 짓는 행위에 몰두하는 것은 바로 시마 때문이다.

이 시에는 시마와 주마 외에 약방문을 짓는 것과 거문고 악보가 등장한다. 약방문이야 당연히 시적 자아가 병에 걸렸음을 의미하는 것이겠고, 琴譜(금보)는 음악을 좋아하는 사람임을 드러내는 표현이다. 이규보도 자기 자신을 '삼혹호선생三酷好先生'이라고 자처한 바 있다. 세 가지를 너무도 좋아하는 사람이라는 뜻이다. 그 세 가지란 술과 시와 거문고이다. 그러면 위의 작품의 분위기를 충분히 이해할 수 있을 것이다.

이 외에도 시마의 친한 친구로 가난 귀신[窮鬼]이 있다. 가난 귀신에 대해서는 뒤에 자세히 다룰 것이기 때문에 여기서는 김시습의 시 하나만 살펴보자.

役役不知返	고생스럽게 떠돌다 돌아갈 줄 모르고
行行來此邦	가다가다 이 동네까지 왔다.
路長人去遠	길은 길어 사람은 아득히 떠나가고
雲淨鶴飛雙	구름 깨끗하니 학 쌍쌍이 난다.
窮鬼難能伏	가난 귀신은 굴복시키기 어렵고
詩魔或自降	시의 마귀는 간혹 스스로 항복한다
可斟千日酒	천일주千日酒 가득히 부어 내어서
寫得七哀腔[76]	일곱 가지 슬픈 마음을 써내 볼까나.

김시습 역시 시마가 씌인 대표적인 인물이다. 그는 불우한 일생을 보냈다. 널리 알려진 것처럼, 세조의 왕위찬탈 사건 이후 그의 인생은 고난과 실의의 연속이었고, 그래서 그가 마음을 부칠 만한 것은

오로지 시와 술이었다. 그는 일생의 상당 기간을 방랑으로 보냈으며, 방랑 중에 많은 시를 지었다. 언젠가는 산골짜기에 들어가서 혼자 술을 마시고 울다가 웃다가 시를 지어 나뭇잎에 써서는 물에 띄우기를 반복했다는 기록도 있다. 얼마나 외롭고 괴로웠으면 이런 짓을 했겠는가. 그에게 시는 살아가는 힘의 중요한 원천이었을 것이다.

위의 시에서도 일에 골몰하여 마음을 소비하는 김시습의 모습이 그대로 드러나 있다. 그는 시마의 대구로 궁귀窮鬼를 꼽았다. 다음 구절에서는 천일주(天日酒: 천 일 동안 마시는 술)를 마시고 마음속의 슬픔을 온통 뽑아내서 글로 쓰는 것을 형상화하였다. 가난 귀신은 도저히 굴복시킬 수 없지만 시마는 간혹 스스로 항복한다고 말하고 있지만, 그 다음 구절을 보면 정말 시마가 항복하는 경우가 있었는지 의심스럽다. 대구를 맞추기 위한 수사적 표현이라고 보아도 무방할 것이다. 술과 시에 빠져서 사는 사람에게 가난함이란 벗어나기 힘든 상황이었을 것이다. 더욱이 부유한 사람에게 시마는 결코 들지 않는 법, 흔히 하는 말로 표현하자면 '등 따습고 배 부른 사람은 글을 쓰지 못한다'고 하겠다.

잠 귀신[睡魔]도 시마의 친한 친구이다. 잠은 시와 함께 어울린다기보다는 시를 쓰는 계기를 마련해 주는 역할을 한다. 그러니 이들 둘이 함께 만나서 어울리는 일은 없다. 앞서 이미 인용한 작품이긴 하지만, 최숙정의 다음 시가 그 예로 들 만한 작품이다.

春草池塘夢忽圓   봄풀 돋는 연못 가에 꿈 홀연히 원만한데
覺來詩思暗相牽   잠 깨자 시 생각 몰래 서로 끌어당긴다.
今年更甚前年懶   올해 들어 예년보다 더욱 게을러져
飄盡階花欠一聯[77]   계단 옆 꽃 다 지도록 시 한 구 못 지었네.

이제 막 잠에서 깨어나 바라보는 주변 경물을 소재로 하여 지은 작품이다. 봄날의 나른한 기분과 잠에서 막 깨어났을 때의 몽롱함이 작품의 분위기를 한층 고조시킨다. 잠을 즐기는 사람들은 쉽게 이해하겠지만, 낮잠에서 막 깨어났을 때 바라보는 경물은 일상 속에서의 그것과는 다른 느낌으로 다가온다. 그것은 감각이 세심한 상태를 유지하고 있기 때문일 것이다. 최숙정 역시 그 순간 포착되는 감흥을 한 편의 시로 읊은 것이다.

특별히 기록은 없지만 시마의 친구를 하나 더 꼽으라면 색마色魔를 들 수 있다. 사실 색마는 시마와 그리 살갑게 가까운 사이는 아니다. 이따금씩 만나서 그저 안부나 묻고 '술'이나 한 잔 하는 사이라고나 할까. 옛 사람들의 경우 색마와 만나는 것을 극도로 꺼려서 공식적인 기록에 등장하는 경우는 드물다. 시마를 삐딱하게 바라보는 도덕주의자들은 색마와 어울리는 시마를 최악의 짝패로 본다. 시문이란 단지 도道를 전달하기 위한 도구일 뿐이므로, 거기에 지나치게 경도되어 정신을 차리지 못하게 하는 시마에 대해 부드러운 눈길을 절대 보내지 않는다. 더욱이 색마와 함께하는 시마라니!

사실 여기서의 색마는 우리가 흔히 연상하는 섹슈얼한 이미지보다는 그 농도가 연하다. 요즘은 색마라는 단어를 다채로운 이성異性 편력을 전제로 하고 사용한다. 더욱이 그 이성 편력은 비열하고 음험하며 때로는 인간 이하의 부도덕한 느낌으로 다가오기까지 한다. 그러나 근대 이전의 색마란 섹슈얼한 측면에서의 여성 편력만을 지칭하는 것이 아니라, 여성들과의 풍류스러운 교류78)를 포함하는 말이었기 때문에, 시마 친구로서의 색마는 새로운 창작 환경 및 감상 환경을 만드는 데 중요한 역할을 했다.

시마의 벗들의 의미

시마의 여러 벗들, 주마(술), 병마(질병), 음악, 궁귀(가난), 수마(잠), 색마(이성과의 교유)등은 어떤 역할을 하는 것이었을까. 어떤 성질 때문에 시마와 모두 친구가 될 수 있었던 것일까?

먼저 술을 예로 들어 이야기를 풀어보자. 시마는 항상 주마酒魔를 동반한다. 여기서 술의 기능은 무엇인가. 단순하게 말하면 그것은 환각이다. 술은 환각을 일으키고, 인간의 상상력을 극대화한다. 많은 사람들이 환각을 통해 새로운 세계를 발견하였으며, 그렇게 발견된 신세계는 종종 예술 작품으로 표현되었다. 술은 사회의 속박을 과감히 풀어버리고 자유와 상상 속으로 자신을 내맡기기 때문에 세상의 법칙과는 어긋나기 쉽다. 그런 점에서 예술가가 최고의 목표로 생각하는 것, 우리의 삶을 속박하면서 나도 모르게 나를 질서화시키는 힘을 거부하는, 전혀 새롭고 자유로운 세계를 만들어내고자 하는 목표에 접근하는 힘을 제공한다.

그렇다고 해서 술의 긍정적 측면만을 부각시켜 모든 사람들에게 술을 권하자는 것은 아니다. 다만 술이 가지고 있는 환각 기능을 주목할 필요가 있다. 술이 우리 몸 속에 들어올 때 느끼는 신경의 마비, 사물과 사물의 경계선의 희미함, 섬세한 감각과 특유의 직관력 획득 등은 어떤 사람들에게는 부정적으로 작용하겠지만 예술가에게는 대체로 긍정적으로 수용된다. 많은 작가가 주마와 벗하는 이유가 바로 여기에 있다. 물론 이것이 가지는 한계 혹은 문제 또한 어느 정도는 명확해 보인다. 가장 문제가 되는 것은 술에 의존해서 예술적 감흥의 미세함을 얻으려고 하는 점이다. 시간이 가면 갈수록 술의 강도는 높아져야 이전의 섬세함에 도달할 수 있게 되고, 급기야는 예술가가 아닌 단순한 병자의 수준으로 전락하기 때문이다. 그럼에도 불구하고 주마가 제공하는 예술적 감흥은 수많은 예술가를 유혹하기에 충분하다. 예술가가 항상 새롭고 아름다운 세계를 창조하기 위해 분투하는 존재라면(물론 아름다움이란 객관적으로 존재하는 것이 아니라 주관적 인식의 한 형태라는 전제가 있어야 이 말이 가능하다. 즉 아름다움은 '발견'하는 것이 아니라 '느끼는 것'이라는 말이다!) 예술가는 신세계의 창조를 위해 의도적으로 혹은 때때로 환각제를 사용할 수도 있으며, 여기서 자연히 술을 단골메뉴에 넣을 수밖에 없다.

이런 점에서는 질병도 마찬가지 역할을 한다. 의도적으로 질병에 걸리는 사람은 없다. 그렇지만 질병이 가져오는 뜻밖의 휴식, 약의 복용이 주는 정신적 혹은 육체적 환각(감기약을 먹었을 때의 몽롱하고 나른함을 생각해 보라!), 신열身熱로 인한 묘한 느낌 등은 사람들에게 색다른 환각과 상상을 제공한다. 이규보가 이미 진술한 것처럼, 병에 걸렸을 때 오히려 평상시보다 시 창작이 더욱 활발해졌다는 것은 바로 이런 점에서 시사하는 바가 크다.

좀 과장되게 말하면, 도가道家의 상상력이 연단술(煉丹術: 여러 가지 물질을 혼합하여 일정한 방식으로 달여서 불사약이나 신비한 약을 얻는 방법) 내지는 복약服藥 전통의 경험에서 비롯되는 환각의 경험과 일정한 관련을 가진다고 생각할 수도 있다. 노장사상과는 별도로 도가 혹은 도교의 한 분파인 신선사상神仙思想에서 중시하는 연단술은 인간의 현세적 욕망을 극대화하는 방향으로 나타난다. 영원히 살고 싶은 인간의 욕망은 불사약不死藥에 대한 환상을 만든다(이런 점에서 중세 서양의 그노시스트라든지, 연금술사 등도 시사하는 바가 있다). 불사약을 만드는 연단술뿐만 아니라 여러 가지 화학적 재료를 통해서 생산할 수 있다고 믿었던 수많은 약들은 모두 인간의 욕망을 현실 속에서 실현할 수 있다는 다양한 상상력에 기대고 있다.

앞서 언급한 시마의 친구들은 궁귀窮鬼를 제외하고는 대체로 이러한 환각 혹은 몰입의 측면에 연결되어 있다는 점을 기억해 두자. 결국 시마는 우리의 일상에 작용하는 상식적 차원의 사유 구조를 비집고 들어가 그들을 끊임없이 균열시키고 새로운 사유를 터져나오게 하는 존재라 할 수 있다. 우리는 우리 자신이 항상 자유로운 정신을 구가하고 있음을 믿어 의심치 않는다. 그러나 곰곰이 따져보면 정말 우리를 구속하는 수많은 것들이 포진해 있음을 쉽게 발견한다. 밥을 먹거나 화장실에 앉아 볼 일을 보거나, 혹은 텔레비전을 보거나 부부 싸움을 할 때조차도 우리는 무의식적으로 우리의 행동이 사회의 시선에서 벗어나지 않도록 하려고 애쓴다. 말하자면 우리의 행동이 사회적 상식이나 도덕에 어긋나지 않는다는 점을 강조함으로써 상대방의 입지를 공격하는 것이다. 문학 방면에서도 마찬가지다. 작품을 읽거나 창작을 할 때, 책을 구입하거나 선물을 할 때 우리는 나도 모르게 그것이 사회의 통념에 어느 정도 잘 부합하는가, 아니면 상대방의 상식적인 세계관을 벗어나지나 않는가를 따진다. 시마는 바로 그러한 사유를 전방위적으로 공격하고 파괴함으로써 전혀 새로운 세계를 맛보게 해준다. 그런 점에서 시마는 우리가 새로운 세계를 발견하고 인식할 수 있게 해주는 힘의 원천이다.

6장 _ 시마, 세상의 권력을 비웃다

언어의 감옥

세상의 모든 작가들은 자신의 작품이 시대를 뛰어넘어 사람들에게 무엇인가 의미를 던져주는 작품이기를 희망한다. 자기 시대에 유행하는 전형적인 작품 대열에서 벗어나서 자신만의 독특한 색깔과 개성을 담은 작품을 만드는 것은 모든 작가들의 희망이다. 그것은 자신의 삶을 좀더 창조적이고 활기차게 하려는 노력이고, 우리 시대의 지평을 넘어 새로운 차원의 사유 지평으로 나아가려는 본능이라 해도 과언이 아니다.

어렵게 이야기할 필요도 없이, 글쓰기를 통해 우리는 새로운 사유와 세계를 꿈꾼다. 우리는 우리 자신도 모르는 사이에 얼마나 많은 구속과 억압 속에서 살아가고 있는가. 감옥에서 태어나 자란 사람에게 감옥이란 감옥이 아니다. 그의 세계는 감옥을 전제로 구성되고, 그의 사유는 감옥을 전제로 형성되기 때문이다. 이런 상황에서 자신의 근본 자리를 제대로 살핀다는 것은 너무도 어려운 일이다. 근본 자리를 살피고 나의 세계를 만들어낸 감옥을 벗어나라는 충고는 많지만, 실제로 벗어난 사람은 많지 않다. 사람들은 시대에 따라, 자신의 처지에 따라 감옥을 벗어날 수 있는 방법을 제시했다. 그러나 인연 조건이 만들어내는 개인의 상황은 시시각각 변화하므로 오히려 개인의 존재 자체가 없는 것이 아닌가 생각될 정도다. 특히 불교가 이런 점에 초점을 맞춰서 논의를 전개했다. 역대 선사들의 방할棒喝 속에 감옥이 깨져 나갔지만, 여전히 우리를 둘러싸고 있는 감옥의 벽은 높기만 하다. 문제는 우리가 어떻게 감옥을 깨뜨리고 이곳을 걸어나가는가 하는 점이다. 우리의 글쓰기는 이러한 고민의 끝자락에 위치한다.

수많은 감옥이 우리 주위를 감싸고 있다. 가장 중요하면서도 견고한 감옥은 역시 언어의 감옥이다. '말의 통발[言筌]'에 빠지지 말자고 수시로 다짐하지만 어느 새 그 속에서 허우적거리는 우리 자신을 발견하면 정말 한심해진다. 대부분은 그조차도 발견하지 못하지만, 어쩌다가 그 상황을 눈치채기라도 할작시면 아득한 절망감에 빠지곤 한다.

언어의 감옥 속에서 우리가 할 수 있는 최선의 방책은 감옥을 만들어낸 언어를 이용해서 언어의 감옥을 깨는 일이다. 이름하여 '이이제이以夷制夷'. 정말 절묘하지 않은가. 우리의 글쓰기가 감옥을 깨는 일에 유용하게 쓰인다면 우리는 언어를 넘어서는 언어를 만들어낼 수도 있을 터이다.

그렇지만 이런 논의는 겉모양만 번지르르해질 가능성이 농후하다. 말은 폼 나지만 그 내실은 의심스럽다. 옛날 사람들은 어떤 자세와 방법으로 이 길을 걸어갔을까.

80년대 초반까지만 하더라도 시인이나 소설가라고 하면 봉두난발에 꾀죄죄한 옷차림이었다. 옆에 앉으면 퀘퀘한 냄새가 진동하는 사람이 당시 문인들에 대한 일반인들의 평균적인 이미지였다. 그들의 기이한 행실은 어디서나 화제를 불러일으켰고, 그들의 기행奇行을 보고 들으면서 가슴 한켠이 시원해지는 것을 느끼기도 했다. 물론 기행의 내용이나 목표가 역사적으로 일정했던 것은 아니다. 어떤 시대에는 사회적으로 만연했던 부패상을 겨냥하기도 했고, 어떤 시대에는 부당한 정권을 향해 붓끝을 겨누기도 했다. 그런가 하면 자신을 돌아보지 않는 여인에게 불타는 짝사랑을 고백하기도 했고, 실존적인 문제로 고민하면서 술에 취해 자신의 속내를 이해해 주지 않는 세상을 향해 소리를 지르기도 했다.

그런데 이상한 것은, 평범한 사람들이라면 도덕적으로 혹은 사회적으로 비난받아 마땅한 일을 했는데도 문인들이 하는 것은 일견 상당한 범위까지 용인해 주었다는 점이다. 그 이면에는 문인이란 일반인과 뭔가 다르다는 생각이 전제되어 있었기 때문이다. 거대한 기계처럼 맞물려 돌아가는 세상의 틀에서 한 발 비껴나서 살아가는 그들을 보면서 우리와는 뭔가 다른 삶을 살아가고 있다고 사람들은 생각했다. 무엇이 그들을 일반인과 다른 존재로 만드는가. 바로 시마이다.

중세 지식인의 종류

근대 이전의 사회를 산 사람들을 분류하면 대체로 네 부류로 나눌 수가 있다. 우선 시대와 국가가 마련해 놓은 제도적 틀을 잘 이용하면서 관직에 진출하고, 그것을 이용하여 최대한 기득권을 누리는 사람들이다. 이들 관료 계층은 자신의 삶이 나라(임금)와 백성을 위해

봉사하는 것이라고 생각했다. 이들은 왕을 중심으로 국가를 움직이며 백성을 다스렸다.

다음으로는 사림士林이 있다. 산림山林이라고도 불리는 이들은, 일종의 예비 관료계층의 역할을 하거나 왕을 비롯한 관료들의 정신적 지주의 역할을 했다. 이들 중 상당수의 인물은 관직과 큰 관련을 맺지 않고 살아갔다. 사림은 재야에 살면서 학문 탐구에 전념하는 인물들로, 학문 연구에 힘쓸 뿐 아니라 현실적으로 문제가 있으면 자기 목소리를 내서 사회와 나라가 올바르게 나아갈 수 있도록 힘썼다. 그들의 학문은 실천과 항상 붙어 있었다. 그렇게 보면 이들을 사회비판적 지식인이라고 불러도 좋을 것이다.

또 다른 부류로 방외인方外人이 있다. '방외方外'는 사람이 살아가는 세상의 밖을 의미한다. 우리가 살아가는 이 사회가 '방내方內'라면, 사회 저편에 살아가는 사람들은 방외인이다. 이들은 자신이 품은 뜻과 사회가 맞지 않거나 혹은 사회가 자신을 용납해 주지 않아서 사회를 벗어나 자유롭게 살아가는 사람들이다. 이들은 세상이 만들어놓은 예법이나 구속을 중요하게 생각하지도 않으며, 사회가 만들어놓은 권력을 용인하지도 않는다. 세상이 만들어놓은 예법과 규율 속에서 살아가는 '방내인'을 보면서 참으로 좀스럽게 살아가는 녀석들이라고 비웃기도 한다. 예법과 규율은 방외인에게는 비판의 대상이다. 그렇다고 해서 이들이 완전히 '방내'를 벗어난 것은 아니다. 어쩌면 이들은 방내와 방외 사이를 끊임없이 왕래하면서 방황하는 삶을 살았는지도 모르겠다. 사회의 중심부가 아니라 언저리에서 서성거리면서 사회의 중심부를 비판적인 눈길로 바라보는 이들의 시선은, 똑같이 비판적인 시선을 가지고 있는 사림과 비교할 때 상당한 차이를 보이지만, 여전히 방외인들의 비판적 목소리와 행동거지는 관심의 대상이다.

네 번째 유형으로 은자隱者를 들 수 있다. 이들은 세상의 흐름에는 전혀 관심을 두지 않고 살아가는 사람들이다. 이들은 세상과 완전히 인연의 끈을 끊어버리고 자신만의 세계에 빠져서 살아간다. 인적이 닿지 않는 곳에 거처를 정하고 오직 천지자연의 이치를 익히고 자신의 사유 체계를 구축하면서 살아가는 사람들이다. 이들에게 인간이 모여서 살아가는 세상이란 별로 의미가 없다.

네 유형으로 나누었지만 더 압축하자면 앞의 두 유형과 뒤의 두 유형을 묶을 수 있다. 특히 조선 시대의 경우 사회의 위층을 형성하는 계층은 사대부士大夫였다. 사대부는 말 그대로 학문에 힘쓰는 '사士'와 벼슬을 하는 '대부大夫'의 합성어이다. 연암燕巖 박지원朴趾源이 정확히 표현한 것처럼, '책을 읽는 사람을 사士라고 하고, 벼슬에 종사하는 사람을 대부라 한다.(讀書曰士, 從政曰大夫)' 재야에서 사림으로 살아가다가 기회가 되어 벼슬길에 나서게 되면 관료지만, 관료 생활을 하다가 은퇴하여 집으로 돌아오면 사림이 된다.[79] 그런 점에서 앞의 두 유형은 어떤 위치에서 살아가는가에 따라 서로 다른 유형의 인물이 되지만, 실제로는 그 범주와 함의가 거의 비슷한 사람들이었다. 뒤의 두 유형(방외인과 은자) 역시 세상의 밖에서 살아간다는 점에서는 같은 부류로 묶을 수 있다. 물론 세상을 바라보는 관점에서는 상당한 차이를 보이지만, 세상을 대하는 태도에서는 앞의 두 유형과는 일정한 차별성을 보인다.

우리는 세 번째 유형에 주목할 필요가 있다. 세상의 언저리에서 서성거리면서 세상에 대한 비판(때로는 불만)의 목소리를 던진 이들에게 세상이 만들어놓은 규율이나 예법은 오직 자유로운 정신을 구속하는 도구일 뿐이다. 사회의 모순을 정확히 인식하고 있으면서도 어떤 목소리도 내지 않는다면 그는 방외인이 아니다. 더 심하게 말하면 자신의 목소리를 내지 못하는 사람이라면 자기 시대와 사회의 모순을 정확히 인식하지 못했다는 뜻이다. 어떻든 시대의 문제점에 대해 나름의 목소리를 내는 사람들에게 언어란 참으로 소중한 도구요 무기다. 기존의 표현을 넘어서고, 기존의 글들이 다루었던 내용을 파괴하면서 새로운 시도와 내용으로 무장하는 글은 이들이 가장 갈구했던 부분이기도 하다. 바로 이런 사람들에게 시마는 병처럼 찾아온다.

이규보와 최연의 주장을 들어보자.

적을 만나면 즉시 공격할 것이지 어찌 돌 쏘는 대포를 준비하고 어찌 보루를 쌓는가? 어떤 사람을 좋아하면 곤룡포가 아니더라도 아름답게 꾸며주고, 어떤 사람에게 화가 나면 칼날이 아닌데도 찌른다. 무슨 도끼를 잡고 있길래 정벌함이 이리도 방자하며, 무슨 권력을 잡고 있길래 상벌을 이토록 멋대로 하는가? 너는 높은 사람도 아니면서 나라의 일을 논의하고, 광대도 아니면서 온갖 것들을 조롱한다. 시시덕거리면서 과장하거나, 정직하기가 남다르니 어느 누가 너를 시기하지 않겠으며, 어느 누가 너를 미워하지 않겠는가? 이것이 너의 네 번째 죄이다.[80]

글은 명달命達을 싫어하여 곤궁함과 더불어 모의하여, 소리를 변화시키고 금기를 건드려서 화근을 마구 불러일으킨다. 일이 바야흐로 정리되어 가는데 비방이 일어나게 하고 덕이 장차 높아지려는데 훼손됨이 따르게 하며, 움직이면 문득 헛디뎌 넘어지게 하고 관직에 나아가면 능지凌遲케 한다. 반과산飯顆山의 수척한 늙은이는 오래도록 유억幽抑함을 품었고, 농서광객隴西狂客은 오래도록 배척당하는 재난을 맞았다. 맹교孟郊는 협률관協律官으로 끝났고 장적張籍은 대축大祝으로 늙었다. 유劉는 복숭아를 심은 것으로 인하여 출세했고 백거이白居易는 신정新井에 연루되어 귀양갔다. 학에 제題하여 왕王은 참소를 입었고 회檜나무를 읊어서 소蘇는 액을 만났다. 그 허물은 다른 데에 있는 것이 아니라 오직 네가 그렇게 시킨 것이다. 너로 인해 곤궁함에 이른 것이 진실로 여기에 그치는 것이 아니니, 분분한 나머지 사람들은 이루 다 기록하기 어렵다.[81]

위의 글을 보면 시마 때문에 많은 문인들이 현실적인 핍박과 손해를 입었음을 알 수 있다. 작게는 비난으로부터 크게는 귀양, 사형에 이르기까지 시마 때문에 받은 억압은 이루 다 거론하기 어려울 지경이다. 문인들이 사회적으로 손해를 보게 된 것은 바로 건방지다는 이유에서였다. 하지만 그 건방짐은 단순히 개인적인 성격적 결함에서 오는 것이 아니라 금기로 알려진 것들을 마구 건드림으로써 오는 건방짐이다. 사실 벼슬을 해서 이익을 보기 위해서는 윗사람들에게 적당히 몸을 굽힐 줄도 알아야 하고, 건드리지 말아야 할 것들은 건드리지 않아야 한다. 권력에 굴종하지 않고서는 벼슬길에서 버틸 재간이 없기 때문이다. 권력을 중심으로 만들어지는 지형도 속에서, 그 권력을 거부하거나 비판하는 순간 자신이 위치하는 좌표는 사라지게 마련이다. 권력의 당사자가 밀어내기 전에 벌써 주변에 분포되어 있는 권력에 기생하는 세력에 의해 비난당하고 밀려나는 것이다. 권력 주변 세력이 시마에 걸린 비판자를 몰아세우는 가장 흔한 죄목 중 하나가 바로 건방지다는 것이었다.

여기서도 가난함 즉 궁귀窮鬼는 시마의 벗으로 등장한다. 권력에 기대서 사회의 기득권을 누리게 마련인데, 거기서 멀어졌으니 경제적 이득을 보기란 애시당초 틀어졌다. 가난이 겹쳐서 온다는 것은 뻔한 이치다. 어쨌든 이규보와 최연의 발언을 통해서 우리는 시마가 세상의 모든 금기와 구속에 대해 강력한 이의를 제기하는 힘이라는 사실을 짐작할 수 있다.

이규보의 발언에 의하면 시마(에 걸린 사람)의 가장 강력한 무기는 글 속에 내함된 풍자성이다. 그것도 직설적이고 생경한 어투로 직접 공격하는 것이 아니라 무기를 준비하고 보루를 쌓은 다음에 이루어지는 공격이다. 상대편 입장에서 생각해 보면, 직접 공격하는 것이라면 대응이라도 하겠지만 우회적인 공격은 대응책을 내놓기가 쉽지 않다. 시마에 걸린 사람이 공격하는 내용을 살펴보면 자기 분수에 넘치는 것들이 많다. 그들의 입에 일단 오르기만 하면 상벌賞罰이 마구 이루어진다. 고위 관직에 있는 것도 아니면서 나라 일을 논의하니 분수에 어긋난다. 마음에 맞지 않는 것을 만나면 조롱의 대상으로 삼아서 완전히 체면을 구겨놓는다. 이것이 바로 시마가 실제로 하는 일들이다.

앞서 언급했던 것들을 다시 상기해 보자. '무엇을 들추어낸다'는 점에서 시마를 보면 그것은 두 층위를 가진다. 천기天機를 드러내게 한다는 것은 감추어져 있는 우주의 비밀을 드러나게 함으로써 진리에 접근하는 것을 가능케 한다. 천지의 비밀이 언뜻언뜻 내비치는 흔적들을 찾아서 들추어내고, 이를 통해서 아무도 몰랐던, 혹은 아무도 접근하지 못했던 도道를 체현해 낸다는 점에서 시마는 '들추어내는' 역할을 하고 있는 것이다.

그런데 '들추어내는' 것이 다른 것이라면 시마는 전혀 다른 기능을 하게 된다. 사회의 모순을 들춰냄으로써 자신을 포함한 모든 구성원들에게 구속으로 작용하고 있는 것을 폭로하는 것이다. 이미 언급한 것처럼, 우리가 구속인 줄도 모르고 구속당하는 경우가 얼마나 많은가. 시마는 바로 그러한 점을 일깨워서 자신을 얽매는 모든 것들을 거부하게 하는 힘을 가지고 있다. 나아가 그것을 바탕으로 다른 모든 사람들, 천지의 모든 만물을 구속하는 것을 거부하도록 만드는 힘으로 작용한다. 나의 구속을 깨는 것으로부터 모든 만물의 해방으로 나아가도록 하는 힘이 시마에게 분명히 있다는 것이다.

글쓰기의 중요한 목표가 바로 정신의 자유로움을 억압하는 모든 것에 대한 거부라는 점을 명시적으로 밝히고 있는 두 글에서, 우리는 시마에 걸린 문인의 모습을 다시 한 번 상기하게 된다. 어렵게 말할 필요도 없이, 글쓰기는 인간의 사유가 새로운 지평으로 나아갈 때 항상 매개되었던 행위다. 그런 업적을 남겼다면 그의 직업이 무엇이든, 그가 어떤 종류의 작품을 썼건, 그는 시마에 걸린 인물이다. 우리의 주제를 한정적으로 말하자면 당연히 문학 분야에 한정되어야 하겠지만, 사실 문학의 범주를 어디까지 잡을 것인가 하는 골치 아픈 문제가 그 사이에 있는 한 우리는 시마에 걸린 사람의 범주에 대해 고민할 필요는 없다. 우리의 의지와는 상관없이 만들어지고 굴러가는 사회의 기계적 틀을 거부하는 힘, 그것이 바로 시마이다.

시마는 주마酒魔와 함께 오는 경우가 흔하다는 앞서의 이야기를 다시 한 번 거론해 보자. 술은 평소 인간을 누르던 심리적 혹은 이성적 제어 장치를 약화시키는 역할을 한다. 이성적 장치가 가동될 때에는 예법禮法에 의한 생활을 잘 해나가지만, 그것이 약화될 때에는 인간 내면 깊숙한 곳에 있는 욕망 혹은 감정이 이성의 여과 없이 발현된다. 술에 의해 이런 지점이 획득된다면 같은 논점에서 시마에 의해서도 가능하다는 얘기가 된다. 말하자면 사회가 나에게 요구하는 이성적 예법이 나의 상상력과 자유로운 사유를 방해한다면 마땅히 제거되어야 한다. 거기에 작용하는 힘이 바로 시마다. 이런 점에서 시마는 자유로운 상상력과 일정한 연관을 가진다.

그러나 이성적 장치에 의한 제어는 감정의 제어에만 국한되는 것이 아니다. 사회 역사 문제로 확대해 보자. 한 사회가 인간을 구속하는 것을 명료하게 인식하기란 매우 어렵다. 즉 우리가 사회적으로 어떤 억압을 받는다면, 그 억압의 주체가 누구(무엇)인지, 억압의 방법이나 내용은 무엇인지, 그 억압 때문에 우리의 어떤 점이 잘못되는지를 정확하게 파악한다는 것이 어렵다는 말이다. 자본주의 체제 속에서 살아가는 사람이 자본주의의 문제점을 몸으로 정확하게 느끼는 것이 쉬운 일이 아니듯이, 이미 이데올로기화하여 인간의 내면을 지배하는 어떤 억압을 우리가 스스로 인식한다는 것은 어려운 일이다. 그런 점에서 우리가 자유로운 개성의 발현을 위하여 무엇인가를 해야 한다면, 우리를 억압하는 이데올로기의 정체가 무엇인지 명확히 파악할 필요가 있다. 우리 삶의 이면에 자리하고 있는 이데올로기의 그림자를 벗겨내고 들추어내는 힘, 그것이 바로 시마이다. 사회 역사의 지배적 힘으로 기능하고 있는 것 때문에 잘 드러나지 않았던 진실이 시마의 힘을 이용하여 시문詩文으로 표출되기 때문이다.

문제는 사회의 주류적인 힘이 너무도 거대하다는 점이다. 우리 삶의 조건이 우리의 삶을 구속하는 가장 강력한 힘이 되듯이, 사회의 주류적인 힘은 너무도 강대해서 우리 자신이 거기에서 벗어나고 싶어하지 않는다는 데에 문제가 있다. 시마에 걸린 문인들은 사회의 거대한 힘을 전면적으로 혹은 단편적으로 발견한 사람들이다. 그 거대한 힘 앞에서 이들 문인 개인의 힘이란 참으로 보잘것없는 것이다. 그의 힘으로 할 수 있는 일이 무엇이겠는가. 여기서 시마가 운용하는 글쓰기가 힘을 발휘한다.

자기가 힘이 없다고 느끼며 절망하는 순간이 바로 시마가 가장 빛나는 순간이다. 절망을 통해서 문인은 이전과는 다른 세계의 질서를 발견한다. 감옥인 줄 모르고 감옥 생활을 당연하게 생각했던 시절의 사회적 배치는 이제 전혀 다른 배치 속에서 전혀 다른 관계들을 생산해 낸다. 그것은 기존의 사회 질서에 미세한 균열을 발견-발생시키고, 다양한 생각들을 파생시킨다. 시마에 걸린 문인의 언어란 얼마나 무서운가.

문학적 담론의 배치와 시마의 의미

시마에 씌인 사람들의 언어가 기존 사회의 견고한 질서를 균열시키는 방식은 여러 가지가 있다. 그 중 가장 날카로운 방식은 역시 풍자다. 사실 어떤 의미에서는 '풍자'라는 거창한 개념을 쓸 필요도 없다. 그들은 기존의 근엄한 언어들을 '비꼴' 뿐이다. 이규보나 최연의 글에서도 이미 비꼬는 방식의 글쓰기를 맛볼 수 있다. 애초에 '시마'를 쫓아낸다는 발상 자체가 참으로 장난스러운 일인 데다가, 그 어투가 짐짓 근엄함을 가장하고 있지만 근엄한 표면 저편에 얼마나 장난스러운 발상과 표정이 숨어 있는가. 이러한 유형의 글이 기대고 있는 한유의 〈송궁문送窮文〉부터 희작적戲作的인 것인데, 그것을 흉내내서 썼으니 이 글들이야 말할 것도 없다. 이규보가 시마를 쫓아내는 부분의 어조는 준열하고 논리 정연한 듯이 보이지만, 그날 밤 나타난 시마의 몇 가지 논박에도 완전히 항복을 고할 수밖에 없을 만큼 그의 생각은 즉흥적이기까지 하다. 최연 역시 국가적인 명령체의 삼엄한 문체를 썼지만, 그리하여 시마를 얼른 나가라고 마구 꾸짖었지만, 사실 그가 시마를 완전히 내쫓았는지는 미지수다.

한문학적 전통에 충실했던 중세 지식인들의 경우, 우리와는 달리

한문학의 표현 저편에 숨어 있는 느낌을 정확히 파악했을 것이다. 우리가 지금 번역에 허덕이면서 겨우 뜻이나 통하는 수준의 한문 읽기를 하고 있다면, 그들의 한문 읽기는 우리가 요즘 한글 작품을 읽는 것과 그리 다를 바 없었을 것이다. 한자 하나하나가 가지는 느낌, 구절이 은미하게 숨기고 있는 말투, 문장의 구성과 글 전체가 풍기는 묘한 이미지와 어조를 그들은 충분히 즐기면서 읽었을 것이다. 그러니 이규보가 〈구시마문〉을 썼을 때 사람들은 그것을 읽으며 한유의 〈송궁문〉을 연상하면서 웃음을 흘렸을 것이고, 최연이 〈축시마〉를 썼을 때 사람들은 국가의 공식적인 공문서의 형식과 어조를 가지고 준열하게 꾸짖는 듯한 말투에서 오히려 반어적 즐거움을 충분히 느꼈을 터이다.

그렇다면 그들이 목표로 하고 있는 문학론은 무엇이었을까. 이것은 단순하게 논단하기 어려운 문제다. 이규보와 최연, 그리고 시마를 거론했던 수많은 문인들의 시대적 배경이나 개인사적 환경 및 문학적 경향이 달랐기 때문에 그들은 서로 다른 담론의 배치 속에서 '시마'라는 용어를 사용했다. 그들이 상대하고 있었던 문학론의 구도가 달랐으므로 시마라는 개념을 통해 무엇을 말하려고 했는가를 일률적으로 따지는 것은 어려운 일이다. 그럼에도 불구하고 우리는 시마가 작가들의 상상력을 구속하는 모든 것에 대해 반대했으리라는 점을 충분히 생각할 수 있다.

먼저 이규보의 경우를 보자. 그가 살았던 시기는 무신의 정권 장악과 함께 문신 귀족들이 일거에 숙청당했던 때였다. 죽이고 죽던 혼란의 시대에 이규보 만년에는 몽골의 침입마저 있었다. 그에게 있어서 생존의 문제는 멀리 있었던 것이 아니다. 문학적으로는 어떠했겠는가. 뛰어난 문학적 기량을 가지고 있었던 그로서는, 자신의 문학적 재능에 대한 일정한 자부심도 있었고 그에 걸맞는 진출도 기대하고 있었을 것이다. 그러나 세상 일이란 마음먹은 대로 되지 않는 법, 과거에 급제한 뒤에도 그는 변변치 않은 벼슬을 전전했다. 그로서는 실의의 기간이었다. 그 시절에 있었던 일화 한 토막은 이전의 문학 및 문인들과 일정한 거리를 두려고 했던 그의 의식의 한 단면을 엿볼 수 있게 한다.

> 문장으로 세상에 이름을 날린 선배 일곱 분이 있는데 그들은 스스로 한 시대의 호준豪俊이라고 여기면서 마침내 서로 칠현七賢이라 하였으니 이는 대개 중국의 죽림칠현을 사모해서였다. 매번 서로 모이면 술을 마시고 시를 지으면서, 마치 옆에 아무도 없는 듯이 방자하여 세상 사람들이 매우 싫어했다. 당시 나는 열아홉이었는데, 오덕전(吳德全: 오세재吳世才를 의미함)과 망년우忘年友의 관계여서 매번 그 모임에 함께 참여했다. 그 뒤에 오덕전이 경주로 떠났는데, 다시 (혼자) 그 모임에 참여하게 되었다. 이청경李淸卿이 나를 지목하면서, "그대의 벗 덕전이 경주로 유람을 가서 돌아오지 않으니 그대가 그 자리를 메울 수 있겠는가?" 하였다. 내가 즉시 대답을 하기를, "칠현이라는 것이 무슨 조정의 벼슬이길래 빠진 자리를 메운다는 거요? 죽림칠현 중에 혜강과 완적이 죽은 뒤에 그 자리를 승계했다는 얘기를 들은 적이 없는걸요" 하였다. 그 자리에 참여했던 사람들이 모두 크게 웃었다.[82]

알려진 대로, 흔히 해동海東의 죽림고회竹林高會라고 일컬어지는 일곱 사람들의 모임은 중국의 죽림칠현竹林七賢을 흉내내서 운영되었다. 서슬 퍼런 무신의 난을 피해서 자연에 은거하고 있던 이들은, 시와 술로 세월을 보내고 있었다. 자신들이 그때까지 유지하던 경제적 및 사회적 기득권을 모두 빼앗기고, 세속적 권력 한 줌 없는 그런 사람들이었다. 이 모임에 참여했던 사람 중에 널리 알려진 인물로는 임춘林椿, 이인로李仁老, 오세재吳世才 등을 들 수 있는데, 이들은 당대 이름난 문인이었다. 그들에게 시문을 다루는 능력은 유일한 자랑거리였다. 물론 이들 대부분은 세상이 자신들의 재주를 받아주지 않는다고 불평을 하거나, 권력자를 찾아다니면서 벼슬자리를 구걸하는 사람들이었다. 하지만 시문을 다루는 능력만큼은 누구에게도 뒤지지 않는다는 자신감 내지는 자부심이 대단했던 사람들이었다. 위의 일화는 그러한 사정을 반영한다.

그러나 우리는 여기서 다른 시선으로 일화를 살펴볼 필요가 있다. 해동고회의 일곱 사람 중에서 한 자리가 비었을 때 그 자리를 메우겠느냐는 이들의 제의는, 까마득한 후배인 이규보의 입장에서는 상당한 유혹이 아닐 수 없다. 그러나 그 유혹을 단칼에 거부하면서 그들의 속물 근성을 비꼬는 이규보의 자세[43]에서, 당대 문단이 젊은 문인의 눈에 그리 곱게 보이지만은 않았다는 것을 유추할 수 있다. 아울러 그들의 행태가 다른 사람들에게 곱게 비쳐지지 않았던 점, 자신과는 다른 생각을 가졌다는 점이 이규보로 하여금 자리를 단박에 거부하도록 했을 것이다.

이규보의 시마론은 그가 단순한 '관료'에서 문학적 자의식을 가진 '시인 혹은 문학인'으로 나아가게 한 중요한 문학론적 기반이었다. 그것은 정치적 장(場 혹은 Champ)에서의 시문과 문학적 장에서의 시문이 서로 다른 역할을 하기 때문이다. 단순화해서 구분하자면, 정치적 장에서의 시문이란 그가 관료로서 과거에 급제하고 이후의 관료 생활을 잘 해나갈 수 있도록 하는 도구에 불과할 뿐이지만, 문학적 장에서의 시문은 글쓰기에 대한 일정한 자기 확신 같은 자의식을 가지고 있으며 시문을 통해 자신만의 사유를 표현하고 확대해 나간다는 점에서 차이를 보인다. 또한 고려라고 하는 사회에서 고위 관료는 개인이 힘입고 있는 거대 가문과 밀접한 연관을 가지고 있는 존재였다. 그들이 전승하는 문학적 관습이란 현실적 권력을 획득하고 유지하는 하나의 도구 차원에서 이루어지는 것이었다. 그러나 시마라고 하는 개념을 통해 이규보는 거대 가문의 세속적 권력과 문학적 관습 권력으로부터 한 걸음 벗어나는 계기를 만든다. 이러한 입장이 나올 수 있었던 것은 물론 이미 그의 앞 세대에 나온 바 있는, 세상의 부귀 영화와는 기준 자체를 달리하는 것이 문장이라는 주장에 힘입은 것이다. 이인로는 《파한집》에서 오세재를 평가하면서 문장은 세상의 부귀영화와는 관련 없이 평가된다는 요지의 말을 남긴 바 있다.

이규보는 스스로를 죽림고회와 같은 이전의 선배들과 분명히 구별하였다. 그렇다면 그 구별의 기준은 무엇인가. 그것은 글쓰기를 대하는 자세가 중요한 기준이 아니었을까. 이전의 인물들은 글쓰기를 통해 오로지 입신출세만을 노렸지만 이규보는 그러한 것들을 거부하고 나름대로의 문학적 자존심을 내면에 간직하고 있었을지도 모를 일이다(그것은 이규보가 열아홉이라는 어린 나이였기 때문에 가능했을지도 모르겠다). 이전의 인물들이 가난 때문에 끊임없이 구직求職에 열을 올렸으며 끝내는 실패하여 낙척불우落拓不遇한 삶으로 마감했지만, 이규보는 그러한 자세를 용납하지 않았다. 그 자신 젊은 시절에 가난 때문에 많은 신고辛苦를 겪었지만, 또 그 신고 때문에 구직에 열을 올려 '어용 문인'으로 평가되기도 하지만, 그에게 있어서 이전의 인물들과 구별되는 점은 문학창작에 대한 분명한 자부심/자의식이다. 조금 과감히 논의를 전개하자면 그것을 우리는 문학적 자아의 형성이라고 이름할 수 있을 것이다.

물론 그 시대를 단순히 양분할 수는 없는 일이다. 세속적 권력을 지향하는 그룹, 문학에 일정한 비중을 두고 문학적 자아를 확보하는 그룹이 일정 정도는 서로 교집합을 이루기도 하고 한편으로는 다른 지향점을 가지고 문학에 대한 생각을 넓혀나갔을 것이기 때문이다. 특히 문학적 자아를 형성하는 그룹들은 세속적 권력에서 되도록이면 떨어지려는 의식적인 노력을 보이면서 당대의 불교 그룹과 유대관계를 가졌을 것이고(특히 거사불교 혹은 선불교 그룹), 생활을 위해 관직 진출을 계속적으로 시도하면서도 자신이 기존의 관료들 혹은 그냥 관료이기만 한 인물들과 분명한 차별을 가지고 있다는 생각을 드러냈을 것이다. 이런 방식으로 문단의 흐름을 추적해 나가면 14세기 이후 고려 문단의 지형도를 그려낼 수 있다. 이규보의 시마론은 바로 이런 지형도 속에서 나올 수 있었다.

　이규보의 문학적 이력에서 초기시의 경향과 중반기 및 후반기 시 경향이 상당한 편차를 보이면서 달라지는 것을 감안한다면, 죽림고회의 인물들에 대한 비판은 이전의 문학적 경향을 비판적 시선으로 보면서 새롭게 자신만의 시세계를 구축해 나가려는 젊은 시인의 자신에 찬 언술로 보인다. 그렇다면 이규보를 그렇게 만든 힘은 무엇이었을까. 가장 중요한 것은 이전 시인들과는 다른 시적 상상력이었을 것이다. 그의 초기작 중에서 가장 중요한 작품으로 거론되는 《동명왕편東明王篇》을 예로 들 수 있다. 《동명왕편》의 서문은 고려 건국 시조인 동명왕의 신화를 바라보는 자기의 시점이 이전과 얼마나 달라졌는가를 고백하는 내용으로 이루어져 있다. 예전에는 그 신화가 모두 거짓으로 이루어진 것이라고 생각했는데, 나중에 곰곰이 보니까 위대한 업적을 세운 인물에게 항상 붙는 신이한 사적이더라는 것이다. 신화적 상상력을 거짓된 '환幻'으로 보는 시각에서 벗어나서 그것에 적극적인 의의를 부여하는 태도로 바뀐 것이다. 그리고 그 작품 속에서 이규보가 펼치는 거대한 파노라마를 생각해 보면, 젊은 시절(이규보가 《동명왕편》을 쓴 것은 그의 나이 26세 때였다) 가졌던 상상력의 규모를 짐작하게 한다. 그러한 상상력의 세계를 가지고 기존의 문학적 판도 속으로 들어가기란 참으로 어려웠을 것이다. 이러한 상상력은 이규보의 생애를 일관되게 꿰고 있는 중요한 거점이라 할 수 있다.

최연의 경우는 어떤가. 최연은 당대 뛰어난 문장가로 이름을 날리던 인물이다. 그의 시대는 우리나라 성리학이 가장 빛나는 성과를 내던 시기였다. 율곡의 문학론이 도학파 문학론을 집대성하면서 선명한 노선을 보이던 시기였으며, 그들의 논의는 사회의 주류적 문학론으로 큰 힘을 발휘하던 시기이기도 했다. 도학파 문학론에서는 문학작품을 판단하는 중요한 기준이 작품 속에 작가의 '성정지정性情之情'이 얼마나 순정醇正하게 드러나 있는가 하는 점이었다. 그렇게 때문에 먼저 개인의 성리학적 수양이 전제되어야만 했다. 문학적 수식이나 형식적 차원의 문제들은 성리학적 도道를 훌륭하게 담지한다는 전제에서만 허용되었다. 이들은 이전의 문학론과는 전혀 다른 차원의 문제를 제기했었다. 실제로는 도와 문학의 관계를 떠나서 많은 작품들이 지어졌지만, 사회의 공식적 혹은 주류적 담론을 구성하는 것은 바로 도학파들의 형이상학적 문학론이었다.

최연의 상상력은 바로 이 같은 문학론에 의심의 눈길을 던진다. 그러나 다른 어떤 명분으로도 주류 문학론을 거부하거나 파괴하기는 어려웠다. 근엄한 도학자들의 어조는 단호했고, 그들이 만들어내는 문학적 담론은 견고했다. 이러한 상황에서 최연은 전혀 다른 어조로 의심의 눈초리를 보낸다. 붓을 의인화한 가전작품 〈봉관성자고封管城子誥〉를 통해서 글을 쓴다는 것의 의미를 재확인하는 한편, 〈축시마〉

와 같은 글을 통해서 인간의 상상력이 이성적 힘에 의해 배제되어야만 하는가를 다시 묻는다. 더욱이 이 글은 어려운 글자와 수사적 기법을 통해서 짐짓 중세의 근엄을 가장하고 있지만, 실상은 그 근엄에 미세한 균열을 일으키고 있다. 물론 그 근엄함이, 작품 전편에 흐르는 희작적戲作的 성향과 연결되면서 미묘한 불일치가 가져오는 웃음을 일으키는데, 이러한 요소는 그냥 스쳐 지나가서는 안 될 중요한 요소로 보인다. 이러한 것을 통해서 최연 자신도 어쩌면 기대하지 않았을 법한 일들, 예컨대 그 다음의 시대에나 모습을 드러낼 중세 해체의 징후를 어느 새인가 수행하고 있었던 것이다.

이처럼 시마는 한 시대의 주류적 담론에 의문을 제기하면서 그들이 감추고 있는 모순과 독재적 논리에 균열을 일으키는 역할을 했다. 하나의 논의가 아무리 정교하고 중요하다 해도, 그것이 모든 다양한 논의들을 절대적 기준 아래 두고자 하는 순간 그것은 이미 창조적 사유 활동을 멈추고 하나의 점으로 모든 것을 귀결시키는 독재적 담론으로 기능하게 된다. 처음에는 활발한 논쟁과 문제 제기를 통해 새로운 시대를 준비하고 더 나은 세상을 꿈꾸었을 논의들이, 시대와 내용의 만남이 불화를 이루면서 알맹이는 가고 껍데기만 남아 독재적 형식으로 거대한 권력을 작동시킨다. 그것에 대항하는 어떤 세력도 죽음을 각오하지 않으면 안 되는 시점에서, 시마의 등장은 시사하는 바가 크다. 그들은 주류 담론의 어조와 논조를 그대로 흉내내지만, 그것을 살짝 비틈으로써 전혀 다른 배치 속에서 다양한 의미의 분화와 변혁을 기도한다. 시마가 언제나 거대한 권력을 풍자하고 비판하는 이유는, 하나의 논리 속으로 포획되지 않고 끊임없이 부유浮遊하는 문학적 상상력을 통해 새로운 문학적 영감을 불러일으키기 위해서였다.

7장 __ 가난함: 시마의 가장 가까운 벗

궁이후공窮而後工과 시능궁인詩能窮人

중세 문학론에서 우리가 가장 흔히 발견할 수 있는 것 중 하나가 재도론(載道論: 문학은 도를 담는 도구라는 생각)이다. 이 주장은 문학의 다른 어떤 측면보다도 그 내용을 가장 중시하는 내용중심의 문학론이다. 하지만 그 내용이란 것이 도덕적 기준에 의해 만들어진 것이어서 경직된 모습으로 드러나기 일쑤였다. 지금도 모습만을 바꿔서 건재하고 있는 이 문학론은, 문학 창작의 전제조건으로 작가 개인의 도덕적 수양을 내건다. 이런 상황에서 문학이 가난과 어떤 관계가 있는가를 묻는다는 것은, 좋은 작품이 창작되기 위해서 어떤 점을 문제 삼아야 하는가를 묻는 것이기도 하다.

문학과 가난의 관계에 대한 논의에는 궁이후공론窮而後工論과 시능궁인론詩能窮人論이 있다. 구양수歐陽修가 〈매성유시집서梅聖俞詩集序〉를 쓰면서 이 주제를 언급한 이래,[84] 중국에서는 이 논의가 청나라 말기까지 꾸준히 논의되어 왔으며, 우리나라에서도 고려 후기 이후 조선 말기까지 많은 논자들에 의해 언급되었다. 마치 재도론이 외피를 쓰고 현대에서 여전히 활개를 치고 있는 것처럼, 궁이후공론 역시 새로운 껍데기를 쓰고 우리 의식 속에 굳건히 자리하고 있다. '가난한 문인'의 글쓰기가 그의 문학적 평가를 높이는 데 일조하고 있는 것이다.

궁이후공론과 시능궁인론은 서로 많은 부분을 공유하고 있고, 그에 따라 비슷하거나 같은 의미로 쓰이는 경우가 많다. 그럼에도 불구하고 이 둘은 서로 다른 관계망 속에 위치한다. 글자 뜻 그대로 본다면 시능궁인詩能窮人은 시가 사람을 궁하게 만들 수 있다는 뜻이고, 궁이후공窮而後工은 사람이 궁하게 된 이후에야 그의 시가 공교로워진다는 뜻이다.

먼저 시능궁인의 논리를 보자. 이것이 내포하고 있는 순차적 논리에 의하면, 시에 전념하게 되면 다른 부분에 대해서는 소홀하게 되고, 그로 인하여 궁한 지경에 이른다는 의미이다. 이런 점에서 본다면 시능궁인의 논리는 시마에 대한 논의와 밀접한 관련을 가지고 있다. 이규보의 글을 통해서 살펴보자.

네가 온 뒤로는 모든 것이 어렵게 되어, 멍멍하게 잊은 듯하고 멍청하여 바보가 된 듯하며, 벙어리인 듯 귀머거리인 듯 형체는 꼼짝도 않고 자취는 잡아맨 듯하니, 배부름이나 목마름이 몸에 닥친 것도 모르고 추위와 더위가 살갗을 핍박하는 것도 깨닫지 못한다. 계집종이 게을러도 꾸짖지 않고 남자종이 어리석어도 대책을 세우지 않는다. 동산이 우거져도 풀을 베지 않고 집이 쓰러져도 받치지를 않는다. 가난 귀신이 온 것도 네가 부른 것이다. 귀인에게 오만하게 대하고 부자를 능멸하여 방자하고도 게으르며, 큰소리를 치면서 불손하고 얼굴은 억지로 아첨하지 않으며 여색에는 쉽게 미혹하고 술을 마시게 되면 더욱 거칠어지니, 이것은 사실 네가 시켜서 그런 것이지 어찌 내 본심이겠느냐? 괴상한 것을 보고 마구 짖어 대는 개처럼 그렇게 비난하는 무리들이 진실로 많으니, 그 때문에 나는 너를 미워하여 저주하고 쫓아내는 것이다.[85]

이규보는 이 글에서, 시마가 찾아옴으로써 야기되는 문제를 열거하고 있다. 시에 전념하게 되니 감각적인 측면이나 사회적인 부분에 소홀하게 되어 생활인으로서의 역할을 정상적으로 수행할 수 없다는 것이다. 또한 집안 단속도 제대로 하지 못한다든지, 귀인이나 부자에게 오만불손하게 대함으로써 불이익을 당하는데, 이는 시 쓰는 행위가 세속적인 영예나 부귀에 아첨하기 위한 것이 아니라는 점을 분명히 하는 것이다.

조선 중기 문신 유몽인 역시 시마를 이야기하면서 가난과 얼마나 친한 사이인가를 밝힌다.

시에 귀신이 있으니 '마魔'라고 이름한다. 그 성품은 근심하고 가난하며 곤궁하고 병들고 떠돌아 다니는 것을 기뻐하고, 화려하고 부귀로우며 뜻이 만족스럽고 마음이 득의양양한 사람을 좋아하지 않는다.[86]

시란 모름지기 한 곳에 정주定住해 있는 사람에게는 맞지 않는다는 말이다. 경제적으로 편안하고 생활에 근심 걱정이 없는 사람에게 무슨 시 쓸 거리가 있겠는가. 세계를 바라보는 시선이 전일專一하고, 갈등의 양상을 발견하지 못하는 사람에게 있어서 시라고 하는 것은 정말 한량의 취미거리일 뿐이다. 유몽인 역시 시마의 중요한 특징으로 가난 귀신과 친하다는 점을 말한다. 부귀영화를 누리는 귀인들은 시마의 벗이 될 수 없다는 것이다.

이처럼 가난하고 곤궁한 사람들이 좋은 시를 쓴다는 논의가 조선을 지배하자 그 반동으로 귀하게 된 사람이라야 좋은 시를 쓸 수 있다는 논지의 글이 나오기 시작한다. 뒤에서 이 문제를 다시 언급하겠지만, 조선 초기 서거정이나 김종직 등의 이 같은 논급은 사실 부귀영달한 사람들을 위해 글을 쓰다 보니 나온 것일 뿐, 그러한 논의가 절대적으로 옳다는 것을 주장하려는 의도는 아니었던 듯하다.

어떻든, 이규보나 유몽인의 글은 시를 쓰는 행위로 인하여 결국 궁하게 되었다는 주장이니, 그 순차적 논리로 보자면 시능궁인론과 맥을 같이 하고 있다. 시 때문에 사람이 곤궁하게 되었다는 것이 주장의 요점이다.

그런데 궁이후공의 경우에는 그 순차가 다르다. 일단 한 개인이 궁한 상황에 처하게 되면, 그 상황을 지내는 과정 속에서 뛰어난 창작품을 창출해 낸다는 것이다. 이는 자신이 일상 생활에서 겪을 수 없는 특별한 경험을 하면서 느끼는 절실한 감정에 초점을 맞추고 있는 논의이다. 그러므로 조금 단순화시켜서 비교한다면, 시능궁인의 경우에는 시를 쓰고 거기에 전념하는 태도가 다분히 자의적임에 비해, 궁이후공의 경우는 외부적인 조건의 강제에 의하여 시를 쓰는, 상대적으로 억압적인 상황임을 알 수 있다. 물론 이 두 가지가 같은 의미로 쓰이는 경우도 있었지만, 그 구절이 가지는 함의에는 일정한 차이가 있고, 그 차이는 구별되어 마땅하다. 시마와 관련하여 말하자면, 궁이후공론보다는 시능궁인론이 시마의 본래 취지에 훨씬 가깝게 다가가 있다고 할 수 있다.

궁이후공론과 시능궁인론을 먼저 살피기 위해 조선 시대의 자료를 잠깐 살펴보기로 하자.

구양수는 〈매성유시집서〉를 쓰면서 '시가 사람을 궁하게 하는 것이 아니라 궁한 이후에야 공교로워지는 것'[87]이라고 말한 바 있다. 이 것은 창작활동이 작가를 궁한 처지로 내몰지는 않지만, 작가에게 잠 재된 역량, 재질은 불우한 상황에서 고심하는 과정을 거쳐 최대한 발 현된다는 입장이다.[88] 또한 이는 사마천司馬遷의 발분저서發憤著書와 한 유韓愈의 불평즉명不平則鳴이라는 생각을 계승, 발전시킴으로써 문학과 현실 생활의 관계에 대해 밝히려 한 것이다.[89] 이와 관련하여 조선 초 기 문신인 강희맹姜希孟의 글은 흥미로운 점이 있다.

> 시는 거짓으로 지을 수 없다. 정情에서 발하여 말로 드러나며, 말로 드 러나서 좋음과 나쁨[美惡]이 이에 드러난다. 그러므로 사람 마음이 감동하 는 바가 모두 다르며, 그 발하는 말 또한 그와 더불어 무궁하다. 그러나 좋 은 시는 부귀富貴한 중에서 나오는 것이 드물고 대부분 이리저리 떠돌아 다니거나 유배 생활을 하는 처지에서 나오니, 옛 사람이 이르는 바 '시가 사람을 궁하게 하는 것이 아니라 궁한 사람의 시가 공교하다'는 것이 이 것이다.……(중략)…… 얼마 후 (심정원은) 전라도 수군절도사로 나갔다가 작은 허물로 영주寧州에 유배되었다. 유배 중에 읊은 시를 모아 나에게 보 내주었다. 내가 보니 쓴 말이 매우 공교하고 뜻을 운용한 것이 높고 오묘 하여 글로 늙은 사람이라 해도 이보다 더 나을 수가 없었다. 어떻게 골수 骨髓를 바꿀 수 있었을까? 곤궁困窮하고 불울怫鬱하지 않고서야 어찌 공公 의 뜻을 세우고 공의 재주를 무르익게 할 수 있겠는가. 옛 사람이 말한 바 궁한 사람의 시가 공교하다는 말을 더욱 믿게 되었다.[90]

위의 글은 강희맹이 사촌 동생인 심정원沈貞源이 영주寧川에 유배되 었을 때 쓴 일기에 부친 서문이다. 그는 우선 '옛 사람[古人]'의 말을 빌어 시능궁인詩能窮人이 아닌 궁이후공窮而後工이라는 자신의 생각을 명확히 밝힌다. 그는 구양수의 구절을 그대로 빌어 쓰면서 시능궁인과 궁이후공의 차이를 거론하지 않았지만, 그 자신은 이미 둘 사이의 차이점에 대해 인식하고 있었던 것으로 볼 수도 있다. 이 시기에는 이미 매성유의 시집이 엮여져서 널리 읽히고 있었으므로, 구양수의 서문도 충분히 읽었을 것으로 추정을 할 수 있다.[91)]

가난함의 의미

그렇다면 '궁窮'은 무엇인가? 우선 '궁'이라는 글자에서 연상할 수 있는 것은 경제적인 빈궁이다. 물론 궁이후공론에서도 경제적인 빈궁이 포함되겠지만, 그리 중요시되지는 않는 것 같다. 위에서 언급했듯이, 이리저리 방랑 생활을 하거나 유배당한, 사회적으로 불우한 처지에 놓인 상황을 '궁'이라고 여겼다. 자신의 포부를 실현할 기회를 얻지 못하거나, 관직에 있다가 뜻을 펴지 못하고 물러나거나 유배당한 상황에 놓여 있다면, 자연히 마음속에 울분과 갈등이 일어나게 될 것이다. 그것은 일상 생활에서는 경험하기 힘든 독특하면서도 절실한 체험이다.

강희맹은 〈처궁설處窮說〉에서, '궁'을 세 가지로 요약한 바 있다. 시대적 운명을 제대로 만나지 못해서 통하지 못하는 것, 일을 만나 나아가지 못하고 머뭇거리는 것, 뜻하지 않은 재앙을 만나는 것 등이 그것이다.[92)] 심정원이 영천으로 유배당한 사건은 강희맹이 생각하는 '궁'의 세 가지 경우에 모두 해당된다. 심정원은 원래 부유한 집안에서 생장하여 관직에 나아갔으며, 시 쓰는 능력 또한 동년배 중에서는 뛰어났으나 그 재능을 발휘해 보지 못하고 유배를 당했다. 궁한 처지에 직면하여 심정원은 자신의 불우함 혹은 현실적 궁핍함을 시로 승화시킴으로써 이전과는 다른 시풍을 창출했다. 유배 이전에 심정원의 시는 단려호매(端麗豪邁: 단아하고 아름다우며 힘이 넘치는 시풍)한 풍격을 가지고 있었으나 부유한 사람의 기름진 느낌이 있는 것에 강희맹은 불만스러워했다. 그런데 유배 중에 지은 시는 그러한 기름진 시풍이 사라지고 드높은 시적 성취를 이루었다는 것이다. 강희맹이 평한 바 '사용한 말이 매우 공교롭다(下語甚工)'는 것은 표현 수법에 관한 것이며,[93] '운용한 뜻이 높고 묘하다(運意高妙)'는 것은 시에서 보이는 의경意境 문제에 연결된다. 이처럼 범상치 않은 고난을 겪으면서 그것을 시로 표현하여 얻어낸 성과는 그의 사회적 처지를 반영함으로써 자연히 과거의 화려하고 기름진 맛을 없앴다는 점이었고, 강희맹은 바로 그 점을 높이 평가했다.

한편, 이우(李堣 1469~1517) 역시 강희맹과 비슷한 의견을 제출하였다. 이우는 중종반정에 참여하여 공신이 되었고, 이후 형조참판, 강원도 관찰사, 경상도 관찰사 등을 역임한 인물로, 퇴계 이황의 숙부이다. 그는 정희량의 문집에 서문을 쓰면서 궁이후공에 대한 자신의 긍정적인 의견을 이렇게 피력했다.

(내가 그 원고를) 받아 읽어보니 그 통쾌영창痛快英暢한 묘함이 유배되기 전에 얻은 것과 비교해 볼 때 서로 차이가 많이 날 뿐만이 아니니, 이 어찌 유배당하여 떠돌아 다니는 근심이 오래 되어 곤궁함 속에서 울울함을 떨치며 그것을 격발한 것이 아니겠는가? 옛 사람의 '궁하면 곧 시가 공교로워진다'는 말이 바로 이를 두고 한 말이다. 군(君: 정희량을 말함—필자 주)은 무릇 세 번이나 외지로 출척당했으니 그 궁함을 가히 알 만하지만 용만에서 궁함이 가장 심했다. 하물며 매계시로(梅溪詩老: 조위曺偉를 말함—필자

주)와 같은 고을에서 귀양살이하면서 아침 저녁으로 함께 처하여 훈도 받으면서 갈고 닦아 서로 시를 주고받았으니 얻어서 도움된 것이 어찌 적었겠는가? 그러므로 자득지학自得之學은 연원淵源의 도움에 힘입어 궁하고 근심스러운 곳에서 폈으니, 발출하여 말을 만든 것이 공교함을 기대하지 않아도 공교로워지지 않을 수 없다.[90]

이우의 논의는 강희맹보다 비교적 명확하다. 즉 문학 창작 능력이 향상된 이유로 궁한 현실적 처지와 시 쓰기에 전념하는 태도 두 가지를 명시하고 있다. 그는 구양수가 말한 것처럼 궁하면 궁할수록 시가 더욱 공교로워진다는 생각을 그대로 표출한다. 정희량이 세 번 유배당했는데 그 중 용만 생활이 가장 극에 달했던 점을 언급함으로써 궁한 처지를 더욱 부각시킨다. 그리고 당시 시명詩名이 높았던 매계梅溪 조위曺偉와 함께 유배 생활을 하면서 작시 능력을 갈고 닦았다는 말을 첨가함으로써 정희량이 시 창작에 전념했었음을 드러낸다.

궁이후공론을 긍정하는 쪽이든 부정하는 쪽이든 그들이 공유하고 있는 생각 중의 하나는 시가 작가의 처지를 반영한다는 점이다. 시인의 현실적 처지가 작품에 반영되어 독특한 시의 풍격 형성에 기여한다는 것이다. 강희맹, 이우의 이 논의 역시 그 범주에 속한다. 이들은 한때 불우했던 혹은 불우하게 살다가 죽은 사람들의 시문을 읽으면서, 시를 쓰는 행위란 어떤 의미를 지니는가 하는 물음을 던지고 있다. 이들에 의하면, 시 쓰기란 현실의 부당한 압력이나 모순으로부터 비롯되는 내부의 울분을 극복하는 방법으로서 중요한 의미를 지닌다. 글쓰기가 현달의 중요한 도구로 이용되었던 당대 현실 속에서, 자의든 타의든 관직 진출에 대한 욕망과는 관계 없이 부당한 세계 속에서 세계의 본질과 자신의 정체성을 밝히려는 노력에 선을 잇고 있다는 점을 은미하게 내포하고 있다. 이러한 노력은 물론 강희맹, 이우 등에게서 구체적으로 드러난 바는 없지만, 궁이후공론이 포함하고 있는 시인의 정체성에 대한 추구는 심의沈義의 〈경박해輕薄解〉 같은 글에서 그 모습을 드러낸다.

궁이후공론은 기본적으로 작가 자신의 불우한 삶에 기반하고 있는 것이므로, 특별한 방법으로 절제하지 않는 한 그 내용에는 시대에 대한 강한 탄식이나 비판의 목소리가 스며든다. 그것은 때때로 작품 표면으로 돌출되어 비분강개한 작자의 심정을 드러낸다. 이런 문제를 어떻게 해결할 것인가가 작가에게는 중요하면서도 어려운 일이다. 우선 내용을 선택하는 것도 조심스럽게 해야 하고, 일단 선택된 제재를 표현하는 수사 기법 역시 신중하게 선택해야 한다. 이 문제들을 해결하려는 과정에서 작가의 생각은 깊이를 더하면서 자신의 불우함을 내면으로 온축하여 의경意境을 넓히는 계기를 만들며, 표현 기법 역시 내용과 잘 조화될 수 있도록 표현의 문제에 힘을 기울이게 되는 것이다.

태평성대의 문학과 곤궁한 이들의 문학

문인이 자신의 불우함을 표현함으로써 당대 사회에 대한 비난이 드러나 논란거리로 등장한 경우도 있다. 시대나 사회에 대한 비판을 내용으로 다루는 전통은 한문 문화권의 오랜 전통이지만, 그것은 우회적이고 비유적인 수법에 의해 제기되었다. 그러므로 궁한 처지에 있는 문인이 자신의 심정을 노골적으로 혹은 비분강개한 어투로 드러낸다는 것은 아무래도 문제가 될 수밖에 없다.

조선 초기에 훈구세력과는 다른 정치적, 학문적 입장을 가지고 등장한 일단의 문사文士들은 글의 내용을 중시한 나머지 내용만 좋다면 사장詞章이라도 무슨 문제가 있겠는가라는 의견을 제출하기도 하였다. 즉 마음속의 도를 문장으로 잘 표현해 내기만 한다면 사장 역시 도와 배치되지는 않는다는 것이다.[95] 이런 입장에서 볼 때 궁이후공론의 논의 구도는 문제의 소지를 안고 있다.

또한 당대의 많은 훈구관료들은 자신의 시대를 태평성대로 인식하고 있었다. 그러한 시대에는 재주 있는 사람이면 누구나 자신의 포부를 실현할 수 있는 기회가 주어지며, 문사는 글을 써서 그 태평성대를 분식賁飾하는 것을 임무로 삼아야 한다고 여겼다. 우리는 그 예를 조선 전기 최고의 관료문인 서거정에게서 볼 수 있다. 문학 작품의 풍격이 작자의 처지에 따라 달라진다고 전제한 것[96]은 궁이후공론의 입장과 비슷하지만, 재야에 은거하고 있는 선비나 승려가 보여주는 풍격보다 관료들이 형성하는 풍격을 더욱 바람직한 것으로 여김으로써[97] 서거정은 공식적으로는 궁이후공론의 입장까지는 도달하지 못했다. 그가 개인적으로 궁이후공론이 일리가 있다고 긍정한 적은 있었으나[98] 스승 유방선柳方善이나 친구인 성간成侃의 불우함에 안타까움을 금하지 못하면서도 궁이후공에 이르지는 못했다. 이처럼 안타까움을 담은 글에서 우리는 궁이후공론의 단초를 확인할 수는 있으나 작가의 불우함을 지적하는 수준에 그쳐, 이를 궁이후공론의 범위 내에서 논의하기에는 그 함의가 부족하다.[99] 태평성대의 구가라는 시대 인식 속에서 궁한 처지로 불우한 삶을 살게 되는 것은 사회적 모순이 아니라 개인적인 불행의 문제로 처리된다. 내용 중시의 문학론과, 태평성대로서의 시대 인식이라는 배경 아래서 궁이후공에 반대하는 의견이 나오게 된 것이다.

① 세상에서는 이렇게들 말한다. "문장과 운수는 함께 꾀할 수 있는 것이 아니다. 그래서 훌륭한 작품은 산림에 은거하거나 떠도는 사람 가운데에서 많이 나오니, 현달한 사람들은 뜻을 다 이루어 문장을 잘 지으려 해도 그럴 수가 없다." 그러나 나는 그렇지 않다고 생각한다. 곤궁한 사람이라야 문장을 잘 지을 수 있는 경우가 진실로 있기는 하지만, 공후와 귀인들 중에 문장을 잘 하는 사람이 어찌 적겠는가? 넉넉한 도량과 높은 천성을 그들이 진실로 가지고 있다면, 내놓는 말마다 악기가 저절로 어울리는 듯하고 생각이 일어날 때마다 바람과 구름이 절로 따르는 듯하여서 가슴속에 다득한 인의仁義가 자연스럽게 시에 드러나 가릴 수가 없다. 또한 뜻을 다 이룬 사람들이 어찌 부귀로운 곳에 처하게 된 소인과 같은 행동을 하겠는가? 그러므로 《시경》에 나오는 길보吉甫의 노래는 떠도는 사람이 지은 것이 아니고 붉은 작약의 노래는 산림에 은거한 사람들이 지은 것이 아니다. 장열張說과 소정蘇頲은 모두 훌륭한 문장으로 이름을 날렸고, 한기韓琦와 범중엄范仲淹은 훌륭한 작품을 많이 남겼으니, 이와 같은 사람들이 대대로 끊이지 않았다.[100]

② 일찍이 들으니 옛 사람이 시를 논하면서 '궁하면 공교로워진다'고 했다는데 이 말은 그렇지 않은 듯싶다. 시라는 것은 성정에서 발하고 가슴 속에서 흘러나오는 것인데, 어찌 반드시 맹교孟郊와 가도賈島의 한수寒瘦함처럼 곤궁하고 굶주림을 견디지 못하고 불평不平의 울림에서 나온 이후에라야 공교로워지겠는가?[101]

③ 일반 사람들 중 공부를 하는 이는 부지런히 애쓰고 마음과 생각을 수고로이 하면서 우환을 많이 가지고 공부에 힘을 들인 연후에 글을 쓸 수 있게 되는데, 아로새겨 수식하고 기이함에 힘쓰지만 그 기상은 천근淺近한 폐단

을 면치 못한다. 왕공거인王公鉅人은 그렇지 않다. 그들은 거처하는 바가 높고 보는 바가 커서 배우기를 힘쓰지 않고도 저절로 넉넉하며, 그 일을 수련하지 않아도 저절로 정묘해지니, 크게 여력이 있어서 그 공을 성취하기가 쉽다. 그러나 문장의 명성은 곤궁한 사람들에게서 많이 나오지만 부귀한 이들에게서 나오지 않는 것은, 곤궁한 사람들만이 오직 공교롭고 부유한 사람들은 오직 능하지 못한 것이 아니라 부귀와 번화의 즐거움에 매몰되어 할 수 없기 때문이다.[102]

위의 글들은 모두 궁이후공론에 대해 부정적 견해를 진술하고 있다. ①에서 짐작할 수 있듯이 궁이후공론은 당대에 이미 일반인들 사이에 널리 알려진 것으로 보이는데, 그런 속에서 이들이 부정적인 견해를 진술한 이유는 무엇인가. 우선 이 글의 대상 인물들이 모두 현달한 인물이거나 왕족으로서 시문에 뛰어난 사람이라는 점에서 반박 논리를 내세운 것이라는 점을 감안한다 하더라도, 이들의 반론은 당시 문학론의 한 부분이었다.

이들이 공통적으로 지적하고 있는 것은 '왕공거인王公鉅人'의 기본 자질이 보통 사람보다 뛰어나다는 점이다. 처한 위치가 높고 견문이 넓으므로 이들이 지닌 기상이나 도량이 크며, 문학 창작의 기본적인 자질이 훌륭히 갖추어졌다는 것이다. 그것을 김종직은 인의仁義가 가슴속에 가득 찼다고 하였고, 성현成俔은 원기元氣가 두텁다는 것으로 표현하였다. 김종직의 경우에는 재도론載道論의 입장이 강한 인의로 문학 창작의 기반을 삼았고, 성현의 경우에는 '성리학적 도와는 다른 인간의 원초적 정서'[103]라 할 수 있는 원기를 기반으로 삼았다는 점에서 차이가 있지만, 이들의 궁이후공론에 대한 반론은 서로 비슷하다.

여말선초麗末鮮初에 비교적 널리 보급되어 있던 문학론으로, 문장이 그 시대의 성쇠와 관련을 가진다는 주장도 있다. 이것은 이색李穡이 주장한 이래 권근, 서거정, 성현 등 당대의 대가들에 의해서 표명되어 왔다. 이들은 시대별로 일정한 편차를 지니기는 하지만,[104] 한 시대를 징험하는 매체로서 문장을 중시하였다는 점에서는 같다. 이들은 자신들이 살아가는 태평성대를 훌륭히 분식賁飾하는 것이 문인의 임무이며, 거기에 걸맞는 시풍을 지녀야 마땅하다고 주장한다. 시대의 모순이나 가슴속에 쌓인 불평을 특별한 제어장치 없이 드러내는 데 적합하지 못하다는 것이다.

②에서 말한 것처럼, 반드시 불평(不平: 평정의 상태를 유지하지 못함)의 상태에서 나온 것이 공교로운 것은 아니다. 시는 성정의 표출이므로 그 성정을 잘 보존하여 시로 드러낼 수 있는 인물은 맹교孟郊나 가도賈島같은 불우한 인물이 아니라 왕공귀인이라는 것이다. 이렇게 시를 쓸 수 있는 기본 자질이 워낙 뛰어나므로, ③에서처럼 감각적 즐거움에 매몰되지 않고 자신의 성정 혹은 원기를 잘 제어하고 수양한다면 오히려 다른 사람들보다 좋은 시를 쓸 수 있다고 주장했다.

그러나 이런 논의들을 뒤집어 생각해 보면 그들의 시론詩論이 지향하는 지점을 쉽게 간파할 수 있다. 사회를 주도하는 세력은 정치적 권력뿐만 아니라 문학적 권력까지도 소유하는 것이 마땅하다는 논의와 직결되기 때문이다. 국가적 체제 속으로 모든 권력을 집중시키고, 그것의 정점에 왕이 위치하는 구조는 어디서 많이 본 듯한 것 아닌가. 근대 이전뿐 아니라 지금 우리가 살아가는 시대조차도 그런 상태를 별로 벗어나지 못한 게 아닌가 의심스러울 때가 있다. 경제력과 정치적 영향력으로 다른 문화 권력까지도 손 안에 틀어쥐려는 태도에서 우리는 국가장치의 거대한 포획의 힘을 새삼 느낀다. 그들은 자신이 살고 있는 시대가 태평성대이며, 그러한 시대를 자신들의 힘으로 만들었다는 전제를 가지고 있기 때문에 곤궁한 사람이 좋은 시를 쓸 수 있다는 사실에 대해 부정적인 입장을 취한 것이다. 그렇지만 요순시절에도 도둑놈은 있고, 태평성대에도 거지는 있는 법이다. 아무리 아름답고 태평한 세상이 왔다고는 해도 시대에 대한 전일된 시선을 견지한다는 것은 전체주의에 가깝다고 해야 할 것이다.

사실, 궁이후공窮而後工의 입장을 긍정하든 그렇지 않든, 이러한 논의는 글 쓰는 행위에 대한 성찰의 문제와 연결된다. 그런데 궁이후공론은 불우한 환경 속에서 겪는 절실한 체험이나 좌절된 포부를 안타까워하는 심정이 글 쓰는 방법과 내용에 대한 진지한 모색을 하도록 해서 좋은 글이 나올 수 있게 했다는 점에서 이 주장은 당시에 상당한 설득력이 있었던 것으로 보인다.

이런 맥락에서 가난 귀신의 가장 친한 벗 시마를 바라본다면, 시마는 현실의 편안함에 절대로 안주하지 않고 계속 새로운 균열을 일으키거나 이미 균열되어 있는 부분을 파고들어감으로써 새로운 세계로 나아가게 하는 힘이라고 할 수 있다. 세상을 형상화하는 힘인 시마는 시대에 안주하려는 시인의 마음을 가난이라는 현실 상황을 통해 뒤흔들고, 시인을 새로운 방향으로 탈주케 함으로써 아무도 경험하지 못했던 경계를 개척하게 하는 힘으로 작용했다.

3부 정의定義되기를 거부하는 시마

시 쓰기의 즐거움과 괴로움
'같음'과 '조화로움'의 거리
부유하는 언어의 파편들
전복의 사유와 시마의 번성
시마와 광기의 의미
시마로 무엇을 할 것인가

1장__ 시 쓰기의 즐거움과 괴로움

시마를 언급하다 보면 '마魔'라는 글자에 얽매여 논의가 진지하게 진행되고 만다. 그러나 시마가 가지는 일차적인 함의는 즐거움에 있다. 어떤 분야든지 좋아하게 되면 거기에 빠지게 마련인데, 시마란 시에 빠져서 다른 것을 돌보지 않는 것을 지칭하는 말이다. 시를 쓰느라고 창작의 괴로움에 휩싸여 있다느니, 적당한 글자 하나 찾느라고 머리가 하얗게 세었다느니, 간장肝腸을 모두 토해 내고 죽었다느니 하는 것은 창작 상의 고통을 말하는 것이기는 하지만 그 밑바탕에는 기본적으로 시에 대한 지독한 즐거움을 역설적으로 강조하려는 의도가 깔려 있다.

시를 짓고 감상하는 즐거움은 시대에 따라 분위기를 달리하지만, '즐긴다'는 지점에서는 많은 요소를 공유하고 있다. 근대 이전의 경우, 시를 잘 짓는 것은 개인과 가문의 영달에 큰 영향을 끼치는 것이었다. 따라서 가문의 많은 자제들에게 시 창작은 암묵적으로 강요될 정도로 권장 사항이었다. 그러나 시를 짓고 즐기는 것은 모든 사람에게 즐거운 일만은 아니었다. 특히 한시가 가진 문화적 층위를 이해하기 어려웠던 아이들의 경우에는 때때로 괴롭고 고된 일과였다. 어른들 역시 시 짓기가 즐거운 것만은 아니었다. 자신의 심회를 자유롭게 펼쳐내는 시 짓기라면 즐거운 일이었지만 과거 시험이나 기타 유형적인 형식을 강요하는 시 짓기는 괴로운 일임에 틀림없었다. 시마라면 당연히 이러한 시 짓기를 거부하도록 시켰을 것이다. 시마의 상대편에 장옥문자場屋文字라고 지칭되는 과거 시험 위주의 글쓰기가 배치되어 있는 것도 그런 맥락에서이다.

최연의 글 첫머리를 보면 그들이 만난 시마의 모습을 짐작할 수 있다.

> 오라 이 마귀야. 너는 어찌 스스로 모습을 드러내지 않느냐. 깊은 곳에 숨고 희미한 곳에 어그러져 사람에게 붙어서 그 신령함을 좀먹고 파괴하느냐? 의격意格으로 골수骨髓를 삼고 물상物象으로 가슴을 삼고 성률聲律로써 아홉 구멍을 삼고 체재體裁로써 정수精髓를 삼아서, 힘은 파협巴峽을 거꾸러뜨릴 만하고 혀는 제성齊城을 말아버릴 만하다. 내 면목面目을 미워하고 내 성정性情을 고달프게 해서, 늙지도 않았는데 백발이 되게 하고 또한 세상과 어긋나게 하는구나. 이제 네 죄를 헤아리려 하니 머리카락을 다 뽑아도 헤아릴 수가 없구나.[105]

최연이 제시하는 시마의 특징은 사람 눈에 모습을 드러내지 않는다는 점, 시인의 마음을 괴롭혀서 백발노인처럼 만든다는 점, 세상과 어긋나게 만든다는 점 등이다. 시마의 모습은 특별히 형상화되어 제시된 것은 아니지만, 한시의 중요한 요소들을 나열하여 시마를 형상화시킨다. 시인의 마음[性情]을 괴롭히는 주범은 무엇인가. 당연히 한시가 가지고 있는 형식적 규율과 그 속에 담을 내용일 것이다. 좋은 시구 하나를 만들어내기 위하여 시인은 심혈을 기울인다. 시를 짓느라 고심참담한 탓에 검던 머리가 백발로 변하는 것이야 과장된 어조이기는 하지만, 실제로 두보와 같은 이들은 시 때문에 백발이 되었다는 이야기가 있을 정도니, 그들의 고심함은 대단했을 터이다.

문제는 최연이 제시한 시마의 죄상 중에 세상과 항상 어긋나게 한다는 조항이다. 앞서 이미 언급한 시마의 절친한 벗 가난 귀신[窮鬼]은 바로 이 때문에 따라붙는다. 대대로 전해오는 유업遺業이 없는 바에야 가난함은 어쩔 수 없다. 그 가난에서 벗어나는 길은 관직에 진출하는 것이 첩경이었고, 그 외에 중세 양반 지식인들이 가난을 벗어나기란 거의 불가능한 일이었다. 생각해 보면 과거에 집착할 수밖에 없었던 이유가 여기에서 비롯된다. 그러나 아무리 시문에 뛰어난 재주를 가지고 있다 하더라도 모든 사람이 과거에 합격하는 것은 아니다. 양반의 숫자가 늘어날수록 과거 응시생은 급격히 늘어나고, 그에 따라 합격하는 숫자는 더욱 적어진다. 기본적으로 3대 이내에 과거 합격자를 배출하지 못하면 가문의 영향력이 급감하는 것에서 알 수 있듯이, 과거 합격의 문제는 단순히 개인적인 차원의 것이 아니었다. 가문을 비롯한 수많은 사회적 관계망 속에서 어린 아이들이 짊어져야만 했을 과도한 짐의 무게를 생각한다면, 양반 자제에게 과거 시험이란 필생의 난적이었을 것이다.

사실 과거 시험 답안으로 제출되는 시문의 경우에는 일종의 규칙이 있다. 흔히 팔고문八股文으로 불리는 이 문체는 중국에서 과거 시험 답안으로 작성되는 형식적인 글이었으며, 우리나라에서는 7언율시가 기본적으로 요구되는 과거 답안의 장르였다. 생원시生員試의 경우에는 유교 경전을 강講하는 것을 기본으로 하지만, 진사시進士試에서는 시문詩文 다루는 능력이 가장 중요했다. 이를 위해서 오랫동안 시문 짓는 것을 연습하다 보니, 자연스럽게 그에 걸맞는 문투文套를 가지게 되었다. 자신도 모르게 과거 시험 답안을 쓰는 형식의 글이 몸에 배인 것이다.

지금이야 공부할 것도 많고 분야도 다양하지만, 근대 이전의 양반 지식인들이 읽는 책은 거의 정해져 있는 것이나 다름없었다. 성리학이 요구하는 기본적인 경전 13경經을 비롯해서 몇 종류의 제자서諸子書, 중국의 유명한 시인들의 문집 몇 종류, 사서史書 두어 종류 등이 전부라고 해도 과언이 아니다. 이 책을 어렸을 때부터 읽고 또 읽었으니, 그것을 대부분 암송하고 있는 것도 무리는 아니다.

문제는 독서의 범위가 좁은 것에 있는 것이 아니라 그것을 해석할 수 있는 범위를 국가가 확정해 놓은 데 있다. 시를 읽어도 두보杜甫의 작품을 기본으로 읽어야 했으며, 경서經書를 읽더라도 주희朱熹의 해석에 따라서 읽어야 한다. 삶의 방식도 유교가 정해놓은 것을 따르다 보니 사유 양식 역시 주희의 생각을 규준으로 삼아야만 했다. 당시 어린 아이들이 읽었던 《소학小學》만 하더라도 얼마나 엄밀하게 생활의 질서를 규정해 놓았는가. 아버지가 일어나는 시간에 맞추어 기다렸다가 아침 문안 인사는 어떻게 드려야 하며, 이불은 어떻게 개서 얹어놓고, 외출하실 때는 어떻게 모시고 다녀야 하는가를 낱낱이 기록하고 있다. 손님을 맞이할 때 주인이 올라가야 할 계단의 방향과 디뎌야 할 발의 좌우左右까지도 샅샅이 기록해 놓은 것을 보면 때로 모골이 송연해진다. 《소학》의 규칙을 절대적인 도덕 기준으로 삼으라는 요구는 어린 아이들이 읽는 기본서에 수록되어 한 인간의 평생을 지배하는 거대한 심리적 혹은 윤리학적 담론 체계를 구축하는 것이었다.

이 같은 상황은 물론 조선 중기 이후의 상황이다. 고려 시대만 하더라도 사정은 달랐다. 그 차이는, 시마와 관련해서 볼 때 이규보와 최연의 차이이기도 하다. 어떻든 조선은 탄탄한 유교-성리학적 기준을 제시하면서, 가정에서의 부자 관계가 어떻게 국가에서의 군신 관계로 치환될 수 있는가를 노골적으로 교육했다. 당시 양반 지식인들의 심리 저편까지 지배했던 기묘한 상하관계는, 개인과 가문의 영달榮達을 매개로 해서 당연한 도덕적 규칙으로 기능했다. 어찌 보면 독서와 실천이 하나여야 한다는 출발점은 모든 사람들을 그러한 방향으로 몰아가기 위한 논거로 작용했다. 지금은 책을 쓴다는 것이 비교적 쉬워졌지만, 근대 이전에 자신의 의견을 글로 표현하고 그것을 출판한다는 것은 참으로 신중하게 처리해야 할 일이었다. 오죽하면 자신의 글을 모아서 문집 편찬 체제로 만들어놓고도 살아 생전에 그것을 출판하지 않은 사람들이 있었겠는가. 집안에 돈이 있거나 관직을 지내는 자손이 있을 때만이 비로소 그 원고는 빛을 보게 되어 하나의 문집으로 세상에 선을 보였다. 이런 경우에도 문집은 당사자 사후라야 했다. 독서와 집필로 이루어진 한 사람의 일생은 그가 죽은 뒤에야 공정하게 평가된다는 선조들의 결연한 의지가 작용했기 때문이다.

2장 _ '같음'과 '조화로움'의 거리

　일찍이 공자는 자신의 공부를 '술이부작述而不作'이라고 요약한 바 있다. 예전의 성현들의 말씀을 조술祖述하여 그 뜻을 잇기는 하지만, 자신의 독창적인 견해를 내세워 무엇인가를 지어내지는 않는다는 뜻 이다. 이미 《논어》에서 그렇게 표명되어 있으니, 공자를 하늘처럼 떠 받들던 조선 시대 선비들 입장에서야 어찌 감히 글을 짓노라고 떠들 수 있었겠는가. 과거의 훌륭한 선인들의 말씀을 열심히 읽고 익혀서 나의 삶으로 체현하는 일이야말로 조선 시대 선비들이 가장 큰 목표 로 삼았던 것이다.

　문제는 이러한 태도가 반드시 긍정적인 효과만을 가져오는 것은 아니라는 점이다. 그 심오한 뜻이야 어찌 문제 삼을 수 있겠는가마 는, 아둔한 후학들 입장에서는 그 말을 금과옥조나 되는 것처럼 여겨 서 자신의 사유를 자유롭게 펼치려고 애초에 엄두를 내지 않게 되는 부정적인 측면을 드러내게 된 것이다. 이미 검증되어 성현으로 인정 된 사람들의 글에 대해 의심하지 않고 그대로 따르기만 하면 되는 사 회 속에서 고전古典이란 일종의 권력일 뿐이다. 독서가 생산적인 것으 로 작동하기보다는 체제의 안정에 기여하는 삶이란 자기의 온전한 것이라고 할 수 없다. 그런 공부는 안정된 사회를 만들고, 균형잡힌 사회 속에서 이전부터 행사해 온 기득권을 누리는 도구일 뿐이다. 그 것은 단순히 '같음[同]'을 강조하는 사회이다.

'같음[同]'이란 '조화[和]'와는 근본적으로 다르다. 공자도 이 점을 중시하면서 "군자는 조화롭되 같지 않고, 소인은 같되 조화롭지 않다 (君子和而不同, 小人同而不和;《論語》〈子路〉)"고 말한 바 있다. 조화가 자 유로움의 형식이라면 같음은 독재적인 형식이다. 자장면을 먹으러 가거나 차 한 잔을 마시러 갔을 때, 우리는 종종 메뉴를 통일하자는 제의를 받곤 한다. 그것은 같음의 개념이다. 하나의 기준으로 다른 사람들의 생각을 배제하는 것, 하나의 기준이 다른 상황적 고려 없이 일방적으로 강요당하는 것, 이것이 바로 같음[同]의 형식이다. 나는 다른 것을 먹고 싶지만 정작 목소리 큰 사람이 주도하는 분위기에 얹 혀서 나의 생각을 바꾸라고 강요를 받는다면 그것은 독재적인 통일 이다. 그 상황에서 개인의 취향이나 사정은 무시되고, 전체적인 같음 만이 중시된다. 이것이야말로 소인배들의 좁은 소견일 뿐이다.

우리가 중시해야 할 것은, 각자의 개인적 취향이나 상황을 존중하 면서도 전체적인 질서를 흩어버리지 않는 조화[和]의 정신이다. 이것 은 개인의 성정이 전혀 다른 외압에 구애받지 않고 자신이 하고 싶은 대로 생각을 펼쳐내는 것, 그렇게 펼쳐낸 것이 다른 사람의 또 다른 차이와 서로 어긋나거나 삐걱거리지 않고 아름답게 서로를 도와주고 밀어주는 것, 바로 그것이 만들어내는 우리의 아름다운 목표이다. 자 유로운 사유와 개성이 유감 없이 빛나면서도 사회의 질서를, 나아가 서 천지의 운행을 방해하지 않는 것이 바로 조화의 정신이다. 주희朱 熹역시 이 구절에 주석을 달면서, "조화란 어그러짐이 없는 마음이고, 같음이란 아부하고 패거리를 짓는 마음(和者, 無乖戾之心 ; 同者, 有阿

比之意)"이라고 했다.

같은[同] 요소들끼리만 섞어놓으면 새로운 요소를 만들어낼 수 없지만, 서로 다른 요소들이 조화롭게[和] 섞일 때에는 새로운 요소를 다양하게 만들어낼 수 있다. 그런 점에서 조화의 정신은 창조 정신 혹은 창조적 상상력과 통한다.

앞서 말한 것처럼, 안정된 형식이란 자칫 '같음'의 형식으로 통하기 십상이다. 그것은 사회의 곳곳에 견고한 성을 쌓고, 그 성 속에 다시 무수히 많은 분별과 분할을 만든다. 우리는 그 속에서 이미 만들어져 있는 법칙을 도덕 혹은 사회적 규율이라는 이름으로 학습하고, 그것을 무비판적으로 받아들이는 교육을 받음으로써 하나의 기득권 또는 권력을 가지는 것이다. 그 권력의 단맛에 취할 때 우리가 하는 일이란 조화의 정신을 함양하기보다는 같음의 마음을 확대재생산하게 마련이다.

그러면 무엇을 해야 하는가. 우선은 견고한 성채에 균열을 만드는 일이 중요하다.

3장 __ 부유하는 언어의 파편들

시마로 논의를 돌려보자. 언어의 그물이 만들어내는 견고한 담론의 성채는 하나의 권력이었다. 과거 시험을 비롯한 거대 담론을 존재하게 하는 많은 문학적 제도들은 대부분의 사람들을 사유의 기득권 속에서 헤어나지 못하게 했다. 표면적으로 안정된 사회는 내부적으로 부패하고 있다는 증거이기도 하다. 관례라는 이름으로 권력은 세습되고, 새로운 세력은 쉽게 뿌리를 내리지 못한다. 사정이 이렇기 때문에 아무리 새롭고 혁명적인 내용을 담은 문학이라 하더라도 이전의 문단을 단번에 거부하기란 어려운 일이다. 기존의 문단 역시 문학의 세계라는 점에서 보자면 하나의 규칙이기 때문이다.

문학적 담론을 구성하고 있는 것들은 게임의 법칙으로 이야기할 수도 있다. 특히 근대 이전 문학이 담지하고 있던 다양하고 복잡한 규칙들을 생각한다면 글쓰기는 노골적인 게임 중의 하나이다. 게임이란 그 규칙이 촘촘하면 할수록 게임 수행에 어려움을 느끼지만, 다른 한편으로 그 규칙을 충분히 이해한다는 전제 하에서는 더욱 흥미를 가중시킨다. 말하자면 어렵고 힘든 규칙을 이해하고 활용할 수 있다는 전제 조건 아래에서 사람들은 매우 재미있는 게임을 즐길 수 있는 것이다. 그렇지만 게임의 규칙을 배우는 것은 오랜 시간과 노력을 기울여야만 가능하다. 그것을 감당하는 힘은 경제적 조건과 사회적 배경에서 나온다.

과거 시험을 보기 위해 일차적으로 오랜 기간 동안 한문을 익혀야 하고, 거기에 한문이 주는 규칙을 익혀야 하며, 과거 시험 제도가 만들어온 복잡하고 다양한 규칙들을 이해해야만 한다. 그 규칙을 전면 부정하는 순간 그는 사회가 만들어놓은 담론의 질서 밖으로 배제된다.

시마가 아무리 혁명적이고 전복적 사유를 포함하고 있다 해도 중세 문화가 요구하는 기본적인 규칙에서 자유로운 것은 아니다. 잘 드러나지 않는 장場의 특성은, 하나의 장에 참여한 모든 사람들이 기본적인 이해 관계, 다시 말해 그 장의 존재 자체와 관련된 모든 것을 공유하고 있다는 사실인데,[106] 시마 역시 그런 점을 거부할 수는 없다는 것이다. 시마를 언급하고 그 개념을 부분적으로 이용하는 사람들은 한결같이 중세의 시문을 능수능란하게 다룰 줄 아는 사람이었다는 점을 상기할 필요가 있다. 자신이 한문을 매우 잘 다루었고, 이를 통해 뛰어난 작품 활동을 하는 사람들이 시마를 언급하였다는 것은, 뒤집어 말하자면 중세의 문학적 규칙을 가장 잘 활용하고 그것을 통해 명성을 얻은 사람이라야 비로소 새로운 사유를 표현할 수 있는 출발점을 확보했다는 것을 의미한다.

문학론을 예로 들자면 이는 용사론用事論과 신의론新意論에 비견된다. 물론 두 논의가 서로 대립적으로 배치되는 것만은 아니다. 그러나 어느 쪽에 경도되어 있는가에 따라 문학론적 경향을 짐작할 수는 있다. 용사론이 신의론에 비해 전통적인 규칙을 더 강조하는 편에 서 있다는 사실만은 분명해 보인다. 고려 후기 문학사의 전통에서 이규보는 용사론을 비판하고 신의론을 전개한 인물로 알려져 있다. 그런데 신의론을 이야기하는 이규보의 글에는 고도의 용사가 스며 있다. 말하자면 용사론을 비판하는 글을 쓰면서 역설적이게도 고도의 용사를 하는 면모를 보이고 있는 것이다. 여기가 바로 이규보의 능력이 돋보이는 지점이다. 게임의 법칙을 충분히 습득한 후에 게임을 능숙하게 수행하고, 그것을 통해 기존 게임의 영토에 균열을 내는 이규보의 문학적 능력은 당대 문학사적 흐름을 바꿀 정도로 중요한 의의를 지니고 있다.

용사를 이용하지 못하는 사람이 용사의 문제점을 제대로 알 수도 없는 일이고, 나아가 그것의 취약점을 제대로 파악하지 못하므로 효과적이고 날카로운 비판의 칼날을 들이댈 수도 없는 일이다.

이규보가 용사를 그토록 능숙하게 다룰 줄 알았다면, 어째서 거기에 비판적인 시선을 보냈을까? 그 능력을 잘 활용하기만 하면 당대 문학적 권력의 중심부에서 한세상 잘 살 수 있었을 터인데. 지금 남아 있는 자료로는 그 의도를 정확히 파악하기 힘들지만, 추정컨대 이규보가 문학적 상상력이 주는 거대한 힘을 인식했기 때문이 아닐까 싶다. 사실 문학사에서 새로운 시대를 열어나간다는 것은 이전과는 전혀 다른 차원의 사유를 펼침으로써 새로운 지평을 열어간다는 뜻이다.

새로운 사유를 펼치기 위해서 필수적으로 요구되는 것이 바로 언어의 새로운 발견 혹은 새로운 언어의 창조이다. 선인들이 발현해 내지 못한 것을 펼침에 있어서 이전의 언어란 조력자라기보다는 장애물일 가능성이 크다. 그렇다면 나만의 새로운 언어를 만들어내야 하는데, 그런 점에서 보자면 용사론이란 새로운 사유로 나아가는 길목을 막고 있는 장애물을 생산하는 기지였을 것이다. 이것은 앞서 언급한 '같음[同]'의 세계와 관련된다. 용사론이란 나의 생각을 예전 사람들의 생각에 맞추는 것인 경우가 대부분이다. '내'가 살고 있는 세계를 '내'가 바라보면서도 정작 '나'의 생각을 옛 사람들의 글이나 고사에 의존해서 표현한다는 것은 세계의 차이에 주목하기보다는 '유사성' 나아가서 '같음'에 주목하게 된다. 그 과정을 통해서 발랄하고 신기한 생각들은 정형적이고 점잖은 생각으로 포장된다.

용사론에 경도되어 있는 사람들도 신의론을 강조하지 않는 것은 아니다. 그들 역시 이전의 시문이나 전거를 가진 글을 쓴다 해도 궁극적으로는 자신만의 생각을 표현하는 것이 목표라고 말한다. 그럼에도 불구하고 용사론은 모든 논의를 옛 사람들의 결론에 귀속시키려는 혐의가 짙다.

새로운 단어는 이전의 세계와 일정한 차별성을 전제로 한다. 차별화된 세계의 모습에 주목할 때 작가는 새로운 언어를 찾기 위해 고심한다. 이전과는 다른 세계를 발견하는 일과 새로운 언어를 만들어내는 일은 동시적인 것이다. 새로운 세계를 말한다면서 옛 언어로 표현한다면 그것이야말로 새롭게 발견된 세계를 과거의 사회 구조나 과거의 문학적 범주 속으로 환원시키는 일이기 때문이다. 이것을 거부할 때 비로소 새로운 언어에 대한 탐색이 활발하게 진행되고, 그것은 신의론으로 나아간다. 새로운 것을 표현하려는 강렬한 욕망은 대체로 기성 문단의 권위를 전부 혹은 일부 허물게 되고, 이를 통해서 이들은 자신들만의 색깔을 가진 집단으로 인정받게 된다. 그것은 일종의 구별 짓기이기도 하면서 중심화되어 있는 권력을 해체하는 방식이기도 하다.

이규보의 〈구시마문〉에서 시마의 죄 중에 '모든 것을 파헤쳐 표현하게 만든다'는 죄목을 들어서 야단 치는 부분이 있다. 파헤친다는 것은 물론 천지의 비밀을 파헤친다는 것이지만, 그것을 언어의 측면에서 보자면 언어가 가진 상징성을 해석해 내는 작업을 의미한다. 언어의 상징은 실재와 기호 사이에 위치하는 일종의 보루이다. 실재는 언어를 통해 자신의 의미를 전달하려 하고, 기호는 그 사이에서 끊임없이 미끄러진다. 다시 말하면 우리의 생각과 언어적 표현 사이에는 간극이 존재하고, 그 간극을 줄여보려는 노력은 표현의 엄밀성에 대한 강조로 이어진다. 그러나 영원히 도달할 수 없는 간극은 그 사이에 하나의 타협점을 만들게 되는데, 우리는 그 타협점을 사회적 규약이라는 이름으로 정당화한다.[107] 실재에 도달하지 못하고 미끄러지는 것이 언어 혹은 기호의 운명이라면, 문제는 얼마나 가까이까지 도달할 수 있는가 하는 것이며, 이는 바로 사용하는 사람들의 노력에 달려 있다. 그런 점에서 언어가 담지하고 있는 도저한 상징의 저편은 우리를 절망하게 만드는 요인이면서 새로운 언어에 도달하려는 투지를 불러일으키는 원천이기도 하다. 그것은 언어가 자신만의 세계를 쉽게 드러내지 않으려는 오만으로도 읽힌다. 그렇게 보자면 시문을 쓰는 사람은 언어의 오만성에 시비를 걸면서 문제를 제기하는 인물이다.

4장_ 전복의 사유와 시마의 번성

언어를 갈고 닦는 것, 즉 기존의 사유 방식에 의문을 제기하면서 새로운 사유의 지평을 확보하려고 애쓰는 지점에서 시마는 왕성한 활동을 한다. 과거에 이미 하나의 권력으로 굳어진 것들에 새로운 균열을 내면서 생뚱맞은 이야기를 건네는 방식으로 이들은 시인의 상상력을 자극하고 그들의 영감을 길어 올린다.

사실 시마에 대해 언급하는 사람들은 그것을 상상력과 같은 개념으로 취급한 경향이 있었다. 앞서 언급한 것처럼 시마의 여러 기능 중에 천지의 비밀을 파헤친다는 점을 주목하면 시마가 상상력과 상당한 관계를 가지는 것처럼 보인다. 이때 상상력이란 일종의 '질료質料의 상상력'과 비견될 만하다. 송욱은 이렇게 말한 바 있다. "이번에는 상상력이 전혀 방향을 바꾸어 존재의 바탕 속을 파고든다. 그것은 존재 안에서 원초적이고 본원적인 것과 영원한 것을 동시에 찾아내려고 한다. 그것은 계절과 역사를 초월한다. 그것은 자연 안에서, 즉 우리 자신의 안팎에서 싹을 빚어낸다. 이 싹이란, 형식이 어떤 물질 혹은 실체(substance) 속에 잠겨 있어, 그것의 내면적인 경우를 뜻한다. 이것을 물질상상력物質想像力, 좀더 철학적으로 '질료의 상상력'이라고 부를 수 있다. 그런데, 바로 이 물질상상력이야말로 시의 창조를 철학적으로 완전히 연구하는 데 중심을 이루는 것이다. 물론 정서情緒와 심정心情이 형식의 원인이 되어, 작품을 마련하는 언어에 변화를 주고, 작품으로 하여금 변화하는 광선의 생기를 갖추게 할 것이다."[108]

그렇지만 단순히 이것만으로 한정하기에는 그 다음에 제시되는 시마의 특징들이 버성긴다. 그것은 질료의 상상력과 통하는 것이면서 동시에 수사학적이기도 하고, 형식론적이기도 하다. 여러 가지 복잡다단한 성질을 동시에 내포하는 것이기 때문에 이렇게 얘기되기도 한다. "이규보가 제시한 시마의 죄상을 거꾸로 읽어보면, 시인은 남이 알아주든 알아주지 않든 시를 통해 마음껏 자신의 포부를 펼칠 수 있고, 시인은 그 날카로운 예지로써 천지의 드러나지 않은 오의奧義를 파헤쳐 사람들의 인식을 보다 고원高遠한 곳으로 인도해 주며, 시인은 온갖 사물들을 관찰하여 거기에 감추어진 의미를 발견해 내며, 시인은 자신의 기준에 따라 세속의 질서나 사람들의 행위에 대해 시를 통해 마음껏 비판할 수 있는 특권을 지니고 있으며, 시인은 세속 사람들이 추구하는 겉모양의 꾸밈보다는 한 편의 훌륭한 시를 창작하기 위한 고초를 더욱 소중히 여기는 사람들이라는 제자랑인 것이다. 그러고 보면 이 시마란 놈은 무슨 이마에 뿔 달린 귀신이 아니라, 시인으로 하여금 시를 쓰지 않고는 배길 수 없게 만드는 '억제할 수 없는 충동' 의 다른 이름이다."[109]

워낙 다양한 성향을 내포하고 있는 것이 시마이기 때문에 우리는 그 개념을 논의하는 데 어려움을 겪을 수밖에 없다. 범주가 너무도 넓어서 논의 자체가 불가능하다고 생각하는 사람도 있을 터이고, 개념을 잡을 수 없는 것이기에 어떤 견고한 담론의 성채라도 뚫고 들어가서 균열을 일으킬 수 있다고 여기는 사람도 있을 터이다. 질료의 상상력과 관련하여 생각하는 사람들은 시마를 작가 내부의 존재 생성의 힘이라고 여길 것이다. 독자의 입장뿐만 아니라 작가의 입장에서도 작품은 개인으로 하여금 촉발시키는 힘을 가진다. 물론 그 힘은 본래부터 우리 내부에 있어서 우리가 시를 읽을 때(혹은 쓸 때) 우리로 하여금 '존재의 전환'을 이루게 하는 것일 수도 있다. 이것 역시 상상력의 개념을 드러내는 것이기는 하지만,[110] 적어도 시마는 인간 개인의 내부에 들어 있던 어떤 부분을 촉발시켜서 외부적으로 발현하는 힘을 가진 것이 분명하다. 반면에 그것을 수사적인 문제로 여기던 사람들은 이전의 문학적 수사가 형성한 형태를 뒤집는 새로운 표현이 등장하는 이면의 알 수 없는 힘으로 시마가 기능하는 것이라고 여겼을 것이다. 그 밖에 여러 측면을 들어서 시마의 개념을 상정하였다.

이러한 여러 생각들에도 불구하고 시마의 개념을 이야기할 때 공유하는 중요한 측면이 있다. 그것은 시마가 주류적인 것에 비판적으로 대응하면서 소수적인 것들에 대해 강조점을 던지고 있는 개념이라는 것이다. 앞서 언급한 것으로 예를 들어보면 이렇다. 과거科擧는 당대 주류적 문학론을 형성하고 유포하는 중심점이다. 고려 광종 때 과거 제도가 시행된 이래 조선이 망할 때까지 과거는 많은 학인學人들의 꿈이자 절망이었다. 그것은 한 인간의 영달榮達과 궁핍窮乏을 좌우하는 제도였으며, 공부의 여러 정점 중의 하나였다. 국가는 과거 제도를 이용하여 새로운 관료를 충원하는 한편 관료 후보생이 계속 줄지어 대기하도록 만들었다. 국가는 그들에게 국가가 요구하는 이념을 주입했고, 그것은 자연스럽게 사회의 주류 담론으로 형성되었다. 국가는 하나의 형식을 제시하고 많은 개인들을 거기에 맞추도록 요구했다. 말하자면 표면적으로는 왕도정치王道政治나 태평성대를 지향하지만 그것은 오히려 다양한 개성들을 포획하여 국가체제 속에 녹여버리는 것이었다. 새로운 인간이나 사유가 나타나기보다는 국가가 요구하는 사유의 확대재생산이 바로 그들이 원하는 것이었다. 그들은 과거 제도를 통해 인재를 선발했고, 법과 제도를 통해 국가 권력을 행사하면서 그 외의 백성들을 포획하였다. 이처럼 중세가 요구하는 '차이 없는 반복'에 대한 강요는 쉽게 거부할 수 없는 점이 있었는데, 그것의 결과로서 권력의 달콤한 열매를 얻거나 자신의 목숨을 내놓는 위험을 감수하지 않아도 된다는 보장이었다.

이런 맥락에서 보면 고전古典의 의미도 새롭게 다가온다. 사서오경四書五經은 우리의 중세가 국가적으로 요구하는 기본 교과서였다. 사람들은 이 텍스트를 통해서 생각을 해야 했다. 문제는 해석의 통일성을 요구한다는 점이었다. 경전의 해석은 해석자의 입장에 따라 다양하게 이루어질 수 있음에도 불구하고 주희朱熹의 주석만을 공식적인 것으로 인정하는 바람에 사람들은 다양한 해석의 기회를 박탈당했다. 주희의 해석을 거부하는 것은 권력의 그늘 속으로 들어갈 수 없음을 의미하는 것이었기 때문이다. 이럴 때 고전은 새로운 문학 창작(학습)의 전범으로 여겨지기보다는 글쓰기의 구속으로 작용한다. 글쓰기의 모범으로 작동하면서 새로운 사유의 원천이 될 수 있다면 그것은 바람직한 경우지만, 고전이 구속으로 작동하는 경우는 글쓰기의 악폐를 조장하며 부유하는 에피고넨만을 양산하는 계기이다. 앞서 언급했던 이인로의 용사론은 고전의 긍정적인 효과를 강조하기 위한 것이었다 하더라도, 이미 고전의 탐구가 형식화하여 작시作詩의 구속으로 작용한다고 생각한 이규보는 새로운 사유를 표현해야 한다는 신의론을 주장한 것으로 보인다. 이규보에게 있어서 고전의 인용은 글쓰기의 구속이었을 것이다. 따라서 그것을 뛰어넘는 것이 우선의 과

제였다. 앞서 언급한 이규보의 구불의체九不宜體를 보면 예전에 하나의 관행으로 굳어진 것처럼 보이는 문학적 생각을 얼마나 비판적으로 보았는지 알 수 있다.

중세 글쓰기에서 주류적 담론을 비판하는 방식은 여러 가지가 있지만, 중요한 것으로 꼽을 수 있는 것은 역시 과거 시험에서 널리 통용되는 글쓰기를 비판하는 것이었다. 그것은 소수적인 것을 주목하면서 기존의 주류적 담론에 균열을 만드는 일이다. 그런 점에서 이규보와 같은 사람이 시마의 개념에 주목한 것은 오히려 당연한 일로 보이기까지 한다. 그것은 시마라는 개념이 그만큼 포착하기 어려운 것이며, 나아가서 주류적 담론 속으로 포획되기도 어렵다는 점이 긍정적으로 작용한 것으로 보인다. 사실 이규보 이후 지금에 이르기까지 시마는 산발적으로 무수히 등장했다. 그러나 아무도 그것을 개념화하지 못했던 것은 그만큼 부유浮游하는 단어였기 때문이었다. 계층, 학맥, 신분에 관계없이 누구나 시마를 이야기하지만, 그처럼 광범위하면서도 산발적인 논의에 그쳤다는 것 자체가 벌써 시마의 소수자적 성향을 명확히 반증하는 것이기도 하다.

우리는 사회적으로 복수의 흐름들이 다층적으로 공존하는 것을 경험한다. 그 흐름들은 특별한 인연 조건을 만나면 주류적 담론으로 부상하기도 하지만, 대부분의 흐름들은 그렇게 억압당하거나 배제된 채 역사의 그림자 속을 부유하기 일쑤다. 이들은 일정 부분을 공유하면서 관계를 맺기도 하지만 중요한 지점에 처하면 서로를 밀어낸다. 그들은 사회적 정당함을 확보하기 위해 상대편을 비난하는데, 대부분의 경우에는 주류적 담론에 의해 소수자적 처지의 담론들이 일방적으로 배제되는 결과를 낳는다. 소수자들은 여러 가지 측면에서 배제되는데, 우리가 주목하는 시마 역시 그들 중 하나다.

'시마'라는 단어를 쓴 비교적 초창기 인물인 당나라 때의 대시인 백거이白居易의 발언을 상기할 필요가 있다. "나를 알아주는 사람은 나를 시선詩仙이라고 생각하고, 나를 모르는 사람들은 시마詩魔라고 여깁니다. 무엇 때문이겠습니까? 마음을 수고롭게 하고 소리와 기운을 부리며 아침 저녁으로 연이어 지으면서도 그 괴로움을 알지 못하니, 마魔가 아니면 무엇이겠습니까? 우연히 사람들과 아름다운 경치를 만나서, 꽃이 피었을 때 잔치가 끝나거나 달밤에 술이 얼큰하여 한 번 노래하고 한 번 읊조리면서 늙어가는 줄을 알지 못합니다. 비록 난새와 학을 타고 봉래·영주에서 노니는 경우라 해도 이보다는 더할 것이 없으리니, 또한 신선이 아니면 무엇이겠습니까?"[111]

시의 신선[詩仙]과 시의 귀신은 같은 것을 지칭하는 다른 이름일 뿐이다. 괴로운 줄도 모르고 어떤 경치를 만나면 시를 읊어대기에 여념이 없고, 늙는 줄도 모르고 시 짓는 즐거움 속에 빠져 있으니, 이것은 시 짓기 혹은 글쓰기의 흐름들을 말한다. 사람들은 그 흐름 중에 어떤 부분을 절단해서 시마라느니 시선이라느니 말을 한다는 것이다. 그러나 어느 쪽이든 세상의 번우한 일에서 한 걸음 떨어져 있는 존재이므로 문학적 권력의 중심에서 멀기는 모두 한 가지다. 그럼에도 불구하고 흐름의 기본적인 속성 상 어떤 것과도 만나서 새로운 담론을 만들어내고 새로운 사유를 개척하며 새로운 작품을 만들어낼 수 있는 가능성을 풍부하게 갖추고 있기 때문에, 주류적 문학과는 전혀 다른 방식으로 자신만의 세계를 구축해 나간다. 이는 일종의 '접속'이다.[112]

한 시대는 그 시대 나름의 문학적 기준이나 규범을 지닌다. 기대지평이라고 할 수 있는 이 기준에서 벗어난다면 당대 사회에서의 평가 역시 혹독하게 이루어질 것이다. 현대사회에서의 문학적 기대지평은 그것이 평가에만 연결되어 작가 개인의 생활을 직접 구속하거나 현실적 제재에 이르는 경우는 드물다. 그러나 중세 봉건사회에서의 문학적 기대지평은 평가뿐만 아니라 개인의 생활에도 직접 영향을 끼쳤다.

최연의 시대는 성리학의 논리가 사회 전반으로 그 영향력을 확대해 나가던 때였으므로, 문학 창작의 방향 역시 이것의 영향을 받았다고 할 수 있다. 이는 문학 창작 과정에서의 감정표출이 성리학적 이념에 의해 일정하게 여과된다는 의미를 가진다. 예컨대 '문장 쓰기는 작은 기예[文章, 小技也]'라고 할 때, 문학적 영역은 사회적 이념의 여과를 거쳤다고 할 수 있다. 물론 '소기小技'라고 하는 것은 문장 그 자체에 대한 것이라기보다는 성리학적 논의나 정치적 교화에 비교할 때 소기라는 것이지만, 문학 창작을 소기라는 용어로 미리 규정할 만큼 그 시대에 있어서의 문학의 범위는 조금씩 구속당하기 시작했던 것이다.

이러한 태도는 그 시대를 지배하는 이념의 영향 아래에서 비롯되는 것이며, 그 이념을 교육하는 교육 제도 사이에서 싹트는 것이라고 할 수 있다. 이러한 단서를 우리는 16세기 당대의 독서 방법에서 엿볼 수 있다.

독서를 하면서 성현의 뜻을 헤아리는 데 목적을 두는 행위는 시를 읽는 행위 역시 이러한 목적과 상당한 연관을 가지게 한다.[113] 한시를 창작하거나 읽는 것은 성정도야性情陶冶나 정치교화에 관련시켜야 논의가 성립되는 것이고, 지나치게 수식에 힘을 기울이면 비판받아 마땅하다고 생각하게 된다. 그러므로 문학적 상상력 역시 성리학적 기준에 의해서 일정하게 구속당한다는 것이다.

이렇게 되자 철학적 이념의 여과를 거친 후에 이루어지는 창작 행위와 작품이 이상적인 모형으로 등장하기에 이른다. 시대나 환경에 따라 구속하는 주체가 달라지겠지만, 조선 시대 성리학의 구속 하에서 문학 창작 행위가 인정받기 위해서는 그 내용 속에 성리학적 진리나 혹은 그것으로 해명될 수 있는 것들을 담아야 했다. 흔히 말하는 재도론載道論에 입각한 문학이 바로 그것이다. 즉 재도지기載道之器로서 창작된 문학이 이 시대의 문학적 전범으로 광범위하게 수용된 것이다.

　문학 창작이 사회적 이념의 여과를 거치는 과정은 실상 구체적인 방법 속에서 이루어진다. 그것의 한 예로, 출판에 대한 작가 개인의 통제능력의 상실이라는 것을 들 수 있다. 조선시대에는 특별한 경우를 제외하고는 대부분 사후 출판을 원칙으로 했다. 자신이 죽은 이후에 책이 만들어지므로, 책의 원고를 정리하면서 후대의 평가를 고려해 일정한 첨삭이 이루어진다. 그 첨삭은 물론 작가 개인이 할 수도 있고 후손에 의해 이루어질 수도 있다. 후대의 평가는 바로 그가 살았던 시대의 이념적 규준에 의하여 만들어진 것이므로, 이 경우 문학작품 혹은 창작 행위는 사회적 배경—정치적, 철학적 이념, 까다로운 문학적 격식 등—이 허용하는 범위 내에서만 자유롭다고 할 수 있다.[114]

　이처럼 시인의 자유로운 창작 욕구와 사회적 구속 사이의 갈등이라는 점에서 시마를 파악하는 입장에 설 때, 시마가 가지는 의미는 '이 세계와 인간 경험의 굳어진 질서 및 이치에 대한 근원적 회의'라 할 수 있으며, 작시에 관한 번거로운 지식은 물론 이지적 규율과 관습의 제약 또한 넘어선 창조적 불순응성의 소산이라고 할 수 있다. 대부분의 시마론이 '시능궁인詩能窮人'의 논리와 맥락을 같이 하는 이유 역시 여기에 있다.

5장 __ 시마와 광기의 의미

시마에 의해 창작을 하는 시인은 자연히 사회제도나 이념 혹은 정당성을 확보한 문학과 차별성을 갖는다. 하지만 사회는 쉽게 그것을 용납하지 못하고 그에게 고난을 내리게 된다. 시가 능히 사람을 궁하게 한다는 것 역시 시인과 사회 사이의 괴리, 갈등을 표현하는 말이다. 최연 역시 "문文은 명달命達을 싫어하여 곤궁함과 더불어 모의하여, 소리를 변화시키고 금기를 건드려서 화근을 마구 불러일으킨다"고 하여 자신의 갈등을 드러낸 바 있다.

결국 작가는 자신의 자유로운 상상력과, 그것의 표출인 문학 창작 행위가 당면하고 있는 사회적 제도와의 사이에서 갈등하는 것이다. 강력한 사회적 구속 하에서 작가는 그것을 탈피하려는 노력을 보여서 성공하기도 하고 혹은 좌절하기도 한다. 그런데 이 저항의 힘이 구속을 탈피할 수 있을 정도로 역량이 충분할 때에는 당연히 문학사의 전면으로 부상하지만, 이 저항이 사회의 구속력에 비해 터무니없이 미약할 때에는 이상적이지 못한 문학의 지위로 떨어진다. 시마詩魔에서의 '마魔' 개념이 바로 여기에서 생긴다.

작가의 작품 창작 행위가 성공과 좌절 사이에서 다양한 스펙트럼을 보이면서 나름의 색깔을 만들어나간다면, 그것은 거대한 흐름 속에서 자신의 주파수와 맞는 어떤 것들을 모아서 배치하는 행위에 연결된다. 질서를 요구하는 사람들의 시선으로 보면 흐름들은 하나의 거대한 혼돈에 불과하지만, 그것을 새롭게 바라보면서 자신의 시선으로 무엇인가를 형성해 나가는 사람들이라면 흐름들은 너무도 아름답고 풍성한 보물창고다.

범박하게 말하자면, 흐름은 어떤 형태로든지 절단되어 사회적 의미를 획득하게 마련이다. 그 단계까지 가지 못하는 흐름들이 있다면 그것은 우리에게 혹은 우리 사회에서 그 의미를 획득하지 못하고 사라져가는—잠복한 채 흐름 저변에 가라앉아 있는 것에 불과하다. 중세 사회에서 유교적 질서 속에 편입되지 못하고 배제된 흐름들, 그것을 사람들은 '마魔'로 지목했다. 그 '마'는 일차적인 절단과 선분화를 거쳐서 이름을 부여받는다. 그 흐름이 '잠'에 초점이 맞추어졌다면 수마睡魔가 되는 것이고, '술'에 초점이 맞추어졌다면 주마酒魔가 될 것이고, '성적인 것'에 초점이 맞추어졌다면 색마色魔가 될 것이다. 이 상태는 의미를 획득하기는 했지만 사회적으로 하나의 권력을 소유하는 상태가 되기는 어렵다. 오히려 사회의 권력이라 할 수 있는 담론 혹은 윤리적 규율 등에 등을 돌리고 있는 상태이다. 물론 이들과 같은 흐름의 절단만 있는 것은 아니다. 체계적인 담론을 형성하지는 못했지만 사회의 구석을 흘러다니면서 사람들의 호기심을 자극하고 생활 속에서 일정한 영향력을 행사하면서 새로운 단계로 도약하기를 꿈꾸는 흐름들이 존재한다. 이들은 무엇과 접속하는가에 따라 전혀 다른 차원의 담론으로 확대되거나 권력을 행사하게 된다.

그런 점에서 보면 시마는 '시'에 초점을 맞추어진 흐름의 절단이다. 삶의 여러 부면 중에서 오직 시문을 짓고 읽는 것만이 관심사인 경우가 바로 시마에 걸린 것인데, 이것은 그 힘 자체로만은 우리 삶의 어떤 점에 이득이 있는가를 딱 부러지게 말하기 어렵다. 기실 '마'자가 붙은 글자치고 상식적인 차원에서의 효용성을 논의할 수 있는 경우는 드물다. 이들은 효용과 비효용 사이를 떠돈다. 자신의 모습이 일정하게 굳어지는 것을 경계하면서 계속 변화하는 존재라고 해도 과언이 아니다. 시마도 역시 그런 것이어서, 효용적인 시문과 비효용적인 시문 사이를 떠돈다.

시마나 시귀에 관한 일화 중에서 과거 시험과 관련된 일화가 상당수 발견되는 것은, 이들 세력이 과거와 같은 제도적 시문에도 관여하고 있음을 증명한다. 말하자면 시마는 하나의 거대한 세력의 흐름으로, 과거와 같은 공식적인 제도적 장치에 한 부분을 걸치고 있을 뿐만 아니라 과거를 비판적으로 바라보면서 그 개혁 혹은 무용론을 주장하고 있는 사람들의 영역에도 상당 부분 기대고 있는 그런 존재라는 것이다. 이 때문에 시마는 김종직이나 이이, 최연 등과 같은 정통 관료 학자—문인에게도 나타날 뿐 아니라, 재야에서 오직 시문을 짓고 읽는 것에 몰두했던 수많은 학자—문인들에게도 동시에 나타날 수 있었다. 국가는 이들 흐름의 일부를 포획함으로써, 형식화되어 더 이상 긍정적 효과를 기대하기 어려운 측면을 개혁하거나 바꾸려 한다. 어찌 보면 과거 제도라는 것 자체도 그러한 측면을 상징적으로 보여주고 있는 것인지도 모른다. 그러나 그렇게 포획된 시마와 같은 흐름들은 당대 권력의 그물망 속으로 들어가는 순간 원래 가지고 있던 흐름은 정지되어, 풍부한 감성과 유연한 사유는 사라지기 십상이다.

조선 시대 도학자들은 예술작품에다 비예술적 척도를 들이대면서 자신의 시선 속에서 작품을 평가하려 했다. 유약우劉若愚의 말을 빌린다면, 가치상 비예술적인 기준이 덜 중요하다는 것이 아니라 다만 그러한 것은 예술적 가치를 평가하는 데 적용시킬 수 없다는 것이다.[115] 특히 조선 중기 이후의 도학자들의 경우 글이란 성현의 말씀을 담아야 마땅하다는 생각이 널리 퍼지자 문학의 예술적 측면을 단순히 하나의 놀이로 취급하려 했다. 이이도 성현의 말씀 이외에는 글의 내용으로 적합한 것은 없다는 발언을 한 적이 있다. 그럼에도 불구하고 이이가 적절히 보여주는 것처럼, 시마는 그 틈새를 비집고 들어가는 데 성공한다. 시마는, 이성적이고 합리적이라고 생각되어 이미 사회 규범 속에서 받아들여져 권력을 행사하고 있는 여러 학문들에 쫓겨서 사회의 이면으로 추방되었지만, 그들이 가지고 있는 모서리의 예각을 둥글게 하는 강한 힘으로 어느 시대, 어느 계층을 막론하고 미끄러져 들어가는 힘을 가지고 있다. 그런 점에서 시마는 본질적으로 보편적, 초역사적 성격을 가지는 것으로 보인다.

사실 시마를 이야기하는 사람들은 너나 할 것 없이 그것이 가지고 있는 열광적인 측면을 주목한다. 도학자들의 경우에는 이것을 완물상지玩物喪志라는 명분으로 절제하고, 승려들은 망상妄想이라고 해서 제거해야 할 대상으로 여긴다. 그러니 근대 이전의 우리 사회에서 시마가 살아남는다는 것은 쉬운 일이 아니었다.

그렇다면 시마의 열광은 어떤 종류의 것인가. 앞서 우리는 시마가 일종의 흐름이라는 사실을 적시한 바 있다. 그 흐름은 사회에 널리 파급되어 모방의 경향을 낳고, 이항화 혹은 이항구조화되면서 대립의 구도를 만들기도 하지만, 우리가 주목해야 할 것은 다양한 흐름이 어떻게 결속 내지 접속을 하는가 하는 점이다.[116] 다양한 흐름들이 결속 내지 접속하면서 창조적 사유를 분출해 내는 것이기 때문이다. 그러기 위해서는 기존의 사유를 넘어서는 어떤 지점을 내포하거나 표현해 내는데, 이것은 기존의 권력으로부터 강력한 견제를 받는다. 그들 중심적 사유가 새로운 사유를 배제하는 가장 효과적인 방식은 상대편을 사회적인 해악으로 치부하는 것이다. 자신의 생각과 다르다는 이유로, 사회의 획일적인 방식과는 다른 태도로 살아가고 생각한다는 이유로, 이들은 사회적 해악이 되어버린다. 시마의 '마'는 바로 이런 맥락에서 이해되어야 한다. 그렇게 보면 '마魔' 속에는 이성의 힘으로는 제어하거나 설명하기 어려운 열정, 인간 내부에서 강렬하게 뿜어올라오는 열기, 광기 등이 동시에 혼효되어 있다.

미치광이의 광기는 지향이나 목적지가 없이 마구 달려가기만 하는 힘인 반면, 시마에 씌인 시인의 열정적인 광기는 사회의 다른 흐름과 접속해서 전혀 새로운 차원의 사유를 만들어내는 힘이다. 기존 사유의 한 모퉁이에 미세한 균열을 일으키려는 시도라는 것이다.

원래 광기를 뜻하는 '광狂'은 '거친, 미친, 열정적인, 혹은 야심적인'이라는 의미를 넓게 포함한다. 뚜 웨이밍[杜維明]에 의하면 광인狂人은 그가 선택한 일을 과감히 열정적으로 수행하는 사람이다. 공자가 《논어》에서 말한 '광'은, 성인의 이상에는 좀 부족하지만 그 과감성과 공격성은 자기 실현이라는 목적을 위해 도덕적 용기로 쉽게 변형될 수 있기 때문에 거론된 것이다.[117]

공자는 《논어》에서 이렇게 말한 바 있다. "중도에 의해 도를 행하는 사람을 얻어서 그와 더불 수 없다면 반드시 광견일 것이다. 광한 사람은 진취하고 견한 사람은 하지 않는 바가 있다.(不得中行而與之, 必也狂狷乎! 狂者進取, 狷者有所不爲也. 《論語》〈子路〉)" 여기서 '광狂'에 주희朱熹는 이렇게 주석을 달았다. "광이란, 뜻은 매우 높은데 행동이 그것을 따라주지 못하는 것이다.(狂者, 志極高而行不掩)" 말하자면 광인은 자신이 머금은 뜻은 매우 높은데 그것을 실천할 수 있는 능력은 안 되는 사람이다. '광'의 의미를 이렇게 해석한 것은 《맹자》에서도 마찬가지로 나타난다. 어떻든 유가에서 해석하는 '광'은 중용의 도를 벗어난 사람이라는 점에서는 문제가 있지만 높은 뜻을 가지고 열심히 노력하고 있다는 점에 대해서는 부정하지 않는다. 시마다 겐지 역시 이 개념을 중시했으며, 줄리아 칭 역시 '광'을 맹렬한 정열(mad ardour)로 번역하면서 그것이 가지고 있는 열정적인 측면을 부각시킨다.

시마의 '광'은 미치광이와는 전혀 다른 측면에서 기능하는 진취적 열정이다. 세상의 속박, 문학적 권력 등을 벗어나서 자유로운 정신을 추구하고 정신의 비상을 도모하는 것이 그 이면에 배치되어 있다. 다만 이러한 정신은 우리의 삶 속에서 명확하게 인식되거나 형상화되는 것이 아니다. 흐름으로서 감지되기는 하지만 하나의 개념으로 포획되는 것은 아니라는 것이다.

오히려 그 개념은 무의식적 차원에 가까이 위치하는 것이어서, 명징한 논리 속에서 설명하기가 합당하지 않다. 무의식에서 의식의 표면으로 이미지의 단편(파편)들이 떠올라서 세계나 다른 매체(언어, 영상, 그림, 음악……)와 결합하는 순간을 의미 형성의 최초 순간이라고 한다면, 창조와 규칙, 자유와 규율이 만나는 접점에서 의미가 발생하는 것이다. 시마가 활동하는 영역이 바로 이곳이다. 우리의 지식이 일정한 경계를 긋기 직전, 혼란스럽기도 하고 명확한 개념으로 경계선이 그어지지 않은 지역, 바로 그 지역이 시마의 활동 영역이다. 그것은 앞서 말한 것처럼 어떤 것과도 접속할 수 있는 존재이며, 무한한 창조적 에너지를 내함하고 있는 것이기도 하다. 그런 점에서 시마는 인간 정신을 창조의 영역으로 인도한다고 할 수 있다.

그럴 때 시마가 가지는 들뜸과, 거기에서 오는 환상적 몰입은 환각과 어떤 차이가 있을까. 환각이든 몰입(그것이 선적禪的 혹은 문학적·예술적인 것이든 관계 없이)이든 카타르시스를 경험하게 한다는 점에서는 동일하지만, 환각은 열락悅樂의 절정의 순간을 경험하기 위해 외부적 사물이나 매개체(약물, 섹스, 혹은 기타 등등)를 항상 필요로 한다는 점에서 결정적인 차이를 드러낸다. 그러한 과정을 통해 환각은 인간의 신체와 정신을 갉아먹지만, 몰입의 경우에는 그런 외부적인 것의 도움 없이 내부적인 자신의 힘만으로 충분히 그런 상태로 들어가 열락의 순간을 경험하게 하면서도 동시에 열정적 에너지를 충일하게 한다는 점에서 중요한 차이를 가진다. 둘 다 최소한의 절제를 필요로 하는 것이기는 하지만, 적어도 이들은 인간의 사유에 어떤 창조적 발현을 유도하는가에 따라 그 차이를 보인다.

그렇게 보자면, 술이든 병이든 시詩든, 모두 인간에게 열락을 경험하게 하는 매개체로 기능한다. 이들은 과도하게 사용할 경우 인간의 심신을 갉아먹는 해로운 존재긴 하지만, 서로 상승작용을 하면서 예술적 창조의 원동력으로 기능한다. 이규보를 비롯한 많은 작가들이 투병 중이나 취한 상태에서 더 많은, 더 좋은 시를 지었다는 사실이 바로 이를 반증한다. 그들은 술, 질병, 시 등을 통해 환각을 경험하고, 그 순간 우주와의 합일을 경험하는 것이다. 알 수 없는 우주에서 세계의 의미가 만들어지듯, 알 수 없는 내면 풍경에서 개인의 의미가 만들어진다. 이는 일종의 구조의 동일성이라 할 수 있다. 그럴 때 '나=우주', '세계=작품'이 된다. 이것이 바로 문학 예술에서 이야기되는 물아일체物我一體의 경지이다.

그러나 일상의 상식적 세계를 살아가는 사람들에게 물아일체의 세계를 노래하는 사람들도 환상적 측면으로 비춰지기 쉽다. 그들이 보기에 물아일체란 일상에서 완전히 떨어져서 자기 혼자만의 정신세계 속에서 놀고 있는 한심하고 이상한 짓의 결과일 뿐이다. 현실을 모르고 자기 생각만으로 세계를 구성하고 그 속에서 혼자 살아가는 외로운 인간의 짓일 뿐이다. 그렇다면 과연 환상은 그렇게 비현실적이고 불필요한 것인가.

6장 _ 시마로 무엇을 할 것인가

근래 들어서 환상문학의 문제가 사회적 화두로 떠올랐다. 수많은 환상문학이 쏟아져 나오고, 이에 관한 문학적 해석이 분분하다. 다양한 논의에도 불구하고 중요한 점은 '마법적 혹은 신비적 세계를 그린 것이 환상문학이 아니라 꿈과 현실의 경계를 모호하게 함으로써 작품이 끝날 때까지 긴장감을 잃지 않는 것이 진정한 환상문학' 이라는 점이다. 환상이란 일상에서의 규율이나 체제에 밀려서 현실적 구속력 혹은 힘을 명시적으로 행사하지 못하는 것을 일괄 지칭한다. 사람들은 일상의 저편에 알 수 없는 힘으로 존재하는 것을 환상이라는 이름으로 끄집어내고, 이를 이용하여 현실의 지평 위에서는 쉽게 이야기하기 어려운 점들을 말한다. 말하자면 소수자의 문학인 셈이다. 그 모습이나 개념은 역사적으로 동일한 지점을 확보하지 못한 채 부유浮遊하는 것들이었고, 따라서 이들이 현실 속에서 명시적인 하나의 지점을 확보한다는 것은 논리적으로도 어려운 일이었는지 모르겠다. 체계를 가지지 못한 것들, 끊임없이 움직이는 수많은 분자들, 기존의 권력을 비웃고 뒤집는 발칙한 상상력들, 이런 것들의 집합이 현실과 환상 사이에 떠돌면서 하나의 힘으로 사람들에게 인식되었을 때 사람들은 이들로부터 세계를 보는 새로운 힘을 얻는다. 그것은 한편으로는 말과 침묵 사이의 경계에서 떠도는 것들이어서, 우리의 언어로는 무어라 딱히 정의하기 어렵다. 그렇지만 그러한 힘이 존재하고, 나의 삶과 관련을 가지며, 세계를 보는 눈과 세계를 바꿀 힘의 하나의 원천이라는 사실도 안다. 그런 점에서 환상을 바라보아야 한다는 것이다.

환상성은 이중적 측면을 가진다. 현실 속에서 억압받는 존재이기 때문에 명시적으로 드러나지 않고 그 영향력도 없는 것처럼 보인다는 점, 현실의 체계가 포섭하지 못하는 논리를 뒤집고 비틀며 금기를 마구 이야기한다는 점에서 대단히 혁명적이라는 점.

그렇다면 환상성은 억압받는 것이면서도 혁명적인 것이라는 것, 신비적이고 낭만적이며 미지의 것이면서도 동시에 세상을 뒤엎을 검은 힘을 가지고 있다는 것은 그 이중성을 잘 드러내주는 것이다. 시마 역시 이러한 논의의 연장선상에 위치한다.

우리는 이렇게 질문해야 한다. "사람들은 시마를 가지고 무엇을 했는가?" 시마란 무엇인가, 하고 묻는 것은 정답 없는 질문지를 받는 것과 같다. 체계적 실체 혹은 명시적 개념을 가지지 않고 부유하는 것에 대하여 네 정체를 밝히라고 요구하는 것은 어리석은 질문이다. 오히려 시대마다 달라졌던 수많은 모습들을 가지고 사람들은 무엇을 했는가 하고 물어야 한다. 그랬을 때 우리는 시마의 다양한 모습을 통해 오히려 그 실체에 접근할 수가 있을 것이다.

그렇지만 환상이란 사고를 통해서는 이를 수 없는 의식의 통일성을 형상화하고 표현할 수 있는 능력이다. 추상적인 원리에서 근거하는 사고 과정과는 달리 환상은 미적 창조력의 통일성을 보증해 준다. 그것은 절대적인 것을 이상 속에서 재생산하여 예술 작품 속에서 하나의 이상으로 직관할 수 있게 한다. 낭만주의에서 환상의 개념은 이론적인 인식의 경계 저편에 있는 주관적인 의식의 통일성을 구체화할 수 있는 것으로 상정되는 것이다.[118]

물론 시마를 논하면서 낭만주의를 끌어들이기에는 무리가 있다. 그러나 기본적으로 시마에는 직관적이며 환상적인, 무언가 종합적 심미 의식을 통괄하는 지점이 있다는 것은 부정할 수 없다. 그 지점을 표현하기 위해 우리는 명사적 사유보다는 동사적 사유를 이용해야 하고, 정해진 척도보다는 척도화할 수 없는 다양한 기준을 적용해야 한다. 사실 시마의 '마魔'는 고정된 실체가 아니다. 마찬가지로 시 역시 고정된 세계의 양식이라기보다는 움직이고 있는 동사의 형식이다. 이규보나 이옥李鈺이 고정되어 있는 리理의 세계보다는 움직이는 기氣의 세계에 관심을 가지고 형상화한 것도 이런 점에서 의의를 가진다. 세계의 저편에 무엇인가 주재하는 존재가 있다고 가정하는 사람들은 끊임없이 완벽한 리理를 찾아서 근원으로 올라간다. 그들은 자신의 글을 쓰는 것이 아니라 원본을 복사하는 것으로 모든 책임을 완수했다고 생각한다. 그러나 움직이고 변화하는 것 '들'이 중요하다고 생각하는 사람들은 원본을 복사하는 것에서 비켜가게 마련이다. '리'를 중시하는 사람들 입장에서 보면 이들은 당연히 비정상적인 존재들이고 뭔가 불안한 사유를 하는 자들이다. 나아가 사회의 불안을 조장하며 젊은이들이 사회의 정상적인 구조로 들어가는 것을 방해하는 자들이다.

내부의 흐름이 둔화될 때 그것은 일종의 위험 신호로 읽힐 수 있다. 자신이 머무는 곳을 언제나 되돌아보면서 새로운 길을 개척하는 것이 중요하다. 그러나 자신이 지켜야 할 기득권이 생기는 순간 우리는 길 앞쪽을 살피기보다는 쉴 곳을 찾아 길섶을 살핀다. 그것은 정주민定住民으로서의 삶이 아니라 유목민으로서의 삶이다. 그 삶 앞에 서서 뒤를 돌아보지 않고 부지런히 나아가는 일군의 사람들이 있다. 그들이 바로 시인이다. 시마는 앞을 바라보고 유목민적 삶을 자신의 모든 것으로 알고 살아가는 시인들의 가장 절친한 벗이다.

그런데 여기서 우리는 이런 질문을 던질 수 있다. 아무리 유목민적 사유와 삶의 방식이 중요하다 해도, 모든 사람이 그렇게 살아갈 수는 없는 노릇 아닌가. 물론 정주민이나 유목민은 모두 그들 나름의 삶의 영토와 정해진 규칙, 방식을 가지고 있다. 표면적으로 보면 정주민이 나 유목민이나 결국 같은 것으로 보일 가능성도 있다. 그렇지만 우리 가 혼동하지 말아야 할 것은, 눈앞에 보이는 단순한 동작이나 규율 등을 가지고 정주민과 유목민을 일도양단식으로 구분하지 못한다는 것이다.

움직임과 멈춤, 이동과 정지는 그 자체로 정착과 유목에 대응되는 단순한 개념이 아니다. 말하자면 정착민은 멈추기 위해 이동하는 사 람들이고, 유목민은 이동하기 위해 멈추는 사람들이다. 나아가 유목 민은 한 곳에 머문 채 이동하고 움직이는 사람들이다. 들뢰즈, 가타 리가 말한 바 있는 '앉아서 하는 유목'의 개념도 이런 맥락에서 나온 것이다.[119]

문학에만 몰두해서 다른 것들은 돌아보지 않는 작가들, 즉 시마에 단단히 빠진 시인들의 경우는 아무리 잘 봐준다 해도 어쨌든 정주민 은 아니다. 그들은 세계의 사물을 전혀 다른 방식으로 관찰하고, 기 존의 시각에 이의를 제기함으로써 지금의 타락한 세계를 넘어서 전 혀 다른 세상을 꿈꾸는 사람들이다. 그러니 이들에게 선배나 어른은 타락한 세계를 견고하게 받치면서 모든 사람들의 행위를 하나의 꼭 지점으로 귀결시키고 정주시키는 사람일 뿐이다. 멈추기를 권하는 어떤 것도 이들에게는 길을 가로막는 장애물이다. 그러니 시마에 빠진 사람들이 어떻게 대우받았을까 하는 것은 짐작을 할 수 있다.

시마는 시인에게 세상 사람들의 저주를 선사한다. 그 저주는 현실적인 가난의 고통으로 오거나, 병마의 시달림으로 오고, 정치적 불우함으로 와서 시인 개인의 일생뿐만 아니라 가족과 가문의 몰락을 가져오기도 하며, 평생 떠돌아 다니는 역마살의 벗이 되게 하기도 한다. 그러나 시인들은 그러한 세상 사람들의 저주를 행복한 축원으로 읽는다. 세상 사람들의 저주는 시마에 걸린 일군의 시인들을 변방으로 몰아내지만, 그곳은 즉시 전혀 새로운 세상을 꿈꾸고 창조하는 공간으로 탈바꿈한다. 그들은 시인을 비방하고 저주하지만, 정작 시인들은 행복에 겨운 비명을 지른다. 그것은 삶의 방식뿐만 아니라 사유의 방식이나 꿈꾸는 세상조차도 완전히 다르다는 증거다.

시인들은 현실 사회는 가난하고 병들어 여기저기 떠돌아다니는 신세로 한평생을 지내지만, 그들은 시마를 만나 행복했다. 누구에게나 매력적이면서도 유용한 개념인 시마는 신분과 시대를 넘어서 널리 사용되었지만, 그 쓰임새는 한결같지 않다. 그렇지만 사람들은 시마를 이용해서-통해서 굳어지고 있던 자신의 생각을 깨부수고, 세상의 엄숙하고 견고한 정주민적 사유들을 깨뜨렸다. 깊은 밤, '명태를 찢어 술을 마시는 가난한 시인'에게, 세상 사람들은 측은한 눈길이나 악의에 찬 비방을 던졌지만, 그 시인에게는 너무도 좋은 벗 시마가 있어 술친구가 되었던 것이다.

4부 시마의 부활을 위하여

나를 바꿔야 세계가 바뀐다
멈추지 않는 사유의 힘
변방에서의 글쓰기
저주받은 시인의 행복한 삶

1장 _ 나를 바꿔야 세계가 바뀐다

　문학은 관점에 따라 몇 가지로 나뉘어진다. 작가의 입장을 중시하는 것만 가지고도 여러 가지 층위로 나뉘어 설명할 수 있다. 예컨대 재도론載道論은 작가의 교사적 지위를 강조하는 것이고, 천기론天機論은 작가의 자유로운 상상력의 발휘를 강조하는 것이고, 발분저서發憤著書에 관한 논의는 작가의 사회고발적 입장을 강조하는 것이다.

　이런 점에서 본다면 시마는 작품 창작의 문제 중에서도 작가의 상상력을 강조하는 입장에 기울어져 있다. 이것은 하늘의 비밀을 벗긴다는 점에서는 천기론과 상통하고, 사회적 불이익을 초래한다는 점에서는 사회고발적 입장에 맞닿아 있다.

　그러나 시마는 그 자체로 이미 흥미로운 고찰의 대상이다. 이는 단순히 귀신이 씌어 시를 잘 짓게 되었다는 설화와 관련된 것과, 시마가 시 창작의 근원적인 힘으로 파악되는 것 두 가지로 구분된다. 시귀詩鬼와 시마로 불리는 이들 용어는 글자의 해석이라는 점에서는 의미를 함께하지만, 함의는 차이가 있다. 앞에서 이미 언급한 것처럼, 시귀가 일종의 강신무적 성향을 강하게 내포하는 것이라면 시마는 인간 내부에서 자연발생적으로 솟아올라오는 영감이나 상상력의 차원에 근접한다. 시귀가 외부에서 어떤 힘이 엄습함으로써 시를 쓰는 신이한 능력을 가지는 것이라면, 시마는 내부의 거대한 가능성이 어떤 계기로 계발되어 나타난다는 점에서 다르다. 시귀가 인간을 하나의 영매 차원으로 떨어뜨림으로써 대상화하는 측면이 강하다면, 시마는 인간이 가지고 있는 무한한 계발가능성에 대한 강력한 믿음에서 오는 것이므로 인간에 대한 조건 없는 애정에 기초한다는 점에서도 차이를 보인다. 어쩌면 그것은 내 속의 영감을 명사나 형용사의 세계로 재현(representation)하려는 것이 아니라 동사의 세계로 표현 (expression)하려는 역동적이고 근원적인 힘이다. 이렇게 본다면 시마는 영감과 동일하다기보다 영감이 시문으로 전화되는 순간에 작용하는 힘이라는 편이 온당하다.

사실 평범하던 사람이 어느 날 시마에게 씌어 이전과는 전혀 다른 사람으로 바뀌었다면, 그것은 하나의 고정된 명사적 세계나 고요한 형용사의 세계에서 벗어나서 끊임없이 변화하면서 자신의 모습을 바꿔나가는 동사적 삶을 살게 되었다는 뜻이다. 이것이 바로 '~되기' 이다.

나카지마 아츠지(中島敦: 1909~1942)의 소설 중에 《산월기山月記》라는 작품이 있다.[120] 원래는 중국 당나라 시대의 이경량李景亮이 찬撰한 〈인호전人虎傳〉을 토대로 나카지마가 다시 쓴 작품이다. 《산월기》의 내용은 이렇다.

당나라 현종 때, 강직한 성품의 하급 관리 이징李徵은 추악한 상관들에게 머리를 숙이며 사느니 차라리 좋은 시를 써서 위대한 시인으로 이름을 날리기로 하고 은거한다. 그러나 문명文名을 쉽게 얻지 못하고, 집안은 날로 궁핍해진다. 몸은 비쩍 마르고 용모도 험상궂게 변하지만 눈빛만큼은 형형했다. 몇 년 후 가난 때문에 절개를 꺾고 지방으로 가서 하급 관리 생활을 한다. 그러나 그런 생활을 견디지 못한 그는 1년 뒤 공적인 임무를 띠고 다른 곳으로 가던 중 여수汝水 강변에 이르러 발작을 해서 간 곳을 모르게 되었다.

이듬해 원참이 감찰어사監察御使가 되어 영남지역으로 가게 되었다. 도중에 상오商於땅에서 묵고 신새벽에 길을 떠나려 하는데, 사람을 잡아먹는 호랑이가 횡행해서 대낮이 아니면 길을 갈 수 없다고 만류하는 것이었다. 그러나 일행이 워낙 많았던 그는 만류를 뿌리치고 길을 떠났다.

어둑한 숲의 새벽길, 갑자기 바람 소리와 함께 호랑이 한 마리가 뛰어나와 그들을 덮치려 했다. 그런데 호랑이는 갑자기 몸을 돌려 숲으로 사라지더니, 그곳에서 인간의 목소리로 '하마터면 큰일날 뻔했다' 며 한숨 쉬는 소리가 들렸다. 원참은 놀란 중에도 그 목소리의 주인공이 이징이라는 사실을 알아채고 호랑이를 쫓아가 물었다. 한참을 흐느끼던 호랑이는 자신이 이징이라고 했다. 이들은 옛 친구 사이였던 것이다. 이징은 자신이 어떻게 호랑이로 변하게 되었는가 이야기를 한다.

이징이 공적인 일로 이곳을 지나다가 하룻밤 묵게 되었다. 한밤중에 누군가가 밖에서 이름을 부르길래, 그 소리에 이끌려가다보니 어느 새 길은 숲속으로 이어져 있었고 자신의 발은 호랑이의 발이 되어 있더라는 것이다. 정신을 차리고 보니 온몸에는 털이 성성한 호랑이로 변한 후였다. 죽으려 했지만 눈앞에 토끼 한 마리가 지나는 것을 보고는 그만 인간으로서의 의식은 사라지고 호랑이로서의 욕망이 앞서는가 싶더니 어느 샌가 자신의 눈앞에는 토끼의 피와 털이 어지럽게 흩어져 있더라는 것이다. 다만 하루에 일정 시간 동안은 인간의 의식이 돌아와서 이전에 배웠던 경전과 역사서를 외울 수도 있지만,

그 시간이 지나면 다시 호랑이가 되어 아무 의식이 없어진다는 것이다. 그리고는 자기가 지은 시가 사라지는 것이 안타까우니 그동안 지은 시를 기록으로 전해달라는 부탁을 했다.

아울러 벗을 해칠지도 모르는 상황이 오는 것을 막기 위해 이 길을 지나다니지 말라고 부탁했다. 이들은 서로 정중히 이별을 하고 헤어졌다. 호랑이가 되어버린 이징의 오열을 들으며 원참은 숲을 빠져나왔다. 언덕에 올라 그들이 만났던 숲을 바라보던 순간 한 마리의 호랑이가 풀숲에서 뛰어나오더니 하얗게 빛을 잃은 달을 향해 한두 번 포효한 후 다시 숲으로 들어가는 것이었다.

어떤가. 우리는 호랑이와 인간 사이에서 정체성을 잃고 헤매는 한 인간의 초상을 만났다. 어쩌면 나카지마는 자신의 이야기라고 생각했을 법도 하다. 여기 등장하는 시인 지망생 이징의 모습은 시마에 걸린 시인의 모습과 다를 바 없다. 초췌한 모습에 흉악한 몰골로 변해서, 더 이상 이전의 미소년으로서의 모습은 온데간데 없이 사라지고, 눈빛만 형형하게 남아 있는 한 인간의 초상에서 시마의 전형적인 활약상을 확인한다. 평범한 인간과 위대한 시인 사이에서 갈등하던 그는 호랑이가 된다. 호랑이 이징은 옛 친구 원참에게 이렇게 말한다. "사실은 (자네에게) 이것을 먼저 부탁했어야 하지. 내가 인간이었다면 말일세. 굶주린 채 얼어죽기 직전에 있는 처자보다도 나의 보잘 것없는 시 나부랭이에 더 신경을 쓰고 있으니. 그러니까 이런 짐승으로 변하지 않았겠는가?" 그는 가난한 하급 관료로 살아가는 삶을 선택하지 않은 대가로 짐승이 된 것이다. 이징에게 붙었던 시마는, 이규보나 최연에게서와는 달리 끝까지 책임지는 면모는 보여주지 않는다. 시마가 이징을 책임졌다면, 그의 시에 완성도를 만들어주고 위대한 시인으로서 명성을 날리게 했어야 마땅하다. 그러나 책임 있는 시마가 얼마나 되겠는가. 수많은 사람들이 시마에 걸려서 자신의 목숨을 탕진하다가 종국에는 인간으로서의 정체성을 잃고 비참한 생을 마감하지 않았던가.

〈산월기〉에 표현되어 있는 이징의 시는 '격조가 높고 우아하며, 표현의 의도나 그 취향이 탁월하여, 한편 한편 모두가 한 번 읽으면 작자의 재능의 비범함을 금방 알 수 있는 것들'이었지만, '그러나 그냥 이대로 일류 작품이 되기에는 어딘가—아주 미묘한 점에 있어서—모자라는 데가 있었다'고 한다. 뭔가 표현할 수는 없지만, 그리고 지적하기는 어렵지만, 최고의 작품으로 칭송되기에는 무엇인가 모자라는 점, 이것이 무엇인지는 모르겠다. 그러나 작품성을 평가할 때 사람의 심금을 울리는 미묘한 한 지점, 그 지점에 이르지 못하고 시마의 시달림 속에서 호랑이가 되어버린 인물을 우리는 〈산월기〉에서 발견할 수 있다.

사실 시마에 걸리는 것은 '귀신 되기'의 한 모습이다. 우리는 삶 속에서 우리의 모습을 끊임없이 바꿈으로써 새로운 에너지와 창조적 삶의 터전을 마련한다. 그런 점에서 '상상'이나 '공상', '신사神思' 등의 단어는 하나의 기능이나 틀이 아니라 과정일 따름이다. 시마와의 만남이라는 귀신 되기의 과정을 통해 시인은 이전과는 전혀 다른 강렬도를 획득하고 표현한다.

좋은 시를 쓰고 싶은 욕망이 결국은 그를 호랑이로 만들어버렸다. 이것은 '~되기'라고 하는 측면에서 흥미로운 일화다. 우리가 고전을 읽는 이유를 말하면서 흔히 드는 것은 바로 '상우정신尙友精神'이다. 옛 성현들을 벗한다는 뜻의 '상우'는 맹자에 나오는 말이다. 시대와 공간을 넘어서 어떤 인물과도 벗이 될 수 있다는 것은 책을 읽는 사람들의 특권이다. 우리는 옛 성현들과 토론을 통해 이 시대를 살아가는 우리 자신의 사유를 넓히고 좀더 창조적인 방향으로 나아간다. 《논어》를 읽으면서 '공자 되기'를 실천하고, 《유마경》을 읽으면서 '유마 되기'를 실천한다. 이렇게 우리 자신의 모습과 생각을 떠나서 그들이 될 때 비로소 '상우'의 이상을 실현하는 것이 되며, 우리의 모습은 하나의 문턱을 넘어서 전혀 다른 몸과 생각으로 바뀔 수 있다.[121]

〈산월기〉에서 호랑이로 변한 이징을 바라보는 시각에 대해 다른 의견을 제시할 수도 있다. 대표적인 지적이 이 이야기에는 바로 시 쓰기에 대한 부정적 시각이 은연중에 강하게 깔려 있지 않느냐는 것이다. 작품 속에서 나카지마가 서술한 것처럼, 이징은 자신의 재주를 과신한 나머지 분에 넘치게 시에 몰두했고, 그 결과 거기서 연유하는 수치심과 분노로 인해 자기 내부에 겁 많은 자존심을 키웠으며, 그 마음이 결국은 맹수였다는 것이다. 즉 인간의 성정은 맹수와 같은 것이어서 잘 제어해야 하는데, 이징의 경우에는 "이 존대한 수치심이 바로 맹수였던 것"이며, "이것이 나를 손상시키고, 아내를 괴롭히고, 친구들에게 상처를 입히고, 급기야는 나의 외모를 이렇게 속마음과 어울리는 것으로 바꿔버리고 만 것"이다. 여기서 우리는 시 쓰기의 몰두에서 오는 비일상적인 삶의 태도가 어떤 과정을 거쳐서 사회의 테두리 밖으로 배제되는가를 알아챌 수 있다.

이것은 이전의 문학과는 전혀 질적으로 다른 경계에 도달하기 위해 당시까지의 인간으로서의 문턱을 넘어서 다른 것으로의 변모가 필요하다는 점에 주목한다면 납득되지 않는 것은 아니다. 그러나 그 이면에는 시 쓰기가 조장하는 부유하는 개념들이나 사유의 조각에 대한 정상적인 사회인들의 두려움이 내재해 있음을 알 수 있다.

2장 __ 멈추지 않는 사유의 힘

    시마에 씐 사람들이나 시마를 배척하는 사람들이나 공통적으로 공
유하는 생각이 있다. 진리를 깨달은 자들은 오직 자신들뿐이라는 것
이다. 이들은 다른 사람들이 자신들의 진리에 도저히 도달하지 못하
리라는 생각 때문에 서로 배제하고 비난한다. 그러나 사회의 권력을
쥐고 있는 자들에 의해 배제되게 마련인 소수자들은 자신들의 생각
을 사람들에게 널리 펴기도 전에 불온한 사상으로 낙인찍혀서 탄압
의 대상이 된다. 그런 점에서 시마는 바로 소수자들의 문학론을 상징
적으로 표현하는 중심어휘이기도 하다.

    사실 한 시대를 지배하는 담론을 쉽게 단순화시켜 논의할 수 없다
는 점은 있지만, 적어도 공식적인 자리에서 배척된 개념이라는 점에
서 시마는 충분히 소수자들의 시각을 반영하고 있다 하겠다. 이것은
시마의 설화적 단계라 할 수 있는 시귀詩鬼에서도 나타나는 점이기도
하다. 조선 초기 문인 중에 채수蔡壽라는 사람이 있었다. 그는 일찍이
《설공찬전薛公瓚傳》이라는 글을 써서 탄핵을 받은 바 있는데, 이 작품
은 전라도 순창에서 실제 있었던 일을 소재로 지은 것이라고 알려져

있다. 그러나 그 내용은 설공찬의 귀신이 이승으로 와서 어떤 짓을 하는지, 그가 말하는 저승세계는 어떤 것인지 등을 다루고 있다. 말하자면 귀신 이야기를 글로 쓴 것인데, 이 때문에 대간大諫의 탄핵을 받았다. 백성들을 잘 이끌어야 할 고위 관료가 오히려 혹세무민惑世誣民하는 허황한 이야기를 지으니 문제가 있다는 것이었다. 이 사건으로 채수는 관직을 삭탈당했다. 16세기 초에 있었던 사건이었으니 성리학이 아직은 이 땅의 하층민에게까지 속속들이 파고들기 이전의 일이었다. 고위 관료가 이런 이야기를 소재로 글을 지을 수 있었다는 것은, 나라에서 유교적 이념을 선전했음에도 불구하고, 여전히 민중들 사이에서는 그와 다른 전통적인 이야기들이나 생각들이 횡행하고 있었음을 보여주는 사건이라 할 수 있다.

우리가 여기서 주목해야 될 부분은 바로 귀신 이야기에 대한 당대 관료들의 시각이다. 그들은 귀신 이야기를 허황하다고 여기면서 극력 배척한다. 그들은 도덕적 질서 속에 전혀 포착되지 않는, 매우 불온하고 위험한 이야기로 여겼을 것이다. 물론 그렇게 배척하는 관료들조차 사적인 공간에서는 귀신 이야기를 즐기지 않았으리라고 보장할 수는 없지만, 그들의 발언은 국가의 공식적인 담론 질서 속에서 표현된 것이다. 사회의 거대한 체계는 이런 논의들을 바탕으로 형성된다. 그런 자리에 귀신 이야기와 같은 허황된 설화는 설 자리가 없는 셈이다.

이런 상황에서 시귀나 시마를 공식적으로 찬탄하는 글을 써낸다는 것은 어려운 일이다. 그나마 이규보의 경우에는 공식적으로 억압하는 국가이념적 힘이 없었지만, 최연의 글에서는 그의 글쓰기가 제한받고 있음이 명확하게 나타난다. 성리학의 그림자가 완전히 드리운 조선 중기 문인이었던 최연은 시마의 죄상을 열거하면서, 글의 마지막을 준열한 꾸짖음으로 마감하고 있는 것이다.

　최연이 섬뜩한 구절들을 촘촘히 나열하여 귀신을 쫓는 방식은 마치 무당이 악귀를 쫓는 방식과 비슷하다. 시마는 구축驅逐되어야만 할 악귀로 취급되고 있다. 글을 지은 사람의 분노가 구절마다 스며 있어, 읽는 사람으로 하여금 소름 돋게 할 정도다. 그렇다고 해서 이 글을 문면대로만 이해한다면 최연의 의도에서 한참 벗어나는 것이다. 이 글의 형식은 악귀를 쫓아내기 위해 지어지는 제문의 형식을 빌렸기 때문에 그에 따르는 수사적 장치 역시 악귀를 쫓는 제문의 방식에 적합하도록 채택되었다. 그러나 최연이 어떤 사람인가. 조선 중기 대표적인 사장파 문인이 아니던가. 시마에 걸려서 그의 사주를 더 이상 받지 않겠다며 강렬한 어조로 시마를 심판하는 글 자체가 이미 시마에 걸린 상태에서 나왔다고 보아야 한다. 시마를 내쫓는다는 것은 핑계일 뿐, 그의 마음 한구석에는 시마의 방이 따로 마련되어 있는 것이다. 일찍이 유협劉勰이 《문심조룡文心雕龍》〈신사神思〉 편에서 말한 것처럼, 몸은 시골 한구석에 처박혀 있어도 마음은 위나라 궁궐 사이를 떠도는 능력이 최연의 글에서 유감없이 발휘되고 있는 것이다.

　그러나 문제는 자유롭게 떠도는 생각의 파편이다. 그것을 하나의 단어 속에 포괄하는 것은 대단히 어렵다. 상상력의 측면도 있고, 영감이나 천재적 재능의 측면도 있으며, 사물을 파악하는 직관력 등이 개재해 있기 때문이다. 어떻든 이 같은 성격의 정신활동은 상당 부분 도덕적 질서나 이성적 활동 속으로 포착되지 않는다. 작가 개인은 자유로운 정신 활동을 통해 이전의 생각과는 전혀 새롭고 이질적인 차원의 사유를 개척한다. 이는 작가 개인이 원하든 원하지 않든 간에 자기 시대를 통괄하고 있는 사유의 틈새를 벌리는 역할을 하기 때문이다. 그래서 기성 사유의 권력자들은 자신의 영역을 흔드는 알 수 없는 힘에 주목하게 되고, 즉시 부정적인 것으로 규정하게 된다.

상상력을 비롯한 문학의 다양한 개념들은 오래도록 중세의 비판자였다. 상상력이나 영감, 시적 직관력 등은 당대 주류 담론의 구도로는 쉽게 포착되지 않는 것들이었고, 이들은 굳어진 담론들 사이를 부유하면서 그들 사이에 균열을 만들었다. 의식했건 못했건 간에 그들은 중세 지배 담론의 이면에서 전혀 다른 사유를 전개하던 존재들이었다. 조선 시대만 하더라도 성리학자들은 문학을 도덕적 기준에 의해 절단했고, 문학 자체의 미학적 차원은 부차적인 고려 대상이었다. 지금까지도 면면히 이어져오는 이 같은 생각들은 많은 사람들에게 자기검열 시스템을 부과시킴으로써 생각의 편린들이 이리저리 떠도는 것을 막는 역할을 한다.[122]

창조는 고대 그리스에서는 부정적인 함의를 가진 단어였다고 한다. 앞서 언급한 것처럼, 고대 동아시아에서도 창작은 개인의 몫이 아니라 성인의 몫이었다. 그렇다면 '창조'란 무엇이었을까? 전혀 새로운 사유를 만들어냄으로써 인간 정신의 자유로움에 도달하는 것이라면, 이는 법칙이나 규율에 의해 구축된 중세 사회를 위협하는 힘이었을 것이다. 상대주의적 관점이 가져올 파괴적 효과, 이전의 담론을 근본적으로 뒤흔드는 새로운 힘 때문에 창조는 중세에 이단으로 취급되었다. 주류적 논리는 이들을 끊임없이 부정적이고 악마적인 것으로 몰았을 터이고, 결국 '마魔'라는 이름으로 불리게 된 것이다.

3장 _ 변방에서의 글쓰기

우리는 글쓰기에서 어떤 천재적 영웅을 기대하지는 않는다. 누구나 삶의 배치를 바꾸면 그 순간 새로운 영웅이 될 것이고, 이미 만들어진 배치 속에서 잘 적응하면서 살아가면 기계적이고 단순한 논리를 확대재생산하는 인간이 될 것이다. 나아가 인간 삶 외부에 존재하는 절대적 권력이 부여하는 천재성을 바라는 것은 더더욱 아니다. 플라톤이 말한 것처럼, 신이 부여한 열광을 영감이라고 한다면 인간은 단순히 신의 의지를 전달하는 도구에 불과한 것이 된다.[123] 한 인간 안에 내재한 열광이 어떠한 사회적 도덕적 규율에 제어받지 않고 자연스럽게 표출될 때, 그리고 그 표출이 드높은 정신 경계를 보이면서 뛰어난 작품성을 획득할 때, 우리는 천재의 출현을 감지한다.

상식적 인간과는 달리, 천재적 인간은 갈등하는 모습으로 나타나기 일쑤다. 사회가 이미 만들어놓은 사유의 그물을 인정하고 그 사이를 별 무리 없이 다니는 사람들에게 만들어져 있는 그물이란 매우 유용한 것으로 인식되기 때문이다. 그러나 그물의 빈 공간이나 그물코의 위치 등에 의문을 가지는 사람들은 전혀 다른 방식의 그물과 그물코를 만든다. 이들 사이의 차이는 단순히 차이로 끝나는 것이 아니라 현실 속의 압력으로 다가온다. 삶을 순탄하게 살아가는 길과, 그렇지 않은 길 사이에서 천재적 인간은 계속 방황하거나 갈등한다.

하나의 새로운 사유가 나타났다고 해서, 혹은 그 실마리가 포착되었다고 해서 처음부터 탄압을 받거나 배제되는 것은 아니다. 이미 사유의 권력을 획득하고 있는 사람들은 시대의 변화에 따라 함께 변화해야 한다는 것을 알고 있다. 따라서 새로운 무엇인가가 나타나면 그들을 포획하고 흡수함으로써 새로운 힘을 얻으려 한다. 그러한 실마리나 새로운 기운을 통해서 그들은 나름대로 새로운 사유의 권력을 만들어내고자 한다. 권력의 그물은 매우 넓고 촘촘하고 질긴 것이어서, 웬만한 사유의 새로운 요소들은 쉽게 포획되어 그들의 권력을 유지하는 데 중요한 도구가 된다.

반면 사유의 권력에 비판적으로 반응하는 새로운 사유의 경우에도 전혀 새로운 것으로만 구성되지는 않는다. 과학사의 패러다임과는 달리, 사유의 구조라고 하는 것은 이전 사유의 그림자를 상당히 강하게 드리운 상태에서 새로운 길을 찾아나가는 것이라는 점과 관련이 있다. 문학사에서 새로운 시대를 여는 위대한 작가가 나왔다고 해서, 그 사람의 글쓰기나 사유가 이전의 것과는 완전히 다른, 단절된 형태로 나타나는 것은 아니라는 것이다. 오히려 이들은 기존 사유나 글쓰기의 관습을 철저히 익히고 능숙하게 구사할 줄 안다. 시마라는 개념을 글로 쓴 이규보나 최연이 역설적으로 얼마나 기존의 문법에 충실했는지를 생각해 본다면 쉽게 이해가 갈 것이다. 다만 기존의 관습에 머물러서 자신의 능력으로 권력의 단물을 즐기기보다는, 그 관습의 약한 지대를 치고 나가면서 새로운 탈주선을 그린다는 점에 주목해야 할 것이다. 결국 새로운 사유와 글쓰기를 하는 사람들은 기존의 견고한 관습 언저리에서 부유하는 존재들이고, 세상의 변방에서 자신의 그림자를 옮겨가는 사람들이다.

　그 언저리를 지키는 힘이 바로 인간의 자유로운 정신인데, 시마는 그 정신의 한 부분을 대표하는 개념인 것이다. 글쓰기란 기본적으로 동시대 문학적 규율을 충실히 지키면서 새로운 탈주선을 그려나갈 때 가능하다. 새로운 사유를 만들어나가는 사람들이 항용 세상의 안과 밖을 가르는 경계선 주변에서 어른거리는 경우가 많은 것처럼, 글쓰기 역시 부유하는 개념과 주류 담론의 경직된 개념 사이에서 부유하는 자취 속에서 새롭게 모습을 드러낸다. 말하자면 새로운 사유와 글쓰기는 부유하는 상상력이나 영감, 직관 등이 만들어내는 범주와 당대 사회를 지배하는 주류적 담론이 형성한 견고한 범주, 이 둘 사이가 절묘하게 만들어내는 교집합의 부분에 주목해야 한다는 것이다. 바로 그 부분이 시마가 왕성하게 활동하는 공간이기도 하다.

　중세 도덕주의자나 주도적 담론의 주인공은 세계를 해석하면서 끊임없이 자신들이 만든 구도 속으로 회귀하기를 요구한다. 아무리 다양한 세계의 모습을 보더라도 그들은 근원적인 존재인 도道나 리理의 차원으로 귀결시키거나, 아니면 자신이 미리 만들어놓은 담론의 질서 속으로 획일화시킨다. 그러나 정말 좋은 작품이라면 그 의미를 하나의 정점으로 귀결시키는 것을 단호히 거부한다. 읽는 사람마다 자기 시각에서 작품을 재해석하고, 시대마다 서로 다른 의미를 읽어낼 수 있다면, 그 작품이 내함하고 있는 가능성은 위대한 것이다. 의미를 구성해서 작품을 만드는 작가나, 그것을 다양하게 읽어내는 독자나 모두 시마의 영향권에서 자유롭지 못하다. 특히 작가의 경우 시마의 영향력은 절대적이다. 세계의 의미를 읽어내는 작가의 가슴속에 시마는 언제나 또아리를 틀고 있으며, 깨달음에 도달하는 순간 작품으로 만드는 과정에서 시마는 자신의 영향력을 강력히 행사한다.

4장 __ 저주받은 시인의 행복한 삶

시마는 숙명적으로 가난과 병, 불우함과 술을 동반한다. 세상이 만들어놓은 기준에 맞추기를 거부하는 한 그들은 영원히 유랑하는 자들이다. 거대 담론의 틈새를 부유하는 시마처럼, 시마에 걸린 시인들은 기존 글쓰기가 만들어놓은 정교한 규칙 사이를 교묘히 유랑한다. 부귀영달은 삶 저편으로 사라지고, 눈앞에는 오직 험난한 시인의 저주받은 삶만이 길게 이어져 있다.

시가 사람을 곤궁에 빠뜨리는가 아니면 사람이 곤궁해지니까 좋은 시를 쓸 수 있게 되었는가가 한때의 논란거리였다. 어느 쪽에 동조하든, 이처럼 시는 언제나 곤궁함의 대명사였다. 이 때문에 조선 시대 관료들 사이에서는 고위 관료를 지내면서 세상을 한 번 커다란 스케일로 바라본 사람이라야 좋은 시를 쓸 수 있고, 그런 훌륭한 경륜이 바탕이 될 때만이 좋은 시를 쓸 수 있다는 식의 글이 나오기도 했다. 그러나 이는 참으로 궁색한 변명이다. 서거정이 그런 식의 글을 써서 대각臺閣의 글이 가장 훌륭하다는 점을 입증하려 했지만, 당대의 인심은 매월당 김시습의 불우함과 뛰어난 시 작품을 더 부러워했다.

세속적으로 성공한 삶과 예술적으로 성공한 삶은 공존할 수 없는 것인가. 예술이 자본으로 포획되는 지금, 혹은 자본이 예술을 포획하는 지금, 우리는 주변에서 두 삶이 얼마나 '절묘하게' 결합할 수 있는가를 증명하려는 수많은 시도를 발견할 수 있다. 예술적 완성도가 높으면 높을수록 자본의 드높은 성과를 누릴 수 있다는 식의 연결은, 이 시대 수많은 예술가 지망생들의 마음을 유혹한다. 돈과 명예를 한꺼번에 거머쥘 수 있다는 유혹이 어지럽게 떠돈다. 언론에서는 그런 사람들의 인생을 보여주면서 누구나 그렇게 될 수 있다는 환상을 유포한다. 그러나 냉정히 생각해 보면, 그렇게 성공한 사람이 몇이나 될 것이며, 더 근본적으로 그런 성공이 과연 예술적 성공인가 하는 의문이 든다.

물론 가난하다고 해서 모두가 좋은 작가라는 것은 아니다. 좋은 작품을 위해 고민하다 보면 자연히 세상의 상식과는 어긋나게 되고, 이는 곧 사회의 변방으로 작가가 내몰리는 계기가 된다. 하지만 그렇게 변방을 서성이면서 한 자리에 머무르지 않으려는 태도를 작가가 가질 때, 우리는 그가 매일 방 안에 틀어박혀 지낸다 해도 진정한 유목민이라 부를 수 있을 것이다.

시마는 누구나 사용하는 단어지만, 어느 개념으로도 포착되지 않는 개념이다. 시대의 그물을 빠져나가는 바람처럼, 견고한 기존 사유의 성을 넘으려는 사람에게만 시마는 찾아온다. 새로운 표현 형식을 찾아 방랑하는 사람에게만 시마는 찾아온다. 한 곳에 머무르는 순간 시마는 가뭇없이 사라지고, 거대한 사유 권력의 그물이 그의 온 생애를 덮칠 것이다.

세상 사람들에게 저주받았으되 행복한 사람, 오직 시만을 생각하고, 생애를 시에 의탁하는 사람, 생애 오직 한 번의 절창絶唱을 위해 온힘으로 몰두하는 시마의 벗, 그 행복한 이름이 바로 시인이다.

거대한 자본의 시대, 욕망 덩어리가 모든 것을 삼키는 시대에 과연
시마는 부활할 수 있을 것인가.

원주)

1) 《백운소설》이 과연 이규보가 쓴 책인가 하는 점은 논란거리이다. 지금
우리가 볼 수 있는 《백운소설》은 17세기의 문인 홍만종이 편찬한 《시화
총림(詩話叢林)》에 등서(謄書)된 것이 가장 오래된 것이다. 다행히 이규
보의 문집인 《동국이상국집(東國李相國集)》은 방대한 분량으로 잘 남아
있는데, 문집 속의 내용과 《시화총림》 속의 《백운소설》의 내용을 비교
해 보면 그 차이가 드러난다. 많은 부분은 이규보의 문집 속에서 시와
관련된 글을 편집하여 필사한 것인데, 김부식과 정지상에 대한 기록은
문집에서는 찾아볼 수 없는 내용이다. 여러 가지 사정 때문에 《백운소
설》은 이규보가 직접 저술한 것이 아니라 후대의 인물이 편집한 것이라
고 추정되기도 하며, 이규보의 저작은 아니라고 여겨지기도 한다.

2) 雷聲隱士鐘에서 '士'는 '寺'로 바꾸는 것이 훨씬 설득력이 있다. 그렇
게 되면 번역도 '산 속에 숨겨진 절에서 울리는 종소리처럼 우레 소리
울린다'로 바뀐다. 은거해 있는 선비에게 무슨 종소리가 울려 나오겠는
가.

3) 예언의 사회적 기능 문제와 관련한 논의로는 로버트 R. 윌슨(Robert R.
Wilson)의 《고대 이스라엘의 예언과 사회》(최종진 역, 예찬사, 1991)가
좋은 참고 자료이다. 또한 중국과 기독교의 예언가를 비교한 것으로 H.
H. 로울리의 《고대 중국과 이스라엘의 예언과 종교》(나채운 역, 성지출판
사, 1991)이 참고가 된다.

4) 조선 사대부들의 귀신관에 대해서는 김현의 〈귀신: 자연철학에서 추구
한 종교성〉(《조선 유학의 개념들》, 예문서원, 2002)이 참고가 된다. 유학자
들의 귀신관은 이 글을 참고하였다.

5) 주희, 〈귀신〉(《주자어류(朱子語類)》 卷3) : 김현, 앞의 글, 101~102쪽에서 재인용.

6) 나흠순의 귀신론에 관한 글로 《곤지기(困知記)》 卷上 33칙(則)이 참고가 된다. 여기서의 논의는 이 부분을 요약한 것이다.

7) 시참(詩讖)을 기(氣) 문학론과 연관시켜 논의한 글로는 정운채의 〈한시의 예언적인 힘의 원천과 기의 성격〉을 들 수 있다.

8) 자정: 안응세(安應世)의 자. 안응세는 조선 초기의 문인으로, 호는 단창, 구로주인(鷗鷺主人) 등. 특히 악부에 능했다.

9) 허균, 〈속몽시(續夢詩)〉, (《국역 성소부부고(惺所覆瓿藁) 1》 卷2) 210~211.

10) 척독이란 짧은 편지를 말한다. 명나라 후기에 접어들면서 문인들에 의해 짧은 편지의 아름다움이 발견되고, 그들은 짧고 간결한 글 속에 깊고 유원한 정감을 담는 척독 나름의 문예적 아름다움을 구현하였다. 허균 역시 그러한 경향을 깊이 받아들여 뛰어난 척독 작품을 남겼다.

11) 리좀: 들뢰즈, 가타리가 《천의 고원》에서 사용하여 널리 알려진 용어. 하나의 근원이나 일자(一者)로 모든 생각을 귀결시키지 않고, 자유롭게 자신의 새로운 영역을 확장해 가면서 창조적인 사유를 하는 것.

12) 김현룡, 《한국문헌설화》(5권, 2000), 371쪽 참조. 이 외에도 귀신 문제를 일종의 정신병으로 취급하면서 동양의 광기(狂氣)를 의학적 입장에서 분석한 책으로 오다 스스무의 《동양의 광기》(김은주 역, 다빈치, 2002)가 흥미롭다.

13) 故自八九年來, 與足下小通則以詩相戒, 小窮則以詩相勉, 索居則以
詩相慰, 同處則以詩相娛. 知吾罪吾, 率以詩也. 如今年春遊城南時,
與足下馬上相戲, 因各誦新豔小律, 不雜他篇, 自皇子陂歸昭國里,
迭吟遞唱, 不絕聲者二十里餘. 樊李在旁, 無所措口. 知我者以爲詩
仙, 不知我者以爲詩魔. 何則? 勞心靈, 役聲氣, 連朝接夕, 不自知
其苦, 非魔而何? 偶同人當美景, 或花時宴罷, 或月夜酒酣, 一詠一
吟, 不知老之將至. 雖驂鸞鶴遊蓬瀛者之適, 無以加於此焉. 又非仙
而何? 微之微之! 此吾所以與足下外形骸脫踪跡, 傲軒鼎輕人寰者,
又以此也. (白居易, 與元九書)

14) 한위성당(漢魏盛唐): 중국의 한나라, 위진남북조, 성당(당나라 역사를 초
당, 중당, 성당, 만당으로 나누어서, 당의 문화가 가장 난숙기에 달했던 시대를
일컬음)을 통칭하는 말. 이 시기에 한시가 완전한 형식과 율격을 갖추
었고, 가장 뛰어난 시문학적 성취를 이루었다.

15) 개원(開元), 천보(天寶)는 모두 당나라 때의 연호.

16) 學詩者, 當以漢魏晋盛唐爲師, 不作開元天寶以下人物, 若自退屈,
即有下劣詩魔, 入其肺腑之間. (滄浪詩話)

17) 崔淑精, 〈晝眠〉(《逍遙齋集》卷1), 13~18쪽.

18) 李珥, 〈催時雨〉(《栗谷全書》卷1 성균관대 대동문화연구원 영인본 1권,
1982) 15쪽.

19) 李承召, 〈江樓-二首中(其一)〉(《三灘集》卷3 : 《한국문집총간 11》, 민족
문화추진회 영인본), 403쪽.

20) 李唐諸子, 作詩用盡一生心力, 故能名世傳後. 如〈吟安數箇字, 撚斷幾莖髭〉〈吟成五字句, 用破一生心〉〈兩句三年得, 一吟雙淚流〉〈欲識吟詩苦, 秋霜若在心〉, 又〈夜吟曉不休, 苦吟鬼神愁. 如何不自閑, 心與身爲仇〉之類, 是也. 余亦有此癖, 欲捨未能, 戲吟一絶曰:〈爲人性癖最耽詩, 詩到吟時下字疑. 終至不疑方快意, 一生辛苦有誰知?〉噫! 唯知者可與話此境. 今人以淺學, 率甫成章, 便欲作驚人語, 不亦踈哉! (金得臣, 終南叢志: 정민·이종은 엮음,《한국역대시화유편》, 393쪽)

21) 成侃,〈酬淸甫〉(《眞逸遺藁》卷1:《한국문집총간 12》, 민족문화추진회 영인), 179쪽.

22) 居正在閑寂中, 病中不能吟, 又不讀書, 終日端坐獨吟, 但諷於口而已, 不書于紙者亦太半. 一日所著, 或三四首, 或六七首, 或踰十首, 非技癢也, 非此, 莫能消遣. 且詩造次, 不假雕飾, 知不可以傳後, 雖有一二句可以傳後, 無賢子孫堪爲堂構, 終爲瓿醬, 必矣. 知其爲瓿醬, 而亦不廢吟, 嗚呼, 可悲也哉! (徐居正,〈詩成自笑〉,《四佳詩集》卷29:《한국문집총간 10》, 민족문화추진회 영인, 490쪽)

23) 近者日復沈醉, 每讀君詩, 醒然不知倦也. 忘其老拙, 輒步韻以求斥正. 此詩强韻, 已滿二十首, 不亦有技癢者乎? 然莫非縞帶兼金之深意也. 寄蕃仲丈二首. (徐居正,《四佳詩集》卷31:《한국문집총간 11》, 25쪽)

24) 僕少有詩癖, 凡懽娛悲感, 寓目屬耳, 一於詩發之. 有書于藁者, 有不書者, 不知其幾. 今搜閱舊藁, 已萬有千首. 猶不廢日課, 誰知不切於詩, 無益於後, 亦不自已, 癖之甚, 一至於此, 嗚呼悲哉! (徐居正, 書拙藁後,《四佳詩集》卷52:《한국문집총간 11》, 135쪽)

25) 刪後無詩繼亦難, 何人今古擅詞壇. 杜陵名續風騷後, 李白才高天壤間. 陸海潘江皆婢膝, 郊寒島瘦亦兒顏. 我今萬首將何用, 畢竟誰家冪醬看. (徐居正, 書拙藁後, 《四佳詩集》卷52 : 《한국문집총간 11》)

26) 徐居正, 〈敍懷〉(《四佳詩集》卷51 : 《한국문집총간 11》), 114쪽.

27) R. L. Brett, 《공상과 상상력》, 심명호 역, 서울대출판부, 1987(제5판), p. 26에서 재인용.

28) 握粟 : 곡식을 쥐고 복채로 삼아 앞 일을 점쳐 보다. (握粟出卜, 自何能穀? 곡식 한 줌 내어 점쳐 묻기를, 어떻게 하면 잘 될 수 있을까 알아 보네. 〈詩經 小雅〉)

29) 徐居正, 〈移病〉, (《四佳詩集》卷2 : 《한국문집총간 10》, 민족문화추진회 영인), 245쪽

30) 이렇게 '벽(癖)'과 '마(魔)'를 같은 반열에 놓고 취급하는 용례로 임억령의 시를 들 수 있다. 愛酒今成癖, 耽詩亦有魔. 淸風元不黨, 明月本無阿. (林億齡, 秋懷-又, 《石川集》: 驪江出版社 影印, 1989, 144쪽)

31) 문도인(聞道人) 찬(撰), 원석공(袁石公) 평(評), 《벽전소사(癖顚小史)》 : 오다 스스무, 위의 책, 175~176쪽에서 재인용.

32) 白樂天, 〈閑吟〉.

33) 普雨, 〈禪心詩思爭雄不已〉(《虛應堂集》불교학연구회, 1974), 300쪽.

34) 李奎報, 《東國李相國集》후집 卷10 (《한국문집총간 2》, 민족문화추진

회 영인) 237쪽.

35) 金宗直, 〈星州次善源〉(《佔畢齋集》 卷5 :《한국문집총간 12》), 246쪽.

36) 徐居正, 〈偶吟〉(《四佳詩集》 卷4 :《한국문집총간 10》), 290쪽.

37) 金克己, 〈高原驛〉(《東文選》 卷13)

38) 李珥, 〈景魯惠硯以詩謝之〉(《栗谷全書》拾遺 卷1 :《한국문집총간 45》),
472쪽.

39) 최승호, 〈밤의 자라〉(《그로테스크》, 민음사, 1999), 9쪽.

40) 有形而無聲者, 物有之矣, 土石是也 ; 有聲而無形者, 物有之矣, 風
霆是也 ; 有聲與形者, 物有之矣, 人獸是也, 無聲與形者, 物有之
矣, 鬼神是也. (韓愈, 〈原鬼〉,《韓愈全集》文集 卷1 : 中國 上海古籍出版
社, 1997, 124~125쪽)

41) 韓愈, 〈送窮文〉(《韓愈全集》文集 卷8 : 위의 책), 317쪽. "其一名曰智
窮, 矯矯亢亢, 惡圓喜方, 羞爲姦欺, 不忍害傷, 其次名曰學窮, 傲
數與名, 摘抉杳微, 高挹群言, 執神之機, 又其次曰文窮, 不專一能,
怪怪奇奇, 不可時施, 祇以自嬉, 又其次曰命窮, 影與形殊, 面醜心
妍, 利居衆後, 責在人先, 又其次曰交窮, 磨肌戞骨, 吐出心肝, 企
足以待, 寘我讐冤." 이 글에서 〈송궁문〉의 내용을 인용하거나 요약하
는 경우 모두 이 문헌에 의거하였다.

42) 揚雄, 〈逐貧賦〉(費振剛 外 輯校, 《全漢賦》, 北京大學出版社, 1993),
211~212쪽.

43) 柳宗元, 《柳宗元集 2》 (中華書局, 2000), 487~490쪽.

44) 실시학사 고전문학연구회 역주, 《역주 이옥전집 2》 (소명출판, 2001), 183~187쪽.

45) 여기서 인용하는 이규보의 〈구시마문〉은 《동국이상국집(東國李相國集)》 권12 : 《한국문집총간 1》 498~499쪽에 수록된 것에 의거한다. 이후 요약하거나 인용하는 것도 마찬가지다.

46) 조동일, 《한국문학사상사시론》, 지식산업사, 1982(3판), p.77 참조

47) 부섬(富贍): 문장의 수식이 화려하고 색채감이 풍부하며, 작가가 선택하는 주제나 소재가 궁핍한 이미지를 띄지 않는 글의 느낌.

48) 崔宰相演甫, 文章富贍, 筆翰如流. 其挽仁廟詩云: '三年短制心嫌漢, 五月居廬禮過膝' 用事切當. (權應仁, 《松溪漫錄》: 이종은/정민 編, 《韓國歷代詩話類編》, 아세아문화사, 1988, 483쪽)

49) 江陵府古溟州之地也. 山水之麗, 甲于東方, 山川儲精, 異人間出 …… 沈漁村, 崔艮齋, 文章名世. (許筠, 《鶴山樵談》: 이종은/정민 편, 윗책, 622쪽)

50) 是夕, 疲臥而枕上騷, 窣然有聲, 若色袖文裳而煌煌者, 卽而告余曰: "甚矣, 子之訧我也斥我也! 何疾我之如斯? 我雖魔之微, 亦上帝所知. 始汝之生, 帝遣我以隨, 汝孩而赤, 亦潛宅而不離, 汝童而卯, 竊竊以窺, 汝壯而幘, 騫騫以追. 雄子以氣, 餙子以辭, 場屋較藝, 連年中之, 欻天動地, 各聲四飛, 列侯貴戚, 聳望風姿. 是則我之輔汝不薄, 天之豊汝不貲. 惟口之出, 惟身之持, 惟色之適, 惟酒之歸,是各有使, 非吾所尸, 子胡不愼, 以狂以癡, 實子之咎, 非予之疵."
居士於是, 是今非昨, 局縮忸怩, 磬節以拜, 迎之爲師. (李奎報, 〈驅
詩魔文〉: 498~499쪽)

51) 嗟呼爾魔, 胡肆其志, 雖脩蝓着心而短蟯穴胃, 方之於汝, 爾罪斯極,
皇亶聰明, 臨下有赫, 除惡去慝, 天羅磕帀, 今若不懲, 吾將投畀,
皇斯震怒, 永殄爾類, 汝雖舞智逞巧, 不救汝死, 又將操强弓引毒矢,
搜汝殺汝, 支分肉磔, 今不亟逝, 悔不可及, 海之角兮天之裔, 彼樂
所兮汝所處, 勿復留兮毋濡滯, 日之良兮今速去, 急急如律令. (崔
演, 〈逐詩魔〉, 《艮齋集》卷11 : 《韓國文集總刊 32》, 民族文化推進委員會
影印, 1991, 191~192쪽)

52) 정민, 〈시마 이야기〉(《한시미학산책》, 솔, 1996), 203쪽.

53) 장옥문자(場屋文字) : 과거 시험에서 다루는 문장을 일컫는 말로, '장
옥'이란 과거 시험장을 의미한다. 과거 시험을 보기 위해서는 그에 걸
맞는 형식과 문체를 익혀야 하는데, 이것이 하나의 문장 격식이 되어
자유로운 글쓰기를 방해한다는 비판을 많이 받았다. 글쓰기에 뛰어나
다고 소문 난 사람도 과거 시험에는 번번이 떨어지는 경우가 있을 정
도로, 과거 시험에서 다루는 문장은 그 문체나 형식이 특징적이었다.
주로 팔고문(八股文)이라고 지칭되는 문장이 여기에 속한다.

54) 故出而酒取時所謂場屋之文者讀之, 工則工矣, 非有所謂甚難者, 誠
類俳優者之說. (林椿, 〈與趙亦樂書〉, 《西河集》卷4 : 《한국문집총간 1》)

55) 夫詩以意爲主, 設意尤難, 綴辭次之. 意亦以氣爲主, 由氣之優劣,
乃有深淺耳. 然氣本乎天, 不可學得, 故氣之劣者, 以雕文爲工, 未
嘗以意爲先也. 盖雕鏤其文, 丹靑其句, 信麗矣. 然中無含蓄深厚之

意, 則初若可翫, 至再嚼, 則味已窮矣. (李奎報,, 〈論詩中微旨略言〉, 《東國李相國集》:《한국문집총간 1》)

56) 풍아(風雅): 시경을 논의할 때 사용하는 단어. 수사법의 일종으로 간주되기도 하고, 시경이 가지는 근본적인 의미로 간주되기도 하며, 때로는 문예사조의 범주로 활용되기도 한다. 여기서는 시경을 처음 만든 본래 의미를 상징적으로 표현하는 것으로 받아들이면 된다. 따라서 이 문맥은, 노래나 시는 기본적으로 인간의 순수한 사상 및 감정을 노래하는 것이 가장 큰 목표이어야 하는데, 시간이 흐르면서 인위적인 수식이 노래와 시를 점령하자 결국 시가(詩歌)의 본령을 잃게 되었고, 그것을 읽는 독자 역시 시를 통해 감흥을 받고 심성을 수양할 수 있는 기회를 잃게 되었다는 뜻이다.

57) 邇來作者輩, 不思風雅義. 外飾假丹靑, 求中一時嗜. 意本得於天, 難可率爾致. 自揣得之難, 因之事綺靡. 以此眩諸人, 欲掩意所匱. (李奎報, 〈論詩〉, 《東國李相國集》)

58) 李珥, 〈精言妙選序〉, 《栗谷全書》

59) 人始之生, 鴻荒樸略, 不賁不華, 猶花未蕚, 錮聰塗明, 猶竅未鑿. 孰闔其門, 以挺厥鑰, 魔爾來闖, 窅然此託. 耀世眩人, 或髼或朣, 舞幻騁奇, 勃屑翕霍, 或媚而嬋, 筋柔骨弱, 或震而聲, 風隊浪搖. 世不爾壯, 胡踊且躍? 人不汝切, 胡務刻削? 是汝之罪一也.

60) 日昔混沌, 九竅未分, 俗質風淳, 樸略無文, 自爾作崇, 泯泯芬芬, 弄斤操斧, 揮霍紛紜. (崔演, 〈逐詩魔〉, 《艮齋集》卷11 : 《韓國文集總刊 32》, 民族文化推進委員會, 1991, 191쪽)

61) 天地之間, 萬類之有聲者, 孰使之然乎? 草木之叢林也, 不動則其體無聲者也, 有風動之則有聲. 然則, 聲於草木者, 風也. 金石之堅頑也, 不擊則其體亦無聲者也. 有物擊之則有聲. 然則, 聲於金石者, 亦物也. 凡萬類之振振蠢蠢而有聲者, 亦必有使之然. 人之生于世也, 五臟具乎內, 百骸形於外, 其本則豈有聲哉? 有氣積於內而發於外, 然後爲聲焉. 然則, 聲於人者, 氣也. 聲之出, 亦非一也. 有無用之聲, 有有用之聲. 噴嚔鼻唾之類, 人聲之無用者也; 咄嗟言笑之類, 人聲之有用者也. 有用之中, 亦有美聲·惡聲. 人聞其聲而好之, 則爲美聲; 惡之, 則爲惡聲. 美聲之中, 亦有實聲·虛聲. 出於口而不著於文, 則爲虛聲; 出於口而著於文, 則爲實聲. 實聲之中, 亦有正者·邪者·或似正而邪者·或似邪而正者. 人之發其聲而好於人, 好於人而著於文, 著於文而合於正者, 謂之善鳴, 善鳴之功, 厥有艱哉! 休壤崔立之, 幾於善鳴者也. 其文章雖不大成, 其志則期乎正者也. 業之而不怠, 則何有於正耶? 吾聞, 萬類之有聲者, 其體大則其聲亦大; 其體小則其聲亦小, 立之之聲, 大矣, 其體之大可知. 人之體者, 心也. 立之之心, 可謂大矣. 吾又聞, 大觸之則聲之發也大; 小觸之則聲之發也小. 是故, 大風之動草木也, 如掀天地, 及小風之來, 不過一搖而已. 金石之擊也, 亦如是焉. 人之於聲也, 氣之大則大其聲而發之; 氣之小則小其聲而發之. 立之之氣, 可謂大矣. 嗚呼! 草木之聲, 風使之也, 風之爲風, 孰使之耶? 金石之擊于物也, 其亦孰使之耶? 人之有聲, 氣使之也, 氣之爲氣, 孰使之耶? 氣之爲氣, 心使之也, 心之爲心, 孰使之耶? 心之爲心, 天地使之也, 天地爲天地, 孰使之耶? 天地爲天地, 無極太極使之也, 無極太極爲無極太極, 孰使之耶? 立之知此, 則爲我辨之. (李珥, 〈贈崔立之序〉, 《栗谷集 2》, 成均館大 大東文化研究院 影印, 1982, 518~519쪽)

62) 풍우(馮寓), 《천인관계론》(김갑수ㅡ역, 신지서원, 1993), 43쪽 참조.

63) 慧諶,〈國師圓寂日〉

64) 李滉,〈游春詠野塘〉(《국역 퇴계집Ⅱ》, 민족문화추진회), 176쪽.

65) 고미숙,〈천기론의 '수사학적 배치'와 그 담론적 특이성〉(《민족문학사
연구》제19집, 민족문학사학회, 2001), 156~157쪽 참조.

66) 日月星辰, 天之文也, 山川草木, 地之文也, 詩書禮樂, 人之文也.
(鄭道傳,〈陶隱文集序〉,《三峰集》卷3 :《韓國文集叢刊》)

67) J. 호이징하,《호모 루덴스》(김윤수 옮김, 까치, 1981), 185쪽.

68) 地尙乎靜, 天難可名, 曶乎造化, 瞬若神明, 沌沌而漠, 渾渾而冥,
機開闔邃, 且鏑且扃, 汝不是思, 偵深諜靈, 發洩幾微, 搪突不停,
出脅兮月病, 穿心兮天驚, 神爲之不悆, 天爲之不平, 以汝之故, 薄
人之生, 是汝之罪二也. (李奎報,〈驅詩魔文〉,《東國李相國集》)

69) 思若湧泉, 態若春雲, 鉤深抽隱, 掇英吐芬, 浮花浪蘂, 衒耀人目,
雕膏鏤冰, 損功費日, 澌薄眞元, 斵鎬太素, 厥咎安在, 職爾魔故.
(崔演,〈逐詩魔〉,《艮齋集》卷11 :《韓國文集總刊 32》, 民族文化推進委員
會, 1991, 191쪽)

70) 精騖八極, 神遊萬仞, 窺盡簡以剽盜, 咀六藝之芳潤, 搜剔而海欲枯,
探覓而天應悶, 始躑躅於噪吻, 若秋蟲之吐聲, 終流離於揮翰, 況風
雨之驟驚, 牢籠宇宙, 嚶呀飛走, 抽黃對白, 錦心繡口, 鍊字琢句,
鬪險競奇, 嘔出一生心, 撚斷數莖髮, 精微則貫溟涬, 動盪則摧霹靂,
孰使之然, 爾魔是責. (崔演,〈逐詩魔〉,《艮齋集》卷11,《韓國文集總刊
32》, 民族文化推進委員會, 1991, 191쪽)

71) 夫編集之漸增, 蓋欲有補於後學, 若皆相襲, 是沓本也, 徒耗費楮墨
   爲耳. 吾子所以貴新意者, 盖此也. 然古之詩人, 雖造意特新也, 其
   語未不圓熟者, 蓋力讀經史百家古聖賢之說, 未嘗不熏鍊於心, 熟習
   於口, 及賦詠之際, 參會商酌, 左抽右取, 以相資用. 故詩與文, 雖
   不同, 其屬辭使字, 一也, 語豈不至圓熟耶? 僕則異於是, 旣不熟於
   古聖賢之說, 又恥效古詩人之體, 如有不得已及倉卒臨賦詠之際, 顧
   乾涸無可以費用, 則必特造新語. 故語多生澁, 可笑. 古之詩人, 造
   意不造語, 僕則兼造語意, 無愧矣. 由是, 世之詩人, 橫目而排之者
   衆矣, 何吾子獨過美若是之勤勤耶? (李奎報, 〈答全履之論文書〉, 《東國
   李相國集》:《한국문집총간》)

72) 詩有九不宜體, 是予所深思而自得之者也. 一篇內多用古人之名, 是
   載鬼盈車體也; 攘取古人之意, 善盜猶不可, 盜亦不善, 是拙盜易擒
   體也; 押强韻無根據處, 是挽弩不勝體也; 不揆其才, 押韻過差, 是
   飮酒過量體也; 好用險字, 使人易惑, 是設坑導盲體也; 語未順而勉
   引用之, 是强人從己體也; 多用常語, 是村夫會談體也; 好犯語忌,
   是凌犯尊貴體也; 詞荒不删, 是莨莠滿田體也. 能免此不宜體格, 而
   後可與言詩矣. (李奎報, 〈論詩中微旨略言〉, 《東國李相國集》)

73) 林億齡, 〈秋懷 − 又〉, 《石川集》(驪江出版社 影印, 1989), 144쪽.

74) 徐居正, 〈移病〉(《四佳詩集》 卷2 (《한국문집총간 10》, 민족문화추진회 영
   인), 245쪽.

75) 徐居正, 〈療倒〉(《四佳詩集》 卷30 (《한국문집총간 11》, 민족문화추진회 영
   인), 14쪽.

76) 金時習, 〈役役〉《梅月堂集》 詩集 卷14 (《한국문집총간》, 민족문화추진

회 영인), 307쪽.

77) 崔淑精, 〈晝眠〉, (《逍遙齋集》卷1), 13~18.

78) 이것조차도 섹슈얼한 것 아니냐고 반문한다면 할말은 없다. 그러나 근
대 이전이라는 점을 충분히 감안해야 한다. 그것이 남성(혹은 드물게는
여성)의 이성 편력과 그 사이에 개재해 있는 성적인 측면을 정당화하자
는 것은 아니다. 다만 당시의 풍류스러운 남녀지사(男女之事)에서 섹
슈얼한 측면은 일부분에 속한다. 그것을 포함해서 이성과의 모든 교류
를 통틀어서 색마가 지시하는 범주 속으로 넣을 수 있다는 점을 말하
려는 것이다.

79) 사림이나 산림에 대한 함의는 시대마다 서로 달랐지만 여기서는 벼슬
하지 않고 재야에서 학문 연구에 힘쓰는 선비들을 범칭한 것이다.

80) 遇敵卽攻, 胡砲胡礨? 有喜於人, 不袞而貴, 有慍於人, 不刃而刺.
爾柄何鉞, 惟戰伐是恋, 爾握何權, 惟賞罰是肆? 爾非肉食, 謀及國
事, 爾非侏儒, 嘲弄萬類. 施施而夸, 挺挺自異, 孰不猜爾, 孰不憎
爾? 是汝之罪四也. (李奎報, 〈驅詩魔文〉, 《東國李相國集》)

81) 文憎命達, 與窮爲謀, 轉喉觸諱, 鼓簧禍機, 事方修而謗興, 德將高
而毀隨, 動輒跌蹇, 進官凌遲, 飯山瘦生, 長抱幽抑, 隴西狂客, 久
罹擯斥, 郊終協律, 籍老大祝, 劉因種桃而出, 白坐新井而謫, 題鶴
而王有譏, 詠檜而蘇遭阨, 咎不在他, 惟爾所使, 因汝致窮, 固不止
此, 紛紛餘子, 有難悉記. (崔演, 〈逐詩魔〉)

82) 李奎報, 《白雲小說》: 先輩有以文名世者七人, 自以爲一時豪俊, 遂
相與爲七賢, 蓋慕晋之七賢也. 每相會, 飲酒賦詩, 傍若無人, 世多

譏之. 時余年方十九, 吳德全許爲忘年友, 每携詣其會. 其後德全遊
東都, 余復詣其會, 李淸卿目余曰 : "子之德全, 東遊不返, 子可輔
耶?"余立應之曰 : "七賢, 豈朝廷官爵而輔其闕耶? 未聞嵇阮之後
有承者."闔坐皆大笑.

83) 그의 자세에서 무엇인가 비꼬는 듯한 말투를 느낄 수 있는 것은 이 일
화 뒤에 따라오는 한 편의 시가 덧붙여질 때 더욱 명확해진다. 이규보
가 지은 시는 다음과 같다.
　　榮參竹下會, 快倒甕中春. 未識七賢內, 誰爲鑽核人 (대나무 아래 모임에
영광 되이 참여하여 / 술동이 술을 장쾌하게 기울인다. / 알지 못하겠누나,
일곱 현인 중에 / 누가 오얏씨에 구멍 뚫은 사람인가.)
　　여기서 오얏씨에 구멍을 뚫었다고 하는 것은 중국 진(晉)나라의 왕융
(王戎)의 고사이다. 그는 죽림칠현(竹林七賢) 중의 한 사람이었다. 그의
마당 가에 자라고 있던 질 좋은 오얏의 씨가 다른 사람에게 퍼질까 두
려워서, 씨앗을 버릴 때는 반드시 구멍을 뚫었다고 한다. 이규보는 이
인로, 오세재, 임춘, 황보항 등이 중국 죽림칠현을 본떠서 해동(海東)의
죽림고회(竹林高會)라고 자처하는 것을 매우 불만스러워했다. 그러던
차에 자리가 하나 비었으니 들어오라는 말을 듣고 이를 비꼬는 투로
시를 지은 것이다.

84) 予聞世謂詩人少達而多窮, 夫豈然哉. 蓋世所傳詩者, 多出於古窮人
之辭也. 凡士之蘊其所有, 而不得施於世者, 多喜自放於山巓水涯之
外. 見蟲魚草木風雲鳥獸之狀類, 往往探其奇怪. 內有憂思感憤之鬱
積, 其興於怨刺, 以道羈臣寡婦之所歎, 而寫人情之難言, 蓋愈窮則
愈工. 然則非詩之能窮人, 殆窮者而後工也. (歐陽修,〈梅聖兪詩集序〉)

85) 自汝之來, 萬狀崎嶇, 怳然如忘, 戇然如愚, 如瘖如聵, 形熱跡拘,
不知飽渴之逼體, 不覺寒暑之侵膚. 婢怠莫詰, 奴頑罔圖, 園翳不薙,

屋庸不扶. 窮鬼之來, 亦汝之呼, 傲貴凌富, 放與慢俱, 言高不遜, 面强不愧, 着色易感, 當酒益驪, 是失汝使, 豈子心歟? 猖猖吠怪, 寔繁有徒, 我故疾汝, 且呪且驅. 汝不速遁, 搜汝以誅. (李奎報, 〈驅詩魔文〉, 《東國李相國集》卷11: 《한국문집총간 1》, 498~499쪽)

86) 詩有鬼, 名魔. 其性喜憂悴貧裏困窮疾癢羈旅, 不樂紛華富貴志滿意得之人. (柳夢寅, 〈送洪牧李潤卿晬光序〉, 《於于集》: 《한국고전비평론자료집3》, 계명출판사 영인, 1988, 232~233쪽)

87) 非詩之能窮人, 殆窮者而後工也.

88) 우응순, 〈조선 중기 '窮而後工' 論의 양상과 성격〉 (《한국문학과 유교문화》, 아세아문화사, 1991), 304쪽.

89) 趙則誠 外 主編, 《中國文學理論辭典》 (中國 吉林 : 文史哲出版社, 1985), 615~16쪽 참조.
발분저서(發憤著書) : 사마천이 《사기(史記)》를 쓸 때의 정신자세를 상징적으로 표현한 구절. 사마천은 흉노에게 패한 장군을 옹호했다는 죄목으로 궁형(宮刑 : 성기를 제거하는 형벌)을 받았다. 그는 이처럼 정당한 논의에 대해 부당하게 가해지는 폭력에 분개한 나머지, 그것에 대한 의문을 《사기》에 실어서 표현했다. 따라서 발분저서란 세상의 불의에 대해 분노를 펼쳐내서 책을 짓는다는 뜻이다.
불평즉명(不平則鳴) : 중국의 대문호 한유(韓愈)의 글 〈송맹동야서(送孟東野序)〉에 나오는 구절. 마음속에 무엇인가 평정하지 못한 것이 있으면 소리로 울려서 나온다는 뜻이다.

90) 詩不可僞爲也. 發乎情而形於言, 形於言而美惡斯著. 故人心所感, 類萬不同, 而其言之發, 亦與之無窮矣. 然好詩罕出於富貴之中, 而多起於羈旅竄謫之餘, 古人所謂非詩能窮人, 窮人詩乃工者, 此也.
(表從弟沈公貞源廣淵氏, 生長紈綺, 捿心淡泊, 詩藻楷法, 高出等
夷. 嘗以所作詩, 寄余鍼砭, 受而讀之, 則端麗豪邁, 然未免爲膏粱
所感.) 邇者, 出爲全羅水軍節度使, 以微譴謫寧州, 謫中逐日賦詩,
成一藁來示余. 余觀下語甚工, 運意高妙, 雖老於文墨者, 亦無以過
之, 何其得骨髓之易也? 豈非困窮怫鬱, 能堅公之志, 而熟公之才
歟? 益信古人窮人詩乃工之語矣. (姜希孟, 寧州一技序, 《私淑齋集》
卷8, 《한국문집총간 12》, 116쪽)

91) 매성유의 시집이 널리 읽힌 사실에 대해서는 申叔舟의 〈宛陵梅先生詩
選序〉에서 살펴볼 수 있다.

92) 窮者何? 時命不達之謂窮, 遇事迍邅之謂窮, 橫罹禍患之謂窮, 之三
者, 世固不能無者, 人或遇之, 鮮不爽其所存者矣. (姜希孟, 處窮說送
丘上舍之關東, 《私淑齋集》卷9, 《문집총간 12》, 125쪽)

93) 여기서의 工은 窮而後工의 工과는 그 범위가 다르다. 여기서의 工은
수사적 표현 기법의 문제에 중점을 둔 것임에 비해, 窮而後工의 工은
문학 작품의 전체적인 예술적 성취도의 문제를 지칭하므로, 이들은 구
별되어야 한다.

94) 受而讀之, 其痛快英暢之妙, 視前所得, 不啻相越, 豈非遷羈窮愁之
久, 困窮拂怨, 有以激之耶? 古人之窮則詩工, 政謂此也. 君凡三出
于外, 窮可知也, 而龍灣則極矣. 況與梅溪詩老, 同州而謫, 朝夕與
處, 薰陶瀧淬, 酬酢往復, 有所得而增益者, 亦豈少哉? 是以自得之
學, 益以淵源之助, 發於窮愁之地, 其出而爲言者, 不期工而自無不
工也. (李塏, 〈虛庵遺集序〉, 《松齋先生集》卷2 : 《문집총간 17》, 569쪽)

95) 夫詞章者, 特末矣. 然有道者, 必有言, 言之精而有感發乎人者爲詩, 則詞章亦非與道背馳者也. (金馹孫, 〈題權睡軒送關東後〉, 《濯纓集》卷1 ; 《문집총간 17》, 218쪽)

96) 所居之地不同, 則其所樂亦與之不同矣. (徐居正, 〈雙溪齋記〉, 《四佳文集》卷2 ; 《문집총간 11》, 218쪽)

97) 詩言志, 志者, 心之所之也. 是以讀其詩, 可以知其人. 盖臺閣之詩, 氣象豪富, 草野之詩, 神氣淸淡, 禪道之詩, 神枯氣乏, 古之善觀詩者, 類於是乎分焉. (徐居正, 〈桂庭集序〉, 《四佳文集》卷6 : 11~279)

98) 姜希孟, 〈寧川日記序〉, 위의 책, 같은 곳 참조.

99) 우응순, 앞의 논문, 304~305.

100) 世謂 '文章之與命, 不相爲謀, 故要妙之作, 多發於山林羇旅之中, 達者則氣滿志得, 雖欲工, 不可爲也'. 余則以爲不然. 窮者而後加工, 雖信有之, 然公侯貴人之能者, 亦豈少哉? 其器宇之宏, 而天分之高, 金章赤紱, 若固有之者, 出言而金石自諧, 觸思而風雲自隨, 其仁義之弸彋于中者, 自然泄之於詩而不容掩也. 又焉有氣滿志得, 若細人處富貴者之爲也哉? 是故穆如之頌, 非關於羇旅, 紅藥之詠, 不在於山林, 燕許擅聲華之宗, 韓范富風雅之製, 如是者代不乏人焉. (金宗直, 《佔畢齋文集》卷1; 《한국문집총간 12》, 405~406쪽)

101) 嘗聞古人論詩曰: '窮則工也', 此言恐不然也. 詩者, 發於性情, 而流出肺腑者, 豈必郊寒島瘦, 不堪窮餓, 而出於不平之鳴, 然後工哉? (蔡壽, 〈四雨亭集記〉, 《懶齋集》卷1; 《한국문집총간 15》, 374쪽)

102) 凡人之爲學者, 孳孳屹屹, 勞心怵慮, 飽憂患而費工夫, 然後得發
爲文, 雕琢務奇, 而其氣像未免有淺近之病. 王公鉅人則不然. 居
移氣而養移體, 所處高而所見大, 不務學而自裕, 不鍊業而自精,
恢恢然有餘力, 而其功易就. 然文章之名, 多出於窮困, 而不出於
紈袴者, 非窮困之獨工而紈袴之獨不能也, 汨於富貴繁華之樂而不
可爲也. (成俔, 〈月山大君詩集序〉, 《虛白堂集 文集》卷6 ; 《한국문집총간
14》, 464쪽)

103) 이래종, 〈성현의 시론과 작품 세계〉(고려대 석사논문, 1986년 12월), 13
쪽.

104) 김성룡, 〈여말선초 時運論의 문학관 연구〉(서울대 박사논문, 1993년 2
월) 참조.

105) 來, 爾魔. 汝曷不自形其形, 陰幽詭仄而着於人, 蠹壞厥靈? 以意
格爲髓, 以物象爲盲, 以聲律爲竅, 以體裁爲精, 力可以倒巴峽, 舌
可以卷齊城, 憎我面目, 戕我性情, 使我未老而髮華, 又與世而齟
齬. 今欲數汝之罪, 雖擢髮猶難擧.(崔演, 〈逐詩魔〉, 《艮齋集》卷11 :
《韓國文集總刊 32》 : 영인본, 民族文化推進委員會, 1991, 191~192쪽). 원
문에서 '盲'은 '胸'이어야 할 것으로 생각된다. 盲은 소경이라는 의
미인데, 이렇게 해석할 경우에 문맥의 의미가 정확히 들어오지 않는
다. 따라서 여기서는 가슴의 뜻으로 해석했다.

106) 부르디외, 〈장들의 몇 가지 특징〉(《혼돈을 일으키는 과학》, 문경자 옮김,
솔, 1994), 129~130쪽 참조.

107) 언어의 오만성에 대한 이야기는 현대 작가들에게도 예외는 아니어
서, 언어의 오만함에 대한 작가의 투쟁은 중요한 이슈로 부각되기도

한다. 이 점은 박경리의 《문학을 지망하는 젊은이에게》(현대문학, 1995), 41쪽이 참조가 된다.

108) 송욱, 《문학평전》(일조각, 중판 : 1984), 227~228.

109) 정민, 〈시마 이야기〉(《현대시학》 1994년 8월호), 265쪽

110) 이 부분에 대해서는 곽광수의 〈바슐라르와 상상력의 미학〉(《바슐라르 연구》, 민음사, 1976), 25쪽을 참조하기 바람.

111) 知我者以爲詩仙, 不知我者以爲詩魔. 何則? 勞心靈, 役聲氣, 連朝接夕, 不自知其苦, 非魔而何? 偶同人當美景, 或花時宴罷, 或月夜酒酣, 一詠一吟, 不知老之將至. 雖驂鸞鶴遊蓬瀛者之適, 無以加於此焉. 又非仙而何? (白居易, 〈與元九書〉)

112) 이와 관련해서 다음과 같은 구절은 몇 가지 시사점을 던져준다. "'접속'은 탈코드화되고 탈영토화된 흐름이 서로를 활성화하고, 그들 공통의 탈주를 자극하며, 그 양자(量子)를 추가하고 가열하는 방식을 표시하는 반면, 이 동일한 흐름의 '결속'은 오히려 그것들의 상대적인 정체를 뜻하는 것이고, 탈주선을 봉인하고 틀어막으며 일반적 재영토화를 작동시키며 다른 것들을 초코드화할 수 있는 것들 가운데 어느 하나의 지배 아래 흐름을 밀어넣는다. (들뢰즈/가타리, 《천의 고원 1》, 221~222쪽) 그런 점에서 보자면 시마란 억압되고 영토화된 시문의 세계에 대해 끊임없이 탈영토화를 요구하는, 분자적인 것이다.

113) 조선 전기의 독서론에 대해서는 김영, 〈한국의 독서문화에 대한 사적 개관〉(《벽서 최승순 박사 화갑기념논문집》, 同 편찬위원회, 1987), 75~78쪽 참조.

114) 물론 모든 문학작품은 사회적 배경 속에서만 자유로운 것이라고 할
수도 있다. 그러나 여기서 말하고자 하는 것은, 시인의 자유로운 감
정 표출이나 표현 욕구가 사회적 구속에 의하여 의도적이고 인위적
으로 규정된다는 점에 더 큰 강조점을 두고자 하는 것이다.

115) 이에 대해서는 유약우의 《중국시학》(이장우 옮김, 명문당, 1994), 161~
162쪽을 참조할 것.

116) 질 들뢰즈/펠릭스 가타리, 《천의 고원 1》(수유연구실+연구공간 '너머'
자료실), 230쪽 참조.

117) 뚜 웨이밍, 《한 젊은 유학자의 초상》(권미숙 역, 통나무, 1994), 87쪽 참
조.

118) 김진수, 《우리는 왜 지금 낭만주의를 이야기하는가》 (책세상, 2001), 95
쪽.

119) 이 부분에 대해서는 이진경의 〈유목주의란 무엇이며, 무엇이 아닌
가?〉(《철학의 외부》, 그린비, 2002) 참조 바람.

120) 《산월기》에 대한 내용은 모두 나카지마 아츠시의 단편 네 편을 모아
번역한 책 《역사 속에서 걸어나온 사람들》(명진숙 옮김, 다섯수레, 1993)
에 수록되어 있는 것을 이용하였다.

121) 이것은 '동물 되기'와 관련해서 흥미로운 생각을 만들 수 있다. 방향
은 약간 다를지 모르지만, 《산월기》와 관련해서 다음과 같은 언급은
우리의 흥미를 자극할 만한다 : "'동물되기'는 바로 운동을 만드는
것이고, 그 모든 긍정성 속에서 탈주선을 그리는 것이며, 문턱을 넘
는 것이고, 그 자체를 위해서만 타당한 강렬도의 연속체에 이르는 것

이며, 순수한 강렬도의 세계를 발견하는 것이다. 여기서 모든 형식들은 와해되고, 기표나 기의는 물론 모든 의미화 또한 비형식화된 질료와 탈영토화된 흐름, 비의미적인[비기표적인] 기호들에 자리를 내주며 붕괴된다." (질 들뢰즈/펠릭스 가타리, 《카프카—소수적인 문학을 위하여》, 이진경 역, 동문선, 2001, 37쪽)

122) 다음과 같은 글도 그 맥락을 함께한다 . "상상력이 폄하(혹은 평가절하)된 이유는 그것 자체로 위험하기 때문이 아니라 정상적인 논리나 도덕적 잣대로 재단되지 않고 무질서하게 부유하기 때문이다. 그것은 검증되거나 확인될 수 있는 논리가 없다는 또 다른 식의 표현이다. 무질서한 것들은 그들 나름의 논리적 토대로 제어할 수 없으므로, 자신들의 근거를 뒤흔드는 위험한 것으로 여기게 된다. 즉 모르는 것들에 대한 일종의 공포감이거나 위기 의식의 발동이 그렇게 만든 것이다. 이 같은 상상력에 의한 텍스트는 풍부하고 다층적인 의미와 목소리를 가지고 있으므로, 해석할 수 있는 사람(그 의미를 구체적으로 경험하고 살려낼 수 있는 사람)에게만 그의미가 드러나게 마련이다."(유평근/진형준, 《이미지》, 살림, 2001, 163쪽 참조)

123) 아놀드 하우저, 《문학과 예술의 사회사(고대 · 중세편)》(백낙청 역, 창작과 비평사, 1976), 114쪽.

저자후기__ 나의 벗 시마를 보내면서

1992년, 한국한문학회에서 시마詩魔를 가지고 발표한 이래 올해로
만 10년이 되었다. 시마에 대한 나의 관심도 그만큼의 세월을 함장含
藏하게 된 것이다. 그동안 온전히 시마만을 생각하며 공부한 것은 아
니지만, 적어도 시마는 내 삶의 한 부분을 이루면서 언제나 함께 살
아왔다. 신들린 듯이 작품을 써내는 시인들처럼, 나도 어쩌면 시마의
힘에 끌려 여기까지 왔는지도 모른다. 한동안 '시마' 라는 단어를 찾
아서 문집을 뒤지기도 했고, '시마' 라는 단어가 나오는 글이면 무엇
이든지 알려달라고 주변의 선후배들에게 부탁하기도 했다.

시마에 관심을 가지게 된 계기는 물론 조선 중기 문인인 간재艮齋
최연崔演의 〈축시마逐詩魔〉라는 글을 만나면서부터이다. 이규보의 〈구
시마문驅詩魔文〉이 널리 알려져 있기는 했지만, 그것만 읽었을 때에는
그리 큰 관심을 두지 못했다. 그런데 어느날 최연의 글을 발견하고
는, 이 두 글의 유사성과 차이에 주목하게 되었고 급기야는 학회의
발표까지 이어졌다. 어설픈 발표를 한 뒤 한동안은 그것을 그냥 보완
하기만 하겠노라 생각했다. 그런데 보완하기 위한 자료를 찾다보니
어느 새 짧은 논문으로 뭔가를 이야기하기에는 허전한 느낌이 들었

다(지금 이 책에서도 모아놓은 자료를 모두 이용하지 못했다. 오히려 이용하지 못한 자료가 훨씬 더 많다. 이에 대해서는 다시 글을 써볼 생각이다).

10년 동안의 자료 조사를 통해서, 나는 시마가 시대와 인물, 신분 등을 뛰어넘어 지금까지도 광범위하게 사용되는 단어라는 사실을 발견했다. 그리고 그 단어는, 개념을 정확히 정의할 수는 없지만, 예술 창작의 순간에 작용하는 신비한 힘을 의미하는 것이라고 생각되었다. 그것은 어떤 때는 영감이나 상상력으로 불릴 수도 있을 것이고, 창작 의식이나 문학적 감수성, 혹은 광기, 천재성 등으로 불릴 수도 있다는 사실을 깨달았다. 문제는 그것이 한 곳에 정착하지 않고 끊임없이 떠돌아다니는 개념, 부유浮遊하는 존재라는 사실이었다. 이규보나 최연의 글을 제외하면 시마에 대해 길게 글을 쓴 사람이 없었다. 그러나 매우 많은 글에서 단편적인 흔적을 드러내고 있기도 했다. 게다가 공시적으로나 통시적으로 전혀 다른 맥락에서 쓰이는 경우도 있었으므로 하나의 논의로 귀결시킨다는 것은 엄두도 못 낼 형편이었다.

시마는 하나의 권위적 개념이나 사유의 통일성을 주장하지 않는다. 그것은 안개처럼 떠돌면서 굳어져버린 사회와 사유의 틈바구니에 미세한 균열을 일으키는 것만으로 자신의 사명을 다하는 존재다. 짐짓 농담과 웃음 속에 자신의 진면목을 숨기고, 엄숙한 권력(정치적 권력이든 문화적 권력이든 간에)을 풍자하고 비튼다. 그러고 보면 시마는 우리를 한 곳에 안주하지 않도록 채찍질하는 존재이기도 했다. 이 책을 읽으면서 정리되지 못한 듯한 느낌을 받았다면, 나 자신의 자료 처리 능력의 부족함과 함께 시마가 가지고 있는 '정의할 수 없는 성질' 때문일 것이다.

이 책을 쓰면서 정말 많은 분들께 도움을 받았다. 민족문화추진회에서 영인 발간하는 《한국문집총간》은 가장 중요한 자료를 제공했다. 시 귀신이나 시마에 관련된 일화를 찾느라고 나름대로 노력을 했지만, 얼마 전에 완간된 김현룡 교수의 《한국문헌설화》(건국대출판부, 1998~2000) 속에 많은 부분들이 수록, 정리되어 있었다. 따라서 시귀 詩鬼에 관한 일화를 언급할 때 많은 도움이 되었다. 정민 교수의 《한시미학산책》(솔, 1996) 역시 많은 시사점을 던져주었으며, 그 외의 많은 책들의 도움을 받았다.

주변의 여러분들이 이 책을 읽고 조언을 해주었으며, 어떤 것들은 이 책에 중요한 논거로 반영되기도 했다. 특히 〈수유연구실+연구공간 '너머'〉에서 즐겁게 노니는 벗들과의 논의가 참으로 유익했고 고마웠다. 여기서 공부하며 즐겁게 노닐 수 있었던 것은 근래 내가 가장 크게 누렸던 청복淸福이다. 우여곡절 끝에 이 책을 출간하면서, 본의 아니게 여러 사람들을 괴롭혔다. 이홍섭 시인에게 가장 미안하면서도 고맙게 생각한다. 고찬규 시인의 배려를 잊을 수 없다. 바쁜 와중에도 꼼꼼히 원고를 챙겨주신 '아침이슬'의 여러 식구들에게도 신세를 톡톡이 졌다. 나의 두 도반道伴, 보림寶林과 용현龍賢의 배려를 깊이 새기고 있다.

2002년 8월
봄내에서 김풍기